魏建 主编

二十世纪中国文学主流·学术新探书系

中国现代小品散文主潮

颜水生 王景科 等 著

人民出版社

责任编辑：于宏雷
封面设计：肖　辉　王欢欢
版式设计：亚细安
责任校对：杜凤侠

图书在版编目（CIP）数据

中国现代小品散文主潮 / 颜水生 等著 . —北京：人民出版社，2023.7
（二十世纪中国文学主流·学术新探书系 / 魏建主编）
ISBN 978 – 7 – 01 – 023858 – 6

I. ①中…　II. ①颜…　III. ①散文评论 – 中国 – 现代　IV. ① I207.65

中国版本图书馆 CIP 数据核字（2021）第 205546 号

中国现代小品散文主潮
ZHONGGUO XIANDAI XIAOPIN SANWEN ZHUCHAO

颜水生　王景科　等著

人民出版社 出版发行
（100706　北京市东城区隆福寺街 99 号）

北京汇林印务有限公司印刷　新华书店经销

2023 年 7 月第 1 版　2023 年 7 月北京第 1 次印刷
开本：710 毫米 ×1000 毫米 1/16　印张：18.25
字数：250 千字

ISBN 978 – 7 – 01 – 023858 – 6　定价：68.00 元

邮购地址 100706　北京市东城区隆福寺街 99 号
人民东方图书销售中心　电话（010）65250042　65289539

新发现　新探索

“二十世纪中国文学主流”是山东师范大学中国现当代文学学科申请并完成的特色国家重点学科重大科研项目，其学术参照首先是来自丹麦文学批评家、文学史家格奥尔格·勃兰兑斯所著《十九世纪文学主流》一书。

一

一百多年来，勃兰兑斯的《十九世纪文学主流》一直是中国文学研究界公认的文学史经典之作。中国学人为什么推崇这部著作？为什么能推崇一个多世纪？究竟是书中的什么东西构成为中国学人的集体性认同呢？

就中国现当代文学研究界来说，给大家留下深刻印象的是，1907年鲁迅先生写《摩罗诗力说》的时候就向中国人介绍这位“丹麦评骘家”①。此后鲁迅多次提及勃兰兑斯和他的《十九世纪文学主潮》。② 鲁迅先生不仅是伟大的文学家、思想家，还是一位优秀的文学史家。他对文学史有很高的鉴赏水平，但很少向人推荐文学史著作。勃兰兑斯的这部书却是鲁迅向人推荐的为数极少的文学史著作之一。《一九世纪文学主流》的学术生命力主要

① 《鲁迅全集》第一卷，人民文学出版社2005年版，第91页。

② 这是当时的译名。现在通译为《十九世纪文学主流》。

来自它作为文学史叙述方式的独标一格。直至今日，第一次阅读这套书的中国学人依然大为惊叹：文学史原来也可以这样写！这种惊叹包括很多内容：文学史原来也可以这样抒情！文学史原来也可以写那么多的故事！文学史的行文原来可以这样自由地表达！文学史的结构原来可以这样地随意组合……当然，惊叹之余，读者大都少不了对这种文学史写法的将信将疑。“将信”是因为被书中的观点和引人入胜的文字打动，“将疑”是因为书中有太多名不副实的东西，如：该书取名为十九世纪文学主流，实为十九世纪初至二三十年代的文学现象，最晚的才到1848年；书名没有地域范围，说是十九世纪世界文学主流，而实际上只是欧洲，又仅仅限于英、法、德三国；名为“主流”，有些分册论述的倒像是“支流”，如“流亡文学”、“青年德意志”等。

虽然中国学界不断有人对此书提出一些异议和保留，但《十九世纪文学主流》作为文学史著作的经典地位始终没有动摇。究其原因，很大程度上是因为，但凡是经典著作都有可供不断阐释的丰富内涵。起初中国学者首先看重此书的，大约是认同其革命主题（如“把文学运动看作一场进步与反动的斗争”①）和适合中国人的文学价值观（为人生、为社会、为时代），还有对欧洲文学浪漫主义和现实主义（当时多称之为“自然主义”）文学潮流的描述。二十世纪八十年代是《十九世纪文学主流》在中国最走红的时期，书中“文学史，就其最深刻的意义来说，是一种心理学，研究人的灵魂，是灵魂的历史”②的论述成为中国大陆文学史研究界引用最多的名言之一；其贯穿始终的“处处把文学归结为生活”③的“思想原则”亦成为当时中国文学研究者人所共知的文学理念。后来，

① ［丹麦］勃兰兑斯：《十九世纪文学主流》第一分册，张道真译，人民文学出版社 1980 年版，出版前言第 1 页。

② ［丹麦］勃兰兑斯：《十九世纪文学主流》第一分册，张道真译，人民文学出版社 1980 年版，引言第 1 页。

③ ［丹麦］勃兰兑斯：《十九世纪文学主流》第二分册，刘半九译，人民文学出版社 1981 年版，第 1 页。

书中标榜的精神追求（“无拘无束、淋漓尽致的表现”“独立而卓越的人类灵魂”①）和比较文学的研究视角及方法更为中国的学术新生代所接受。近年来，中国学界对《十九世纪文学主流》的关注热情虽然有所减弱，但对它的解读却更为多元，少了一些盲目的崇拜，多了一些客观的认知。正是在这种相对客观的解读和对话中，《十九世纪文学主流》给我们的启示逐渐增多。

综上，勃兰兑斯的《十九世纪文学主流》总是能够不断地进入不同时期中国学者的期待视野。也正是因此，这部著作内涵的丰富性完全是由阅读建构起来的，换句话说，这是一部读出来的文学史巨著。本课题组编写“二十世纪中国文学主流”的学术起点是以对勃兰兑斯《十九世纪文学主流》一书的高度认同为基础的，其学术目标意在撰写一部像《十九世纪文学主流》那样的文学史著作。

二

当然，《十九世纪文学主流》也不是尽善尽美的。中国人对这部巨著的认识还有很多误读，所得观点有很多属于望文生义的想当然，还有很多重要的东西被忽略。例如，对其中独具特色的文学史研究方法就缺乏足够的重视，有鉴于此，我们“二十世纪中国文学主流”课题组在文学史研究方法上就从《十九世纪文学主流》中获得了诸多启示。

首先，我们在文学史研究方法上所获得的第一个启示是思辨与实证的结合。《十九世纪文学主流》是将抽象思辨与具体实证结合在一起的一部著作，并且结合得比较成功。可是，迄今为止中国学人论及《十九世纪文学主流》，更多地看取了其思辨的一面，而忽视了其实证的一面；过于渲染

① ［丹麦］勃兰兑斯：《十九世纪文学主流》第五分册，李宗杰译，人民文学出版社 1982 年版，第 36 页。

《十九世纪文学主流》如何“哲学化”地“进行分馏”①，如何高屋建瓴般将文学“主流”提炼出来，却大都忽视了这是一部实证主义倾向非常显明的文学史著作。

读过《十九世纪文学主流》的人一定不会忘记，在第二分册的目录之前，整整一页只印着这样几个字：

敬献

伊波利特·泰纳先生

作者

除了伊波利特·泰纳，没有第二个人在书中获此殊荣。而伊波利特·泰纳是主张用纯客观的观点和实证的方法解说文学艺术问题的最有影响的美学家、文艺理论家之一。勃兰兑斯在相当长的时间里师法伊波利特·泰纳“科学的实证”的批评方法。在《十九世纪文学主流》中，他将思辨与实证相结合，所以才能把高远的学术目标落实到脚踏实地的具体研究工作中，才能做到既有理，又有据。这是勃兰兑斯的做法，也是前人成功经验的总结，尤其在当下中国学术界依然充斥“假、大、空”学风的浮躁氛围里，思辨与实证的结合更应成为我们在研究方法上的首选。

其次，我们在文学史的叙述方法上所获得的启示是宏观概括要渗透到微观描述中。这方面，《十九世纪文学主流》在宏观历史叙述与微观历史叙述结合上开创了成功的先例，做得相当成功。然而，多年来中国学者更多地看取其宏观历史叙述一面，而忽视了它微观历史叙述的另一面。对此，勃兰兑斯在书中讲得很清楚，“有许多作品需要评论，有许多人物需要描述，面面俱到是不可能的。只从一个方面来照明整体，使主要特征突现出来，引人注

① ［丹麦］勃兰兑斯：《十九世纪文学主流》第二分册，刘半九译，人民文学出版社 1981 年版，扉页 1。

目，乃是我的原则”①。在《十九世纪文学主流》中，勃兰兑斯的宏观历史叙述就是概括“主要特征”，其微观历史叙述就是凸显历史细节，包括许许多多的逸闻趣事。这二者如何结合呢？勃兰兑斯的做法是：“始终将原则体现在趣闻轶事之中。”②的确，《十九世纪文学主流》中的大多数章节都是从小处入手的，流露出对“趣闻轶事”的浓厚兴趣。然而，无论勃兰兑斯叙述的笔调怎样细致，其叙述的眼光可不是就事论事，而是从时代、民族、宗教、政治、地理等大处着眼。让读者从这些琐细的事件中洞见到人物的心灵，再从人物的心灵中折射出一个社会、一个时代、一个种族，乃至整个人类的某些东西。这就是《十九世纪文学主流》中一个个小事件里所蕴含的大气度。

再者，在文学史的结构方法上，我们所获得的启示是以个案透视整体。从著作结构上来看，《十九世纪文学主流》好像没有任何外在的叙述线索，全书呈现给读者的是把英、法、德三个国家的六个文学思潮划分为六个分册。每一分册之间没有任何明显的逻辑关系。对此，勃兰兑斯做过两个形象的比喻解说他的各分册与全书之间的关系。第一个比喻是：“我准备描绘的是一个带有戏剧的形式与特征的历史运动。我打算分作六个不同的文学集团来讲，可以把它们看作是构成一部大戏的六个场景。”③第二个比喻是：“在本世纪诞生之初，我们发现一种美学运动的萌芽，这种美学运动后来从一个国家蔓延到另一个国家，在长达五十年之久的一段时期内……如果以植物学家的方式来解剖这种萌芽，我们就能了解这种植物符合自然规律的全部发育史。”④第一个比喻是强调这六个分册之间独立、平等、连续的并

① ［丹麦］勃兰兑斯：《十九世纪文学主流》第二分册，刘半九译，人民文学出版社 1981 年版，第 1 页。

② ［丹麦］勃兰兑斯：《十九世纪文学主流》第二分册，刘半九译，人民文学出版社 1981 年版，第 1 页。

③ ［丹麦］勃兰兑斯：《十九世纪文学主流》第一分册，张道真译，人民文学出版社 1980 年版，引言第 3 页。

④ ［丹麦］勃兰兑斯：《十九世纪文学主流》第四分册，徐式谷等译，人民文学出版社 1984 年版，第 71 页。

联关系；第二个比喻揭示了这六个分册之间发育、蔓延、生成的串联关系。这两个形象的比喻从不同的侧面说明，《十九世纪文学主流》的各分册与全书存在着深层的有机关联，看似孤立的每一个个案都具有透视整体文学运动的效用。

三

开诚布公、实事求是而言，我们课题组编写的“二十世纪中国文学主流”，显然受到了《十九世纪文学主流》的种种启发，但启发不能只是简单的模仿。如果“二十世纪中国文学主流”变成对《十九世纪文学主流》的照搬或套用，那就只能陷入东施效颦式的尴尬。“二十世纪中国文学主流”之于《十九世纪文学主流》有继承，也有创造。

“创造”之一，是通过“地标性建筑”来展现二十世纪中国文学地图。

我们的“二十世纪中国文学主流”不仅效仿和追求《十九世纪文学主流》那种在实证的基础上思辨、在微观叙述中显现宏观、通过个案透视发育的整体的研究思路方法，还从“实证基础”、“微观叙述”和“个案透视”找到了一些合适的“载体”。这些“载体”好比是二十世纪中国文学地图中的一个个“地标性建筑”。将这些“地标性建筑”作为历史叙述的基本单元，我们对二十世纪中国文学发展的重新阐释，才能落实到操作层面。这些构成“二十世纪中国文学主流”基本叙述单元的“地标性建筑”，就是二十世纪中国文学发展史上那些重要的文学板块，如：言情文学、白话文学、青春文学、乡土文学、左翼文学、京派文学、海派文学、武侠小说、话剧文学、延安文学、红色经典、散文小品、港台文学、新诗潮、女性文学、少数民族文学、历史叙事、文学史著述、影视文学、网络小说等。这些不同的文学板块分别构成了我们这套《二十世纪中国文学主流》丛书的不同分册的学术研究问题。各分册与整个丛书的关系是分中有合、似断实连。所谓“分”与“断”，是要做好对每一个“地标性建筑”（文学板块）的研究。这样，

通过个案的透视，既能使实证研究获得具体的依傍，又能把微观描述落到实处；所谓“合”与“连”，是要在对一个个“地标性建筑”（文学板块）聚焦中借以观测整个二十世纪中国文学的历史嬗变。

“创造”之二，是通过“历史档案”和“学术新探”两套书系深化二十世纪中国文学史的研究。

勃兰兑斯的《十九世纪文学主流》的确给予我们许多有价值的东西，但这只能说明我们从中获得了西方学术的有效营养。然而，西方的学术资源无论具有多少普适性，对于解读中国的文学艺术、中国人的心灵，毕竟是有限度的。在超越株守传统观念的保守主义而走向全面开放的今天，在超越盲目崇洋的虚无主义、畅想民族复兴的今天，中国本土的学术资源更应得到应有的重视并加以现代转化。

“我注六经”与“六经注我”一直是中国人文学术的两大传统。我们的“二十世纪中国文学主流”力求“我注六经”与“六经注我”的结合。这既是本课题学术目标和学术规范的要求，也是其特色所在，更是其学术质量的保证。由于目前学界相对忽视“我注六经”的研究，因此本课题提倡在做好“我注六经”的基础上，做好“六经注我”。为此，本课题成果分为两套书系：“二十世纪中国文学主流·历史档案书系”和“二十世纪中国文学主流·学术新探书系”（以下分别简称“历史档案书系”、“学术新探书系”）。“历史档案书系”可称为“二十世纪中国文学主流”的“一期工程”，“学术新探书系”可称为“二期工程”，出版这两套书系将有助于深化二十世纪中国文学史的研究。

首先，出版“历史档案书系”无疑体现了对文学史文献史料的高度重视。这种重视既强化了文献史料对于文学史研究的基础作用，又传达出一种重要的文学史理念——文献史料是文学史“本体”的重要组成部分。通过对每一个文学板块的文献史料进行多方面、多形式的搜集和整理，展现这一文学“地标性建筑”的原始风貌，直接、形象、立体地保存了这一文学板块的历史记忆。这岂能不是文学史的“本体”呢？如傅斯年宣扬过“史

学便是史料学”[①]。再如，勃兰兑斯《十九世纪文学主流》中的文献史料大都不是以论据的形式出现，而常常构成叙述对象本身。当今天的读者同时看到“二十世纪中国文学主流”这两套书系平分秋色的时候，这种理念应是一望便知。

其次，“二十世纪中国文学主流”的每一个文学板块都有“历史档案”和“学术新探”两部著作。二者的学术生长关系将会推动这一板块的研究甚至整个二十世纪中国文学史研究的深化。两套书系中的所有文学板块完全相同，即每一个文学板块是同一个子课题，如朱德发教授负责“五四白话文学”子课题。他既要为“历史档案书系”编著“五四白话文学”卷的文献史料辑，还要在“五四白话文学文献史料辑”的基础上撰写“学术新探书系”中刷新“五四白话文学”问题的学术专著。显然，这样的两部著作之间具有学术生长关系。前者既重建了这一文学板块活生生的历史现场，又为后者的学术创新做好了独立的文献史料准备；后者的“学术新探”由于是建立在“历史档案”的基础上，不仅能避免轻率使用二手材料所造成的史实错误和观点错误，而且以往不为人所知的文献史料会帮助研究者不断走进未知世界，不断获得全新的学术发现。所以，“历史档案”会成为“学术新探”不竭的推动力。

四

“二十世纪中国文学主流”还有几个需要说明的具体问题：

1. 关于“主流”

本课题组将“二十世纪中国文学主流”中的“主流”界定为：“以常态形式随着社会变化而变化的文学。”也就是说，所谓文学“主流”，不是先

① 傅斯年：《史学方法导论》第四讲《史学论略》，湖南教育出版社 2003 年版，第 309 页。

锋文学，而是常态的文学。常态文学的发展，总是与读者紧紧结合在一起的。例如，五四时期的启蒙文学是属于少数读者的文学，也就是“先锋”文学，所以不是当时的“主流”文学；而这一时期的白话文学适应了多数读者的要求，成为晚清以来不断转化成的常态文学。

2. 关于“历史档案书系”

如前所说，“历史档案书系”主要是对二十世纪中国文学史上一些重要文学板块的原始文献和基本史料进行专业化的搜集和整理，重建各个重要文学板块的历史档案，利用来自历史现场的文献、史料或调研成果，尽可能直接、形象、立体地保存各文学板块的历史记忆，进而展现现代中国文学史的原生态风貌。因此，“历史档案书系”追求文献和史料的“原始”性，其各卷的主要内容以“原始史料”和“经典文献”为主，以“回忆与自述”和“历史图片”为辅。所有文献和史料凡是能找到初版本的，我们尽量选用初版本；有些实在找不到初版本的，会选尽可能早的版本。

3. 关于“学术新探书系”

“学术新探书系”是在“历史档案书系”所提供的来自历史现场的文献、史料及其直接、形象、立体地保存的原生态风貌的基础上，对这些二十世纪中国文学史上的“地标性建筑”，逐一进行全新的学术开掘。因此，“学术新探书系”追求学理性和创新性。其各卷的主要内容，从各卷实际出发，不求体例的划一，只求比前人的研究至少提供一些新的学术发现。

4. 总课题与子课题

“二十世纪中国文学主流”是山东师范大学中国现当代文学学科承担的集体项目。总课题的选题及其初步编写方案由主编设计，在课题组成员认真讨论的基础上形成实施方案。子课题的作者均为山东师范大学中国现当代文学学科的团队成员，亦大都是不同分卷所研究的某一文学板块的研究

专家。主编和课题组成员充分尊重各子课题作者的学术个性，以保证各卷作者学术优长的发挥和各子课题学术质量的提升。各卷作者拥有独立的著作权，文责自负。

“二十世纪中国文学主流”这两套书系是一种全新的文学史实践，难免存在尝试之作的稚嫩和偏差。我们渴望得到专家们的批评和帮助。我们最忐忑的是，不知学界的同行们能否认同——文学史的这样一种做法。

魏建

2015 年 8 月

前　言

本书讨论的“中国现代小品散文”中的“现代”，是以学术界所公认的中国现代文学的开山之作为开端，也就是以1917年1月《新青年》第2卷第5号发表胡适的《文学改良刍议》为开端，止于1949年10月中华人民共和国成立，也就是说，中国现代小品散文诞生于五四新文化运动。1922年3月，胡适在《五十年来中国之文学》中对“小品散文”有过界定：“白话散文很进步了。长篇议论文的进步，那是显而易见的，可以不论。白话散文，这几年来，散文方面最可注意的发展乃是周作人等提倡的‘小品散文’。这一类的小品，用平淡的谈话，包藏着深刻的意味；有时很像笨拙，其实却是滑稽。这一类作品的成功，就可彻底打破那‘美文不能用白话’的迷信了。”① 胡适指出了小品散文的流派和文体特征，1928年，朱自清在《论现代中国的小品散文》中就对胡适的观点表示了认同。从胡适的观点来看，小品散文无疑是现代散文的重要类别，它不同于议论性的杂感、杂文，而更多地偏重叙事和抒情；关于这类散文的称呼，并非只有“小品散文”这样一个，还有多种提法，比如周作人提出“美文”，王统照提出“纯散文”，胡梦华提出“絮语散文”，钟敬文提出“小品文”，鲁迅提出“散文小品”等。小品散文在中国现代文学中蔚为大观，虽然鲁迅、周作人、朱自清、冰心、俞平伯、林语堂、徐志摩、郁达夫、梁实秋、沈从文、何其芳、李广田能够体现中国现代小品散文的主要成就和基本特征，但是丰子恺、梁遇春、钟敬文、萧红、张爱玲等作家在本书中未能提及，这未免令人遗憾。

① 胡适：《五十年来中国之文学》，《胡适文集》3，北京大学出版社1998年版，第263页。

目　录

导　论

晚清至五四时期，中国文学发生了深刻变革，散文也经历了由晚清报刊的论说文体到《新青年》的杂感文体再到美文文体的演变。众所周知，论说文体和杂感文体是以议论为主，强调了散文创作的理性精神。1918年4月，《新青年》开辟了“随感录”专栏，标志现代散文的发生。《新青年》散文偏重政论与说理，在一定程度上继承了晚清启蒙运动的理性精神；为提升散文的多样性和艺术性，周作人倡导创作叙事与抒情的美文：

> 外国文学里有一种所谓论文，其中大约可以分作两类。一批评的，是学术性的；二记述的，是艺术性的，又称作美文。这里边又可分出叙事与抒情，但也很多两者夹杂的。这种美文似乎在英语国民里最为发达，如中国所熟知的爱迭生，兰姆，欧文，霍桑诸人都做有很好的美文，近时高尔斯威西，吉欣，契斯透顿也是美文的好手。读好的论文，如读散文诗，因为他实在是诗与散文中间的桥。中国古文里的序、记与说等，也可以说是美文的一类。但在现代的国语文学里，还不曾见有这类文章，治新文学的人为什么不去试试呢？我认为文章的外形与内容，的确有点关系，有许多思想，既不能做为小说，又不适于做诗（此只就体裁上说，若论性质则美文也是小说，小说也就是诗，《新青年》上库普林作的《晚间的来客》，可为一例），便可以用论文式去表他。他的条件，同一切文学作品一样，只是真实简明便好。我们可以看了外国的模范做去，但是须

> 用自己的文句与思想，不可去模仿他们。《晨报》上的浪漫谈，以前有几篇倒有点相近。但是后来（恕我直说）落了窠臼，用上多少自然现象的字面，衰弱的感伤的口气，不大有生命了。我希望大家卷土重来，给新文学开辟出一块新的土地，岂不好么？①

从文体上说，《新青年》散文侧重议论，突出了散文的启蒙宣传作用，而周作人提出的“美文”观念侧重叙事与抒情，这种观念对以叙事、抒情为主的现代散文的发生具有重大影响。1922年，胡适在《五十年来中国之文学》中说：“这几年来，散文方面最可注意的发展乃是周作人等提倡的‘小品散文’。这一类的小品，用平淡的谈话，包藏着深刻的意味；有时很像笨拙，其实却是滑稽。这一类作品的成功，就可彻底打破那‘美文不能用白话’的迷信了。”②1928年，朱自清在《现代中国的小品散文》中说：“最发达的，要算是小品散文”③。1933年，鲁迅在《小品文的危机》中说：“散文小品的成功，几乎在小说戏曲和诗歌之上。”④

一、审美原则与诗性智慧

艺术性是现代小品散文最重要的美学特征。周作人在《美文》中倡导散文的“美文”属性，强调散文应该追求“艺术性”的美学品格。自周作人《美文》发表以后，人们在谈论“散文”时，往往自觉地把它界定为“文学”或“美文”，如王统照于1923年6月在《晨报副刊》发表《纯散文》一文，主张“纯散

① 周作人：《美文》，《晨报副刊》，1921年6月8日。

② 胡适：《五十年来中国之文学》，《胡适文集》3，北京大学出版社1998年版，第263页。

③ 朱自清：《论现代中国的小品散文》，《文学周报》第345期，1928年11月25日。

④ 鲁迅：《小品文的危机》，《鲁迅全集》第4卷，人民文学出版社2005年版，第592页。

文”要有文学上的“趣味”①。胡梦华在《絮语散文》中认为“絮语散文是一种不同凡响的美的文学。它是散文中的散文”②。后来，朱自清在《什么是文学》《什么是散文》以及《关于散文写作答〈文艺知识〉编者问》等文章中使用了“美的散文”概念，也强调散文的审美属性。1926年，徐蔚南在为王世颖《倥偬》所作的序言中，借用刘大白的观点强调“美的散文来抒写人生美的情绪或美的生活的一断片”③。梁实秋在《现代文学论》中强调“散文也有散文的艺术”④。从周作人到梁实秋等作家为小品散文创作建立了艺术性规律和美学原则，这些规律在小品散文创作中也得到了充分表现。比如周作人在散文美学上追求趣味与和谐，以趣味实现和谐。周作人自小生活在江南水乡，水乡风光熏陶了他对自然美的欣赏。在五四运动中，周作人以一种积极的姿态裹进时代潮流，写过不少“满口柴胡”的文章，如《祖先崇拜》对传统文化的批判。五四落潮以后，周作人思想开始转向隐逸，在散文创作中“极慕平淡自然的境地”。从《自己的园地》开始，周作人精心耕作“自留地”，具有明显的陶渊明“悠然见南山”的风格，他在这个时期创作的小品散文便是这种风格的集中体现。在《乌篷船》中，江南水乡的景物都是非常有趣味的，不仅是“偶然避难所”，也是享乐的理想境界，恰似古人皈依山水，周作人突出船的趣味：“我所要告诉你的，并不是那里的风土人情，那是写不尽的，但是你一到寻里一看也就会明白，不必啰嗦地多讲。我要说的是一种很有趣的东西，这便是船。”⑤在周作人《自己的园地》《雨天的书》《泽泻集》等散文集中，以生活趣味与和谐美学为追求的作品，除著名的《故乡的野菜》《乌篷船》以外，还有《娱园》《村里的戏班子》《喝茶》《谈酒》等。在这些小品散文中，周作人往往是以回忆的方式描写江南水乡的风土人情，在

---

① 王统照：《纯散文》，《晨报副刊·文学旬刊》第3号，1923年6月21日。

② 胡梦华：《絮语散文》，《小说月报》第17卷第3号，1926年3月10日。

③ 徐蔚南：《倥偬·序》，王世颖：《倥偬》，开明出版社1996年版，第1页。

④ 《梁实秋论文学》，台湾时报文化出版事业有限公司1978年版，第350页。

⑤ 周作人：《乌篷船》，《泽泻集》，北新书局1933年版，第59页。

时间上与空间上，周作人对故乡有着距离，但在情感上却毫无隔膜，他是以一种享受的心态描写故乡的自然美，山光水色，犬吠鸡鸣……都是充满真趣味的，周作人陶陶然沉醉其中。如《娱园》虽是写废墟，却也非常有趣，是故乡少有的游乐之地。《村里的戏班子》也是如此，周作人看重的也是趣味。由此可见，在小品散文中，周作人以趣味为美，以实现“在不完全的现世享乐一点美与和谐”①。沈从文对自然美与人性美的描写是独特的，“和谐”也是其最重要的美学追求，他写出了人与自然的和谐以及人与人的和谐，沈从文散文中的自然美也是理想化与诗意化的。如《鸭窠围的夜》等作品塑造了桃花源般的乡村世界，人与自然和谐相处，人性美与自然美相得益彰。又如《一个戴水獭皮帽子的朋友》的自然美，《桃源与沅州》对桃源与沅州的风景描写也是如诗如画。在小品散文中，乡村自然往往被作家诗意化，现代作家在现实世界中遭遇到了困境，他们看到了都市的黑暗和现实的丑恶，这种自然美的表现在一定程度上体现了现代作家的乌托邦情结，他们保持着对美的向往和追求，正如沈从文所说：“永远是个艺术家的感情，却绝不是所谓道德君子的感情”，“在静止中，在我印象里，我都能抓住它的最美丽与最调和的风度，但我的爱好显然不能同一般目的相和。”②沈从文的这种审美观在现代小品散文中绝对不是独一无二的，很多作家都有着相似的美学追求。比如师陀在《乡路》中，他先是描写了乡路中人与人之间的不快，在结尾时，他却以欣赏的眼光描述所看到的风景。又如在《旅人的心》中，鲁彦突出乡村的自然美，其实是在内心塑造一个乌托邦世界，“作者完全痴迷于他昔日的宁静柔和境界中，连可怖的坟墓和棺木也披上了宁静柔和的诗意的彩衣，显得可爱非凡。”③然而“他仅是借乡土的柔和和宁静境界，来调节自己烦躁、孤独苦闷的心灵，近似于一种借酒浇愁的自我安慰。”④当然，现实生活的艰

① 周作人：《乌篷船》，《泽泻集》，北新书局 1933 年版，第 41 页。

② 沈从文：《女难》，《沈从文文集》第 9 卷，花城出版社、香港三联书店 1984 年版，第 179 页。

③ 范培松：《中国散文史》上册，江苏教育出版社 2008 年版，第 422 页。

④ 范培松：《中国散文史》上册，江苏教育出版社 2008 年版，第 421 页。

难促使沈从文、师陀、鲁彦在内心建构乌托邦世界，现代作家的美学追求又恰好契合了他们的内心需要，由此促成了现代小品散文中的奇特景观。此外，俞平伯《杂伴儿》《燕知草》、钟敬文《荔枝小品》《西湖漫拾》等散文小品也崇尚和谐安宁的趣味，在散文小品的艺术性追求方面与周作人一脉相承。徐志摩《巴黎的鳞爪》《自剖》被认为“唯美散文的生动标本”①，而林语堂的小品散文则把周作人的艺术性追求发展到了极致。

审美原则决定了小品散文创作的形式自由。钱理群等人在《中国现代文学三十年》中分析五四散文发达的原因时，就把散文的自由属性作为首要原因：“‘五四’时期散文格外发达，甚至成绩超出其他文体，原因在于这种文体比较自由。”②在四种文学体裁中，各种体裁都有其特殊的属性，各种属性也有其特殊的价值。在中国现代散文理论建设过程中，散文与诗歌、小说、戏剧相比，其中一个重要区别就在于人们把形式自由作为散文文体的一个重要属性。如梁实秋在《论散文》中就明确强调散文是最自由的体裁，他说：“散文是没有一定的格式的，是最自由的，同时也是最不容易处置，因为一个人的人格思想，在散文里绝无隐饰的可能，提起笔来便把作者的整个的性格纤毫毕现出来。”③又如葛琴在《略谈散文》中也认为散文在形式上较为自由广泛。钟敬文在《谈散文》中认为散文在内容上没有限制，在形式上也具有较大的自由性，他甚至认为散文的自由属性不仅可以舒展个人才能，而且还有更大的社会贡献。再如朱自清在《论现代中国的小品散文》中论述了散文与其他各体的区别与价值：“抒情的散文和纯文学的诗、小说、戏剧相比，便可见出这种分别。我们可以说，前者是自由些，后者是谨严些；诗的字句、音节，小说的描写、结构，戏剧的剪裁与对话，都有种种规律(广义的，不限于古典派的)，必须精心结撰，方能有成。散文就不同了，选材与表现，比较可随便些，所谓‘闲话’，在一种意义里，便是它的很好的诠释。它不

① 范培松：《中国散文史》上册，江苏教育出版社 2008 年版，第 249 页。

② 钱理群等：《中国现代文学三十年》，上海文艺出版社 1987 年版，第 169 页。

③ 梁实秋：《论散文》，《新月》1928 年第 1 卷第 8 号。

能算作纯艺术品，与诗、小说、戏剧，有高下之别。”[①] 朱自清认为散文的文体自由性不仅决定了散文与诗歌、小说、戏剧的高下之别，而且决定了散文的选材与表现是可以随便的。其实，鲁迅于1927年在《怎么写》中就提出了：“散文的体裁，其实是大可以随便的”[②]。也正因为散文的选材与表现是可以随便的，所以散文写作与诗歌、小说、戏剧比较是相对自由、相对容易的，如郁达夫就认为“散文清淡易为”[③]。由此可见，钱理群等人把五四散文发达的原因归之于散文的文体自由性是有着充分理由的。然而，散文的文体自由性只是相对的，并非绝对自由，如唐弢就强调散文写作并非“漫无限制”[④]，又如李广田在《谈散文》中提出：“散文的特点就是‘散’”[⑤]，李广田所谓的“散”其实就是散文的文体自由性，但是李广田更重视散文的“散”是相对的，对此他有一个形象的比喻：“散文之所以为散文就在于‘散’，就象我所举的那比喻，象河流自然流布一样。不过话得说回来，散文既然是‘文’，它也不能散到漫天遍地的样子，就是一条河，它也还有两岸，还有源头与汇归之处，文章当然也是如此。所以我宁愿告诉你，好的散文，它的本质是散的，但也须具有诗的圆满，完整如珍珠，也具有小说的严密，紧凑如建筑。”[⑥] 总体来说，形式自由作为小品散文文体的重要属性，但并非绝对自由，并非毫无限制。

审美原则也决定了散文创作的诗性智慧。所谓“诗性智慧”，简单地说就是审美想象力，指的是散文写作需要“诗性的情感”或者“诗性的经验”等，它体现了散文与诗歌之间存在相似之处，两者之间并没有明确界限。维柯在《新科学》中强调了想象力在诗性思维中的重要作用，“因为能凭想象来创造，

① 朱自清：《论现代中国的小品散文》，《文学周报》第345期，1928年11月25日。
② 鲁迅：《怎么写》，《鲁迅全集》第4卷，人民文学出版社1981年版，第24—25页。
③ 郁达夫：《序》，《达夫自选集》，上海天马书店1933年版。
④ 唐弢：《关于散文写作》，《文艺知识连丛》第1集第3期，1947年7月。
⑤ 李广田：《谈散文》，《文学枝叶》，益智出版社1948年版。
⑥ 李广田：《谈散文》，《文艺书简》，开明书店1949年版。

他们就叫做‘诗人’，‘诗人’在希腊文中就是‘创造者’。”① 从维柯的观点出发，有学者指出：“维柯所谓‘诗性的’含义是指人的‘创造性的想象力’或者说是‘凭想象来创造’，所以，‘诗性的智慧’或‘诗性的思维’就是指‘凭想象来创造’的那种想象力极为发达的思维。”② 诗性思维是人类与生俱来的认知思维方式，它在原始思维中有着鲜明体现，在现代思维中也依然发挥重要作用，尤其是在艺术创作中，诗性思维具有不可替代的作用。沈从文曾经在谈文学创作经验时指出，“永远是个艺术家的感情，却绝不是所谓道德君子的感情”③。沈从文所说的艺术家的感情其实也就是诗性思维，也就是在艺术家感情支配下的诗性想象和诗性描绘。一般说来，散文与诗歌是两种不同的文体，它们之间存在着比较大的区别，如王统照认为纯散文没有诗歌那样的“神趣”④，又如李广田在《谈散文》中详细分析了诗歌与散文的区别：“诗须简练，用最少的语言，说最多的事物；散文则无妨铺张，在铺张之中，顶多也只能作委曲宛转的叙述。诗的语言以含蓄暗示为主，诗人所言，有时难免恍兮惚兮；散文则常常是老实朴素，令人感到日用家常。诗可以借重音乐的节奏，音乐的节奏又是和那内容不可分的；散文则用说话的节奏，偶然也有音乐的节奏。”⑤ 但是也有观点认为散文与诗歌存在相似的地方，相互之间并没有明确的界限，如周作人说：“读好的论文，如读散文诗，因为他实在是诗与散文中间的桥”⑥，梁实秋认为诗和散文在形式上划不出一个“分明的界线”⑦，朱自清则认为诗歌和散文之间存在共同的文体，他说：“这中间又有两边儿跨着的，如所谓散文诗，诗的散文；于是更难划清界限了。越是缠

---

① ［意］维柯：《新科学》，朱光潜译，商务印书馆 1989 年版，第 182 页。

② 刘渊、邱紫华：《维柯“诗性思维”的美学启示》，《华中师范大学学报》（人文社会科学版）2002 年第 1 期。

③ 沈从文：《女难》，《沈从文文集》第 9 卷，花城出版社 1984 年版，第 179 页。

④ 王统照：《纯散文》，《晨报副刊·文学旬刊》第 3 号，1923 年 6 月 21 日。

⑤ 李广田：《谈散文》，《文学枝叶》，益智出版社 1948 年版。

⑥ 周作人：《美文》，《晨报副刊》，1921 年 6 月 8 日。

⑦ 梁实秋：《论散文》，《新月》1928 年第 1 卷第 8 号。

夹，用得越广，从诗与散文派生‘诗的’、‘散文的’两个形容词，几乎可用于一切事上，不限于文字。”[①]其实，散文与诗歌存在相似的地方，其原因在于散文写作与诗歌写作存在相似的情感或者经验，如葛琴认为散文写作中存在诗性情感，他说：“一般说来，它是更接近于诗的一种东西，所谓诗的情感，在散文中间是一个重要的因素。”[②]冯三昧对散文与诗歌之间的关系的分析尤为值得重视，他既看到了散文与诗歌之间的联系与区别，又揭示了这种联系与区别的产生原因，他说：“在散文与诗的形式上，委实分不出什么显明的界限。只是从抒写的材料，及其所抒写的标的上说，则诗是热情与想像的表现，而散文乃是思想与事实的记述。诗以抒情为主，散文以描写为主。诗是第一人称的，散文是第二人称的。诗是音乐的，散文是图画的。”[③]为了形象地表现散文与诗歌之间的联系与区别，冯三昧借助国外 Bliss Perry 教授在其所著《诗之研究》（*A Study of Poetry*）中的观点，进一步揭示了散文与诗歌之间关系形成的原因，他说：“将‘散文’的范围假定为一圈，而将‘诗歌’的范围为另一圈，再将两圈交叠起来，其交叠的部分，就是两者的‘中和地域’。这中和地域，有人称它为‘散文诗’，有人称它为‘自由诗’。但据 Patterson 博士的试验，则称它为‘诗歌的经验’或‘散文的经验’。”[④]也就是说散文与诗歌创作中的相似经验促成了它们之间的联系。诗性情感或者诗性经验在散文创作中具有不可忽视的作用，诗性智慧是散文文体的重要属性。正是这种诗性思维促使现代小品散文描绘了诗意化的文学景观，沈从文、师陀、鲁彦等作家的小品散文集中表现了这种特征。现代小品散文也表现了诗意化的文学理想。现代作家受到了社会的迫害与压抑，他们在心灵上对审美空间怀有向往之情，朱自清和郁达夫等作家创作的游记散文，集中表现了这种特征。

---

① 朱自清：《什么是散文》，《文学百题》，上海生活书店 1935 年版。

② 葛琴：《略谈散文》，《文学批评》创刊号，1942 年 9 月。

③ 冯三昧：《小品文研究》，世界书局 1933 年版，第 50 页。

④ 冯三昧：《小品文研究》，世界书局 1933 年版，第 51 页。

二、个人主义与自我表现

晚清以降，西方个人主义理论在中国得到了传播和发展，并产生了重要影响，个人与个性成为启蒙运动中两个非常重要的关键词。小品散文是最具有个人化的文体，它的产生和发展与“个人主义”思想在中国的传播密切相关。英国学者卢克斯指出，“个人主义”是19世纪的一个术语。19世纪末期，“个人主义”理论被介绍到中国，鲁迅是介绍“个人主义”理论的先行者。1907年，鲁迅在《文化偏至论》中批评了“个人主义”在刚传入中国的几年时间里受到误解和贬抑，提出了“掊物质而张灵明，任个人而排众数”①“非物质，重个人”②的观点。鲁迅的“个人主义”思想包括两个方面内涵，一方面，重视精神之价值，即“尊个性而张精神”③；另一方面，强调个性之独立与自由，即“立我性为绝对之自由者也”④。鲁迅所提倡的“个人主义”与梁启超的“新民说”存在重大差异，它不再强调科技、体魄等物质因素，而是特别重视个体之精神；梁启超“新民说”突出众数，而鲁迅则明确要求回归到个人之本位。鲁迅从强国的愿望出发，认为救国必先救人，强国必先强人，所以“立人”是第一要务；鲁迅强调“尊个性而张精神”是“立人”的唯一方法，从“个人”到“个性”的转变表明了主体意识逐渐突出；鲁迅的观点比梁启超“独立之精神”的观点具有更加明确的旨向，它突出了个人之自我、个性之自由。因此，鲁迅的“个人主义”思想为五四时期“个人主义”思想的发生发展作了铺垫，体现了晚清启蒙运动向五四启蒙运动的过渡。

---

① 鲁迅：《文化偏至论》，《鲁迅全集》第1卷，人民文学出版社2005年版，第47页。

② 鲁迅：《文化偏至论》，《鲁迅全集》第1卷，人民文学出版社2005年版，第51页。

③ 鲁迅：《文化偏至论》，《鲁迅全集》第1卷，人民文学出版社2005年版，第58页。

④ 鲁迅：《文化偏至论》，《鲁迅全集》第1卷，人民文学出版社2005年版，第51—52页。

“个人主义”思想的传播在新文化运动期间达到了高潮。1913年，孟扬在《论衡》发表《论个人之自由》，呼吁个人自由应该得到宪法的保障。不久，《东方杂志》《新青年》《新潮》《大中华》《教育杂志》等刊物发表了一些介绍和推崇“个人主义”的文章，如《个人之改革》《个人主义与国家主义》《个性主义与个人主义》《个人创造》《个人主义由来及其影响》等。宣传“个人主义”思想最为得力的是《新青年》杂志，一方面，《新青年》批判中国传统的专制主义，对“人”、“人生”或“我”进行哲学阐释，为“个人主义”思想提供理论支持。李亦民在《青年杂志》发表《人生唯一之目的》，抨击《周易》以降的立仁义为人道之极的思想“等于蛇蝎”，从而提倡一种“为我主义”的思想①。易白沙的《我》阐释了“我”之名的来源以及“我”之有无问题，提出了“救国必先有我”的观点②。高一涵在《乐利主义与人生》中抨击禁欲主义、返璞归真、绝圣弃智的传统学说，提出“人生第一天职，即在求避苦趋乐之方”③。陈独秀在《人生真义》中批评了宗教家和哲学家的人生观，列举了现时代的人生真义，他提出：“个人生存的时候，当努力造成幸福，享受幸福；并且留在社会上，后来的个人也能够享受，递相授受以至无穷。”④李亦民、易白沙、高一涵、陈独秀等人都宣传了一种“为我”的“个人主义”思想。另一方面，《新青年》大量介绍和阐释西方的人学思想，为“个人主义”思想提供理论支持。李亦民的《人生唯一之目的》介绍了西方唯物哲学的人学思想，刘叔雅的《叔本华自我意志说》《柏格森之哲学》分别介绍了叔本华、柏格森的生命哲学。最重要的文章是胡适的《易卜生主义》，批判对个人和个性的摧残是最大的罪恶，高度评价易卜生的思想是一种“真正纯粹的个人主义”⑤，提倡一种“健全的个人主义”⑥。由此可知，“个

---

① 李亦民：《人生唯一之目的》，《青年杂志》第1卷第2号，1915年10月15日。

② 易白沙：《我》，《青年杂志》第1卷第5号，1916年1月15日。

③ 高一涵：《乐利主义与人生》，《新青年》第2卷第1号，1916年9月1日。

④ 陈独秀：《人生真义》，《新青年》第4卷第2号，1918年2月15日。

⑤ 胡适：《中国新文学运动小史》，《胡适文集》1，北京大学出版社1998年版，第136页。

⑥ 胡适：《易卜生主义》，《新青年》第4卷第6号，1918年6月15日。

人主义”思想的宣传在五四时期达到高潮，并为新文化运动的发展作出了重要贡献，也为现代散文的产生酝酿了条件。

“个人主义”思想在《新青年》杂志的宣传和发展直接孕育了现代散文的产生。一方面，“个人主义”思想孕育了现代散文的萌芽体“杂感”的思想内容与风格特点。在《新青年》杂志上，“个人主义”作为反叛专制主义的思想武器，汇入到五四时期“人的解放”的思想潮流。以《新青年》为阵地的“随感录”作家群，如陈独秀、李大钊、鲁迅、周作人、钱玄同、刘半农等人的杂感都表达了对专制主义的反抗和对个人独立、个性自由的追求，宣扬“个人主义”成为五四时期的“杂感”的重要内容，因此当代学者范培松说：“‘个人’的发见，直接孕育产生了现代散文”[①]，郁达夫说：“自五四以来，现代的散文是因个性的解放而滋长了”[②]。五四时期的散文，从“随感录”到“语丝体”都张扬着强烈的自我和自主意识，文体风格呈现明显的个人化色彩，这些散文说着“自己”的话，“任意而谈，无所顾忌”[③]，个人化色彩造就了五四时期散文风格的多样化，朱自清在评价五四时期的散文风格时就说“有种种的样式，种种的流派”[④]。另一方面，“个人主义”思想直接影响了现代散文理论的产生。刘半农《我之文学改良观》提出的“文学的散文”被认为是中国散文理论现代性转变的起点，刘半农还提出了改良散文的观点，他倡导改良散文要做到“不摹仿古人”和“推翻古人之死格式”，这种观点延续了梁启超“文界革命”和胡适“散文的革命”所倡导的文体解放的要求。刘半农提出“改良散文”的最大意义在于，他在梁启超和胡适的文体解放的基础上，提出了主体解放，即“处处不忘有一个我”[⑤]，这不仅指形式技巧上有“我”，而且更多地指思想情感要有“我”，刘半农强调我之“心灵

① 范培松：《中国散文史》，江苏教育出版社2008年版，第48页。

② 郁达夫：《导言》，《中国新文学大系·散文二集》，良友图书印刷公司1935年版。

③ 鲁迅：《我和〈语丝〉的始终》，《鲁迅全集》第4卷，人民文学出版社2005年版，第171页。

④ 朱自清：《〈背影〉序》，《朱自清全集》第1卷，江苏教育出版社1988年版，第33页。

⑤ 刘半农：《我之文学改良观》，《新青年》第3卷第3号，1917年5月1日。

所至，尽可随意发挥”，也就是打破束缚，获得个人独立、个性自由的“我”。刘半农的观点体现了“个人主义”思想在散文理论变革中的作用，从文体解放到主体解放是一个重要进步，现代散文理论的发展证明了刘半农的开创性意义。

“个人主义”思想不仅孕育了现代散文的发生，而且促进了现代散文的发展。1918 年，周作人在《新青年》发表《人的文学》，倡导以人道主义为本的“人的文学”，并且把人道主义解释为“一种个人主义的人间本位主义”①，也就是说周作人的人道主义观点是以“个人主义”为核心的，止庵认为：“‘人间’每一个‘个人’，乃是这一思想体系的关键所在”②。周作人的人道主义观点吸收了自鲁迅以降的“个人主义”思想，但也有新的发展，比如他提出了人类之爱。周作人的“人道主义”与“个人主义”很难明确区别开来，因此把周作人的文艺思想称为“人道主义”，或者“个人主义”都是可以的，比如英国学者卜立德就把周作人的文艺思想概括为“个人主义”③。《人的文学》在文学史上产生过重大作用，周作人的“个人主义”思想伴随《人的文学》的传播，也对现代散文的发展产生了重要影响，周作人、林语堂、郁达夫、徐志摩等人的散文理论与散文创作体现了这一点。

“个人主义”是周作人、林语堂、郁达夫、胡梦华等人散文理论的思想基础。“个人主义”在周作人的文艺思想中占有十分重要的位置，他的“文学思想最本质的方面就是个人与个性”④。卜立德认为周作人的“个人主义”信仰有许多衍生物，比如对书信的偏好，对小品文的偏爱等，但更重要的是，“个人主义”思想是周作人“言志的散文”观念的理论基础。卜立德

---

① 周作人：《人的文学》，《新青年》第 5 卷第 6 号，1918 年 12 月 15 日。

② 止庵：《关于艺术与生活》，周作人：《艺术与生活》，河北教育出版社 2002 年版，第 2 页。

③ ［英］卜立德：《一个中国人的文学观——周作人文艺思想》，陈方宏译，复旦大学出版社 2001 年版，第 59 页。

④ 关锋：《周作人文学思想研究》，民族出版社 2006 年版，第 92 页。

发现周作人“将‘言志’与个人的文学联系在一起”[①]，林分份也指出：“从中国古代诗学中借来的‘言志’说，是与周作人对于‘个人主义’的提倡相联系的”[②]。周作人正是信仰“个人主义”，才有对“言志”散文的提倡，1925年，周作人开始提倡“言志”的日记与尺牍，因为日记与尺牍“比别的文章更鲜明的表出作者的个性”[③]；1930年，他在《近代散文抄序》中提出了“言志的散文”观点，周作人在这篇文章中首先把文艺的变迁分为集团的和个人的两个时期，所谓集团的就是“文载道”，个人的就是“诗言志”，周作人把中国传统的“言志”诗学与从西方引进的“个人主义”理论直接联系起来。周作人正因为看到了“言志说”与“个人主义”的密切关系，所以他提出了“言志的散文”观点，他说，“小品文则又在个人的文学之尖端，是言志的散文”[④]。“个人主义”也是林语堂散文理论的思想基础。林语堂把个人主义与“性灵”说紧密联系起来，推崇个人主义文学。1933年，他在《论文》中说：“性灵派以个人性灵为立场，也如一切近代文学之个人主义。”[⑤]在文学史观上，林语堂与周作人一样，也认为文学史的变迁是集团的与个人的或者“载道”派与“言志”派两股潮流的演变。林语堂文学史观的基本观点是认为西洋近代文学和中国近代文学不仅都是“抒情的、个人的”，而且都是“由载道而转入言志”[⑥]。林语堂综合了西方“个人主义”理论、中国传统的“言志”诗学以及周作人的文艺观，提出了“散文笔调”说。林语堂在《论文》中就提出了现代散文的技巧就在于“成个人的笔调”[⑦]，1934年，他在《论小品文笔调》中详细阐释了“笔调”说，并且直接把“个人

① ［英］卜立德：《一个中国人的文学观——周作人文艺思想》，陈方宏译，复旦大学出版社2001年版，第72页。

② 林分份：《论周作人的审美个人主义——兼及对其评价史的考察》，《东南学术》2008年第3期。

③ 周作人：《日记与尺牍》，《雨天的书》，河北教育出版社2001年版，第12页。

④ 周作人：《近代散文抄序》，《苦雨斋序跋文》，河北教育出版社2001年版，第127页。

⑤ 林语堂：《论文》，《林语堂名著全集》第14卷，东北师范大学出版社1994年版，第146页。

⑥ 林语堂：《论文》，《林语堂名著全集》第14卷，东北师范大学出版社1994年版，第146—147页。

⑦ 林语堂：《论文》，《林语堂名著全集》第14卷，东北师范大学出版社1994年版，第152页。

笔调”与“散文笔调”等同，他说：“言志文系主观的，个人的，所言系个人思感；载道文系客观的，非个人的，所述系‘天经地义’。故西人称小品笔调为‘个人笔调’（personal style），又称之为familiar style。……故可谓个人笔调，即系西洋现代文学之散文笔调”①。梁实秋在《现代文学论》中引用了卡赖尔翻译莱辛作品时说的话，“每人有他的自己的文调，就如同有他的自己的鼻子一般”②，并且直接引用了伯风（Buffon）的话，“文调就是那个人”③。梁实秋正是在卡赖尔和伯风的基础上提出“文调的美纯粹是作者的性格的流露”④。在梁实秋看来，散文的文调是“作者内心的流露”，因此“有一个人便有一种散文”⑤。范培松认为梁实秋“彻底地把散文和作者的性格关系表达出来了，所以‘文调’也就是作者‘人’的本身。”⑥梁实秋论述了“散文的文调”概念以后，进一步提出了“散文的文调”的两个要求。梁实秋认为散文的文调应该是活泼自然，散文的文调应该要雅洁高超，梁实秋把感情的渗入与文调的雅洁看作是文学的高超性的来由，认为感情的渗入与文调的雅洁在散文中是统一的关系，只有做到二者的统一，才能达到文学的高超。林语堂提出“散文笔调”观点以后，还在《发刊〈人间世〉意见书》《小品文之遗绪》《再谈小品文之遗绪》等文章中详细地阐释了这种观点。郁达夫在“个人主义”理论的基础上，提出了现代散文的“自叙传”说⑦。郁达夫在《中国新文学大系·散文二集·导言》中认为现代散文的最大特征是“每一个作家的每一篇散文里所表现的个性，比从前的任何散文都来得强”⑧，现

---

① 林语堂：《论小品文笔调》，《林语堂名著全集》第18卷，东北师范大学出版社1994年版，第20—21页。

② 《梁实秋论文学》，台湾时报文化出版事业有限公司1978年版，第350页。

③ 梁实秋：《论散文》，《新月》1928年第1卷第8期。

④ 《梁实秋论文学》，台湾时报文化出版事业有限公司1978年版，第350页。

⑤ 梁实秋：《论散文》，《新月》1928年第1卷第8期。

⑥ 范培松：《中国散文批评史》，江苏教育出版社2000年版，第117页。

⑦ 郁达夫：《导言》，《中国新文学大系·散文二集》，良友图书印刷公司1935年版。

⑧ 郁达夫：《导言》，《中国新文学大系·散文二集》，良友图书印刷公司1935年版。

代散文最基本的特质是一种“个人文体”，最注意“个性的表现”①，并“以抒情的态度作一切文章”②,个人与个性是现代散文的重要特征。在郁达夫看来，现代散文生动活泼地表现了作家的世系、性格、嗜好、思想以及生活习惯等方面，现代散文大都带有自叙传色彩。此外，胡梦华的《絮语散文》也体现了“个人主义”观点。

“个人主义”思想影响了现代散文的发展与创作特征。“个人主义”思想孕育了现代散文的发生，也促进了现代散文的分流，随着五四运动的落潮，“随感录”作家群大致分为两股潮流，一股是以鲁迅为代表的作家，主要以杂文创作进行“社会批评与文明批评”，另一股是以周作人为盟主的作家，坚守“个人主义”思想，主要以小品散文创作实践“以个人自己为本位”的文学理想，这两股潮流形成了现代散文发展的主潮。周作人在《自己的园地》中提出耕种自己的园地是“尊重个性的正当办法”③，自此以后，周作人创作了一些“平淡自然”的抒情小品，如《雨天的书》和《泽泻集》等小品文集。周作人闲适冲淡的小品文得到了林语堂、钟敬文、俞平伯、冯文炳等人的响应；后来，林语堂在上海创办了《论语》《人间世》《宇宙风》，推广闲适、幽默的小品文，不仅扩大了周作人散文的影响，也深化了“个人主义”文学观念的影响。个人主义也深刻影响了现代散文的特征，郁达夫说：“现代的散文之最大特征，是每一个作家的每一篇散文里所表现的个性，比从前的任何散文都来得强。”④从理论上来说，“个人主义”包含了“个性”的内涵，卢克斯在《个人主义》中考察了“个人主义”在西方诸国的语义史，认为德国浪漫主义就把“个人主义”当作是一个函括了“个性”的概念，他说：“浪漫主义的‘个性’概念，就是关于个人的独

① 郁达夫：《导言》，《中国新文学大系·散文二集》，良友图书印刷公司1935年版。

② 周作人：《杂伴儿跋》，《苦雨斋序跋文》，止庵校订，河北教育出版社2001年版，第117页。

③ 周作人：《自己的园地》，晨报社1923年版，第2页。

④ 郁达夫：《导言》，《中国新文学大系·散文二集》，良友图书印刷公司1935年版。

特性、创造性、自我实现的概念”[①]。杜威在《新旧个人主义》中按照历史的发展把“个人主义”分为“旧个人主义”和“新个人主义”，杜威不仅认为“个人主义”函括“个性主义”，而且认为正是“个人主义”创造了“个性”，“个性”只是“个人主义”的表现。1920年，胡适在《非个人主义的新生活》中把个人主义分为三种类型：“为我主义”“个性主义”“独善的个人主义”[②]，显然胡适认为“个人主义”函括了“个性主义”的内涵。因此，个性的表现也是“个人主义”的重要内容，散文中“个性的表现”与作家的“个人主义”思想密切相关。“个人主义”思想强调个人自由和个性独立，与此相应的是，“个人主义”思想能促使作家追求文学的自由性与独立性，周作人就承认：“艺术是独立的”[③]，“我想文学的世界里，应当绝对自由”[④]。这样就促使作家特别重视文学的艺术性，走进自我，走进艺术之宫，忽略社会环境的变化，形成唯美的散文风格；在现代散文史上，以周作人的个人主义为源头，经林语堂的发展，再经徐志摩散文的唯美追求，最后到梁实秋对“散文的艺术”的追求，都充分证明了“个人主义”对散文风格的形成所产生的作用。

“个人主义”影响了许多现代作家，在现代散文发展史上具有重要作用，鲁迅、周作人、林语堂、郁达夫、徐志摩、何其芳等人都曾接受过“个人主义”思想的影响。然而，正如“个人主义”思想包含积极的个人主义与消极的个人主义，“个人主义”在现代散文发展中也有过消极影响，“个人主义”思想促使部分作家不顾“风沙扑面、虎狼成群”的时代，隐入“自己的园地”去创作“个人自己为本位”的文学，甚至不惜把“个人主义”普遍化、绝对化。周作人就认为个人主义“即使超越群众的一时的感受以外，也终不

① ［英］卢克斯：《个人主义》，阎克文译，江苏人民出版社2001年版，第15页。

② 胡适：《非个人主义的新生活》，《胡适文集》2，北京大学出版社1998年版，第564—565页。

③ 周作人：《自己的园地》，《自己的园地》，晨报社1923年版，第3页。

④ 周作人：《文艺的统一》，《自己的园地》，晨报社1923年版，第26页。

损其为普遍。"① 徐志摩说："我是一个不可教训的个人主义者。这并不高深，这只是说我只知道个人，只认得清个人，只信得过个人。"②"个人主义"固有的结构性矛盾为现代散文的转向提供了条件，尤其是鲁迅思想的转向和何其芳散文创作的转向具有代表性。鲁迅早期信仰"个人主义"，五四运动落潮以后，虽然鲁迅的杂文创作仍然坚持对专制主义的批判，但是他不仅不再信仰"个人主义"文学观，也绝不隐逸于艺术之宫，而且猛烈批判"个人主义"文学。从个人小世界转向社会大环境，从艺术宫殿到文化批判，集中体现了鲁迅思想的转变，这种转变是"个人主义"固有的结构性矛盾和"个人主义"的历史性与时代性共同促成的，也是鲁迅作为知识分子自身的历史责任感促成的。何其芳早期也信仰"个人主义"文学观，他的早期创作特别重视散文的独立性和艺术性，长时间地沉迷在艺术之宫中，他提出过："散文应该是一种独立的创作"③。何其芳在创作《画梦录》时沉浸在自我的小天地中，吟咏自己的孤独与寂寞；他陷在孤独迷惘的自我世界里，走不出个人的小圈子，只能表达一些奇异的独语。艾青认为《画梦录》："几乎全部是他的'倔强的灵魂'的温柔的，悲哀，或是狂暴的独语的纪录，梦的纪录，幻想的纪录。"④ 从艾青的评论可以看出，《画梦录》的思想情感更多的是个人主义的。然而，经过两次还乡以后，何其芳创作了《还乡杂记》，标志着何其芳散文创作的转型，他从个人的小天地中走出来，开始关注现实社会，他从艺术的宫殿中逃离出来，开始关注人间的不幸与苦难。何其芳散文创作的转型在现代散文中具有重要意义，体现了"个人主义"在20世纪三四十年代的不合时宜。

"小品文论争"集中展现了"个人主义"的结构性矛盾。五四运动落潮

① 周作人：《文艺的统一》，《自己的园地》，晨报社1923年版，第28页。

② 徐志摩：《列宁忌日——谈革命》，《徐志摩文集》散文集（乙），香港商务印书馆1983年版，第226页。

③ 何其芳：《我和散文（代序）》，《还乡杂记》，文化生活出版社1949年版。

④ 艾青：《梦·幻想与现实——读〈画梦录〉》，《文艺阵地》第3卷第4期，1939年6月1日。

以后，周作人推崇“个人主义”文学，尤其是林语堂大力倡导“以自我为中心、以闲适为格调”的小品文，闲适、幽默的小品文兴盛一时，形成了“论语派”的散文流派。这种现象引起了鲁迅等人的强烈不满，鲁迅创作了《小品文的生机》《小品文的危机》《杂谈小品文》等文章，批评林语堂的观点，反对闲适、幽默的小品文，引发了一场“小品文论争”。这场论争集中了文学领域中的众多重要人物，如鲁迅、茅盾、周作人、林语堂等，在文学史上产生了重要影响。鲁迅、茅盾等人从革命文学的立场出发，强调小品文的“挣扎和战斗”，周作人、林语堂等人从“个人主义”文学立场出发，强调小品文的“闲适”和“幽默”。1935 年，施蛰存还创办了《文饭小品》杂志，发表周作人、林语堂等人的文章，与以鲁迅为代表的、以《太白》杂志为阵地的作家进行直接论争。1935 年，陈望道编的《小品文与漫画》收集了当时论争的部分文章，记录了“小品文论争”的成果。在“小品文论争”中，鲁迅、茅盾等人切中了“个人主义”文学的要害，指出文学不仅来自社会现实，而且还要有“现代的社会意味”[①]，因此，小品文不只是个人的、闲适的、幽默的，而“必须面向现实，面向人民大众，踏进各种战场，是‘匕首’是‘投枪’”[②]。侍桁在《个人主义文学及其它》中谈到了“个人主义”文学与革命文学的论争起源于 1928 年，因此，这场“小品文论争”可以被看作是“个人主义”文学与革命文学论争的延续。

总而言之，“个人主义”思想对中国现代散文具有重要影响，它不仅孕育了现代散文的发生，而且影响现代散文的发展与创作特征；由于“个人主义”固有的结构性矛盾，它也孕育了现代散文转向和论争的种子。“个人主义”文学因其固有的局限性和矛盾性，遭到鲁迅、茅盾等人的抵制和批判，但是它丰富了现代散文的风格和特征，在文学史上占有重要位置。个人化与个性化也是中国现代散文审美空间的重要特征，在一定意义上可

① 许杰：《小品文的社会的风格》，陈望道：《小品文与漫画》，生活书店 1935 年版，第 123 页。

② 范培松：《中国散文批评史》，江苏教育出版社 2000 年版，第 189 页。

以说，现代散文建构了个体化的审美空间形式。因此，现代小品散文更多的是自我的表现，作家更多地受自我情感的支配，比如鲁迅的《朝花夕拾》。与周作人的小品散文相比较，《朝花夕拾》中的散文也是以真实生活为题材，但在思想倾向上是对周作人叙事抒情散文的反拨，为叙事抒情散文的发展寻找到新的方向。此外，朱自清《背影》《给亡妇》在日常生活叙事中抒发了浓烈的感情，王统照《片云集》侧重抒怀内心苦闷的情绪，冰心《寄小读者》以行云流水的文字流泻出爱的世界，庐隐《愁情一缕付征鸿》《寄燕北故人》、石评梅《涛语》《偶然草》以情真意切的语言展示了女性内心的悲苦，梁遇春《春醪集》借鉴英国随笔小品的写法来表达个人观点，许地山《空山灵雨》则以浓厚的宗教意味表达对人生与世界的思考，丰子恺的《缘缘堂随笔》也具有浓厚的宗教情感。此外，茅盾回忆童年时代的生活如《冬天》《谈月亮》《天窗》《我的中学生时代及其后》《我的小学时代》等，这些散文表现了童年时代的天真与童趣，也蕴含着丰富的个人情感。

三、乡土情结与家国想象

乡土情结是千古文人无法释怀的情感，文学作品往往成为文人们表达乡土情结的载体。古希腊神话《荷马史诗》中的奥德塞在外漂泊多年，也要历尽艰险寻求回家。中国在春秋时期也出现了表现怀乡情结的文学作品，如《诗经・东山》就表现了一个远在他乡的士兵强烈的乡土情感。中国现代作家大部分出身农村，像周氏兄弟、郁达夫、沈从文等人，他们离开家乡以后，见识了城市生活，甚至见识了国外的大都市生活，城市与乡村的鲜明对比给他们内心带来强烈震慑，乡村是落后的、封闭的，现实中的故乡大不同于童年记忆中的故乡。现代作家带着启蒙目的，在理性的支配下，他们在小说创作中往往能表现乡村的真实状况，写出乡村的封闭与落后，写出农民真实的精神面貌，因此鲁迅的《呐喊》《彷徨》对乡村的描写、对国民性的揭示都具有典型意义。钱理群指出："中国现代作家与中国的农村社会及农民的那种渗入血液、骨髓的广泛而深刻的联系：生活方式、心理素质、审美情趣不同程度的'乡土化'，无以摆脱的'恋土'情结等等。这种作家气质上的'乡土化'决定着中国现代文学的基本面貌，并且是现代文学发展道路的不可忽视的制约因素。"①1923年，周作人在为刘大白《旧梦》的序中认为刘大白的诗具有乡土趣味，他进一步强调了对乡土艺术的重视，提出地方趣味是"世界文学"的一部分，并且提出了自己对乡土味的追求。在周作人的倡导下，20世纪二三十年代，周作人、鲁迅、郁达夫、沈从文等人创作了一些以乡土为题材的小品散文，并取得相当高的成就。沈从文、师陀、李广田等作家都有强烈的"恋土"情结，他们都不约而同地自称"乡下人"，很少像鲁迅那样在《朝花夕拾》中仍然保持理性，以批判的眼光看待故乡，实现"恋土"与"厌乡"的心理平衡。在这种"恋土"情结的支配下，很多现代作家都把故乡当作心灵的港湾，他们在散文创作中往往把故乡主观化、理想化，这在故乡自然美的表现中最为明显，周作人和郁达夫都是如此。周作人不仅在理论上倡导乡土趣味与和谐美，而且也可以说是现代小品散文创作的开创者。在《故乡的野菜》中，周作人提到了对"故乡"的看法："我的故乡不止一个，凡我住过的地方都是故乡。故乡对于我并没有什么特别的情形，只因钓于斯游于斯的关系，朝夕会面，遂成相识，正如乡村里的邻舍一样，虽然不是亲属，别后有时也要想念到他。我在浙东住过十几年，南京东京都住过六年，这都是我的故乡；现在住在北京，于是北京就成了我的家乡了。"② 周作人的"故乡"观念并不多么强烈，他对故乡的野菜的回忆强调的也是趣味，挖荠菜则是"一种有趣味的游戏的工作"，这与周作人"乡

---

① 钱理群：《乡风市声·序》，《乡风市声》，人民文学出版社1992年版，第3页。

② 周作人：《故乡的野菜》，《雨天的书》，北新书局1933年版，第67页。

土艺术”观念是一致的，他认为乡土艺术应该表现强烈的地方趣味，只有表现多方面的趣味，才可以构成和谐的全体。苏雪林《扁豆》能充分说明这个道理，文章写采撷扁豆的乐趣，由此想到乡村生活的现状。叶圣陶《没有秋虫的地方》《藕与莼菜》也都表达了浓烈的思乡之情。

社会批判也是现代小品散文的审美特征。郁达夫在《中国新文学大系·散文二集·导言》中认为现代散文总是要点出人与社会的关系，“一粒沙里见世界，半瓣花上说人情”[①]是现代散文的重要特征。在郁达夫看来，现代散文不仅发现了个人，也发现了社会，现代散文自觉承担了社会责任。在20世纪二三十年代，周作人为小品散文的艺术性追求作出了贡献，但是其表现出来的对“趣味”与“和谐”的追求，在“风沙扑面，虎狼成群”的时代不合时宜。鲁迅是个永不停息的战士，虽然他心中有对母爱与童真的向往，也许对长妈妈与百草园的怀念能减少他内心的孤独与寂寞，他希望心灵能得到些许安慰和栖息，但是鲁迅更多的散文是在与旧时代、旧社会进行顽强抗争。鲁迅毕生致力于批判传统文化，《朝花夕拾》中的众多散文也少有例外，《二十四孝图》回忆童年时代看到的书本，鲁迅感觉童年生活的枯燥与可怜，严厉地批判了“老莱娱亲”和“郭巨埋儿”等封建教育；《五猖会》回忆童年时代罕见的盛事，却被父亲逼着背书；《无常》回忆童年所见的迷信习俗（鬼怪）；《父亲的病》回忆绍兴名医（陈莲河）诊金高、药方怪，却没能救治父亲的性命。虽然这些散文表现的是旧时代农村的社会习俗，鲁迅的审视和批判意识在其中表现得淋漓尽致，但是鲁迅从孩童视角回忆童年生活，字里行间仍然带有明显的童真与童趣，他像许多孩子一样，盼望着过年过节，盼望着迎神赛会，他也会同乡下人一起，“常常这样高兴地正视过这鬼而人，理而情，可怖而可爱的无常；而且欣赏他脸上的哭或笑，口头的硬语与谐谈……”[②]鲁迅的“百草园”与他童年趣事是一致的，他对自然美以

① 郁达夫：《导言》，《中国新文学大系·散文二集》，良友图书印刷公司1935年版。

② 鲁迅：《无常》，《鲁迅全集》第2卷，人民文学出版社2005年版，第281页。

及母爱与童真有着强烈的向往，但是鲁迅又怀着强烈的社会责任感，所以他能跳出对和谐安宁生活的回忆，以饱蘸感情的笔墨鞭笞传统文化的弊端。因此，《从百草园到三味书屋》在《朝花夕拾》中是非常独特的，“百草园”是他的乐园，“三味书屋”则使他远离快乐，鲁迅的矛盾与痛苦在这里有了集中体现。《从百草园到三味书屋》一方面表现了鲁迅的童真与童趣，“百草园”就像鲁迅生命中的港湾一样，“也许要哄骗我一生，使我时时反顾”；另一方面也表现了他对旧社会的不满，虽然鲁迅没有旗帜鲜明地抨击寿镜吾先生，但“三味书屋”无疑是封建教育的象征，它也是鲁迅的一个心结。

表现社会性对和谐安宁的乡村生活的冲击与破坏也是现代小品散文创作的重要内容。郁达夫的《还乡记》写于 1923 年，是作者由上海回乡途中的所见所感，它是一首漂泊者的哀歌，文中洋溢着对自己的漂泊者与零余者身份的感伤，也有对还乡途中的自然美与农家生活的羡慕和向往。《钓台的春昼》是郁达夫写于三十年代的游记散文，记叙的是作者由富阳溯江而上，经桐庐，上钓台严子陵旧迹的一次旅行。散文以游踪为线索，描写了富春江两岸的山光水色和桐君山的清幽静谧以及严子陵钓台的荒颓孤寂。郁达夫这次待在家乡是为了逃避官府的追捕，因此郁达夫沉醉于大自然的美景，寄情山水以忘却尘世纷扰。与鲁迅一样，郁达夫在社会上无法得到安宁的处所，只有漂泊流离，但是他们内心有对和谐与安宁生活的向往与追求，鲁迅试图从对童年生活的回忆中寻找安慰，郁达夫则把自己的孤独与苦闷在自然美中排遣。沈从文小时候亲眼见到军队对苗民的捕杀，看到了故乡自足自然的人生形式在强大外力的冲击下的悲剧命运。在《五个军官和一个煤矿工人》中，沈从文写五个军官用计捕获了一个造反的煤矿工人，煤矿工人最后跳井而死。由此可见，现代小品散文既有对美的追求和表现，也有对社会丑恶的反映，李广田、鲁彦、师陀的乡土散文更多地表现了这一特征。作为“文学研究会”的成员，鲁彦坚持“为人生的艺术”的创作原则，在内容上表现出现实主义的创作特色，在艺术风格上，鲁彦散文表现出朴素自然的美。茅盾在现代文学史上占有十分重要的地位，他的散文创作也取得了重大成就。20

世纪30年代，茅盾以故乡为题材的散文，或者回忆童年时代的生活，如《冬天》《谈月亮》《天窗》《我的中学生时代及其后》《我的小学时代》等，这些散文表现了茅盾童年时代的天真与童趣；或者描绘故乡的历史风情，如《冥屋》《香市》《老乡绅》《陌生人》《我所见的辛亥革命》《我曾经穿过怎样的紧鞋子》《疯子》《阿四的故事》《再谈"疯子"》《旧账簿》等，在这些散文中，茅盾往往把现实与历史进行对照，使散文具有清晰的历史感，故乡的风土人情也具有更加深厚的历史文化内涵；茅盾对历史表现出一种留恋心态，对现实表现出一种强烈的"否定态度"[①]。或者反映故乡的残酷现实，如《谈迷信之类》《乡村杂景》《故乡杂记》《桑树》《雷雨前》《大旱》《戽水》等。《谈迷信之类》叙述农村一个小乡镇利用迎神赛会的机会，想尽办法招揽生意，但仍然不能摆脱破产的命运。《乡村杂景》描述农民反对洋货。《桑树》讲述蚕农的桑叶丰收，然而桑叶价格下跌，不得不负债经营，最后国民政府仍要敲诈勒索。《戽水》记述农民无钱租用洋水车，最终旱灾使农民颗粒无收。《大旱》记述一个小乡镇因旱灾以致"交通断绝、饮水缺乏，商业停顿"，不法商人则乘机抬高物价敲诈勒索，乡下人抢米遭到国民政府的残酷镇压。《故乡杂记》描写了故乡的现实状况以及战乱给人民带来的痛苦，他文中写道，"我想：要是今年秋收不好，那么，这镇上的小商人将怎么办哪？他们是时代转变中的不幸者，但他们又是彻头彻尾的封建制度拥护者；虽然他们身受军阀的剥削，钱庄老板的压迫，可是他们唯一的希望就是把身受的剥削都如数转嫁到农民身上。农民是他们的衣食父母。他们盼望农民有钱就象他们盼望自己一样。然而时代的轮子以不可阻挡的力量向前转，乡镇小商人的破产是不能以年计，只能以月计了！我觉得他们比之农民更其没有出路。"[②]茅盾以小见大，从一个乡镇见出整个中国农村和农民的悲惨命运。他以故乡历史和现实为题材的散文作品，虽然是以故乡为聚焦点，但能体现整个中国农村

---

① 钟桂松：《茅盾与故乡》，四川文艺出版社1991年版，第208页。

② 茅盾：《故乡杂记》，《茅盾全集》第11卷，人民出版社1986年版，第124页。

的面貌，真实地反映了20世纪30年代中国农村的现实状况。在情感表达上，茅盾不是沉迷于个人内心情感的抒发，而是整个时代情绪的聚集。茅盾作为一个革命者，对历史和现实以及未来都有着清醒认识，他不仅对农民的现状有着深切同情，而且对人民的痛苦根源有着深刻理解。茅盾不仅揭示了历史本质和发展趋势，而且对农民和未来怀有殷切希望，号召人民为了新生活而抗争。何其芳经过两次还乡以后，对现实生活和人间不幸倾注了极大关注，何其芳与茅盾一样，也是从一个小地方见出整个国家的灾难与痛苦。在美学表现上，茅盾、何其芳、李广田等作家的散文更多的是表现农家苦，他们理解农民的内心寂寞，怜悯农民的苦难，对农民有着深切同情。何其芳和李广田散文在叙述时间上，都经历了由回忆性的主观抒情向纪实性的客观描写的转型；叙述空间上由个人故乡转向了广大国土；在情感表达上由对故乡的怀念转向了对人间不幸的抨击。小品散文表现了20世纪上半期的中国乡村的悲惨现实，揭示了现代中国的苦难境遇。

民族危机是20世纪中国最为沉重的灾难，从八国联军侵华到抗日战争，中国遭受了无数次残酷侵略。文学无国界，但作家有自己的祖国，因此，民族国家想象是中国现代作家表现的重要内容，爱国主义也是现代作家的重要追求。中国自古就有家国一体观念，现代作家对于家的描绘，往往也隐喻了民族国家想象，对于乡土的描述也是如此。尤其是抗日战争爆发以后，在茅盾、何其芳等作家的乡土散文中，乡土也就是国土，乡土空间的国家化成为现代乡土散文的重要特征。抗战以后，小品散文在美学境界上的开拓是相当突出的，成为文学史上的重要现象，何其芳和李广田的艺术转型促进了小品散文的发展，茅盾的小品散文不仅极大地提高了小品散文的艺术成就，而且使小品散文的阳刚之美更加充沛，成为抗战以后散文创作一道亮丽的风景。小品散文成为新时代的颂歌，富有时代激情和战斗勇气，茅盾、孙犁、吴伯萧等作家的散文集中表现了这种特征，尤其是茅盾《风景谈》和《白杨礼赞》是最重要的代表。《风景谈》描写了六个风景片段，热情歌颂了解放区光明美好的新气象，抒发了对中国共产党的无限崇敬和对伟大民族解放战争的

赞颂。《白杨礼赞》赋予白杨树以崇高的精神品质，作品字里行间洋溢着激情，充满了感染力，成为时代赞歌和民族颂歌，“这首颂歌回荡着澎湃的爱国主义精神，今天读起来，还依旧是那样的激动人心”。[①]除此以外，也有作家创作了一些表现抗战生活的作品，如萧声《松花江》就似一首反抗的战曲，叙述了九一八事变后，东北义勇军在松花江两岸的战斗生活，“枪声，呐喊声，哭声，狗吠声，马嘶声，纠结在一起；在惊心动魄的闹嚷着，沸腾着。”[②]沙汀《老乡们》记述了华北游击战争中军民团结一致共同抗日，表现了军民的鱼水深情和人民的抗战热情。刘白羽《同志》也是表现抗日战争时期的军民团结和同仇敌忾：“一阵芳香的气息从泥土里吹过来，一簇簇星似的黄花在那儿绽嘴微笑。他舒适地倒在老人的怀里。老人眯了眼睛望着酱油色的水浪悠悠地说：‘你们知道吗……我的儿子，也在队伍里，说当号兵，你们知道吗……”[③]吴伯萧《丰饶的战斗的南泥湾》叙述八路军在南泥湾开展“自己动手，丰衣足食”运动中火热的战斗场面，歌颂新社会，歌颂新生活，歌颂八路军，文章结尾写道：“去南泥湾的道路是开阔的，汽车可径直上下，大车畅行无阻。那是革命军队自己动手开辟的路，是走向崭新的幸福的社会的路。”[④]孙犁《采蒲台的苇》关于白洋淀苇塘的叙述，在作者笔下，白洋淀不仅仅是一个简单的苇的世界，而是一个英雄的世界。另外也有一些表现农村新社会、新生活的作品，如欧阳山《活在新社会里》叙述解放区干部群众积极地工作，新社会给人民带来了翻天覆地的变化，邹兰英由过去的叫化子成为劳动积极分子，过上了丰衣足食的生活。在农村，新社会比旧社会有了翻天覆地的变化，这类散文在写法上常常运用对比的手法，强调“旧社会使人变成鬼，新社会使鬼变成人”的主题。

---

① 林非：《现代六十家散文札记》，百花文艺出版社1980年版，第54页。

② 萧声：《松花江》，《中流》第2卷第1期。

③ 刘白羽：《同志》，刘绍棠、宋志明：《中国乡土文学大系·现代卷》，农村读物出版社1996年版，第1449页。

④ 吴伯萧：《丰饶的战斗的南泥湾》，《解放日报》1943年10月24日。

可以看出，20世纪二三十年代的小品散文，在叙述时间上，虽有怀旧与纪实的差异，但主要以回忆性的怀旧为主；在叙述空间上，虽然偏重个人的故乡，但也有乡土与国土的不同；在情感表达上，既有恋土也有厌乡的情绪，又主要限于个人内心情感的表达；在美学表现上，既有自然美也有农家苦，又主要限于对自然和谐的人生及社会的向往与追求。抗日战争爆发以后，现代作家紧跟时代发展，小品散文出现新风貌。在叙述时间上，小品散文有了新的突破，“二十年代、三十年代以回忆为主的乡土文学渐渐结束”[①]，它们更多地反映现实，面向将来。在叙述空间上，小品散文突破了狭隘的个人小天地，由个人的故乡转向广大的国土。在情感表达上，小品散文表达了对乡村的热爱和对美好未来的期待和追求，突破了单纯的个人内心情感的发泄，转向整个时代情绪的表现。在美学表现上，小品散文不再沉迷于和谐安宁生活的向往，而是真实再现中国农村的苦难状况，成为救亡的呐喊和新时代的颂歌，饱含战斗激情和阳刚之美。

① 冯至：《序》，《李广田文集》第1卷，山东文艺出版社1983年版，第8页。

第一章　鲁迅小品散文的创造性

鲁迅，原名周樟寿，后改名树人，字豫山，后改豫才。鲁迅是中国现代文学的奠基人，是著名的文学家、思想家。毛泽东主席曾强调“鲁迅的方向，就是中华民族新文化的方向”①。郁达夫在《中国新文学大系·散文二集·导言》中对鲁迅有过这样的评价：“鲁迅的文体简练得像一把匕首，能以寸铁杀人，一刀见血。重要之点，抓住了之后，只消三言两语就可以把主题道破——这是鲁迅作文的秘诀”②，鲁迅曾说自己“性喜疑人”③，这样的性格使他善于发现并揭露人性与社会的黑暗、丑陋面，加之他习惯于用文字对其加以犀利地讽刺与批判，如此一来便形成了鲁迅小品散文独特的辛辣讽刺的写作风格。

第一节　鲁迅其人其文

1881 年，鲁迅出生于传统的书香世家。父亲周伯宜曾中过秀才，但因屡次乡试未中，一直闲居家中。母亲鲁瑞，绍兴乡下安桥村人，虽未曾上过学，但却通过自修获得了阅读能力。虽说周家是一个大家族，但到了鲁迅出

① 毛泽东：《新民主主义的政治与新民主主义的文化》，《中国文化》创刊号，1940 年。

② 郁达夫：《导言》，《中国新文学大系·散文二集》，良友出版图书印刷公司 1935 年版，第 14 页。

③ 郁达夫：《导言》，《中国新文学大系·散文二集》，良友出版图书印刷公司 1935 年版，第 15 页。

生的时候，实则已经逐渐没落，可在生计上，却还不用发愁。年幼的鲁迅对新鲜热闹的事物充满了激情与好奇，但被迫接受了传统教育，在《五猖会》一文中，鲁迅就说到他有一次很期盼去东关看五猖会，父亲却突然出现，让他拿出那本他的开蒙读物《鉴略》，对他说："给我读熟。背不出来，就不准去看会。"这句话犹如一盆冷水泼到年幼的鲁迅的头上。"粤自盘古，生于太荒，首出御世，肇开混茫。"这样古奥的文字，理解都成困难，于是鲁迅只好死记硬背，最后终于一口气将其背下。背完之后，如期得到了父亲的许可，去东关的五猖会。五猖会是那么热闹，而鲁迅的心里却没有了最初的喜悦与激动，甚至觉得对于他似乎已经没有多大意思。于是他在写作这篇文章时，在末尾对这次的经历感到困惑："我至今一想起，还诧异我的父亲何以要在那时候叫我来背书。"①

在鲁迅12岁时，祖父周介孚因科举一案被捕入狱，接着父亲又染上了重病，于是家境逐渐困窘起来。在被送去大舅父家避难的那些日子，鲁迅感受到了"乞食者"的悲凉。为牢中祖父持续不断地筹钱周旋，使得原本就遭遇困难的家庭越发无法支撑。在这个节骨眼上，父亲又得了重病，昂贵的医药费压得这个家庭无法喘息。鲁迅在《呐喊·自序》中写道："我有四年多，曾经常常，——几乎是每天，出入于质铺和药店里，年纪可是忘却了"，"我从一倍高的柜台外送上衣服或首饰去，在污蔑里接了钱"，为了筹集高昂的诊金请医生给父亲治病，童年的鲁迅经常出入比他个头还要高的当铺与药铺之间。但父亲的病却一直不见好转，在1896年去世了。那年鲁迅只有15岁。父亲的病误于庸医之手，这在他年少的心里埋下了深深的伤痛，以至于后面他东渡日本留学，首选便是学医。"有谁从小康人家而坠入困顿的么，我以为在这途路中，大概可以看见世人的真面目"，家道中落的巨大变故使鲁迅一下子从"上流社会"的光环中坠落下来，体会到了人情的冷暖。于是他萌生了逃离的想法。"我要到N进K学堂去了，仿佛是想走异路，逃异地，去

---

① 鲁迅：《五猖会》，《朝花夕拾》，人民文学出版社1979年版，第32—33页。

寻求别样的人们。”① 可是当时的社会，读书人的正路是科举，而“学洋务”则被认为是一种走投无路的选择。鲁迅全然不顾这些，带着母亲为他置办的八元旅费踏上了去南京的道路。

18 岁的鲁迅到南京之后，改名周树人。先是考入了江南水师学堂，但因为总觉得不大合适，于是离开。而后又考入了江南陆师学堂附设的矿路学堂。在这期间，鲁迅学习成绩优异，并获得了金质奖章。受严复《天演论》的影响，鲁迅接受了“进化论的观点”，有了理论武器，便加强了他的反封建思想，他不断追求进步与发展，并对“阻碍前进的旧的事物进行坚决的斗争”。1901 年 12 月，鲁迅从矿路学堂毕业。由于当时江南督练公所正在选择一批留学生到外国学习“政治法律与学问技术”②。鲁迅在新思想的影响下，抓住了到国外留学的机会。21 岁的鲁迅就这样满怀热情，为追求救国救民的真理到了日本。日本的求学生活却远非想象中的那么美好，他在《藤野先生》中写道：“东京也无非是这样。上野的樱花烂漫的时节，望去确也像绯红的轻云，但花下也缺不了成群结队的‘清国留学生’的速成班”，然而这些“速成班”的留学生是什么形象呢？——“头顶上盘着大辫子，顶得学生制帽的顶上高高耸起，形成一座富士山。”鲁迅接着讽刺地写道：“也有解散辫子，盘得平的，除下帽来，油光可鉴，宛如小姑娘的发髻一般，还要将脖子扭几扭。实在标致极了。”③ 这简直是滑稽透顶。这些人远渡日本留学，不是为了追求真理、学习新知识，而是为了赶潮流、镀金。这在鲁迅看来，简直是不堪入目。鲁迅在同学们中是较为“激进的革命者”，他“在弘文学院江南班中是第一个剪辫子的人”，在那时候，“辫子象征着清王朝对中国人民的统治”④，所以剪辫子是需要很大的勇气，即便是承受了极大的压力，但鲁迅就这样做了。剪完之后还特地拍了一张“断发照相”作为纪念，并且还在

① 鲁迅：《呐喊 · 自序》，《鲁迅全集》第 1 卷，人民文学出版社 2005 年版，第 437 页。

② 吴中杰：《鲁迅画传》，复旦大学出版社 2008 年版，第 22 页。

③ 鲁迅：《藤野先生》，《朝花夕拾》，人民文学出版社 1979 年版，第 71 页。

④ 吴中杰：《鲁迅画传》，复旦大学出版社 2008 年版，第 24 页。

照片的背后题了一首诗："灵台无计逃神矢，风雨如磐暗故园。寄意寒星荃不察，我以我血荐轩辕！"[①]这首诗倾诉了强烈的爱国主义情怀以及对祖国和人民命运的担忧。最后一句"我以我血荐轩辕"实在是诗歌感情的沸腾点，表达了鲁迅要为祖国与人民献身的决心。茅盾就曾对这首七言绝句作过这样的评价："他的《自题小像》就表示了把生命献给祖国的决心"[②]。这一时期的鲁迅，除了"在课余时间内喜爱读哲学与文艺之书"[③]，尤其关注人性与国民性问题。1903年，23岁的鲁迅为《浙江潮》杂志撰文，并在秋季翻译完成法国作家儒勒·凡尔纳的科学幻想小说《月界旅行》。1904年，鲁迅当年在东京的弘文学院结束了他预备班的学业后，"选择了医学作为他从事革命、拯救祖国的职业"[④]。在《呐喊·自序》中，鲁迅写道："我的梦很美满，预备卒业回来，救治像我父亲似的被误的病人的疾苦，战争时候便去当军医，一面又促进了国人对于维新的信仰。"在日本求学之时，鲁迅从翻译出来的历史书上，了解到"日本维新大半发端于西方医学的事实"。于是，想要通过医学来推动与发展祖国革命事业的鲁迅选择了"日本一个乡间的医学专门学校"。本想通过医学来实现自己伟大抱负的鲁迅，却在一次细菌课上看过老师播放的"日俄战争教育片"后，彻底改变了他的想法。对这件事，他回忆说："有一回，我竟在画片上忽然会见我久违的许多中国人了，一个绑在中间，许多站在左右，一样是强壮的体格，而显出麻木的神情。"这一次的观影经历刺痛了鲁迅的心，并在他的内心留下了难以磨灭的创伤。他深深地发觉，学医已经不是现在最要紧的事情了。"凡是愚弱的国民，即使体格如何健全，如何茁壮，也只能做毫无意义的示众的材料和看客，病死多少是不必以为不幸的。"鲁迅这时才清醒地认识到改变国民精神的重要性——"所以

---

① 鲁迅：《自题小像》，《鲁迅全集》第2卷，人民文学出版社2005年版，第447页。

② 瞿秋白：《红色光环下的鲁迅》，河北教育出版社2000年版，第184页。

③ 许寿裳：《鲁迅先生年谱》，《北京鲁迅博物馆会议论文集》，中国大百科全书出版社2005年版，第259页。

④ 吴中杰：《鲁迅画传》，复旦大学出版社2008年版，第29页。

我们的第一要著，是在改变他们的精神，而善于改变精神的是，我那时以为当然要推文艺，于是想提倡文艺运动了。”① 鲁迅决定弃医从文。

1906 年 6 月，在母亲接二连三要求其回国的来信催促中，鲁迅为探亲而回到了家乡，却是被骗回去与朱安结婚。虽然鲁迅不满这种封建的包办婚姻，但是他也深知，在当时那个社会，如果他拒婚了，那么朱安便会成为封建礼教的牺牲品。于是，为了不让母亲伤心、不让朱安成为封建礼教的牺牲品，他只好牺牲了自己的婚姻。关于这段婚姻，他曾对自己的好友许寿裳这样说过：“这是母亲给我的一件礼物，我只能好好地供养它，爱情是我所不知道的。”② 善良的鲁迅不愿伤害任何人，他希望中国的封建包办婚姻的枷锁能够到他这里就结束。他出乎所有人意料地按照旧礼仪将所有要求的礼数做全，但是婚后不久，他便立刻回到日本着手他的文艺活动。这一次的筹备最终还是宣告失败了。“但最先就隐去了若干担当文字的人，接着又逃走了资本，结果只剩下不名一钱的三个人。”于是，《新生》杂志最终并没有成型。这一次的经历使他感到些许的悲哀，他写道：“因为这经验使我反省，看见自己了：就是我决不是一个振臂一呼应者云集的英雄。”当时的中国社会，群众大多麻木，并不是鲁迅振臂一呼就能够唤起他们沉睡的意识，所以，文学救国之路必定充满了荆棘。但鲁迅并没有想过要放弃。1908 年，28 岁的鲁迅与二弟周作人一起编译《域外小说集》，主要介绍东北欧被压迫民族的抗争文学。鲁迅试图以此来在思想界引起反响，但当时的学界对《域外小说集》却是反响冷淡。鲁迅的理想又一次触礁，他感到“如置身于毫无边际的荒野，无可措手”③。为了排解这种寂寞与痛苦，鲁迅想到德国去继续学习，但家庭经济紧张，于是他只好回国谋事。

从 1920 年 8 月起，鲁迅陆续受聘于北京大学、北京师范大学和北京女子师范大学等校，主要讲授《中国小说史》。鲁迅作为家中长子，对二弟周

① 鲁迅：《呐喊·自序》，《鲁迅全集》第 1 卷，人民文学出版社 2005 年版，第 438—439 页。

② 吴中杰：《鲁迅画传》，复旦大学出版社 2008 年版，第 37 页。

③ 鲁迅：《呐喊·自序》，《鲁迅全集》第 1 卷，人民文学出版社 2005 年版，第 439 页。

作人与三弟周建人的感情一直很深。这种感情，从他在离家前往南京求学时所写的《别诸弟》一诗中就可以看出："谋生无奈日奔驰，有弟偏教各别离。最是令人凄绝处，孤檠长夜雨来时。"①因二弟周作人与鲁迅年仅相差三岁左右，相处的时间更长些，而后周作人又追随鲁迅前往南京，考入南京水师学堂，乃至后面也一同到日本留学，共同"筹备杂志《新生》，共同翻译《域外小说集》"②。这些无一不可看出兄弟二人的感情之深厚。最后鲁迅提前回国谋事，很大一部分原因是周作人需要鲁迅经济上的接济。鲁迅对二弟周作人关心之至实在令人感慨，在周作人携带妻子回国后，鲁迅仍然是将自己的大部分收入用于负担整个家庭的开支，并且还不时接济周作人的妻子羽太信子在日本东京的娘家。1917 年，周作人到北京大学任教也是经鲁迅介绍。到了 1919 年，他们卖掉绍兴旧居，将全家搬到北京八道湾之后，一切就都变了。鲁迅原本所设想的全家一起搬到八道湾之后，他便可以与周作人"朝夕相处"，"共同以文艺为武器"③而展开更多合作。但因为家庭原因而引起的"兄弟失和"事件导致了二人从此分道扬镳。1923 年 8 月，鲁迅搬离了八道湾，并于 1924 年 5 月迁入了西三条胡同新屋。

1926 年 8 月底，鲁迅决定应当时在厦门大学担任文科主任的林语堂之邀，前往厦门大学担任国文系教授兼国学院研究教授。同行的有许广平，她也到广州去教书。鲁迅来到厦门大学后开设了两门课："中国小说史和中国文学史"④。由于当时的青年们对鲁迅很熟悉，当知道鲁迅来到厦门大学后，纷纷涌入听课。鲁迅因发觉厦门大学学术氛围与想象中相差甚远，于是同年 12 月，便辞去一切职务，接受了广州中山大学的邀请，到广州任中山大学文学系主任兼教务主任。此后鲁迅不断受邀前往各地进行演讲，也发表了一系列文章。来到广州的鲁迅发现这里也不是一个无事之地，他在《通信》

---

① 鲁迅：《别诸弟》，《鲁迅全集》第 8 卷，人民文学出版社 2005 年版，第 531 页。

② 吴中杰：《鲁迅画传》，复旦大学出版社 2008 年版，第 82 页。

③ 周建人：《鲁迅和周作人》，《新文学史料》1983 年第 4 期。

④ 吴中杰：《鲁迅画传》，复旦大学出版社 2008 年版，第 122 页。

中写道："原来往日所闻，全是谣言，这地方，却正是军人和商人所主宰的国土。"[①]1927年，"四一二"反革命政变之后，内战形势越演越烈。4月15日，鲁迅因故辞去了中山大学的职务。并在同年编就了《野草》和《朝花夕拾》两本散文集，写作了《可恶罪》《小杂感》，发表了《魏晋风度及文章与药及酒之关系》。在散文集《野草》的《题词》中，鲁迅写道："地火在地下运行，奔突；熔岩一旦喷出，将烧尽一切野草，以及乔木，于是并且无可朽腐。"[②]尽管当时国内形势正处于残酷的反革命政变之中，但鲁迅坚信，革命是不会就此停止的。他一直用文章为武器与虐杀者们进行艰难的战斗，不遗余力地揭露他们丑恶的嘴脸。

1927年9月27日，鲁迅偕同许广平离开广州前往上海。而后鲁迅将主要精力投入译著工作，并写作了"大量的富含战斗性的文章"[③]。1930年3月2日，中国左翼作家联盟举行了成立大会，鲁迅被选为常务委员，并在会上作了《对左翼作家联盟的意见》的讲话。在1929年9月27日，鲁迅的儿子周海婴出生了。鲁迅对于孩子是非常喜爱的，自己孩子的降生使鲁迅感受到了为人父的种种喜悦。孩子的母亲许广平原与鲁迅是师生关系，他们在"反对北洋军阀政府的斗争中，结下了深厚的友谊"[④]，并逐渐产生爱情。由于鲁迅与名义上的妻子朱安之间有名无实的婚姻的存在，鲁迅与许广平之间的爱情时常被一些人用来攻击他。但两人不畏流言，许广平甚至也不求名分，而是一直默默地陪伴在鲁迅身边，照顾他的生活，全力支持他的创作。直至1936年10月19日上午5时25分，鲁迅病逝于上海。

---

① 鲁迅：《通信》，《鲁迅全集》第4卷，人民文学出版社2005年版，第98页。

② 鲁迅：《野草·题词》，《鲁迅全集》第2卷，人民文学出版社2005年版，第163页。

③ 吴中杰：《鲁迅画传》，复旦大学出版社2008年版，第142页。

④ 吴中杰：《鲁迅画传》，复旦大学出版社2008年版，第147页。

第二节　辩证的小品散文观

在中国现代散文理论建设过程中，关于散文文体的认识出现过众多争论，有部分观点特别强调形式对文体的决定作用，如夏丏尊、刘熏宇在《文章作法》中就以外形的长短来定义小品文概念；也有部分观点特别重视内容对于文体的决定作用，如金满成在《我还是形式主义者》中就激烈地批评了当时社会过分强调内容题材而忽略艺术形式。鲁迅则清楚地认识到散文文体中内容与形式的辩证关系，在具体分析内容或形式时，鲁迅又能深刻地挖掘出内容或形式本身包含的矛盾因素，比如内容中的真实与虚假的矛盾对立、形式中的自由与规范的辩证统一。

鲁迅的《怎么写》被当代散文研究专家范培松称为“散文批评经典之作”[①]，鲁迅在文章开头提出：“写什么是一个问题，怎么写又是一个问题”[②]，这句话意味着鲁迅认识到散文中内容与形式的区别，“写什么”主要关系到内容与题材，而“怎么写”主要关系到艺术形式。鲁迅认识到内容与形式是两个不同的问题，对于散文都不可缺少，不能片面地以内容或者形式来判断文体的特征或者价值。在《杂谈小品文》中，鲁迅批评了当时“一般的意见，第一是在篇幅短”，强调篇幅短小并不是小品文的特征，提出判断小品文应该先看内容，然后讲篇幅：“自从‘小品文’这个名目流行以来，看看书店广告，连信札，论文，都排在小品文里了，这自然只是生意经，不足为据。一般的意见，第一是在篇幅短。但篇幅短并不是小品文的特征。一条几何定理不过数十字，一部《老子》只有五千言，都不能说是小品。这该像佛经的小乘似的，先看内容，然后讲篇幅。讲小道理，或没有道理，而又

---

① 范培松：《中国散文批评史》，江苏教育出版社 2000 年版，第 137 页。

② 鲁迅：《怎么写》，《鲁迅全集》第 4 卷，人民文学出版社 1981 年版，第 18 页。

不是长篇的，才可谓之小品。至于有骨力的文章，恐不如谓之‘短文’，短当然不及长，寥寥几句，也说不尽森罗万象，然而它并不‘小’”[①]。综合地看，鲁迅在认识到内容与形式的辩证关系的前提下，侧重于把内容视作散文的第一要素，为此他还为散文的内容提出了真实性与“为人生”两个基本原则。

文学真实性可以说是“文学革命”最重要的成果之一，胡适在《文学改良刍议》中提出“八事”，其中首要的一条就是“须言之有物”，胡适明确指出所谓的“物”指的就是情感与思想，并认为：“情感者，文学之灵魂。文学无情感，如人之无魂，木偶而已，行尸走肉而已”[②]。“文学革命”对真情实感的高度重视影响了中国现代散文理论建设，如周作人在《美文》中就把“真实简明”作为散文内容的首要条件。虽然鲁迅与周作人的散文观念存在着巨大差异，但是他们对散文内容的真实性有着共同追求，如在《徐懋庸作〈打杂集〉序》中，鲁迅提出杂文要“言之有物”“和现在贴切”[③]，“物”也就是散文中的情感与思想，“言之有物”指的是要有话说方才说话，有什么话就说什么话，要说自己的话不说别人的话；“和现在贴切”也就是贴近现实、联系实际；综合地说，就是杂文要真实地、实事求是地表达自己的情感与思想。鲁迅把真实性作为散文内容的首要原则，因此他对虚假的、装腔作势的文章有着强烈的抵制情绪，他激烈地、不吝言辞地批判那些“假大空”的文章。如《论睁了眼看》批判了中国“瞒和骗的文艺”[④]，《怎么写》批判装腔作势的文章，尤其批判了散文创作中“以假为真”。在鲁迅看来，散文中的日记体和书信体写起来虽然比较容易，但也绝不允许虚假做作，作者应该“赤条条的上场”[⑤]。鲁迅认为日记体和书信体即使“模样装得真”，“也极

---

① 鲁迅：《杂谈小品文》，《鲁迅全集》第6卷，人民文学出版社1981年版，第417页。

② 胡适：《文学改良刍议》，《新青年》第2卷第5号，1917年1月1日。

③ 鲁迅：《徐懋庸作〈打杂集〉序》，《鲁迅全集》第6卷，人民文学出版社1981年版，第292页。

④ 鲁迅：《论睁了眼看》，《鲁迅全集》第1卷，人民文学出版社1981年版，第240页。

⑤ 鲁迅：《孔另境编〈当代文人尺牍钞〉序》，《鲁迅全集》第6卷，人民文学出版社1981年版，第414页。

容易起幻灭之感”，从而丧失真实性，因此他说：“我宁看《红楼梦》，却不愿看新出的《林黛玉日记》，它一页能够使我不舒服小半天。《板桥家书》我也不喜欢看，不如读他的《道情》。我所不喜欢的是他题了家书两个字。那么，为什么刻了出来给许多人看的呢？不免有些装腔。幻灭之来，多不在假中见真，而在真中见假。日记体，书简体，写起来也许便当得多罢，但也极容易起幻灭之感。而一起则大抵很厉害，因为它起先模样装得真”①，鲁迅之所以不喜欢《林黛玉日记》和《板桥家书》，是因为鲁迅认为它们装腔作势，真中见假，丧失了散文的真实性原则。真实性可以说是鲁迅文艺观的核心，鲁迅不仅倡导散文的真实性，对其他文体的要求也是如此，如他在《作文秘诀》提出作文的秘诀是：“有真意，去粉饰，少做作，勿卖弄而已。”②，又如在《什么是“讽刺”》中强调“‘讽刺’的生命是真实”③。

“为人生”也可以说是“文学革命”最重要的成果之一，周作人在《人的文学》中提出文学应该对人生诸问题加以记录研究④，朱希祖在《白话文的价值》中提出：“文学最大的作用，在能描写现代的社会，指导现代的人生”⑤，《文学研究会宣言》提出：“文学是一种工作，而且又是于人生很切要的一种工作”⑥。五四以后，“后来《新青年》的团体解散了，有的高升，有的隐退，有的前进”⑦，部分作家主动放弃了文学“为人生”，如周作人在散文创作中“极慕平淡自然的境地”，在理论上倡导闲适、趣味文学。鲁迅则始终坚持文学“为人生”，到了1930年代，他在《我怎么做起小说来》里仍然强调：“说到‘为什么’做小说罢，我仍抱着十多年前的‘启蒙主义’，

---

① 鲁迅：《怎么写》，《鲁迅全集》第4卷，人民文学出版社1981年版，第24页。

② 鲁迅：《作文秘诀》，《鲁迅全集》第4卷，人民文学出版社1981年版，第614页。

③ 鲁迅：《什么是“讽刺”》，《鲁迅全集》第6卷，人民文学出版社1981年版，第328页。

④ 周作人：《人的文学》，《新青年》第5卷第6号，1918年12月15日。

⑤ 朱希祖：《白话文的价值》，《新青年》第6卷第4号，1919年4月15日。

⑥ 周作人等：《文学研究会宣言》，《新青年》第8卷第5号，1921年1月1日。

⑦ 鲁迅：《〈自选集〉自序》，《鲁迅全集》第4卷，人民文学出版社1981年版，第453页。

以为必须是‘为人生’，而且要改良这人生。”[①]“为人生”可以说是鲁迅文学创作的毕生追求，他不仅在小说创作中倡导“为人生”，在他大量的散文创作中更是如此。

鲁迅重视散文的内容，把“真实性”“和人生有关”作为散文内容的基本原则，不仅促进了中国现代散文的创作发展和理论建设，而且对当时社会上流行的“为艺术而艺术”的文学是矫枉和纠偏，也就是鲁迅自己所说的：“使所谓‘为艺术而艺术’的作品，在相形之下，立刻显出不死不活相。”[②]鲁迅的散文理论是他人格的结晶，也是时代的产物。鲁迅的一生是战斗的，他曾经提出“战斗的作者应该注重于‘论争’”[③]，因此，可以说鲁迅的散文理论都是论争的成果，战斗的成果。如早期的散文理论代表作《怎么写》批评郁达夫的《日记文学》中的观点，建立起散文的自由性质以及内容的真实性原则；后期代表作《小品文的危机》批评文学上的“小摆设”现象，提出“生存的小品文，必须是匕首，是投枪”[④]。

既然鲁迅散文理论是在一次次的论争中发展起来的，那么鲁迅的散文理论具有明确的针对性；在众多的论战文章中，鲁迅的散文理论并没有出现自相矛盾的观点，而是步步为营形成了一个完整系统的体系，这也是鲁迅的论敌难以占到便宜的重要原因；更为重要的是，鲁迅始终是辩证地思考散文，他从不因为要批驳某种散文观，而走向另一种散文观的极端，例如，鲁迅重视散文的内容，但他绝不忽略散文的形式；当鲁迅论述散文的形式自由时，他也绝不会忽略散文的形式规范。鲁迅总是能从历史发展和现实状况出发思考散文，提出符合社会发展和人民需要的散文观点，从而矫正散文发展的偏差。一个值得重视的问题是，鲁迅的散文观点散落在《鲁迅全集》中的字里行间，并没有形成详细完整的专著，甚至长篇论文都没有，都是短小精悍的

---

① 鲁迅：《我怎么做起小说来》，《鲁迅全集》第 4 卷，人民文学出版社 1981 年版，第 508 页。

② 鲁迅：《徐懋庸作〈打杂集〉序》，《鲁迅全集》第 6 卷，人民文学出版社 1981 年版，第 293 页。

③ 鲁迅：《辱骂和恐吓决不是战斗》，《鲁迅全集》第 4 卷，人民文学出版社 1981 年版，第 453 页。

④ 鲁迅：《小品文的危机》，《鲁迅全集》第 4 卷，人民文学出版社 1981 年版，第 576 页。

篇章；这种现象很容易使人们产生误读："只见树木不见森林"，只看到了鲁迅散文理论中的个别观点，而忽视了鲁迅散文理论是一个完整的体系。割裂地看待鲁迅的散文理论或者只看到《鲁迅全集》部分篇章中的片言只语，都是错误的。

当代散文研究专家王景科认为："鲁迅骄人的创作实绩有力地推动了现代文学的蓬勃发展。美中不足的是，他对中国现代散文理论阐释太少，这为数不多的几篇小品文和杂文的篇章，也还是他与林语堂、梁实秋等人笔战的结果。"①，这句话指出了鲁迅散文理论的一个重要特征：阐释太少，但是人们不能因为"阐释太少"而忽视鲁迅在中国散文理论史上的重要贡献。"阐释太少"并不妨碍鲁迅散文理论的精彩内容，鲁迅对散文的文体性质、基本要素、内容原则、形式要求等都提出了非常重要的观点，几乎每篇文章都是真知灼见，甚至可以说每篇文章都是中国散文理论的"点睛之笔"。一个值得注意的问题是，从已有的散文理论研究现状来看，有专门针对周作人、林语堂等人的散文理论的研究论文，如郜元宝近期发表的《从"美文"到"杂文"——周作人散文论述诸概念辨析》，也有专门研究周作人的硕士论文，如王兰兰的《论周作人的散文理论》，还有一些学术专著，如李标晶的《中国现代作家文体论》中有论述周作人、朱自清、茅盾、林语堂的散文理论；然而，鲁迅的散文理论被学术界严重忽视，这是一个值得注意的现象。难能可贵的是，范培松在《中国散文批评史》中专门论述了鲁迅的散文理论，主要集中于《怎么写》的散文观以及杂文理论；美中不足的是，范培松对鲁迅散文理论的挖掘并不全面，理论分析的深度也有待拓展。正如鲁迅在《做文章》中提出的观点："太做不行，但不做，却又不行"②，这是一种辩证态度，也是认识鲁迅散文理论的正确态度。

① 王景科：《中国现代散文小品理论研究十六讲》，山东文艺出版社2009年版，第3页。

② 鲁迅：《做文章》，《鲁迅全集》第5卷，人民文学出版社1981年版，第528页。

第三节　《朝花夕拾》的心境状态

鲁迅于1926年在北京与厦门期间创作了《朝花夕拾》，除《小引》与《后记》之外，共有10篇散文作品。《朝花夕拾》是鲁迅的回忆性散文，是他陆续发表在《莽原》上的文章。鲁迅称这些文章是"从记忆中抄出来的"，在《小引》中，鲁迅透露了自己当时的写作心境"我常想在纷扰中寻出一点闲静来"，接着，后面他却又说"然而委实不容易"，那这是因为什么呢？"目前是这么离奇，心里是这么杂芜。"[①] 原先鲁迅为这一系列散文拟了《旧事重提》的总题目，1927年，鲁迅在重新编订这本散文集的时候，将其改名为《朝花夕拾》。那是在"'四·一二'反革命政变后的广州，在那血腥的日子里"[②]，对于这个题目，鲁迅在《小引》中说道："带露折花，色香自然要好得多，但是我不能够。"正是在那样一段黑暗的时期，鲁迅的心里充满了"离奇"与"杂芜"的感慨，于是他将这些感慨融合自己的过往人生经历的体验与感悟，写成一篇篇充满回忆性的文章，他希望因着当时的心境所写下的这些文章，也许可以在"他日仰看流云时，会在我的眼前一闪烁罢"[③]。《朝花夕拾》中的10篇散文，以鲁迅童年到青年的生活经历为依据，从中可窥见鲁迅二十多年的心路历程，不仅有作者的童心世界、人生道路上面临的种种选择，还有对师友的怀念。《朝花夕拾》虽然是由10篇各自独立的散文组成，但其实是一个整体。对这本散文集，鲁迅一开始就是有计划进行的创作，其中表现了作者的整个心境状态与创作意图。

《朝花夕拾》的第一篇散文《狗·猫·鼠》与其他9篇在风格上有很大不同，它具有较为浓厚的杂文色彩。这篇文章的开头与结尾部分运用了大量

① 鲁迅：《朝花夕拾·小引》，《鲁迅全集》第2卷，人民文学出版社2005年版，第235—236页。

② 王瑶：《论鲁迅的〈朝花夕拾〉》，《北京大学学报》（哲学社会科学版）1984年第1期。

③ 鲁迅：《朝花夕拾·小引》，《鲁迅全集》第2卷，人民文学出版社2005年版，第235页。

的议论，回击了“现代评论派”对鲁迅的污蔑。鲁迅在文章中将“现代评论派”的文人比喻为“媚态的猫”，对其进行辛辣的讽刺。文章中鲁迅回忆了自己童年的种种“仇猫”经历，以及对“猫态”的揭露与讥讽[①]。文章的结尾部分，鲁迅对猫的态度由原先的打变为了驱赶，原因是他发现“假如我出而为人们驱除这憎恶，打伤或者杀害了它，它便立刻变为可怜，那憎恶倒移在我身上了。”于是，为了“长保着御侮保家的资格”，鲁迅的方法就是，“在门口大声叱曰：‘嘘！滚！’”[②] 可以说《狗·猫·鼠》这篇文章是鲁迅在现实问题的激发下所作，具有较强的针对性与战斗性。

《朝花夕拾》中的第二篇散文《阿长与〈山海经〉》主要表达了鲁迅对童年时的保姆阿长的追忆之情。鲁迅通过回忆童年被阿长带领生活时发生的种种往事，将一个思想迷信却又善良、淳朴的劳动妇女的形象活灵活现地展现在人们面前。在形容她的外貌时，鲁迅说她“生得黄胖而矮”。说她睡相不好“满床摆着一个‘大’字，一条臂膊还搁在我的颈子上”。就连“阿长”这个名字也不是她的本名，而是在她之前一位女工的名字，人们叫习惯了，所以就没有再改口，而鲁迅最后也“终于不知道她的姓名，她的经历”。她在讲述“长毛”的故事的时候，说到“我们就没有用么？我们也要被掳去”。说到她这种“生得不好看，况且颈子上还有许多灸疮疤”的妇女在抵御敌人的作用时，这种“伟大的神力”，使得童年的鲁迅对她生出了特别的敬意，以至于原谅晚上与鲁迅同睡一张床时占床“挤得我没有余地翻身”的坏习惯。但是当鲁迅得知是她“谋害了我的隐鼠”，鲁迅对阿长的这种敬意便消失了，甚至在诘问时，当面叫她阿长。那时候偶然间，鲁迅的远方叔祖向他透露了“曾经有过一部绘图的《山海经》”，这一下子引起了鲁迅的极大兴趣，那“画着人面的兽，九头的蛇，三脚的鸟”都深深地诱惑着童年的鲁迅，以至于使他念念不忘。但是当时的鲁迅既无法从“疏懒”的叔祖那里得到，也无法从

① 王瑶：《论鲁迅的〈朝花夕拾〉》，《北京大学学报》（哲学社会科学版）1984 年第 1 期。

② 鲁迅：《狗·猫·鼠》，《朝花夕拾》，人民文学出版社 1979 年版，第 8 页。

遥远的书店买到。而阿长却关心地询问起"《山海经》是怎么一回事"，没想到，不久后告假回来的阿长竟真为"我"带来了《山海经》。"哥儿，有画儿的'三哼经'，我给你买来了！"这句话饱含了阿长对"我"的深深的关切之情，她其实连《山海经》的名字都记不准确，却将这四本书完完整整地给买了回来，其中的艰辛实在是难以想象。"别人不肯做，或不能做的事，她却能够做成功"，这使得鲁迅再一次燃起了对她"伟大的神力"的敬意，但更多表现的，还是阿长对待自己的热诚与关切之心。因此，对于这样一位善良的妇女，鲁迅在文章末尾表达了他的深深的祝愿之情："仁厚黑暗的地母呵，愿在你怀里永安她的魂灵！"①

《二十四孝图》开篇便是对复古派的诅咒："总要先来诅咒一切反对白话，妨害白话者。"②鲁迅愤然地"揭露了封建复古势力的虚伪与黑暗"③，大呼"只要对于白话文来加以谋害者，都应该灭亡"。鲁迅在文中谈到他童年时期最先收到的一位长辈赠送的一本"画图本子"。里面记录着流传至今的24个关于孝道的故事，但其中的一些故事使鲁迅尤为反感，那便是"老莱娱亲"与"郭巨埋儿"④，这些带有民俗色彩的图画无不透露出封建思想，其中"虚伪与矫情色彩的'孝'行"⑤引起了鲁迅愤然的谴责。鲁迅在《二十四孝图》中写道："我幼小时候实未尝蓄意忤逆，对于父母，倒是极愿意孝顺的。不过年幼无知，只用了私见来解释'孝顺'的做法。"在鲁迅童年时期，他所认为的孝顺不外乎是听话、从命、长大以后照顾年迈的父母好好吃饭。但是这本《二十四孝图》却让他知道"孝"简直比他想象的难上好几百倍。对于"子路负米""黄香扇枕"抑或是"陆绩怀橘"，这些他都还可以理解，但是最令他不解的、让他产生反感情绪的便是"老莱娱亲"和"郭巨埋儿"这两个故

① 鲁迅：《阿长与〈山海经〉》，《朝花夕拾》，人民文学出版社1979年版，第12—17页。
② 鲁迅：《二十四孝图》，《朝花夕拾》，人民文学出版社1979年版，第20页。
③ 王瑶：《论鲁迅的〈朝花夕拾〉》，《北京大学学报》（哲学社会科学版）1984年第1期。
④ 鲁迅：《二十四孝图》，《朝花夕拾》，人民文学出版社1979年版，第21—23页。
⑤ 王瑶：《论鲁迅的〈朝花夕拾〉》，《北京大学学报》（哲学社会科学版）1984年第1期。

事。“我至今还记得，一个躺在父母跟前的老头子，一个抱在母亲手上的小孩子，是怎样地使我发生不同的感想呵。”七十岁左右的老头子，穿着花衣服，像婴儿一样啼哭，目的是为取悦双亲。在鲁迅看来，这是多么虚伪。而郭巨因为家境贫寒，为了能够供养母亲而将一个三岁的活泼可爱的儿子活埋了。鲁迅觉得这简直残酷至极，童年的他感慨道：“常听到父母愁柴米；祖母又老了，倘使我的父亲竟学了郭巨，那么，该埋的不正是我么？”[①] 如此虚伪残酷的封建伦理道德，使鲁迅对其产生了深刻怀疑。

《五猖会》讲述了童年时期对新鲜事物充满好奇的鲁迅，在迫切地想要去东关看五猖会的时候，被突然出现的父亲叫去背诵佶屈聱牙的《鉴略》，如果背诵不出来就不让去看五猖会。最后鲁迅虽然背诵出来了，但是之前想去五猖会看热闹的兴致却是再也没有了。这篇文章批判了封建思想与封建传统教育对儿童天性的禁锢与抹杀，具有深刻的现实意义。

《无常》生动地描绘了一个在目连戏中很受人们喜爱的“活无常”这一角色。“鬼而人，理而情”的无常以他公正、爽直的形象深入人心。文章通过无常这个“鬼”与现实生活中的“正人君子”的对比，深刻地揭露了现实生活中那些不如鬼的人的面目的丑恶，发出了“要寻真实的朋友，倒还是他妥当”[②] 的感慨。

《从百草园到三味书屋》这篇文章，采用回忆的写法叙述了鲁迅童年时期在充满生机的百草园里的娱乐活动。而后进入最严厉的三味书屋中学习，在苦涩又单调的书塾生活中，却又能在后园找到另一个天地。文章洋溢着鲁迅对于童年童趣生活的留恋之情，童年的鲁迅最寻常的乐趣便是到屋后的百草园去玩耍，“似乎确凿只有一些野草”的那样一个不起眼的百草园，却是鲁迅童年时期尤为重要的自在乐园。“不必说碧绿的菜畦，光滑的石井栏，高大的皂荚树，紫红的桑椹”，在百草园里抓蟋蟀、拔何首乌、摘

① 鲁迅：《二十四孝图》，《朝花夕拾》，人民文学出版社 1979 年版，第 23—25 页。

② 鲁迅：《无常》，《朝花夕拾》，人民文学出版社 1979 年版，第 36—42 页。

覆盆子成了鲁迅童年的娱乐活动。在百草园里听长妈妈所说的美女蛇的故事，使得百草园在鲁迅心中增添了许多神秘色彩，并引出了那句经典的语句："所以倘有陌生的声音叫你的名字，你万不可答应他。"在冬天的雪地里拍雪人、塑雪罗汉、捕鸟等都是鲁迅童年五彩斑斓的经历，是鲁迅的独特的童年回忆。悠闲惬意的美好时光总是短暂的，12岁之后，鲁迅就被家里人送进了"三味书屋"。"我不知道为什么家里的人要将我送进书塾里去了，而且还是全城中称为最严厉的书塾。"童年的鲁迅甚至对此作了许多思考："也许是因为拔何首乌毁了泥墙罢，也许是因为将砖头抛到间壁的梁家去了罢，也许是因为站在石井栏上跳了下来罢"。总之，枯燥腐朽的三味书屋与色彩斑斓的百草园比起来，没有了生活的乐趣，束缚了童年的鲁迅对大自然的探索。在三味书屋这个"最严厉"的书塾中，在向他请教"怪哉"这种虫，却碰了一鼻子灰的先生所要求背诵的佶屈聱牙的诗书学习中，鲁迅"正午习字，晚上对课"，日积月累，"读的书渐渐加多，对课也渐渐地加上字去，从三言到五言，终于到七言"。在逐步适应了三味书屋的生活之后，童年的鲁迅便发觉了三味书屋的乐趣。三味书屋的后园有一块类似百草园的乐园，虽然不大，但是却能够给他们带来无尽的乐趣："爬上花坛去折腊梅花，在地上或桂花树上寻蝉蜕。最好的工作是捉了苍蝇喂蚂蚁"，虽然这些都只能是背着先生偷偷地玩耍，但却也是在三味书屋枯燥的学习中难得的生活调味品。"铁如意，指挥倜傥，一座皆惊呢～～；金叵罗，颠倒淋漓噫，千杯未醉嗬～～……"在先生读书入神之时，便是童年的鲁迅与同伴极开心的时候，因为这时候他们就可以在下面玩，"有几个便用纸糊的盔甲套在指甲上做戏"，此时，你可能要问，那鲁迅呢？"我是画画儿，用一种叫作'荆川纸'的，蒙在小说的绣像上一个个描下来，像习字时候的影写一样。"日渐下来，读的书越来越多，画的画也就越来越多。最终"书没有读成，画的成绩却不少了，最成片段的是《荡寇志》和《西游记》的绣像，都有一大本"①。但因

① 鲁迅：《从百草园到三味书屋》，《朝花夕拾》，人民文学出版社1979年版，第47—51页。

着家道中落的原因，最终这些东西也早已经无处可寻了。

《父亲的病》回忆了鲁迅童年时代的亲身经历，理性地批判了中国民间“庸医”的拙劣医道与受封建思想毒害下的中国人的愚昧无知。这些诊金昂贵的“名医”，想方设法用“奇特的药引”来显示他们的医术高超。但父亲的病，在这些“奇特的药引”作用下，每况愈下，最后父亲的病被耽误在两位庸医手中。特别是陈莲河，他的药方中，“最平常的是‘蟋蟀一对’，旁注小字道：‘要原配，即本在一窠中者。’”鲁迅对“庸医”陈莲河开出的这种荒唐的药引，讽刺地说道：“似乎昆虫也要贞节，续弦或再醮，连做药资格也丧失了。”当陈莲河开出的这些神奇的药方均未能治好父亲的病时，面对着病入膏肓的父亲，陈莲河竟然说出了“医能医病，不能医命，对不对？自然，这也许是前世的事”[①]这样让病者听天由命的话。文章既是对“庸医”故弄玄虚、草菅人命的批判，又深刻地揭示出了中国人脑海里的陈旧观念中“生死有命”的宿命意识[②]。

《琐记》记述了自鲁迅家道中落后饱受世人冷眼，在看透了“S 城人的脸”之后，为了“寻别一类人们”与探求真知而来到南京求学，却渐渐发现江南水师学堂“乌烟瘴气”的各种弊端，但所幸后来在矿路学堂接触到《时务报》《译学汇编》《天演论》等新知。毕业之后“结果还是一无所能”[③]，最后决心东渡日本留学等经历，表达了鲁迅渴望寻求真理的强烈欲望。新事物的出现一开始就要经历不被人们接受的艰难过程，这是由于新事物的出现通常来说会触动旧事物的利益。鲁迅看似是由衍太太所制造的流言给“逼走”的，但其实从鲁迅当时的年龄与身份来说，外出求学是鲁迅最好的出路。而之所以选择南京的学堂，无疑是因为鲁迅当时家庭经济条件困难。“那时读书应试是正路，所谓学洋务，社会上便以为是一种走投无路的人，只得将灵

---

① 鲁迅：《父亲的病》，《朝花夕拾》，人民文学出版社 1979 年版，第 55—56 页。

② 宋剑华：《无地彷徨与精神还乡：〈朝花夕拾〉的重新解读》，《鲁迅研究月刊》2014 年第 2 期。

③ 鲁迅：《琐记》，《朝花夕拾》，人民文学出版社 1979 年版，第 62—66 页。

魂卖给鬼子，要加倍的奚落而且排斥的”①，即便当时的人们对“学洋务”的偏见是那么的深，但鲁迅却没有停下对真理的探索之路。鲁迅在文章中感叹道：“哦，原来世界上竟还有一个赫胥黎坐在书房里那么想，而且想得那么新鲜？”②新鲜、进步的知识为追求真理的鲁迅指明了前进的道路，同时也给予鲁迅以精神力量。

《藤野先生》主要回忆了鲁迅在日本留学的经历，怀念在日本留学期间关心照顾自己的良师藤野先生。藤野先生以他辛勤的治学与诲人不倦的教学精神深深地影响了鲁迅，所以时至今日：“在我所认为我师的之中，他是最使我感激，给我鼓励的一个。”文章记录了自己因考试排名在中间，而被学生会干事无中生有地污蔑说是藤野先生在我的笔记中漏了题。作者由此无奈地感叹，“中国是弱国，所以中国人当然是低能儿，分数在六十分以上，便不是自己的能力了”。又写了自己在细菌课上，受到“参观枪毙中国人”影片事件的刺激，从而与藤野先生惜别，决定弃医从文的原委。在文中，我们可以看见一个既严厉又热情的藤野先生形象，他虽不修边幅，但对学术极为严谨，对学生要求严格。在他的悉心教导与鼓励下，鲁迅学到了很多医学上的知识。藤野先生对中国人民的诚挚友谊使鲁迅尤为感动，鲁迅写道：“他的性格，在我的眼里和心里是伟大的。”③可见藤野先生在他心中的高大形象。

《范爱农》回忆了鲁迅与范爱农在各个时期的交往经历，从中逐渐了解到范爱农的正直与倔强，从而与他成为好友。辛亥革命之后，他先是当上了师范学校的学监，而后又被“孔教会会长的校长设法去掉了”④，生活穷困的范爱农，最后在一次喝醉了的时候，掉到河里淹死了。文章通过对范爱农这样一个热爱祖国、刚正不阿却终生不得志的知识分子的描写，批判了封建社

① 鲁迅：《呐喊·自序》，《鲁迅全集》第1卷，人民文学出版社2005年版，第437页。

② 鲁迅：《琐记》，《朝花夕拾》，人民文学出版社1979年版，第65页。

③ 鲁迅：《藤野先生》，《朝花夕拾》，人民文学出版社1979年版，第75—76页。

④ 鲁迅：《范爱农》，《朝花夕拾》，人民文学出版社1979年版，第85页。

会对于正直的爱国知识分子的打压与迫害，表现了鲁迅对旧民主革命不彻底而导致社会病态的失望，以及对范爱农这位曾经“把酒论天下”的旧友的深深的同情与哀悼。

鲁迅在《朝花夕拾》中创造了“任心闲谈”的回忆性散文，这些文章通过鲁迅对童年以及青年生活的回忆，再现了一批在鲁迅人生道路中留下过重要痕迹的特别的人与事，这些散文其实是“作者与读者的精神对话”①，是作者敞开心扉所袒露的自己内心深处的真实回忆。

第四节 《野草》的心灵世界

《野草》是鲁迅创作的一本散文诗集，除《题辞》外，其中收录1924—1926年期间所作的散文诗共23篇。从第一篇散文诗《秋叶》到最后一篇《一觉》，以及后面的《题辞》，此间，鲁迅先后经历了“与胡适及现代评论派的论战，一直到女师大风潮，‘三·一八’惨案，以至‘四·一二’事变”②。《野草》中大量运用了象征和隐喻的手法，使语言具有哲理性与内蕴美，这些散文诗创造了一种被称为“独语体”③的抒情散文诗形式。鲁迅在《南腔北调集·〈自选集〉序》中说道：“后来《新青年》的团体散掉了，有的高升，有的退隐，有的前进”，而鲁迅“依然在沙漠中走来走去，不过已经逃不出在散漫的刊物上做文字，叫作随便谈谈。”谈到《野草》这本散文诗集的由来时，他说：“有了小感触，就写些短文，夸大点说，就是散文诗，以后印成一本，谓之《野草》。”④可见鲁迅在写作野草时，心情是极度颓唐的，当

① 钱理群等：《中国现代文学三十年》，北京大学出版社1998年版，第39—40页。
② 钱理群：《文本阅读：从〈朝花夕拾〉到〈野草〉》，《江苏社会科学》2003年第4期。
③ 钱理群等：《中国现代文学三十年》，北京大学出版社1998年版，第39页。
④ 鲁迅：《南腔北调集·〈自选集〉序》，《鲁迅全集》第4卷，人民文学出版社2005年版，第469页。

时的他迷茫于还未找到新的“战友”，前途的渺茫也使他感到空虚。在那个黑暗的日子，有很多话也是不便于直说的，所以鲁迅采取了“象征主义的手法”表达了自己内心的矛盾①，他将自己对黑暗的抗争与对光明的追求隐于那些“变异”了的文字之中。“独语”又叫作“自言自语”，是不需要听者的，甚至有一种排他性，只有“排除了他人的干扰，才能径直逼视自己灵魂的最深处”②。

《题辞》最初发表时正值上海发生“四一二”反革命政变和广州发生“四一五”大屠杀事件，鲁迅在这种恶劣的社会环境中是何其的悲愤。《题辞》开篇第一句便带有浓厚的失语的焦虑感：“当我沉默着的时候，我觉得充实；我将开口，同时感到空虚。”③作者陷入一种封闭了自我的状态，无法完成自己在世界的真实定位。于是，只有沉默，才能完成自己最本真的状态。《秋夜》是《野草》中的第一篇散文诗，开头一句便是“在我的后园，可以看见墙外有两株树，一株是枣树，还有一株也是枣树”。这种奇特的创新性写法，一下子就吸引了读者的注意。这些枣树尽管受尽了“皮伤”，但是仍然保持枝干的伸展状态：“默默地铁似的直刺着奇怪而高的天空”，“直刺着天空中圆满的月亮，使月亮窘得发白”。在这里，枣树被塑造成了战斗者的形象。“他的口角上现出微笑，似乎自以为大有深意，而将繁霜洒在我的园里的野花草上。”④这是作者笔下的夜空，“是冷漠而又危险的外面的世界”，“象征着压迫与摧残进步力量的黑暗势力”，而小粉红花则是“微弱生命对于生的希望”，象征着“与黑暗势力抗争的进步力量”⑤。枣树在黑夜中静止着、沉默着，而这种静止与沉默却又是倔强的无声反抗。《影的告别》描绘了一个缥缈的梦境，在梦境中，神秘的影子来向人告别了，他不愿再“彷徨于明暗

---

① 吴中杰：《鲁迅画传》，复旦大学出版社2008年版，第95页。

② 钱理群等：《中国现代文学三十年》，北京大学出版社1998年版，第40页。

③ 鲁迅：《野草·题辞》，《鲁迅全集》第2卷，人民文学出版社2005年版，第163页。

④ 鲁迅：《野草·秋夜》，《鲁迅全集》第2卷，人民文学出版社2005年版，第166—167页。

⑤ 黎娜：《最美的散文》，中国华侨出版社2010年版，第3页。

之间”，他“不如在黑暗里沉没”，他甚至不知道此刻“是黄昏还是黎明”[①]。文中的“影”其实是鲁迅的自喻，象征他作为一个孤独的战士的姿态。他向着朋友告别，而文中的“朋友”便是当时的那些进步青年们。文中充满了作者内心复杂的苦闷之情。鲁迅在 1925 年 3 月 18 日写给许广平的信件中说道：“我的作品，太黑暗了，因为我只觉得‘黑暗与虚无’乃是‘实有’，却偏要向这些作绝望的抗战，所以很多着偏激的声音。”然而，对于青年，他说：“所以我想，在青年，须是有不平而不悲观”[②]，他不愿再用自己的“黑暗”的思想来影响青年们，他希望青年们可以自己寻找前进的新路。最后“再没有别的影在黑暗里，只有我被黑暗沉没，那世界全属于我自己。”[③]这末尾的最后一句话，实际上表达了鲁迅的一种自我牺牲式的精神。《求乞者》写道：“微风起来，四面都是灰土”，“另外有几个人，各自走路”，在这样一种类似幻境的外部场景的描写中，“四面都是灰土”象征了残酷的现实环境，是压抑着的灰色世界。文中的“我”只有“用无所为和沉默求乞”[④]，这样似乎才能与那些虚伪、冷漠相对抗。文中无处不透露出一种悲凉的意味。《复仇》描绘了一个犹如梦境般迷离的场景，一男一女，在旷野中，持刀对峙。无聊的人们纷纷前来观看，以为肯定有好戏可供消遣，但这对峙的两人，犹如定格般：“不见有拥抱或杀戮之意”，于是无聊的人们觉得无聊，“终至于面面相觑，慢慢走散”[⑤]。这些无聊的人，象征着社会上的冷漠、无聊的旁观者，鲁迅写这篇文章，其实是对他所憎恶的这些人进行批判与讽刺。《希望》从自己的生命体验出发，鲁迅写道：“我的心分外地寂寞。然而我的心很平安：没有爱憎，没有哀乐，也没有颜色和声音。”[⑥]这句话中，作者看似是在说他的心现在是一种“平安”的状态，然而这种状态却是“对生命活力的另一种

---

① 鲁迅：《野草·影的告别》，《鲁迅全集》第 2 卷，人民文学出版社 2005 年版，第 169 页。

② 鲁迅：《书信》，《鲁迅全集》第 11 卷，人民文学出版社 2005 年版，第 466—467 页。

③ 鲁迅：《野草·影的告别》，《鲁迅全集》第 2 卷，人民文学出版社 2005 年版，第 170 页。

④ 鲁迅：《野草·求乞者》，《鲁迅全集》第 2 卷，人民文学出版社 2005 年版，第 171—172 页。

⑤ 鲁迅：《野草·复仇》，《鲁迅全集》第 2 卷，人民文学出版社 2005 年版，第 176—177 页。

⑥ 鲁迅：《野草·希望》，《鲁迅全集》第 2 卷，人民文学出版社 2005 年版，第 181 页。

窒息与消耗”①。这使鲁迅感到害怕，于是他继续说：“我大概老了。我的头发已经苍白，不是很明白的事么？我的手颤抖着，不是很明白的事么？那么，我的魂灵的手一定也颤抖着，头发也一定苍白了。”在平安中日渐老去的生活是鲁迅所不能接受的，是他要拒绝的。鲁迅回忆他那为祖国为民族而战斗的过往，而他的青春也在过往的战斗中被耗尽了。于是，他想要将民族未来的希望寄托在青年身上，因此，鲁迅说“身外的青春固在”。但现在“连身外的青春也都逝去，世上的青年也多衰老”，由此，他感到了一种痛楚。于是寻不到身外的青春之后，“我只得由我来肉薄这空虚中的暗夜了”，鲁迅选择了独自反抗，但最终却发现“我的面前又竟至于并且没有真的暗夜”②，这是多么可怕。《死火》描绘了一次梦幻般奇幻、荒诞的际遇，这是“我”与“死火”的一次遇见。作者不仅仅是对一次充满奇幻色彩般的梦境的描摹，更为重要的是对“我”与“火”之间关于生命的选择这一哲学问题进行了探讨。在“冻灭”与“烧完”之间的选择，也正象征着人的“生存困境与选择”③。“我”想要拯救死火走出冰谷，但在“冻灭”与“烧完”之间，“死火”最终选择了“烧完”。即便预知了自己的悲剧结局，却依旧选择“烧完”。这不就是“战士”的精神吗？在绝望中反抗：与其冻灭，不如烧完。这正是鲁迅一贯的坚守。

鲁迅曾于《野草〈英文译本序〉》里提到：“《这样的战士》，是有感于文人学士们帮助军阀而作。”④在鲁迅与陈源的论战中，鲁迅“多次提他自己的‘碰壁’”，鲁迅将“文人学士的攻击比喻为‘墙’”，还是那种“鬼打墙”⑤，因为它“分明存在却又无形”。于是，鲁迅在文章中将这样的一种感受称之为“无物之阵”。走入“无物之阵”的鲁迅，在面对着那些“头

---

① 钱理群：《文本阅读：从〈朝花夕拾〉到〈野草〉》，《江苏社会科学》2003 年第 4 期。

② 鲁迅：《野草·希望》，《鲁迅全集》第 2 卷，人民文学出版社 2005 年版，第 181—182 页。

③ 钱理群等：《中国现代文学三十年》，北京大学出版社 1998 年版，第 41 页。

④ 鲁迅：《野草·这样的战士》，《鲁迅全集》第 2 卷，人民文学出版社 2005 年版，第 220 页。

⑤ 钱理群：《文本阅读：从〈朝花夕拾〉到〈野草〉》，《江苏社会科学》2003 年第 4 期。

上有各种旗帜，绣出各样好名称：慈善家，学者，文人，长者，青年，雅人，君子……”，“头下有各样外套，绣着各式好花样：学问，道德，国粹，民意，逻辑，公义，东方文明……”的人时，他坚决地“举起了投枪”[①]。文章中的旗帜“标志着一种身份”，而外套“则标志一种价值”，但这些都“被垄断了”。所以，“鲁迅这样的精神界‘战士’所面对的是一个被垄断的话语”，而这更深刻的内涵是“一种社会身份与社会基本价值尺度的垄断”。如此一来，“语言秩序”“社会秩序”便具有了一种欺骗性。面对着被“话语垄断者”用“被垄断的话语”的“打压”“排挤”与“诱惑”之下，鲁迅毫不犹豫地作出了一个“精神界‘战士’”[②]的选择，“他只有他自己，但拿着蛮人所用的，脱手一掷的投枪”“他微笑，偏侧一掷，却正中了他们的心窝”，文中一共出现了五次“但他举起了投枪”[③]，鲁迅在文中对此进行了最为彻底的反抗。

《颓败线的颤动》通过作者的两个梦境，描述了一个母亲的悲苦遭遇，这是一篇撞击人心、发人深思的文章。在第一个梦境中，“一间在深夜中紧闭的小屋的内部”，一位因贫穷与饥饿而“有瘦弱渺小的身躯”的年轻母亲，为了养活同样饥饿的两岁大的女儿，将自己献身于“初不相识”的一个“披毛的强悍的肉块”之下。她手中紧紧地捏着那“小银片”，只因这能为饥饿的女儿买到一个烧饼。年轻的母亲忍受着巨大的屈辱，为女儿奉献了她的一切。鲁迅被这样一幅黑暗社会的景象所冲击，以致“我呻吟着醒来”。但惊醒之后，作者发现“窗外满是如银的月色，离天明还很辽远似的”，于是作者便再一次睡去，并“续着残梦”。这一次，梦境的时空发生了变换，虽同样也是“一间在深夜中紧闭的小屋的内部”，但这位年轻的母亲已经变成了一个年老的女人，而屋内的一对年轻的夫妻，正是长大了的女儿与女儿的丈夫。一同在屋内的，还有他们的一群孩子。这位年轻时为了养活女儿

---

① 鲁迅：《野草・这样的战士》，《鲁迅全集》第 2 卷，人民文学出版社 2005 年版，第 219 页。

② 钱理群：《文本阅读：从〈朝花夕拾〉到〈野草〉》，《江苏社会科学》2003 年第 4 期。

③ 鲁迅：《野草・这样的战士》，《鲁迅全集》第 2 卷，人民文学出版社 2005 年版，第 219 页。

而被迫“卖身”的母亲，在年老之后不仅没有得到感激与善待，反而因她年轻时的“不光彩”的事情被责备和被谩骂。女儿说：“使我委屈一世的就是你！”女婿说：“还要带累了我！”女儿又指着那一群孩子们说：“还要带累他们哩！”而那最小的“正玩着一片干芦叶”的孩子，将“仿佛一柄钢刀”似的干芦叶抛到空中，大喊一声：“杀！”① 这个画面极具讽刺意味。为了年轻一代牺牲了她的一切的这位老母亲，“却被为之牺牲的年轻一代（甚至是天真的孩子），以至整个社会无情地抛弃和放逐。”② 在面对着如此令人绝望的境况，“她冷静地，骨立的石像似的站起来了。她开开板门，迈步在深夜中走出，遗弃了背后一切的冷骂和毒笑。”③ 原先“被社会遗弃”的这位老母亲，此刻选择“自己将社会遗弃与拒绝”④。这位老母亲赤裸着身子“石像似的站在荒野的中央，于一刹那间照见过往的一切：饥饿，苦痛，惊异，羞辱，欢欣，于是发抖；害苦，委屈，带累，于是痉挛；杀，于是平静。……”随后“又于一刹那间将一切并合：眷念与决绝，爱抚与复仇，养育与歼除，祝福与咒诅……”接着，她作出了一个“举两手尽量向天”的动作，并且“口唇间漏出人与兽的，非人间所有，所以无词的言语。”⑤ 此刻，这位老母亲俨然也成了一个“战士”的形象，她与现实世界有着复杂的联系，她作为一个“被遗弃的异端”⑥，理所应当与社会决绝，但是她却并不能完全摆脱情感的纠缠，那血缘之间的亲情使她难以割舍。她陷入了“失语”状态中，她在现实社会已经无法找到言语来表达自己，于是她只能用着“非人间所有，所以无词的言语”。作为一个独立的具有批判意识的知识分子，鲁迅正是在这样一种沉默无言之中显现出了自己真正的声音。于是，“当她说出无

---

① 鲁迅：《野草·颓败线的颤动》，《鲁迅全集》第 2 卷，人民文学出版社 2005 年版，第 209—210 页。

② 钱理群：《文本阅读：从〈朝花夕拾〉到〈野草〉》，《江苏社会科学》2003 年第 4 期。

③ 鲁迅：《野草·颓败线的颤动》，《鲁迅全集》第 2 卷，人民文学出版社 2005 年版，第 210 页。

④ 钱理群：《文本阅读：从〈朝花夕拾〉到〈野草〉》，《江苏社会科学》2003 年第 4 期。

⑤ 鲁迅：《野草·颓败线的颤动》，《鲁迅全集》第 2 卷，人民文学出版社 2005 年版，第 211 页。

⑥ 钱理群：《文本阅读：从〈朝花夕拾〉到〈野草〉》，《江苏社会科学》2003 年第 4 期。

词的言语时，她那伟大如石像，然而已经荒废的，颓败的身躯的全面都颤动了。这颤动点点如鱼鳞，每一鳞都起伏如沸水在烈火上；空中也即刻一同振颤，仿佛暴风雨中的荒海的波涛。”“人间”的重重复杂的联系均被她拒绝，她回到了一个更加真实的“非人间”世界，这里是“无边的荒野”①，但这里也正是鲁迅真实的内心世界。

① 鲁迅：《野草·颓败线的颤动》，《鲁迅全集》第2卷，人民文学出版社2005年版，第211页。

第二章　周作人散文小品的多样化

周作人是中国现代著名的散文家、文学理论家、翻译家，新文化运动的杰出代表。冯雪峰曾说过："周作人是中国第一流的文学家，鲁迅去世后，他的学识文章，没有人能相比。"[①] 周作人的散文大多追求"雅"，表现为在与人交往之间的风度应当温文尔雅，情感不过于外露，讲究克制、节制，可以说是"乐而不淫，哀而不伤"。这不仅是周作人散文情感表达的美学原则，也是他散文创作的一大标准。周作人在写作散文时的基本抒情方式是以淡笔写淡情，他没有为了达到某种效果而刻意地去模仿写作惊人之笔，而是将明净与幽远的心境，以轻快徐舒的方式写作出来，在冲淡之中不至于板滞，语言委婉且不纤弱，词句洒脱却不枝蔓。平和冲淡的艺术特色始终如影随形，而这种平和冲淡的艺术特色的形成，深受传统因素的影响，并且与他当时所处的时代背景以及文学思潮有很大联系，更为重要的则是作家自身的气质与修养以及思想内涵与精神之所在。"和平冲淡容易流为贫薄，周作人却能深厚，千姿百态容易流为造作，周作人总是自然。这需要掌握分寸，有敏锐的适度感，更重要的是要有博学，博览和博识做底子。"[②] 这是舒芜曾在论文中对周作人的散文作出的高度评价。所以说，周作人被鲁迅誉为"中国新文学史上最大的散文家"[③] 确实是实至名归。周作人的"美文"的独特贡献以及平和冲淡的散文特色，时至今日仍然在历史长河中熠熠生辉。

---

① 周建人:《鲁迅和周作人》,《新文学史料》1983 年第 4 期。

② 舒芜:《周作人的散文艺术》下,《文艺研究》1988 年第 5 期。

③ 舒芜:《周作人的散文艺术》上,《文艺研究》1988 年第 4 期。

第一节　周作人其人其文

1885年1月16日，周作人出生在浙江绍兴。在周作人的青少年时期，他所走的道路基本上是与其兄鲁迅大致相同。由于出生于传统的封建士大夫家庭，祖父在前清是做京官的，所以幼年的周作人与鲁迅一同在三味书屋接受了传统的汉学教育，给周作人的文学道路打下了良好基础。1898—1900年期间，周作人连续科考不中，于是他放弃了求官之路，追随鲁迅进入南京的江南水师学堂学习。在这之后，周作人开始受到了西方科学民主思想的影响，对文学的兴趣日益高涨。1905年，他译著的作品就有《侠女奴》(即《天方夜谭》中《阿里巴巴和四十个强盗的故事》）和《虫儿缘》等，在此期间他还尝试了短篇小说创作，例如《女猎人》《好花枝》。虽然这些作品影响不大，但却是周作人文学创作生涯的开端。

在1906年秋天，周作人被派赴日本学习建筑。由于他对文艺方面很感兴趣，于是便同鲁迅"一起开始提倡文艺运动，介绍外国新文学"[①]。在日本留学的时候，周作人便在兄长鲁迅的影响下进行文学创作活动。1908年，周作人在《河南》杂志上发表《论文章之意义及其使命及中国论文之失》，这篇论文"要求把国人的思想从传统的儒教的'拘囚'中'解放'出来"，周作人在这一时期的思想与鲁迅是一致的。1909年，周作人与鲁迅合译的《域外小说集》出版了，书中所译部分主要是东欧弱小民族具有反抗精神的作品。可以说，周作人是"我国最早致力于外国进步文学译介工作的出色的翻译家之一"[②]。同年8月，周作人与日本人羽太信子结婚。周作人结婚后不久，鲁迅便回到杭州教书了。根据徐寿裳《亡友鲁迅印象记》中所说，鲁迅

① 张菊香：《序言》，《周作人散文选集》，百花文艺出版社2004年版，第2页。

② 韦俊识、何休：《"叛徒"与"隐士"二重人格的深刻显现》，《浙江师范大学学报》(社会科学版)1992年第3期。

回国教书是为了资助结婚后的周作人夫妇。为了供养在日本留学的周作人与其在日本的家属，鲁迅牺牲了自己的事业与学业。可见鲁迅作为兄长对周作人这位弟弟的关切与爱护。1911年，辛亥革命前夕，周作人结束了在日本的留学生活，返回了绍兴。1917年的春天，经过鲁迅向北京大学校长蔡元培的推荐，“周作人来到北京大学工作，初在北大附设的国史编纂处任纂辑员，半年后被聘为北大文科教授”①。

周作人最早是以翻译家身份登上文坛。1918年1月，周作人在《新青年》第4卷第1号发表译文《陀思妥夫斯奇之小说》，这是“他在新文化运动中心阵地上的第一次出阵”②。他在参加新文学运动以前，就已经进行了大量的译著与文学创作，他“译出了三十四篇外国短篇小说，七部中篇小说，广泛阅读了许多外国文学作品和文学研究著作”③。在这之后，更是不断地译著了大量外国作品。他所译述的外国小说、散文等，给当时广大青年以文学的启蒙，为当时处于迷茫与困窘的青年打开了世界的窗口。他将自己从外国文学作品中所看到的世界译述给读者们看，为的是扩大读者的精神世界，让他们养成人的道德，而后投入生活实践。周作人对外国文学的译著，在不知不觉中构成了他的思想世界，从而成为他今后进行文化批评的基石。因此，不久之后“作为文艺理论家、批评家的周作人又出现了”④。

五四时期，周作人与陈独秀、胡适、鲁迅等人一起，积极倡导新文化运动。这时的周作人充满了壮志豪情，和鲁迅共同携手，力求能够用手中的笔，唤醒沉睡中的民众。他反对“存天理，灭人欲”的思想对人性的禁锢，批判封建旧伦理、旧思想。并先后在《新青年》《每周评论》等刊物上发表《人的文学》《平民文学》《思想革命》等文章。他还亲自起草《文学研究会宣言》与《〈语丝〉发刊辞》，这些对他成为“新文学运动中独树一帜的文艺

① 张菊香：《序言》，《周作人散文选集》，百花文艺出版社2004年版，第2页。

② 舒芜：《周作人概观》上，《中国社会科学》1986年第4期。

③ 舒芜：《周作人概观》上，《中国社会科学》1986年第4期。

④ 舒芜：《周作人概观》上，《中国社会科学》1986年第4期。

理论家”[①]起到积极的推动作用。周作人在他的论著中不遗余力地宣扬“以理想化的人性为核心的资产阶级人道主义文学思想和崇尚个性与艺术独创性的创作主张，提出并阐述了其独特的‘浑然的人生的艺术’的文艺观点”[②]。他还经常谈到“他自己感兴趣的是生物学、文化人类学、性心理学、道德史等等”[③]。在妇女解放问题、儿童问题、反对复古方面，周作人均作出了突出贡献，这些主张与观点对于新文学的发展起到了积极的促进作用。

1919年底，周作人与鲁迅之间的关系产生了裂缝。周作人与鲁迅发生了种种家庭纠纷，引起了种种误解，最终鲁迅搬离了八道湾。导致兄弟最终决裂是在鲁迅回到八道湾取回自己物件的时候，周作人竟失去理智般地对鲁迅动起手来。无法想象绅士般性格和顺的周作人为何会对自己的亲大哥“骂詈殴打，说秽语”[④]，其中原因也许只有当事人才能说得清楚。与鲁迅兄弟失和之后，周作人失去了一个他生命中最重要的思想引路人。加上五四落潮之后，周作人的理想遭受了幻灭的悲哀，他开始像一叶扁舟彷徨于江水之中。在1923年7月所写的《寻路的人》这篇文章的开头部分就写道：“我是寻路的人。我日日走着路寻路，终于还未知道这路的方向。”道出了他在这时期思想的迷茫。而后又写道：“路的终点是死，我们便挣扎着往那里去，也便是到那里以前不得不挣扎着。”在周作人的观念中，命运面前是无处可逃的，即使拼尽全力抑或拼命挣扎都是无用的。文章末尾写道：“我们应当是最大的乐天家，因为再没有什么悲观和失望了。”[⑤]在这逃无可逃的命运面前，他最终选择了乐天知命。封建士大夫的思想入侵他的内心，他逐渐将“隐逸”

---

① 韦俊识、何休：《“叛徒”与“隐士”二重人格的深刻显现》，《浙江师范大学学报》（社会科学版）1992年第3期。

② 韦俊识、何休：《“叛徒”与“隐士”二重人格的深刻显现》，《浙江师范大学学报》（社会科学版）1992年第3期。

③ 舒芜：《周作人概观》上，《中国社会科学》1986年第4期。

④ 周建人：《鲁迅和周作人》，《新文学史料》1983年第4期。

⑤ 周作人：《寻路的人》，《周作人自编文集·谈虎集》，止庵校订，河北教育出版社2002年版，第250—251页。

作为他逃离这种困境的救命稻草。

由于对革命思想的悲观，周作人自 1924 年开始，便将写作的重点转向小品文。投入实践并发展了“美文”这一独特体式。这一时期，周作人集结出版的就有《自己的园地》《雨天的书》《泽泻集》《谈虎集》《谈龙集》等，这些作品猛烈批判了封建礼教与旧思想，热烈传播了新文化与新思想，对新文化运动的发展起到了积极的作用，也为周作人在中国现代文学史上的重要地位奠定了基础。

周作人思想的转变并不是突然的，因为在“女师大学潮”与“三一八”惨案以及国民党的“清党运动”等一系列事件中，他仍然站在正义一边，站在人道主义立场上，不断地抨击残暴的反动政府以及黑暗势力。在这个黑暗时期，知识分子们面临着曾经激昂的理想和信念的破灭与瓦解，以及理想与信念破灭后的彷徨无主、苦闷与空虚。周作人一直提倡民主主义，但是他却始终不相信群众的力量。于是在彷徨与矛盾挣扎过后，他并没有像鲁迅一样举起思想的武器，进行新的革命，而是卸下了思想启蒙者的包袱，追求个人主义，让自己尽量远离政治中心地带，躲进苦雨斋中，做起了自在闲人。1928 年以后，周作人出版的散文集有《看云集》《永日集》《苦茶随笔》《瓜豆集》《风雨谈》等，这些作品显示了周作人的“平和冲淡”的散文风格。

在周作人 1928 年 11 月发表的《闭户读书论》中，他写道：“‘此刻现在’，无论在相信唯物或是有鬼论者都是一个危险时期。除非你是在做官，你对于现时的中国一定会有好些不满或是不平。”并将这种不满与不平比喻为患者肚子里的“痞块”，如果不尽快除掉，有一天是会令人送命的。接着又写道：“那么，有什么法子可以除掉这个痞块呢？我可以答说，没有好法子。”从中可以看出他对于当时的中国所面临的现状的困惑与不得解的忧思。而后他在文中提出了“苟全性命于乱世”的观点以及他由此决心“闭门读书”[①] 来排解心中的烦闷。

---

① 周作人：《闭户读书论》，《周作人散文选集》，百花文艺出版社 2004 年版，第 244—246 页。

1936年10月，鲁迅逝世。虽已兄弟失和多年，但是从小敬爱并追逐的兄长去世的消息给予了周作人不小的打击，从此他不得不一个人面对即将到来的雨雪风霜。前路一片黑暗，此时的他或许更想躲进苦雨斋了。在七七事变发生之后，北平很快沦陷了。文学界人士纷纷南下，看到同事们携老扶幼地离开了北平，周作人也曾一度犹豫过。但是他将想要离开北平的想法提出之后，立刻遭到了羽太信子等人的反对，“她们”认为在北平有很多的“日本朋友”，就算日军打进来，也不会为难周作人及其家属们。于是即便是胡适、郭沫若等人苦苦相劝，留恋于北平苦雨斋中清雅闲适生活的周作人，最终以“家累太重”为理由留在了北平。并在1937年9月写给陶亢德的信中说道：“有同事将南行，曾嘱其向王教长蒋校长代为同人致一言，请勿视留北诸人为李陵，却当作苏武看为宜。此意亦可以奉告别位关心我们的人，至于有人如何怀疑或误解殊不能知，亦无从一一解释也。”[①]以此表明了自己坚决不会叛国的决心。有理由相信这是当时周作人的真实想法，但是他却忘记了自己是周作人，以他当时在文学界的影响，日军怎么可能会放过一个在文化界如此德高望重的作家？鲁迅逝世后，“中国知识分子的代表”这个重任不可摆脱地压在了他的身上，而他却还天真地以为自己可以做一个平凡人。虽说后面受北大校长蒋梦麟的委托，以“留平教授”的名号留在北平的周作人，对保管北大校产的确作出了很大贡献。但是由于1938年2月9日出席“更生中国文化建设座谈会”，“站在一堆日本特务与汉奸文人中的周作人，遭到了全国文化界的谴责”[②]。1939年元旦的枪杀事件击碎了之前的犹豫与坚持，他被吓倒了。周作人自此“下水”，在祖国最危难的时候，抛弃了民族、国家以及自己的尊严，走向了叛国投敌的深渊。茅盾、郁达夫等18人的《给周作人的一封公开信》，劝其“急速离平，间道南来”[③]。何其芳发表了《论

---

① 钱理群：《周作人传》，北京十月文艺出版社1990年版，第429页。

② 钱理群：《周作人传》，北京十月文艺出版社1990年版，第432页。

③ 唐弢：《关于周作人》，《周作人研究动态》1987年第5期。

周作人事件》，“直接对周作人提出声讨”[①]。艾青发表了题为《忏悔吧，周作人!》一诗，诗中说他是“用灼痛的心”[②]接受周作人叛国的消息。

抗日战争胜利后，周作人因汉奸罪被国民政府逮捕，被法院判处有期徒刑十年。周作人交保释放后回到北平，他为外国文学的翻译与介绍作出了不少贡献，并且在此期间提供了大量的鲁迅研究资料。尽管周作人最终沦为了叛国附敌的汉奸，成为了中华民族的罪人，但是他的散文成就在历史上的地位依旧是不可磨灭的。

第二节　美文的独特贡献

在现代叙事抒情散文创作方面，周作人是一位开拓者，他具有强烈的先锋意识，并且自觉投入实践，有感于中国新文学中还缺乏“美文”这一体式，热心提倡“美文”，并凭借自己的创作能力与美学追求，写出了具有中国新文学意味的“美文”。周作人用白话文写出“美文”，打破了白话不能作“美文”的传统。周作人身体力行地实践，并不余遗力地呼吁大家一起投身于这种新文体的创作实践，为美文的发展作出了独特贡献。胡适在《五十年来之中国文学》中谈道：“这几年来，散文方面最可注意的发展，乃是周作人等所提倡的小品散文，这一类的小品，用平淡的谈话，包藏着深刻的意味；有时候很像笨拙，其实却很滑稽。这一类作品的成功，就可以彻底破除那‘美文不可用白话’的迷信了。”[③]这段话充分表明了胡适对周作人散文的肯定与赞赏，并强调了周作人散文的独特之处。

写于1924年7月的《苍蝇》，收入《雨天的书》。这篇散文可以视为周

① 唐弢：《关于周作人》，《周作人研究动态》1987年第5期。

② 舒芜：《周作人概观》下，《中国社会科学》1986年第4期。

③ 胡适：《胡适文存》2，上海书店1935年版，第212页。

作人提倡的“以叙事与抒情为主的‘美文’的范本”[①]。以“苍蝇”一物入文，足以说明周作人散文创作题材的广阔性。“苍蝇不是一件很可爱的东西”，文章开头就首先提出了现代人对于苍蝇的普遍态度，但他却避开了“厌恶”这一负面词语，而是采用了“不可爱”这一巧妙的形容，顿时脱颖而出。紧接着又说到“但我们在做小孩的时候都有点喜欢他”，通过巧用转折，形成了对苍蝇两种不同的评价，由些许反感转为情趣盎然。接着他将苍蝇分为三种不同的类型，“饭苍蝇太小，麻苍蝇有蛆太脏，只有金苍蝇可用”[②]。并具体列举了小儿谜语等，说明孩童如何用苍蝇来进行各种不同的玩耍。而后又通过列举大量的希腊传说、史诗以及中国古代《诗经》里面的诗句等，引证了在古代时期与孩童时期人们对苍蝇并没有像现代这样的厌恶感。值得一提的是，《苍蝇》这篇散文，通过大量的引经据典，在显示出周作人博学的同时，还表现出了“美文所应有的知识性与趣味性的特色”[③]。在从容而舒缓的赏玩人生的同时，表现了独具特色的美文风格。

《北平的春天》收入《风雨谈》，于1936年2月所作。开头一句“北平的春天似乎已经开始了，虽然我还不大觉得”。“似乎”一词与“不大觉得”的连用，看似寻常，却消解了命题作文般该有的游记体惯例风，突出了周作人式的闲适散文风格。随后又引用了自己在江南水师学堂所作的两首诗，表达了对春天的喜爱。“春天的美是官能的美，是要去直接领略的，关门歌颂一无是处。”一句话点醒了我们，要想领略春天的美，就要出去领略，而不是闭门造车，空谈是无用的。接着作者便回忆起自己记忆中关于春天的图景，作者用了两件事来展现，一是“扫墓”，一是“香市”。这两件事连在一起，都是作者在出游的记忆中最能感受春天的代表。这样的春天是活的春天，有水有花有草，美景如画，诗意盎然。而后终于提到北平的春天时，写

---

① 钱理群：《读周作人》，天津古籍出版社2001年版，第1页。

② 周作人：《雨天的书·苍蝇》，《周作人自编文集》，止庵校订，河北教育出版社2002年版，第57页。

③ 钱理群：《读周作人》，天津古籍出版社2001年版，第2页。

道："不过太慌张一点了，又欠腴润一点，叫人有时来不及尝他的味儿，有时尝了觉得稍枯燥了。"于是可以看出作者是不承认北平的春天，北平的春天在作者眼里被看作是"冬天的尾""夏的头"①。文章到此透露了淡淡的惆怅，也表达了作者对北平的春意的渴望。

写于 1925 年 4 月的《鸟声》收入《雨天的书》。这篇文章与《北平的春天》的主题有相似之处，都表达了周作人对于春天与春意的向往。文章一开始便开宗明义"古人有言，'以鸟鸣春'"。而后文章中所隐藏的言外之意，则是生活在北平却难以感受到春天的春意。文章引用了英国诗人那许的诗，列举了四样鸟声；然后又提到了古希腊的女诗人将"夜莺"称之为"春之使者"②；除此之外还联想到了斯密士的《鸟的生活与故事》等一系列知识与典故。让平凡的鸟声，在作者笔下这样的描绘之中，显得清新、淡雅且蕴含深意。这具有典型的周作人式散文的风格，如信手拈来般，自然地流露出了丰富的知识性与趣味性。

《乌篷船》写于 1926 年 11 月，收入《泽泻集》。《乌篷船》采用书信的体式，主要内容是向好友"子荣"介绍故乡的主要交通工具"乌篷船"，落款处写信人为"岂明"。文章篇幅不长，但却极尽详细地向"子荣"介绍了故乡的有趣的交通方式"乌篷船"。文章中不断出现"风趣""趣味""有趣"等词，可见作者对故乡这一传统的交通方式的喜爱之情。对这篇文章再进行深入探讨，会发现"子荣"与"岂明"均是周作人的笔名。作者真实的目的是将自己分割成两面，一面是以"子荣"为主要形象的享受物质文明与现代生活方式的自己，另一面是以"岂明"为横截面的向往传统生活方式与文化的自己。在自己与自己的灵魂对话中，表达了周作人赏玩人生的生活态度与倾心于传统文化的深层含义。

① 周作人：《风雨谈·北平的春天》，《周作人自编文集》，止庵校订，河北教育出版社 2002 年版，第 144—146 页。

② 周作人：《雨天的书·鸟声》，《周作人自编文集》，止庵校订，河北教育出版社 2011 年版，第 9—10 页。

1926年6月写作的散文《谈酒》收入《泽泻集》，文章开头第一句话便点明了写作的意图："这个年头儿，喝酒倒是很有意思的。"接下来，作者便通过自己儿时的记忆展开叙述，说到了远方亲戚"七斤公"做"酒头工"的拿手技艺"做酒"。当人们正在被"七斤公"神乎其神的做酒技艺吸引之时，作者笔锋一转，又谈到了喝酒所用的酒器以及透露了自己爱喝酒，却不会喝酒。而后又列举了"黄酒""白干""山西汾酒"，以及"北京的莲花白"和"日本的清酒"再加上"葡萄酒"与"陈皮酒"等各种自己所体验过的酒类的口感。听作者说了这么多关于酒的闲话，那么"喝酒的趣味在什么地方"？作者在文章中对此自问自答地说道："这个我恐怕有点说不明白。""恐怕""有点"这又是周作人散文所具有的一贯的风格，以此引出接下来对于喝酒趣味的讨论。"有人说，酒的乐趣是在醉后的陶然的境界。"作者提出了一些观点，但随后又声明了自己并不了解。在进一步的讨论中，作者淡淡地提出了自己对于饮酒趣味的看法："所以照我说来，酒的趣味只是在饮的时候，我想悦乐大抵在做的这一刹那"，"昏迷、梦魇、呓语，或是忘却现世忧患之一法门"。这是一种忘我的境界，也是一种超然的境界。周作人的生活艺术观就这样悄然地植入了人们的心中。但作者真正想要引导读者到达的地方，不止是这里。"我喝着酒，一面也怀着'杞天之虑'，生恐强硬的礼教反动之后将引起颓废的风气"①，读到这里，我们才真正领悟到了《谈酒》这篇文章的真正含义，作者原来是想借谈酒与读者们谈人生。但周作人并不是像训诫一样的扑面而来一通大道理，而是以平等的姿态，借着谈酒，将人生的哲理娓娓道来，在不知不觉中，引导读者们陷入深深的沉思。《谈酒》体现了周作人任心闲话的美文风格。

《结缘豆》收入《瓜豆集》，作于1936年9月。文章开头先引用了范寅的《越谚》、敦崇的《燕京岁时记》、刘玉书的《常谈》三篇文章关于"结缘"

---

① 周作人：《泽泻集·谈酒》，《周作人自编文集》，止庵校订，河北教育出版社2002年版，第23—26页。

的风俗，让读者了解到无论是在南方还是北方都有“结缘”的风俗。“结缘的意义何在?”作者在提出了这一问之后，引出佛教的“曰业”“曰缘”两个概念来进行阐释。那么“为什么这样的要结缘的呢”？作者为读者们提出了心中的疑惑所至。“我想，这或者由于不安于孤寂的缘故吧。”一句话点明了文章的主旨所在。“人是喜群的，但他往往在人群中感到不可堪的寂寞，有如在庙会时挤在潮水般的人丛里，特别像是一片树叶，与一切绝缘而孤立着。”这句如诗词一般的话语，向人们解释了“结缘豆”[①]的意义与精神内涵。人生来孤独，却不甘于忍受孤独，在茫茫人海中，希望与这样或那样的人们结上一缘。最后作者说到了自己写文章的最初目的也不过是为了与人结缘罢了，无论读者是多是少，总归有人在读他的文章的同时与他结了一点缘。这篇《结缘豆》无疑是一篇充满温情的文章，就好似一位好友在与你饮茶漫谈。在亲切的交流中，处处给人以美的享受。

《镜花缘》最初发表于1923年3月31日的《晨报副镌》。从文章题目上看，便可以得知作品内容应当是与清代文人李汝珍的长篇小说《镜花缘》有关。但作者在开头并没有直接介绍这本书的内容，而是说到了他的祖父在世时独特的教育法，便是“教人读自由书”，由此便顺着谈到了他幼年时最喜欢读的《镜花缘》，谈到了他最欣赏的人物“多九公”，原因是“他能识得一切的奇事和异物”。而后又将话题扯到了《山海经》《十洲记》《博物志》以及《荷马史诗》与王德尔的对话《说诳的衰颓》等，大谈空想的艺术。随后笔锋一转，提出了“梦想是永远不死的”观点，“在恋爱中的青年与在黄昏下的老人都有他的梦想，虽然他们的颜色不同”。带领我们缓缓进去那梦幻般的世界，去寻找属于每个人独特的梦想。文章到此并没有结束，作者而后抛出了《聊斋志异》卷头的一句诗“姑妄言之姑听之”[②]，意指作者也只是随便说说，

① 周作人:《瓜豆集·结缘豆》,《周作人自编文集》，止庵校订，河北教育出版社2002年版，第174—176页。

② 周作人:《泽泻集·镜花缘》,《周作人自编文集》，止庵校订，河北教育出版社2002年版，第7—9页。

读者也就随便听听吧。一句话又将读者从梦中拉回到了现实世界，令人既惆怅又激动。

《上下身》最初发表在1925年2月2日《语丝》杂志第12期，后收录在《雨天的书》中。文中说到，有人认为走路、吃饭是上等的，而将睡觉与饮酒、喝茶视为下等。作者对此直接发表了自己的看法："我并不以为人可以终日睡觉或用茶酒代饭吃，然而我觉得睡觉或饮酒喝茶不是可以轻蔑的事，因为也是生活之一部分。"[①]在看似漫谈的议论中，不经意间流露出了周作人对于生活的睿智的见解。

《生活之艺术》最初发表于1924年11月17日《语丝》第1期，收入《雨天的书》。书中所提出的"生活之艺术"观点，不仅融合了对现实社会文化的深刻认识，还表达了对理想生存方式的自我见解。该思想主要来源于作者在文中所提到的蔼理斯的见解，蔼理斯虽排斥宗教的禁欲主义，却始终认为禁欲也是人性的一个方面。欢乐与节制是可以并行的，不但不相反还可以相辅相成。随后，周作人又在文章中提出了"生活之艺术"这个名词，并采用了斯谛耳博士在《仪礼》序中说过的话来加以解释说明，认为礼节并不单单只是一套空泛且没有价值的仪式，而是一种潜移默化地培养人的精神秉性与内在灵魂的东西。"唯有能领解万物感受一切之心的人才有这样安详的容止"[②]，也就是只有在对万物有了理解领悟之后才能得到一种内在的精神境界。由此可看出周作人在特定历史时期，积极地提倡"生活之艺术"的思想命题，饱含了他对改造中国人的精神与文化的重要态度。

周作人的散文常常是将感情进行淡化处理，这样做不仅没有使文章显得冷酷、无情，反而给人一种春日暖阳般的温情之感。将谈故事、谈酒、谈鸟声、谈北平的春天等一系列生活琐事写得有滋有味。就连一些说理散文，也

① 周作人：《雨天的书·上下身》，《周作人自编文集》，止庵校订，河北教育出版社2002年版，第74页。

② 周作人：《雨天的书·生活之艺术》，《周作人自编文集》，止庵校订，河北教育出版社2002年版，第93页。

不会让人觉得刻板、厌烦。而是在闲适的漫谈中，将他想要告知人的东西，慢慢渗入读者的思想之中，让读者在不知不觉中，便已将他的说理根植于心中。曹聚仁在论述周作人的散文时就曾经说过："他的作风，可用龙井茶来打比，看去全无颜色，喝到口里，一股清香，令人回味无穷。前人评诗，以'羚羊挂角，无迹可寻'说明神韵，周氏散文，其妙处正在神韵。"① 从中便可以看出周作人散文的独到之处。跟着周作人漫步于中外古典文化的丛林，从容而舒缓。信奉中庸哲学的周作人，就像一位沉浸在自己性情中的老人，以他对于人生与艺术的美的理解，实践于他的散文之中，形成了散文的基本格调。周作人所提倡的美文已不可否认地成为中国新文学历史上的一个重要散文类型。周作人不仅影响了一代作家，例如俞平伯、汪曾祺、废名等人，就算是到了 21 世纪，许多作家作品也受到美文的影响。

第三节　"叛徒"与"隐士"的双重人格

> 戈尔特堡批评蔼理斯说，在他里面有一个叛徒与一个隐士，这句话说得最妙：并不是我想援蔼理斯以自重，我希望在我的趣味之文里也还有叛徒活着。我毫不踌躇地将这册小集同样地荐于中国现代的叛徒与隐士们之前。②
>
> ——周作人《泽泻集·序》

这是周作人散文集《泽泻集》序言中的一段话。与蔼理斯一样，周作人也是"叛徒"与"隐士"双重人格的矛盾体。在五四时期，风华正茂的周作

① 张菊香：《序言》，《周作人散文选集》，百花文艺出版社 2004 年版，第 23 页。

② 周作人：《泽泻集·序》，《周作人自编文集》，止庵校订，河北教育出版社 2002 年版，第 1 页。

人追随兄长鲁迅译介外国小说与传播西方思想，并提出了“人的文学”“思想革命”等一系列重要思想主张。在当时特定的历史环境中，周作人宣扬的个性解放与人性论，带有明显的反帝反封建色彩。周作人将“人生的文学”概括为两点：“一，这文学是人性的；不是兽性的，也不是神性的。二，这文学是人类的，也是个人的，却不是种族的，国家乡土及家族的。”① 并提出了“儿童的发现”与“女性的发现”这样具有开创意义的口号。他的反封建的叛逆精神与战斗者的姿态，在新文学运动的浪潮里产生了不小影响。周作人在五四前后写出了一系列批评与揭露社会现实的散文，例如《祖先崇拜》《感慨》等。将批评的锋芒直指封建社会的毒瘤——旧思想、旧伦理道德。在鲁迅的影响下，他就像旧中国封建主义的“叛徒”一样，摆脱了封建阶级的束缚，“勇敢地走向了市民社会的‘十字街头’”，“成为封建士大夫阶级的叛徒和资产阶级人道主义、自由主义的启蒙思想家”②，幻想着能用自己手中的文学之笔，击碎旧社会的桎梏。

1925 年 2 月发表的《上下身》一文中，借人体的上下身，说到人的肉体明明是一个整体，“吾乡的贤人”却偏偏以肚脐为界将之分割成为上下身，然后就有了“尊卑”与“邪正”之分，周作人辛辣地讽刺了所谓的“圣道”“德化”③ 等古代遗留下来的蛮风，在不动声色中嘲讽了封建道学家的伪正经。周作人在《我们的敌人》中，将封建礼教思想比喻为附着在活人之身的“野兽”与“死鬼”。我们不能采用欧洲教会与政府的方式，为了避免“灵魂去落地狱”而“将他们的肉体用一把火烧了”。鉴于“我们是要从这所依附的肉体里赶出那依附着的东西”，所以，我们采取的做法是“去拿许多桃枝柳枝，荆鞭蒲鞭，尽力的抽打面有妖气的人的身体”，如此，便可以让“野

---

① 周作人：《艺术与生活·新文学的要求》，《周作人自编文集》，河北教育出版社 2002 年版，第 19 页。

② 萧南：《徘徊于“叛徒”与“隐士”之间》，《中山大学研究生学刊》（社会科学版）1994 年第 2 期。

③ 周作人：《雨天的书·上下身》，《周作人自编文集》，止庵校订，河北教育出版社 2002 年版，第 73—74 页。

兽幻化的现出原形”，最终使“死鬼依托的离去患者，留下借用的躯壳，以便招寻失主领回”。中国人在对待这些“野兽”与“死鬼”的态度上，“敬体上天好生之德，并不穷追”[①]，只要互不打扰，就随他而去了。文章暗含了对反对封建礼教的不彻底的批判性。在《天足》中，周作人提出了自己对于缠足的看法：“我最嫌恶缠足！”他认为“以身殉丑观”[②]的缠足，是极其野蛮的行为。在《祖先崇拜》中，他剖析了祖先崇拜的由来，以此展开了自己的观点：“倘如古时文化永远不变，祖先永远存在，那便不能有现在的文化和我们了。”认为我们为了追求前进与发展，便“不可不废去祖先崇拜，改为自己崇拜——子孙崇拜。”[③]在《新中国的女子》中，周作人对于在“三一八”惨案中英勇就义的杨德群女士给出了极高的评价，他在文章中写道：“有革命思想的女子不特可以自己去救国，还可以成为革命家之妻、革命家之母，这就是她们的力量之所在”[④]。周作人认为受封建社会压迫的原因，大多数女子对于革命事业的觉悟以及行动，比男子更为热烈与坚定。这些作品或是表现了周作人的反封建思想，或是表现了对革命新人的赞扬，集中展示了周作人早期思想的积极一面，也正是他作为封建思想的“叛徒”性格的表现。“他暗喻自己是‘叛徒’与‘隐士’的合身，是‘流氓鬼’与‘绅士鬼’的一体。”[⑤]在《两个鬼》中，他说道“我爱绅士的态度与流氓的精神”[⑥]，在面对陈源发表的暗指周作人鼓动北师大风潮的文章时，他当即写下了《京兆人》一文进

① 周作人：《雨天的书 · 我们的敌人》，《周作人自编文集》，止庵校订，河北教育出版社 2002 年版，第 67—69 页。

② 周作人：《谈虎集 · 天足》，《周作人自编文集》，止庵校订，河北教育出版社 2002 年版，第 47 页。

③ 周作人：《谈虎集 · 祖先崇拜》，《周作人自编文集》，止庵校订，河北教育出版社 2002 年版，第 5—6 页。

④ 周作人：《泽泻集 · 新中国的女子》，《周作人自编文集》，止庵校订，河北教育出版社 2002 年版，第 64—65 页。

⑤ 张菊香：《序言》，《周作人散文选集》，百花文艺出版社 2004 年版，第 5 页。

⑥ 周作人：《谈虎集 · 两个鬼》，《周作人自编文集》，止庵校订，河北教育出版社 2002 年版，第 253 页。

行强烈反驳，并“破口大骂对方‘卑劣’”[①]，这无疑是带有几分流氓气精神的。

在五四退潮以后，周作人思想的进与退、斗与隐的矛盾，逐日加深。五四的退潮使周作人的战斗热情迅速冷却了下来，他开始重新审视这个社会面临的现实，以及重新进行自我审视。他在1921年所写的《歧路》与《梦想者的悲哀》，都是他茫然与彷徨的表现。他茫然于梦醒后找寻不到曙光，彷徨于站在歧路的中间，不知道究竟该朝哪一个方向走去。这种茫然与彷徨不是他所独有，而是属于那个时代的知识分子所拥有的共性。

大革命失败后，周作人曾经发表了《偶感》一文，激愤地指控了国民党的血腥屠杀。在“三一八”惨案与“四一二”政变前后，周作人写了一些揭露与控诉旧军阀的文章，在《关于三月十八日的死者》中，周作人痛心疾首地表达了他对于英勇牺牲者的哀悼之情。在《吃烈士》一文中，周作人写道：“中国人本来是食人族，象征地说有吃人的礼教”[②]，而后说到了现在竟然轮到“吃烈士”，借此对反动派进行了强烈的谴责与抨击。在这一类“满口柴胡，殊少温柔敦厚之气”[③]的作品中，我们可以看见周作人的爱憎分明与态度坚决，这无疑是他“叛徒”人格的体现。在目睹了“三一八”惨案和“四一二”政变的白色恐怖等事件所带来的精神压迫后，周作人被吓倒了，因此他先前的革命思想发生了巨大转变。在1927年发表的散文集《谈虎集·后记》中，他这样写道：“近六年来差不多天天怕反动运动之到来，而今也终于到来了，殊有康圣人的‘不幸而吾言中’之感。这反动是什么呢？不一定是守旧复古，凡统一思想的棒喝主义即是”，“以思想杀人，这是我所觉得最可恐怖的”[④]。于是他向世人坦白了自己当时的所思所想，发展了他的“苟全性命于乱世”

---

① 钱理群：《周作人传》，北京十月文艺出版社1990年版，第324页。

② 周作人：《泽泻集·吃烈士》，《周作人自编文集》，止庵校订，河北教育出版社2002年版，第71页。

③ 韦俊识、何休：《“叛徒”与“隐士”二重人格的深刻显现》，《浙江师范大学学报》（社会科学版）1992年第3期。

④ 周作人：《谈虎集·后记》，《周作人自编文集》，止庵校订，河北教育出版社2002年版，第393—394页。

的保命哲学，从而躲进了苦雨斋，做起了“隐士”。于是，“隐士”代替了“叛徒”，“流氓”的精神被“绅士”的态度所取代。不得不说的是，不触及“时事”，脱离了时代感的取材，使他的散文开始失去了战斗性。但是到了 30 年代，他又不甘于寂寞之苦，与林语堂一起“提倡半文半白的‘语录体’和‘以自我为中心，以闲适为格调’的趣味小品文”①。

是什么让周作人一生徘徊于“叛徒”与“隐士”之间，呈现出“叛徒”与“隐士”的双重人格的矛盾性？其中一个很重要的原因便是他从小所受的教育的影响，也就是“中庸”之道在他的生命中的影响。周作人在十岁的时候便进入了三味书屋，在寿镜吾老先生的门下，自小便熟读《大学》《论语》《孟子》《中庸》等儒家经典书籍。儒家思想从小便扎根在他的脑子里，即便是他之后东渡日本求学，进入洋学堂，接受了外来文化的教育与影响，儒家思想里的“中庸”在他的脑子里依旧是根深蒂固。“忍让”“节制”等思想被他当作人生信条一样终生遵守。更重要的是，“儒家的‘达则兼济天下，穷则独善其身’的人生观使他终生困惑于入世与出世的矛盾中”②。还有一个原因则是周作人所追求的英国绅士风度，使他向往闲情逸致的生活。在《生活之艺术》中，他就提出了“把生活当作一种艺术，微妙地美地生活”③。

在周作人的散文作品中，前期主要是坚持了五四新文化运动的精神，带有反帝反封建思想的内涵；后期作品透露着平和冲淡的艺术特色，写作了一些任心闲话的随笔小品文、美文等艺术性散文。周作人在描述自己时所说的“绅士鬼”和“隐士”，除了表现在他对残酷、黑暗的现实社会的逃避思想之外，也表现在他对于作家这一身份所持的操守。他的作品闲适、淡雅，不仅表现内容极为丰富，且题材也极为广阔、多样。周作人的散文，展现了他对

---

① 韦俊识、何休：《“叛徒”与“隐士”二重人格的深刻显现》，《浙江师范大学学报》（社会科学版）1992 年第 3 期。

② 萧南：《徘徊于“叛徒”与“隐士”之间》，《中山大学研究生学刊》（社会科学版）1994 年第 2 期。

③ 周作人：《雨天的书 · 生活之艺术》，《周作人自编文集》，止庵校订，河北教育出版社 2002 年版，第 93 页。

于社会现实的思考与理想诉求，他将自己的人生观、世界观、价值观与现实追求全都“隐”于文章之中。

第四节　平和冲淡的艺术特色

郁达夫曾在《中国新文学大系·散文二集·导言》中，对周作人前期散文作出了这样的评价：“周作人的文体，又来得舒徐自在，信笔所至，初看似乎散漫支离，过于繁琐！但仔细一读，却觉得他的漫谈，句句含有分量，一篇之中，少一句就不对，一句之中，易一字也不可，读完之后，还想翻转来从头再读的。”[①] 可见舒徐、质朴是周作人前期散文的风格。而周作人后期的散文，很少有那种激情澎湃与波澜起伏的情感体验，就连周作人自己也说过他是一个极缺少旺热的人。郁达夫在评周作人后期散文时用了“枯涩苍老”“炉火纯青”“古雅遒劲”[②] 这些形容词。读周作人的散文，我们可以得知他对中国传统文学中的美学风格有着自觉的认同。周作人散文似乎经过了一种艺术上的淡化处理，使其在情感与表达上呈现出一种含而不露、隐而不显的叙述风格。通过一种从容不迫、娓娓道来的叙述方式，透露出一种平和冲淡的艺术特色。周作人散文的平和冲淡，主要是体现在感情上的蕴藉、含蓄、淡雅。

《初恋》收入《雨天的书》，写于1922年9月。这是少年时代曾寄宿在杭州时发生的一段被作者称之为“初恋”的情感。“那时我十四岁，她大约是十三岁罢。”值得注意的是“那时”与“大约”两个词的出现，仿佛是作者刻意将初恋这一段私人情感际遇与自己疏离起来。在大多数人关于初恋的

① 郁达夫：《导言》，《中国新文学大系·散文二集》，良友图书印刷公司1935年版，第14页。

② 郁达夫：《导言》，《中国新文学大系·散文二集》，良友图书印刷公司1935年版，第14页。

回忆里，通常情况下这段情感都是浓浓的、深深印刻下的，所以在描写初恋的姑娘的时候，面容总是在记忆中加以优化般的美好。但是周作人在回忆他的初恋的时候，却说“自己的情绪大约只是淡淡的一种恋慕”。在描写回忆初恋的相貌时说道：“仿佛是一个尖面庞，乌眼睛，瘦小的身材，而且有尖小的脚的少女，并没有什么殊胜的地方。”就好像他只是在描写一个很寻常、很普通的女孩子，但是这个看似很普通、很寻常的女孩子，又有着一种什么样的魔力能让作者即使是在时隔二十余年之后，也难以忘却？“并不问她是否爱我，或者也还不知道自己是爱着她。”这种淡淡的情思就在这问与不问之间辗转流连。“总之对于她的存在感到亲近喜悦，并且愿为她有所尽力，这是当时实在的心情，也是她所给我的赐物了。”这一段描写使少年情感心理的朦胧感跃然纸上，一切都是一种淡淡的情感体验，是那样的微妙。这种难以定义爱与不爱的懵懂的感情，或许正是“初恋”意义的本真。当散文的结尾说到意外间听闻阮升说起他的“初恋”姑娘死于霍乱的噩耗时：“我那时也觉得不快，想像她的悲惨的死相，但同时却又似乎很是安静，仿佛心里有一块大石头已经放下了。”① 对于她的“死”，作者只用了寥寥几笔，但是这一缕情思在淡淡的笔触下显得是那样的纯真而节制。作者心里真如他所说的那样安静吗？“仿佛”一词又蕴含着不确定的意味。就连这种真挚情感下的惆怅也被作者描写得淡淡的，不带一丝烟火气息。在周作人1923年的一组情诗中写道：“（她的）面孔都忘记了 / 只留下一个朦胧的姿态 / 但是这朦胧的却最牵引我的情思 / 我愈是记不清了 / 我也就愈不能忘记她了。”② 在发表《初恋》不到一年时间里，周作人又写了一组怀念这位姑娘的情诗，足以说明这段“初恋”在他心目中的地位，以及他对这段感情的一往情深。但是他的诗与散文一样，将真情付之于平淡的笔调，切合了周作人一贯独特的平和冲淡的艺术特色。

---

① 周作人：《雨天的书·初恋》，《周作人自编文集》，止庵校订，河北教育出版社2002年版，第43—44页。

② 钱理群：《读周作人》，天津古籍出版社2001年版，第16页。

周作人在抒写自己的情感时，善于叙写日常生活际遇加之对寻常自然景色进行描绘，以此达到他文章中平淡、有味的审美追求。周作人善于写作鱼虫草木一类的散文，这个与他童年时的兴趣爱好有着密不可分的联系。周作人曾说过："我从小时候和草木虫鱼仿佛有点情分，《毛诗草木鸟兽鱼疏》、《南方草木状》以至《本草》、《花镜》都是我爱读的书，有一个时候还曾寝馈于《格致镜原》。"[①] 鱼、虫、草、木等其实是远离了主流社会生活以外的对日常生活的一种代指。周作人在文章中经常有对美食、乡间童趣与饮酒、饮茶文化，还有书生日常等的描写。一切的一切均以原态呈现，如闲话家常般，将慢节奏的生活随心托出，宁静且幽远。这样的写作，无疑与周作人的"闲话风"的散文观相结合，达到了平和冲淡的艺术效果。

写于 1924 年 2 月的《故乡的野菜》收入《雨天的书》，是周作人的鱼虫草木类文章中的一篇佳作。对于许多作家来说，故乡都是一种情结之所在。在描写回忆故乡的文章中，作家们往往大肆渲染其怀乡情结与归乡之感。但是在周作人的散文中，对故乡的描写却是没有过分夸张的渲染，他在文章的开头就首先说道了："故乡对于我并没有什么特别的情分，只因钓于斯游于斯的关系，朝夕会面，遂成相识"[②]，这样另辟蹊径的言语，仿佛是刻意地冲淡乡亲邻里之间的深厚情感，以便能够在写作的主体身份上保持一种客观、冷静的姿态，这样的写作看似无情却蕴含深情。这篇具有乡土韵味的散文，以"野菜"作为线索，通过对故乡记忆中的荠菜、草紫、黄花麦的回忆描写，自然地流露了对故乡的情感。文章看似平和冲淡，实则意味深长。

《苦雨》收入《雨天的书》，于 1924 年 7 月所作。这篇散文可以看作是周作人的代表作，周作人对于"苦雨"意象有着深厚的个人情感，从他将自己在八道湾的书斋题名为"苦雨斋"，自己也号称"苦雨翁"就可以看出。这是一篇书信体散文，大意是写给"伏园兄"以表达自己对北京连日多雨的

---

① 周作人：《知堂书话》，岳麓书社 1986 年版，第 167 页。

② 周作人：《雨天的书・故乡的野菜》，《周作人自编文集》，止庵校订，河北教育出版社 2002 年版，第 48 页。

一点体验与感悟。回忆了二十多年前，前往东浦吊唁先父的保姆的丧事，然后在回去的途中遭遇暴风雨的惊险遭际。回忆中说道："一叶扁舟在白鹅似的波浪中间滚过大树湾，危险极也愉快极了。"在回忆之中，仿佛他还是一个少年的模样，面对危险便也觉得刺激，因而感到愉快。紧接着又描述了伏园兄在旅行的路上可能会碰到各种与"雨"有关的遭遇，而这些遭遇竟都可以用"不亦快哉"四个字来形容。可到了后面，他又突然说"但这只是我的空想，如诗人的理想一样地靠不住"。指出了以上种种对于雨的愉快的想象都只是他自己制造的乌托邦，而"或者你在骡车中遇雨，很感困难，正在叫苦连天也未可知，这须等你回京后问你再说了"。一下子将读者拉回了现实世界。紧接着他又说："我住在北京，遇见这几天的雨，却叫我十分难过"，到了这里，作者开始点题。将"雨"的意象与"苦"的感受结合起来，说到了连绵的雨让建筑露出了缺陷，就有"梁上君子"前来光顾，实在是让人费神。后面话锋又转，提到了有两种人最喜欢大雨，"第一是小孩们"，"第二种喜欢下雨的则为蛤蟆。"①将小孩子如何戏水描写得绘声绘色，并似乎一同乐在其中，又将蛤蟆的叫声描写得美妙至极，饶有趣味。字里行间无不透露出他的欢喜之情。他将孩童与生物之间的交流融合成一体，将这种情感的体验外化于自然，以达到一种物我合一的境界。在这篇文章中，我们跟随周作人，由"喜雨"到"苦雨"再到更深层次的"喜雨"，体会到了平凡的生活之中不同的人生体验与感受。而这一切的感受与体验，都是通过作者轻快而又舒徐的文字娓娓道来。

收入《雨天的书》的散文《北京的茶食》写作于 1924 年 2 月。追求生活艺术的周作人写下这篇散文，表达他对一种闲适的生活状态的追求。从这篇文章中可以看出，擅长写散文小品文的周作人，在生活上也是一个追求精致且有生活情趣的美食家。散文以作者在旧书摊上买了一本日本作家所写的

① 周作人：《雨天的书 · 苦雨》，《周作人自编文集》，止庵校订，河北教育出版社 2002 年版，第 5—7 页。

书，书中提到“东京的茶食店的点心都不好吃了”为开头，引出了作者在北京这样一古老都城都吃不到“特殊的有滋味的”点心的遗憾。“可怜现在的中国生活，却是极端地干燥粗鄙，别的不说，我在北京彷徨了十年，终未曾吃到好点心。”① 此刻，文章中的“点心”这一物象成为了一种符号，被赋予了某种特殊的文化意味。而这看似简单且委婉的一句评语之词，却包含着一种难以捕捉的愤懑情绪。

写于 1923 年 7 月 30 日的散文《寻路的人》收入《谈虎集》。文中谈到“我曾在西四牌楼看见一辆汽车载了一个强盗往天桥去处决，我心里想，这太残酷了，为什么不照例用敞车送的呢?”读到这里，我们不禁会想，这不是闲话家常吗？不就是作者日常所见之一隅吗？然后继续看下去：“为什么不使他缓缓的看沿路的景色，听人家的谈论，走过应走的路程，再到应到的地点，却一阵风的把他送走了呢？这真是太残酷了。”作者看似是在为这个“强盗”鸣不平，但是后面却笔锋一转说：“我们谁不坐在敞车上走着呢？有的以为是往天国去，正在歌笑；有的以为是下地狱去，正在悲哭；有的醉了，睡了”②，在这看似话家常的叙述中，蕴含了深刻的人生哲理。

在周作人的生活观念里，现实生活之中的情调尤为重要。他所追求的那种冲淡的情调，常常是潜藏在“茶”与“酒”之间。在《喝茶》中，周作人说：“我的所谓喝茶，却是在喝清茶，在鉴赏其色与香与味，意未必在止渴，自然更不在果腹了。”他将喝茶当作一种生活、一种艺术，一种享受。“喝茶当于瓦屋纸窗之下，清泉绿茶，用素雅的陶瓷茶具，同二三人共饮，得半日之闲，可抵十年的尘梦。”如此描写，给人一种淡淡的美感。“喝茶之后，再去继续修各人的胜业，无论为名为利，都无不可，但偶然的片刻优游乃正亦

① 周作人：《雨天的书 · 北京的茶食》，《周作人自编文集》，止庵校订，河北教育出版社 2002 年版，第 51—52 页。

② 周作人：《谈虎集 · 寻路的人》，《周作人自编文集》，止庵校订，河北教育出版社 2002 年版，第 250—251 页。

断不可少。”① 文字中蕴含一些别样的意味，令人若有所思。

《谈酒》一文，周作人谈到了他“很喜欢喝酒而不会喝”，因此只要是在酒宴上，第一个醉与脸红的总是他。但就是这样不善喝酒的周作人，却对饮酒的趣味有着自己的见解，“酒的趣味只是在饮的时候，我想悦乐大抵在做的这一刹那，倘若说是陶然，那也当是杯在口的一刻罢”。在一杯酒下肚之后，“醉了，困倦了，或者应当休息一会儿，也是很安舒的”。如此一来，便可达到“昏迷、梦魇、呓语，或是忘却现世忧患之一法门”②。在看似闲谈之中，流露出周作人对于生活的艺术观的独到见解。

---

① 周作人:《雨天的书·喝茶》，《周作人自编文集》，止庵校订，河北教育出版社 2002 年版，第 54 页。

② 周作人:《泽泻集·谈酒》，《周作人自编文集》，止庵校订，河北教育出版社 2002 年版，第 25—26 页。

第三章　朱自清散文小品的灵魂美

朱自清祖籍浙江绍兴，1898 年 11 月 22 日出生于江苏省东海县（今连云港市东海县平明镇），原名自华，号秋实，后改名自清，字佩弦，是中国现代著名散文家、诗人、学者、民主战士。朱自清的散文创作可以分为前后两个时期。在 20 世纪 30 年代以前，他大多写作一些叙事抒情散文，这些散文有着“绵密与深厚的情致”，在艺术风格上也是“委婉腻细”。到了 20 世纪 30 年代后期，他的散文除了保持有“精细观察”“工笔勾勒”的特点之外，又有了“现代口语的亲切韵味”，于是便具有了“朴素、隽永”的文风①。《欧游杂记》与《伦敦杂记》两本纪游文集，写得“新颖生动，别具一格”②，于平凡中深藏着非凡的境界，凭借他的独特风趣幽默的笔调为文章增添了别样的新鲜感，“以一种成熟的口语化的艺术语言，为现代中国文学提供了范例。”③ 朱自清的散文融“至诚”与“至情”为一体，在“谈话风”的语言中，将真挚的情感与内心世界的感悟娓娓道来。叠词的运用使得句子读起来朗朗上口、韵味无穷。在对自然风景的描绘中，融入了他诗人的气质，体现出浓浓的意境美，使得朱自清的散文具有一种独特的审美价值。

---

① 苏振元：《论〈欧游杂记〉和〈伦敦杂记〉》，《杭州大学学报（哲学社会科学版）》1985 年第 3 期。

② 苏振元：《论〈欧游杂记〉和〈伦敦杂记〉》，《杭州大学学报（哲学社会科学版）》1985 年第 3 期。

③ 杨益萍：《试论〈欧游杂记〉和〈伦敦杂记〉的艺术特色》，《上海大学学报（社会科学版）》1996 年第 1 期。

第一节　朱自清其人其文

朱自清出生在士大夫家庭，祖父朱则余任东海县承审官。6 岁那年，朱自清随家人一起迁居到了扬州，开始了长达 13 年的扬州生活，他的童年与少年时代几乎都是在这里度过的。父亲朱鸿钧对子女的教育非常严格，在邵伯镇做小官时就启蒙年幼的自华识字，后又送他到私塾读书。到扬州之后，立即将他送到私塾接受传统教育。那时候在私塾中，主要是“读经籍、古文与诗词”，后他又跟随戴子秋先生学做古文，还“到过扬州知名老教师李佑青先生那里听课”①。直到 18 岁那年考上北京大学预科之前，朱自清都是在扬州生活。这里比起他的祖籍绍兴，更像是他的故乡。他在散文《扬州的夏日》和《看花》中就有许多对记忆中的扬州风物的描写，例如《扬州的夏日》中写道：“沿河最著名的风景是小金山，法海寺，五亭桥；最远的便是平山堂了。”②而《看花》一文中则提到了扬州福缘庵的桃花。在《我是扬州人》一文中，朱自清虽写到“我有些讨厌扬州人”，列举了一些扬州人的“地方气”，但这些都不能抹掉扬州的好，不能抹掉他在这里度过的童年以及少年时期的青春岁月，更不能抹掉那些曾经印刻在他心中的人与事物。于是朱自清在末尾写道：“何况我的家又是‘生于斯，死于斯，歌哭于斯’呢？所以扬州好也罢，歹也罢，我总该算是扬州人的。”③可见朱自清对“扬州人”的身份认同。

朱自清 14 岁的时候，母亲按照封建传统为他订了婚，对方是扬州名医武威三的独生女。1916 年，朱自清考入了北京大学预科之后，全家人大为欢喜，便写信让他寒假赶紧回家与武姑娘完婚。朱自清很喜欢这位妻子，妻

① 陈孝全：《朱自清传》，北京十月文艺出版社 1991 年版，第 3 页。

② 朱自清：《扬州的夏日》，《朱自清全集》第 1 卷，江苏教育出版社 1988 年版，第 148 页。

③ 朱自清：《我是扬州人》，《朱自清全集》第 4 卷，江苏教育出版社 1988 年版，第 457—459 页。

子武钟谦“端庄秀丽、温婉柔顺，很爱笑”[①]，婚后二人的感情也一直很好。武钟谦婚后12年共为朱自清生了6个孩子，将自己的全部时间、精力与爱都奉献给了这个家庭，直到1929年因肺病去世。朱自清在妻子武钟谦逝世三年后，写了一篇悼念文章《给亡妇》，文中就写道：“从来想不到做母亲的要象你这样”。文中细数了妻子为整个家庭任劳任怨的付出：“你的短短的十二年结婚生活，有十一年耗费在孩子们身上；而你一点不厌倦，有多少力量用多少，一直到自己毁灭为止。”[②]整篇文章采用了抒情写法，文中处处弥漫着朱自清对亡妻深深的思念之情，以及对妻子最后因病去世的悲痛。从文中可以看出，朱自清是一个至情的人。他不仅为这位早逝的妻子写下了《给亡妇》，在《笑的历史》《冬天》《儿女》《择偶记》中，这位妻子的身影也是无处不在。可以说，她一直活在朱自清的心中。

1917年，朱自清提前一年结束了预科学业，并顺利升入了北京大学哲学系。在北大学习期间，朱自清接触了先进思想，面对当时严重的民族危机，他积极参与了社会活动，五四的狂风暴雨，敲打着他年轻的生命，也激发了他创作的灵感，于是他为“时代为之”[③]创作了许多诗歌。他在诗歌处女作《睡罢，小小的人》之后又陆续发表了《光明》《满月的光》《羊群》等诗歌。

1920年，朱自清提前完成本科学业，从北京大学毕业之后回到扬州老家。他先是与同学俞平伯一起任杭州第一师范学校教员。后来到了上海中国公学，朱自清加入了文学研究会，成为了文学研究会的早期会员之一，并参与发起了新文学史上第一个诗歌团体“中国新诗社”，与俞平伯等人一起创办了《诗》月刊。因与学校“旧人”意见不合被解聘，随后他到了浙江第一师范学校任教。1922年，朱自清到浙江台州第六师范学校任教，在这期间，他创作了大量诗歌，例如《灯光》《独自》《匆匆》以及长诗《毁灭》等，并

---

① 陈孝全：《朱自清传》，北京十月文艺出版社1991年版，第13页。

② 朱自清：《给亡妇》，《朱自清全集》第1卷，江苏教育出版社1988年版，第163—164页。

③ 朱自清：《论无话可说》，《朱自清全集》第1卷，江苏教育出版社1988年版，第160页。

给予由汪敬之、冯雪峰、潘漠华等人组成的“湖畔诗社”大力支持。1923 年，他的抒情长诗《毁灭》发表于《小说月报》。步入社会的朱自清渐渐感受到了生活的重担，亲身经历了旧家庭的婆媳矛盾，他以此为题材创作了第一个短篇小说《笑的历史》。这篇小说开篇就是一个反问句：“你问我现在为什么不爱笑了，我现在怎样笑得起来呢？”接着，主人公小招便将她怎样从一个爱笑的少女变成了现在爱哭的妇人的辛酸生活史一一控诉出来。“男人笑是不妨的，女人笑是没规矩的。”①从对小招由笑变哭的截然不同的变化的辛酸描写，控诉了旧道德、旧家庭的重压对中国青年妇女的摧残。在温州教书的日子，朱自清还创作了《桨声灯影里的秦淮河》《绿》等脍炙人口的散文名篇。

当震惊中外的“五卅”惨案发生之后，得知这一消息的朱自清心中怒火难平。他立即提起了战斗的笔，写作了抒情战斗诗篇《血歌》：“血是红的 / 血是红的 / 狂人在疾走 / 太阳在发抖”，“中国人的血 / 中国人的血 / 都是兄弟们”②。这首诗节奏急促，与朱自清以往的诗风大为不同，可见他当时心中的愤怒之火。几天之后，他又写作了《给死者》一诗，“你们的血染红了马路 / 你们的血染红了人心”③，表达了朱自清对遇难烈士深深的悲恸之情。

一转眼，朱自清从北京大学哲学系毕业后已经做了五年教书匠。他在《“海阔天空”与“古今中外”》一文中写道：“我做了五年教书匠了，真个腻得慌！”他厌倦了这样日复一日相似的日子。“所以一个人老做一种职业，老只觉着是‘一种’职业，那真是一条死路！”他想要换一种生活，他想象人生中的各种可能，“想做个什么公司里的文书科科员”，“想做个新闻记者”④，他想要跳出生活的牢笼。朱自清的苦闷，也正是当时中国知识分子所面临的苦闷。他们有理想、有追求，渴望凭借自己的知识与智慧大展拳脚，但是当

① 朱自清：《笑的历史》，《朱自清全集》第 4 卷，江苏教育出版社 1988 年版，第 80—83 页。

② 朱自清：《血歌》，《朱自清全集》第 5 卷，江苏教育出版社 1988 年版，第 98—99 页。

③ 朱自清：《给死者》，《朱自清全集》第 5 卷，江苏教育出版社 1988 年版，第 100 页。

④ 朱自清：《“海阔天空”与“古今中外”》，《朱自清全集》第 1 卷，江苏教育出版社 1988 年版，第 127—128 页。

时社会却像一个牢笼，困住了他们的理想与抱负。他们感到苦闷、彷徨，很多人最终甚至被生活的泥沼所吞没。朱自清决定结束这五年的奔波生活。俞平伯介绍他到清华大学国文系任教授，朱自清匆匆赶到了阔别已久的北平。来到北平之后，朱自清却强烈地怀念南方生活，他思念自己年迈的父母与妻子儿女们。当收到父亲的来信说他今日身体不好，大约大限将至。朱自清不禁陷入悲伤，回忆起八年前料理完祖母丧事后送自己来北京上学的老父亲的身影。于是他伏案写下了《背影》这篇感人至深的文章。“我与父亲不相见已二年余了，我最不能忘记的是他的背影。”文章以回忆开头，叙述了自己八年前离开南京到北京，父亲将“我”送到浦口火车站时的情形。体胖的父亲步履蹒跚地穿过铁道为他买橘子：“这时候我看见他的背影，我的泪很快地流下来了。”在平淡的白描中，真挚的情感展现得淋漓尽致。“哎！我不知何时再能与他相见！”[①]最后这句感叹包含作者对父亲深深的思念之情。1925年，来到清华大学任教之后，朱自清开始从事文学研究。在创作上，由先前以诗歌为主，转为以散文为主。后来朱自清的文学最高成就，也是散文方面。1926年，在“三一八”惨案发生后，死里逃生的朱自清怀着满腔的义愤写下了《执政府大屠杀记》，谴责了段祺瑞政府的滔天罪行。

1927年4月12日，“四一二”政变发生，消息传到北京之后，朱自清十分震惊。可以说“四一二”政变在朱自清的思想转变中产生了很大影响，他在文章《那里走》中写道：“这时代如闪电般，或如游丝般，总不时地让你瞥着一下。”他深感人是活在时代之中，无法脱离时代的存在。“它有这样大的力量，决不从它巨灵般的手掌中放掉一个人；你不能不或多或少感着它的威胁。”先前一直为了生活而奔波的他，这时候感受到了来自生活压力之外的阴影与威胁。于是朱自清开始彷徨：“我是要找一条自己好走的路。只想找着‘自己’好走的路罢了。”“但那里走呢？或者，那里走呢！”[②]彷徨于

① 朱自清：《背影》，《朱自清全集》第1卷，江苏教育出版社1988年版，第47—49页。

② 朱自清：《那里走》，《朱自清全集》第4卷，江苏教育出版社1988年版，第226页。

前路的朱自清，心里无法平静。在这种心情下，他将一次在荷塘边漫步的体验写作成了脍炙人口的抒情散文名篇《荷塘月色》。在面对树上的蝉声与水里的蛙声相应的热闹景象时，作者发出了“但热闹是他们的，我什么也没有”① 的感慨。这篇文章含蓄地抒发了作者不满现实、渴望自由的思想，以及对未知的前路充满彷徨之感，这也正是那一代中国知识分子共同面临的境况。朱自清在《那里走》中对自己有一段评价：“在性格上，我是一个因循的人，永远只能跟着而不能领着；我又是没有定见的人，只是东鳞西爪地渔猎一点儿”，于是，朱自清在对未来道路的选择中，套用了胡适之先生所说“哲学是我的职业，文学是我的娱乐”的话。朱自清说：“国学是我的职业，文学是我的娱乐”，这便是他一直在走着的路。此时的他，找寻这样一条路，作为自己的避风港，以及精神的依托。但是，这样的选择并不代表朱自清要隐于世了，他说：“虽是当此危局，还不能认真地严格地专走一条路——我还得写些，写些我自己的阶级，我自己的过、现、未三时代。”② 从五四运动起，朱自清一直是一个身负正义感的人士，追求进步思想并使他不会脱离时代潮流。

1928 年 8 月，朱自清的第一本散文集《背影》出版，其中收录了散文 15 篇，是他四年集结下来的心血。在这本散文集的《序》中，朱自清分析了“现代散文发生的历史背景和发展趋势”③。他说：“但就散文论散文，这三四年的发展，确是绚烂极了；有种种的样式，种种的流派，表现着，批评着，解释着人生的各面，迁流曼衍，日新月异”④。《背影》的出版使朱自清的声誉与日俱增，他那具有独特个性的细致缜密的风格、清新秀丽的文笔与他独具特色的小品散文的美学观，都为他赢得了读者的青睐与追捧，他的散文在当时的社会造成了很大的轰动。郁达夫在《新文学大系 · 散文二集 · 导

① 朱自清：《荷塘月色》，《朱自清全集》第 1 卷，江苏教育出版社 1988 年版，第 71 页。

② 朱自清：《那里走》，《朱自清全集》第 4 卷，江苏教育出版社 1988 年版，第 233—243 页。

③ 陈孝全：《朱自清传》，北京十月文艺出版社 1991 年版，第 137 页。

④ 朱自清：《序》，《朱自清全集》第 1 卷，江苏教育出版社 1988 年版，第 33 页。

言》中就曾对朱自清有过这样的评价："朱自清虽则是一个诗人，可是他的散文，仍能够满贮着那一种诗意，文学研究会的散文作家中，除冰心女士外，文字之美，要算他了。以江北人的坚忍的头脑，能写出江南风景似的秀丽的文笔来者，大约是因为他在浙江各地住久了的缘故。"①可见朱自清在散文方面的建树之高。

1928 年 1 月 11 日，妻子又为他生下了一个女儿，而后年底又生了一个男孩。在这样的过度劳累之下，妻子日益病重了，不久就去世了。失去妻子后的朱自清，日子过得十分孤寂，心中时常忍不住地怀念妻子，并挂念远在扬州的六个子女。他写下了五律《忆诸儿》和《怀南中诸旧游》组诗等，以抒发自己难以排解的思念之情。朱自清的朋友见他因为丧妻，独自一人生活很不方便，便希望他及早续弦，并着手为他物色对象，于是选定了相亲对象陈竹隐。陈竹隐从四川省立第一师范学校毕业，后又考入北京艺术学院。缘分将他俩连在了一起，面对朱自清有六个孩子的事实，24 岁的陈竹隐曾一度心里矛盾，但是两人的感情确实发展得很顺利，于是爱情的力量让他们最终走到了一起。1931 年，朱自清获得公费出国游历机会，于北平启程前往欧洲。朱自清到了英国学习语言学与英国文学，后又漫游了欧洲五国，于 1932 年 7 月回国。回国后不久，他与陈竹隐在上海举行了婚礼。陈竹隐作为一个接受新文化长大的新女性，为了朱自清和这个家庭，牺牲了自己的兴趣与爱好，将自己的一切都奉献给了这个家庭。

抗日战争爆发后，朱自清辗转到达昆明，至抗战胜利回到北平，朱自清一直积极参加进步学生集会。面对当时黑暗的现实，朱自清自觉以一名革命民主主义战士的身份积极参与了爱国民主运动。1948 年 6 月 18 日，为了抗议美国政府，朱自清拒绝领取"美援面粉"。在他生命的最后时刻，他说："有件事要记住，我是在拒绝美援面粉的文件上签过名的，我们家以后不买

---

① 郁达夫：《导言》，《中国新文学大系·散文二集》，良友图书印刷公司 1935 年版，第 18 页。

国民党的美国面粉。”①自始至终，朱自清都秉承一个正直的爱国知识分子的气节。

第二节　朱自清与纪游文学

1931年8月至1932年7月，朱自清写作了一系列“纪游”散文，发表在由叶圣陶主编的杂志《中学生》上，后整理成《欧游杂记》与《伦敦杂记》由开明书店出版。这两本游记散文展现了朱自清对纪游文学的尝试与探索，具有“精巧、传神”②的艺术特色。《欧游杂记》除《序》与《西行通讯［附录］》外，还包括了《威尼斯》《佛罗伦司》《罗马》以及《滂卑故城》《瑞士》《荷兰》《柏林》与《德瑞司登》《莱茵河》《巴黎》一共10篇游记散文。《伦敦杂记》除了《序》之外，有《三家书店》《文人宅》《博物院》《公园》《加尔东尼市场》《吃的》《乞丐》《圣诞节》《房东太太》共9篇。这些欧洲游记散文，将一幅幅独具特色的异域风光展现出来，大量运用口语化的语言，使情感显得亲切而别具韵味。朱自清在《欧游杂记》的《序》中提到这些游记的写作目的时写道：“用意是在写些游记给中学生看”，以此作为他在中学执教五年，送给中学生们的一点“小小的礼物”。这些游记主要是“以记述景物为主”，文章中很少出现自己的影子，朱自清也解释过这是他在创作时有意避免，其原因有两点：第一“自己外行，何必放言高论”；第二“这个时代，‘身边琐事’说来到底无谓”③。在之后《伦敦杂记》的《自序》中，朱自清仍然延续了写作《欧游杂记》时的思想，文章中“避免‘我’的出现”，“‘身

① 陈孝全：《朱自清传》，北京十月文艺出版社1991年版，第322页。

② 杨益萍：《试论〈欧游杂记〉和〈伦敦杂记〉的艺术特色》，《上海大学学报（社会科学版）》1996年第1期。

③ 朱自清：《欧游杂记·序》，《朱自清全集》第1卷，江苏教育出版社1988年版，第290页。

边琐事’还是没有，浪漫的异域感也还是没有”[①]。他认为自己在国外“游历的时间较短，仅仅十一个月，‘走马看花’，印象不很深”[②]。而当他动手写作《伦敦杂记》之时，距离那段出国在外游学的时间已经过去两三年了，“记忆已经不够新鲜”，“兴趣已经不够活泼”[③]。这两本杂记虽不像朱自清早期的《桨声灯影里的秦淮河》与《温州的踪迹》那样直抒情怀，却也融入了作家自己的“爱与憎”[④]。他在文章中还“不时披露出他在特定情景中的观感与体会”[⑤]。在《威尼斯》一文中，作者通过融情于景的写作手法，将一幅宛如西洋画般的具有梦幻色彩的场景展现在人们眼前。“在圣马克方场的钟楼上看，团花簇锦似的东一块西一块在绿波里荡漾着。”于是，放眼眺望“远处是水天相接，一片茫茫。这里没有什么煤烟，天空干干净净，在温和的日光中，一切都象透明的……”[⑥]你的心思不由得跟随作者生动、细致的描绘，进入这个如诗如画般的场景当中去。

这两本游记采用了“印象的笔法，忠实地记录和描写了他所看到的一切”[⑦]。在他娓娓道来之中，可以了解到丰富且独特的异域风光与见闻，其中不少作品是以作者的“游踪”为线索展开的一系列描写。例如《威尼斯》一文中，作者由“出了火车站”开始，引导读者的视野从火车站到“圣马克方场”，然后“从圣马克方场向西北去”，再后来又由“圣马克方场直向东去”[⑧]。作者写作时采用了自己的游踪作为出发点，从一个地点的风景写到另一个地点的风景，从而构成一个整体的游记散文的框架与轮廓。还有一些

---

① 朱自清：《伦敦杂记 · 自序》，《朱自清全集》第 1 卷，江苏教育出版社 1988 年版，第 379 页。
② 苏振元：《论〈欧游杂记〉和〈伦敦杂记〉》，《杭州大学学报（哲学社会科学版）》1985 年第 3 期。
③ 朱自清：《伦敦杂记 · 自序》，《朱自清全集》第 1 卷，江苏教育出版社 1988 年版，第 377 页。
④ 苏振元：《论〈欧游杂记〉和〈伦敦杂记〉》，《杭州大学学报（哲学社会科学版）》1985 年第 3 期。
⑤ 苏振元：《论〈欧游杂记〉和〈伦敦杂记〉》，《杭州大学学报（哲学社会科学版）》1985 年第 3 期。
⑥ 朱自清：《欧游杂记 · 威尼斯》，《朱自清全集》第 1 卷，江苏教育出版社 1988 年版，第 292 页。
⑦ 苏振元：《论〈欧游杂记〉和〈伦敦杂记〉》，《杭州大学学报（哲学社会科学版）》1985 年第 3 期。
⑧ 朱自清：《欧游杂记 · 威尼斯》，《朱自清全集》第 1 卷，江苏教育出版社 1988 年版，第 292—295 页。

文章是“以景物的相对地理位置为贯穿线索”[①]。以《公园》这篇散文来说，作者就是利用“海德公园”作为相对地理位置，在写到它的东南时说“差不多毗连着的，是圣詹姆士公园”[②]，在东北方位有“摄政园”，而摄政园的东北角上又有“动物园”等。游记中的相对地理位置起到了连接空间的作用。在这些游记散文中，还有一些以作者的思想感情为线索而展开的叙述。例如在《乞丐》中，作者就以“外国也有乞丐”这样一句话为文章的开头，然后开始对他们的“丐道”与“丐术”描述起来。最后写到他有一次在街头因找不到要去的杂耍场而向路角上的一位老者问路，而那人又不是瞎子，却向自己讨钱，作者“给了五个便士（约合中国三毛钱），算是酬劳”，但那人竟然“还争呢”[③]。可见朱自清在游记中不仅记录欧洲的美好景物与文明，对于丑恶的人的嘴脸，他也真实地展现出来。

这两本游记总体来说给人一种亲切感，像是闲话般，透过白描的写法，将这些异国的新鲜景物、新鲜人、新鲜事展现在人们面前，看似不加修饰，却其实在语言中藏着作者炼词造句的深功夫。《瑞士》开头第一句说的是：“瑞士有‘欧洲的公园’之称”，一下子就将瑞士的地位提高了，而后又说“起初以为有些好风景而已；到了那里，才知无处不是好风景”。这看似寻常的口语，仔细一读，却颇有几分意味。当写到瑞士的湖水时，朱自清用极其简单的一句话进行描述：“瑞士的湖水一例是淡蓝的，真正平得像镜子一样。”而后分别从晴天、阴天与风大的时候进行对比描写。晴天时，“太阳照着的时候，那水在微风里摇晃着，宛然是西方小姑娘的眼”；等到了阴天的时候“湖上迷迷蒙蒙的，水天混在一块儿”，这样一个朦胧的环境，令人“如在睡里梦里”；当风刮起时，“水上便皱起粼粼的细纹，有点象颦眉的西子”[④]。从

① 杨益萍：《试论〈欧游杂记〉和〈伦敦杂记〉的艺术特色》，《上海大学学报（社会科学版）》1996 年第 1 期。

② 朱自清：《伦敦杂记·公园》，《朱自清全集》第 1 卷，江苏教育出版社 1988 年版，第 405 页。

③ 朱自清：《伦敦杂记·乞丐》，《朱自清全集》第 1 卷，江苏教育出版社 1988 年版，第 417—420 页。

④ 朱自清：《欧游杂记·瑞士》，《朱自清全集》第 1 卷，江苏教育出版社 1988 年版，第 314 页。

这些诗意的描写中，可见朱自清的纪游散文在平淡白描中深藏韵味的抒情特点。

《罗马》一文记叙了“历史上大帝国都城”罗马的历史与现今光荣过后“七零八落的废墟”。在写到市场东边的“斗狮场”时，作者一边带领我们游览这“宏壮的废墟”，一边将斗狮场的历史向我们一一诉说。作者首先点明“斗狮是一种刑罚”，又可以当作“一种裁判”。“罪囚放在狮子面前，让狮子去搏他”，如果这个人将狮子“制死”了，那么他便可以重新获得自由之身。但实际上，这些人“自然是让狮子吃掉的多”，而这一些被狮子吃掉的人在统治者的眼里“大约就算是活该”。作者由此联想到了“临场的罪囚和他亲族的悲苦与恐怖，他的仇人的痛快，皇帝的威风，与一般观众好奇的紧张的面目，真好比一场恶梦”。因此，他不由得生发出了对那些罪囚们深切的同情与悲悯，同时也表达了他对残暴的罗马统治者的厌恶之情。那一句“真好比一场恶梦”①，透露了作者的内心体验与感受，以及他爱憎分明的是非观念。例如在《巴黎》中，谈到了“像一道圆弧”一样，“穿过巴黎城中”的塞纳河。塞纳河的南岸被称为“左岸”，“著名的拉丁区就在这里”，而河北“右岸”“巴黎的繁华全在这一带”，这一带才是巴黎的“花都”。但就是这样的划分，竟引出了“右岸不是穷学生苦学生所能常去的”传言，对此，作者不禁感慨道：“区区一衣带水，却分开了两般人”②。阶级社会特征无处不在，而这种病态的社会现象令作者感到“胸中郁积”③。

朱自清的游记散文语言精练且富含幽默的趣味。在《公园》中，写到去动物园喂食动物时说：“喂食有时得用外交手腕”，这是为了“公道”与“一视同仁”。而当作者在说到动物园“二百亩地”这样狭窄的面积时，内心不由得

---

① 朱自清：《欧游杂记 · 罗马》，《朱自清全集》第 1 卷，江苏教育出版社 1988 年版，第 302—303 页。

② 朱自清：《欧游杂记 · 巴黎》，《朱自清全集》第 1 卷，江苏教育出版社 1988 年版，第 343 页。

③ 杨益萍：《试论〈欧游杂记〉和〈伦敦杂记〉的艺术特色》，《上海大学学报（社会科学版）》1996 年第 1 期。

发出了感叹："小东西还罢了，象狮子老虎老是关在屋里，未免委屈英雄"[①]。这些带着幽默色彩的语句的出现，使得文章变得趣味横生。在《德瑞司登》这篇散文中，当朱自清写到圣母教堂的塔顶时，引用了一个鲜为人知的传说，"相传一七六九年弗雷德力大帝攻打此地，想着这高顶上必有敌人的瞭望台，下令开炮轰。"然后"也不知怎样，轰了三天还没轰着。大帝又恨又恼，透着满瞧不起的神儿回头命令炮手道：'由那些笨家伙去罢！'"[②]在游记中穿插引用传说，在无形中给文章增添了许多趣味。在《莱茵河》中，朱自清引用了一个凄艳的关于"闻声岩头的仙女"的传说。作者先是对闻声岩头的位置与地形地貌做了一个简要的介绍："在河东岸，高四百三十英尺，一大片暗淡的悬岩，嶙嶙峋峋的"，在提到这里为什么叫"闻声岩"时，作者说："河到岩南，向东拐个小湾，这里有顶大的回声，岩因此得名。"接着，就很自然地谈到了有关"闻声岩头的仙女"的传说。相传在很久以前，这个岩头有一个极其美貌的仙女，整日在岩头唱歌，但因为歌声的美妙，使得一位在傍晚经过的船夫闻之忘我，结果"连人带船都撞碎在岩上"。再后来，又有一位伯爵的儿子因此而死，于是引来伯爵的报仇。伯爵派人想要将她抓住然后锁起来直接摔下河去，但是不愿意死于他们之手的仙女"呼唤莱茵河母亲来接她"，于是"河里果然白浪翻腾"，她一下子跳入浪中，"从此闻声岩下听不见歌声，看不见倩影，只剩晚霞在岩头明灭。"这个传说流传得极广，德国诗人海涅因此事咏诗。朱自清的好友淦克超还曾经翻译了第一章"传闻旧低徊，我心何悒悒……峰际一美人，灿然金发明……清歌时一曲，余音响入云……"[③]作者在写莱茵河时，引入了莱茵河的这段充满奇幻色彩的传说，不仅为文章增添了阅读趣味，更是令读者陷入了如梦似幻般的情感体验之中。

① 朱自清：《伦敦杂记·公园》，《朱自清全集》第1卷，江苏教育出版社1988年版，第406—408页。

② 朱自清：《欧游杂记·德瑞司登》，《朱自清全集》第1卷，江苏教育出版社1988年版，第338—339页。

③ 朱自清：《欧游杂记·莱茵河》，《朱自清全集》第1卷，江苏教育出版社1988年版，第340页。

第三节　个人心理的独特展示

在朱自清的散文世界中，既有写景抒情散文、纪游散文，又有抒发爱与亲情的散文。可以说，亲情散文是朱自清散文中的精华部分。他运用白描手法，在记叙日常生活的琐事中，将人物的灵魂缓缓托出，《背影》《儿女》《给亡妇》《冬天》等可为代表。

在脍炙人口的散文名篇《背影》中，作者通过记叙“父亲在南京浦口车站送儿子乘火车北上念书的情景”①，以那天父亲印刻在“我”脑海中的两次背影以及文中“我”的三次流泪为节点，表达了一个中国传统的老父亲对待儿子的真挚、慈爱的情感，以及儿子对待父亲的深深的眷恋之情。文章开头便写了：“我与父亲不相见已二年余了，我最不能忘记的是他的背影。”就这样一句话，起到了点题作用。接着作者叙述了家庭遭遇的变故，“那年冬天，祖母死了，父亲的差使也交卸了”，“回家变卖典质，父亲还了亏空”，就连祖母的丧事，都是借钱办的。在这样惨淡的光景下，作为肩负支撑整个家庭重任的父亲，身上的担子该是何其的重。即使是在这样的光景下，父亲却还安慰着“我”说：“事已如此，不必难过，好在天无绝人之路！”可以看出，父亲是害怕即将北上读书的“我”内心有负担，特意宽慰“我”。因为事忙而说定不送“我”的父亲，后又因不放心，最终还是决定亲自送“我”。到了火车站之后，一个忙碌的老父亲的形象活灵活现，又是照看行李，又是忙着与脚夫们讲价钱，还不忘嘱咐我“路上小心，夜里要警惕些，不要受凉”，并“嘱托茶房好好照应我”，而那时刚刚20岁的“我”，却不能体会父亲的关切之情，还在心里“暗笑他的迂”。全文的重点部分便是父亲为“我”穿

---

① 金明生：《情真意切　感人至深——朱自清散文名篇〈背影〉再认识》，《图书馆建设》2002年第5期。

过铁道买橘子的部分："他穿过铁道，要爬上那边月台，就不容易了。他用两手攀着上面，两脚再向上缩；他肥胖的身子向左微倾，显出努力的样子。这时我看见他的背影，我的泪很快地流下来了。"这是文中的"我"第一次落泪，从父亲为我买橘子的一系列艰难的动作中，"我"感到了父亲的不易与他对"我"的深切关爱。当父亲将橘子为我送上车来，又下车离去后，见到父亲的背影消失在来往的人群中，作者第二次流泪了。离别的情绪涌上了"我"的胸口，那个"戴着黑布小帽，穿着黑布大马褂、深青布棉袍"① 的父亲的背影就这样渐渐远去直至消失了。最后的一段，"补叙父亲近年来老境的颓唐，写儿子对父亲深切的思念"②，并引述了一段老父亲给"我"的来信："我身体平安，惟膀子疼痛厉害，举箸提笔，诸多不便，大约大去之期不远矣。"③ 看完这封来信，作者第三次泪下，泪光中浮现了父亲送别"我"时的蹒跚背影。作者在文章中，为自己年少轻狂，对于父亲的爱的无知而做了深深的忏悔。文章写得真挚感人，在对生活琐事的描写中，生动地刻画了一个中国传统的慈父形象。

其实从朱自清的家庭成长环境来看，我们便不难发现这篇文章的思想深度。朱自清生长在一个封建旧家庭中，祖父朱则余是东海县承审官，父亲朱鸿钧也是个接受了儒家思想熏陶的读书人。在这样一个家庭中长大，又是作为家庭长子的朱自清，自小便被寄予了厚望。父亲朱鸿钧的前半生一直是生活在清朝时期，思想观念中带有封建父权意识，疼爱孩子但是藏于心中，表现出来的则是对孩子严格的教育方法。朱自清生长在这样的家庭中，他为人严谨且清高，与生俱来一种"和平中正"的性格。儒家思想文化影响下的朱自清，在面对父权的威仪时，更多情况下是一种顺从的态度。但是在朱自清1916年考入北大预科之后，在北京大学这样一个五四新文化运动的核心地

① 朱自清：《背影》，《朱自清全集》第1卷，江苏教育出版社1988年版，第47—48页。

② 金明生：《情真意切　感人至深——朱自清散文名篇〈背影〉再认识》，《图书馆建设》2002年第5期。

③ 朱自清：《背影》，《朱自清全集》第1卷，江苏教育出版社1988年版，第49页。

带，朱自清接触到了反封建思想。在个性解放大潮的影响下，朱自清开始反思封建家庭伦理关系的弊端，他渴望建立一种新型的父子关系，一种基于平等与互敬互爱之上的父子关系，所以那时候的他有一种反叛精神。而当朱自清写作《背影》时，已是1925年，距离1917年父亲送他北上的情景已经过去了八年时间。这时候的朱自清已经有了五个孩子，身为人父的朱自清，比十年前更加地能够体会到父亲的不易，他开始重新审视父子关系，于是至爱深情的散文《背影》便诞生了。

朱自清于1928年6月24日写作了散文《儿女》，这是作者以一位父亲的视角写作的散文。《儿女》开篇便说："我现在已是五个儿女的父亲了"，这一句话，便交代了他写作这篇文章时的身份。接着他认为自己"做父亲更是不成"，在理论上，他知道"闭了眼抹杀孩子们的权利"的做法是不对的，但是当他真正面临这样的情况时，他却也"仍旧按照古老的传统，在野蛮地对付着，和普通父亲一样。"他无法宽宥自己对孩子的"体罚和叱责"，他自责于自己对待孩子所用的"野蛮"方式。"近来差不多是中年人了"，对"父亲"这一角色，朱自清进行了反思。去年父亲的一封来信，竟让他哭了一场，"我没有耽误你，你也不要耽误他才好"，这是当时阿九还在白马湖时，父亲在来信中提起阿九时的担心。面对父亲的叮嘱，作者的内心感到了深深的自责："我为什么不象父亲的仁慈?"在《背影》中，自己是以儿子的身份，叙述了与父亲之间的那种深情，那时候的自己带有些许的反叛精神，认为父亲因循守旧。而那时的父亲，也还只是以一个模糊的背影存在。但是在《儿女》这篇散文中，为了让儿女们屈服于自己的威严，他变成了一个体罚孩子的父亲，对孩子进行了种种"暴行"。这时的他，在回忆父亲时，竟感叹道："我不该忘记，父亲怎样待我们来着!"[①] 而这些行为，都是那个自己曾经认为"因循守旧"[②] 的老父亲所没有做过的。父亲的来信，是想提醒"我"，要

① 朱自清:《儿女》,《朱自清全集》第1卷，江苏教育出版社1988年版，第83—85页。

② 梁建先、宋剑华:《论朱自清对新文学"父亲"批判的自我反思》,《中国现代文学研究丛刊》2017年第9期。

善待自己的儿女们。这是已经差不多中年的“我”，还没有学会的。一个父亲，需要肩负起多少责任，是“我”在成为父亲之后，才慢慢了解的，此时的“我”，才真正懂得了父亲对自己的慈爱是多么难得。“我”是没有理由去“抹杀孩子们的权利”，应该向父亲努力学习，如何“好好地做一回父亲”①。于是《儿女》一文，在坦诚地表达了自己对子女暴行的忏悔中，也透露了对慈爱的父亲的感激之情，这都是通过自己成为父亲之后的感同身受而生发出来的。

朱自清对亡妻武钟谦的感情是很深厚的，他为早逝的妻子武钟谦写作了《给亡妇》，自责了自己对亡妻多年的拖累。在小说《笑的历史》中，女主人公小招也是以妻子作为原型。在《择偶记》《冬天》中，妻子的身影也无处不在。朱自清一生只写过两部短篇小说，一篇是《别》，写于1921年，另一篇就是1923年写作的《笑的历史》。《笑的历史》的开篇就是一个反问句:“你问我现在为什么不爱笑了，我现在怎样笑得起来呢?”随后便诉说了自己为什么由孩童时代的“笑像一朵小百花开在我的脸上”，到嫁入婆家之后最终变成“仿佛上了手铐脚镣，被囚在一间牢狱里!”在封建社会，妇女在家庭中是没有地位的。嫁入夫家之后的小招，周围全是陌生人。脱离了原生家庭的她仿佛成了一只孤鬼。她的笑，让她遭受了婆家的指责与嘲讽。原来“男人的笑是不妨的，女人的笑是不规矩的”，这是多么悲哀的感叹。可她心中却始终不明白“女人的笑为什么这样不行呢?”自她嫁入夫家，家庭情形每况愈下，公婆的脸色不好，她更是成了他们的“眼中钉”。无力招架的她只好“成日躲在房里，不敢出来”，就算是出来也是“不敢多说，不敢多动，只如泥塑木雕的一般”。这样的日子，她“哪里还想到笑”?孩子的接连降生，又如千金重担压着她，让她无法喘息，连哭都哭不出来，更何谈笑了。于是，一个原本天真爱笑的她，在封建旧家庭礼法的压迫下，“身子瘦

① 朱自清:《儿女》,《朱自清全集》第1卷，江苏教育出版社1988年版，第83—89页。

得像一只螳螂——尽是皮包着骨头”[①]。虽然小说是虚构的，但是结合朱自清与妻子武钟谦的生活经历，便可在小说主人公小招与丈夫大金的身上，窥见武钟谦与朱自清的影子。从这篇小说中，可以看出朱自清对妻子的自责，以及写作小说时内心的痛苦，更能感受到对亡妻那股真挚感人的深情，真实地展示了独特的内心世界。

《冬天》是朱自清在20世纪30年代写作的一篇回忆性散文，文章叙述了三个发生在冬天的片段。在作者质朴的叙述中，将亲情、友情、爱情这三样人间最真挚、最深沉的情感，如电影画面一般展现出来。文章中最先映入眼帘的“第一幅画面”是作者回忆儿时父子四人围着“洋炉子”吃“白水豆腐”的情形。由于炉子实在是太高了，因此父亲只有经常地站起来“微微地仰着脸，觑着眼睛，从氤氲的热气里伸进筷子，夹起豆腐，一一地放在我们的酱油碟里”。这样一幅画面，是多么地单纯而又美好，父子之间的亲情在这里显得那么地朴素、自然。作者描写“水滚着，象好些鱼眼睛”，是那么生动有趣。在描写豆腐时说：“一小块一小块豆腐养在里面，嫩而滑，仿佛反穿的白狐大衣。”在人们眼里看起来这么普普通通的豆腐，在作者的笔下，仿佛活起来了一样。热气腾腾的白水豆腐使得屋外寒冷的冬天变得格外温暖，而父爱却让贫苦的生活充满了美好与幸福。“第二幅画面”是作者回忆十年前与友人在冬夜的西湖上泛舟的情形。“有点风，月光照着软软的水波；当间那一溜儿反光，象新砑的银子。”寒冷的冬夜在朱自清笔下变得那么淡雅，于淡雅中还显出一丝活泼。在这样岁月静好的氛围中，“我们都不大说话，只有均匀的桨声”，一切都是这样祥和、安宁。于是“我渐渐地快睡着了”，要不是友人的叫唤，我恐怕真的进入了朦胧的梦乡。十年之后再来回忆那次游湖的场景，而今友人已天各一方，但那真挚的友谊却丝毫不变，深藏于记忆之中。“第三幅画面”回忆的是在台州与妻儿共同生活的日子。居住的地方人很少，以至于“路上有人说话，可以清清楚楚地听见”。作者在

① 朱自清：《笑的历史》，《朱自清全集》第4卷，江苏教育出版社1988年版，第80—90页。

文章中对屋外的风景进行渲染："夏末到那里，春初便走，却好象老在过着冬天似的"，目的便是为了引出那句"外边虽老是冬天，家里却老是春天"。作者上街回来，看见"楼下厨房的大方窗开着，并排地挨着她们母子三个"，当作者渐渐走近想看看她们在做什么时，发现"三张脸都带着天真微笑地向着我"，这样其乐融融的场景是多么温馨啊，这就是家，就是身心永远的避风港啊。于是，不管外界的环境是怎么样，"无论怎么冷，大风大雪，想到这些，我心上总是温暖的"①。作者巧妙地利用"冬天"这一线索，将这分别代表亲情、友情与爱情的场景描绘出来，语言简洁质朴却蕴含深刻，其中透过内心世界展现出来的真情，令人难以忘怀。

由于朱自清的性格温柔敦厚、待人真诚，所以，很多人都愿意与他为友。朱自清情真意切地歌颂友情的散文也是较多的。例如《怀魏握青君》一文，在作者的漫谈中，就诉说了自己与友人魏握青的相识与相知的过程。文章开头便是很有趣的一次"送行"酒，这个两年前的惜别之夜，友人们相聚为魏握青去美国留学送行。这段记忆不仅充斥着酒醉的气味，还在心中弥漫一股温馨的暖流。因此又牵连了作者对友人魏握青的回忆，"我最不能忘的，是他动身前不多时的一个月夜"②，那月夜相互吐露的心声与魏握青"玩世不恭"的态度。作者在回忆之中，借着对魏握青的深切怀念之情，将这一友人形象活灵活现地展现在读者面前。《白采》记录了他与白采之间真挚动人的友情。朱自清在文中评价"白采是一个不可捉摸的人"，那他是为什么如此不可捉摸呢？那是因为在他生前，很少有人知道"他的历史，他的性格"，而这些都是在他死后，别人从他的遗物中"略知梗概"。"他赋性既这样遗世绝俗，自然是落落寡合了"，这便是白采让人难以琢磨的原因。朱自清回忆他与白采是因为什么事情而"不打不成相识"，两人从误解到写信再到因为这样开始有了书信的来往。在这样的交往中，朱自清慢慢发现白采"是一个

① 朱自清：《冬天》，《朱自清全集》第 1 卷，江苏教育出版社 1988 年版，第 186—188 页。

② 朱自清：《怀魏握青君》，《朱自清全集》第 1 卷，江苏教育出版社 1988 年版，第 81 页。

有真心的人”。朱自清后来答应为白采写诗评，一晃三年过去，在评论即将完稿之时，朱自清却突然得知白采已经去世的消息。“他暑假前最后给我的信还说起他的盼望。天啊！我怎样对得起这样一个朋友，我怎样挽回我的过错呢?”作者在文中发出了他遗憾的惋惜与深深的愧疚。文章的最后，他借用了朋友爱墨生的话，“他的许多朋友的心里是不死的!”① 全文处处情真意浓，体现了朱自清对友人真挚的情感，使人读之深受触动。

除此之外，朱自清的散文还有一类作品独具特色，那就是体现了朱自清心中强烈的民族气节的散文。例如他的散文《生命的价格——七毛钱》，作者在文中叙述了一个被卖了七毛钱的女孩子的悲惨事件。文章的开头便是一句醍醐灌顶的话，“生命本来不应该有价格的；而竟有了价格!”于是，作者便开始细数那些“人贩子”“老鸨”“绑票土匪”等私下进行的肮脏的“人货”交易。作者说:“我亲眼看见的一条最贱的生命，是七毛钱买来的。”②一个女孩子，究竟是有多轻贱，竟然被七毛钱买下。作者在感叹这个小女孩被哥嫂七毛钱卖出的悲惨命运的同时，不由得发出感慨，“但是，我毕竟发见真理了！我们的孩子所以高贵，正因为我们不曾出卖他们。”是啊，一个被出卖的孩子，不论出于何种原因，她便已经是在被贱卖了。文章末尾，作者痛心疾首地写道:“这是谁之罪呢? 这是谁之责呢?”③在这样一个罪恶的社会，在这样黑暗的时代，小女孩的命运被掌握在他者之手，作者将批判的矛头直接指向充满罪恶与黑暗的旧社会。这些作品都是作者通过内心的真实情感体验与感受抒发出来的，也正是作者个人心理的独特展示。

---

① 朱自清:《白采》,《朱自清全集》第 1 卷，江苏教育出版社 1988 年版，第 67—69 页。

② 朱自清:《温州的踪迹・生命的价格——七毛钱》,《朱自清全集》第 1 卷，江苏教育出版社 1988 年版，第 20 页。

③ 朱自清:《温州的踪迹・生命的价格——七毛钱》,《朱自清全集》第 1 卷，江苏教育出版社 1988 年版，第 21—23 页。

第四节　朱自清散文的审美价值

李广田曾评价朱自清有“最完整的人格”，他的同事与学生们也说他拥有“完美的人格”。而朱自清如何是“一个最完整的人”[①]？李广田从三个方面进行了介绍：他“是一个至情的人”；他“是一个最爱真理的人”；他“是一个很有风趣的人”[②]。在平时对待同事、朋友，尤其是对晚辈与青年人时，朱自清都是毫无保留的诚挚与坦白，并时常是在为对方做打算。他永远都是那样充满热情与温厚的一个人，无论对待大事小事、公事私事，他都是采取认真的态度。在日常生活中，朱自清还是一个风趣幽默的人，他身上所蕴藏的特点，都可以在他的散文世界中体现出来。

朱自清的散文是“至情”与“至诚”的融合[③]。他的很多散文都带有自叙的性质，这类散文较多的是真情流露。如《背影》中写父亲在车站为“我”送行的场景，从中流露出父亲对“我”没有表露却又深藏在一言一行之中的慈爱，以及感受到这种父爱情深的“我”的三次落泪与深藏在心中的父亲离去的背影。在朴实无华的叙述中，作者那颗至情的心深深地打动着万千读者。朱自清在散文中勇于表现自我内心的真实世界，也毫不隐瞒地表现了自己对于人生的思考与感悟。如《桨声灯影里的秦淮河》，作者就以非常坦然的方式，表现自己在面对与歌妓们相遇时的内心活动。他先是将这称为“难解的纠纷”，而后“很张皇”到“真窘了”，面对那么多望向他们的眼睛，他“装出大方的样子”，但终究还是“不好意思地说‘不要。我们……不要。’”在拒绝之后，他又感到“很怅怅的”，因此“更有一种不足之感”。在“道德律的力”的约束与想要听歌这两种思想的争斗下，朱自清选择了前者。他认为，

① 朱乔森：《我的父亲朱自清》，《百年潮》1999 年第 1 期。

② 朱乔森：《我的父亲朱自清》，《百年潮》1999 年第 1 期。

③ 何一性：《“至情”、“至诚”的歌——读朱自清的散文》，《中国文学研究》1993 年第 3 期。

听歌其实是一种对歌妓们的侮辱，因此“不应赏玩的去听她们的歌”。而作为以这个职业为生卖唱的歌妓，“她们的歌必无艺术味的；况她们的身世，我们究竟该同情的”。作者不由感叹：“唉！我承认我是一个自私的人！”[①] 从这篇毫无保留地展现自己内心情感变化的散文中，我们可以看到作者的那颗至诚之心。像这样毫无掩饰地揭露自己内心世界的作品还有很多，《那里走》与《论无话可说》就是这样的。他在《那里走》中说，“在性格上，我是一个因循的人，永远只能跟着而不能领着；我又是没有定见的人，只是东鳞西爪地渔猎一点儿”[②]，他对自我的解剖可以说是非常犀利，但我们却不会因为他的这种真诚而厌恶他，因为这种真实，这种真诚，更能打动人心。朱自清散文的“至情”与“至诚”，深深地蕴藏在他朴实、忠厚的语言中。这种真情流露的散文风格，正如他的为人一样，和平而中正。在悼念亡妻的抒情散文《给亡妇》中，朱自清深情地细诉了与妻子武钟谦生前的种种生活回忆，通过生活中细微的动作与表情凸显了这样一个温柔善良的妻子形象，她自嫁入家中便开始了操劳的一生，为了朱自清也为了孩子，在种种苦难的折磨之下，终于一病不起直至逝世。该是一个多么至情的人，才能用如此朴素的语言写出这般感人至深的悼文，这些深切的怀念都来自朱自清内心深处最真挚的情感。

从朱自清的写景抒情散文中，可以明显感受到一种意境美。他在欣赏大自然景物时，由所处的那种自然的氛围引发了某种情感与思考，从而将其经过艺术的加工通过文字表达出来。由此，散文中便带有作者的情感表达，在情景交融之中，透露出一种清秀隽永的特征。这在散文《春》中表现得最为明显。开头那句经典的句子“盼望着，盼望着，东风来了，春天的脚步近了”，便给人一种悠扬的美的享受，接着运用拟人的修辞手法，“一切都像刚睡醒的样子，欣欣然张开了眼”，“太阳的脸红起来了”，将初春大自然的

① 朱自清：《桨声灯影里的秦淮河》，《朱自清全集》第 1 卷，江苏教育出版社 1988 年版，第 11—14 页。

② 朱自清：《那里走》，《朱自清全集》第 4 卷，江苏教育出版社 1988 年版，第 233 页。

复苏当作人来写，具有人的神情特征。而后写“小草偷偷地从土里钻出来，嫩嫩的，绿绿的”，将小草当作人来写，于是她可以“偷偷地”、可以“钻”出来[①]。这种描写是多么地生动与形象，小草的生机与活力伴随初春的气息就这样扑面而来。朱自清最初是以写诗开启文学创作道路，所以在他后来的许多散文创作中，都带有一种属于诗的韵味。他写景并不单单只是写景，而是让景物活起来一样，景物中带有情感的抒发，融物与“我”为一体，情景交融，虚实相生。在《绿》中，朱自清着意描写了梅雨潭的绿，写一种颜色，这个难度是很大的。但是“绿”这个颜色，却在作者的笔下变成了“一个十二三岁的小姑娘”，这是多么可爱的一个比喻。“梅雨潭闪闪的绿色招引着我们；我们开始追捉她那离合的神光了”。作者沉醉于梅雨潭的绿中，将那绿比喻为“一张极大极大的荷叶铺着”。他想要“张开双臂”抱住那“满是奇异的绿”，但却明白到“这是怎样一个妄想呀”。这令人捉摸不透的绿，“她松松的皱缬着，象少妇拖着的裙幅”，“她轻轻的摆弄着，象跳动的初恋的处女的心”，这是多么美妙且迷人呀。“北京什刹海拂地的绿杨”、“杭州虎跑寺”的“绿壁”、“西湖的波”以及秦淮河等，这一切有形有象的物，都不能用来形容这梅雨潭的绿。于是作者感叹道：“可爱的，我将什么来比拟你呢？我怎么比拟得出呢？”[②]这样一句话，便将这梅雨潭的绿推向了一个高度，蕴含了深厚的意境美，留下了丰富的想象空间。在《白水漈》中，作者叙述了与几位友人同游白水漈的心灵感受。‘这也是个瀑布；但是太薄了，又太细了。有时闪着些须的白光；等你定睛看去，却又没有——只剩一片飞烟而已。”这样的描写一开始就给白水漈营造了一种缥缈的境界。而后对白水漈的景色做了许多抽象的描绘，“白光嬗为飞烟，已是影子，有时却连影子也不见。有时微风过来，用纤手挽着那影子，它便袅袅地成了一个软弧”，这样一段写景文字，在不知不觉中，给人以美的享受。接着，作者猜疑到“或

① 朱自清：《春》，《朱自清全集》第4卷，江苏教育出版社1988年版，第314页。

② 朱自清：《绿》，《朱自清全集》第1卷，江苏教育出版社1988年版，第18—19页。

者另有双不可知的巧手”，而这双巧手的出现，是要“将这些影子织成一个幻网”。由此，我们便感到好奇，那么这幻网之中，又藏着什么秘密呢？“幻网里也许织着诱惑，我的依恋便是个老大的证据。”[①]于是，这最后一句，便是作者对读者，也是对自己的一个回答，内蕴了丰富的意味。还有一些散文，像《荷塘月色》《桨声灯影里的秦淮河》等，作者在带领读者领略那自然风景的美好的同时，也将自己的情思与怀想融入了优美的语言之中，使文章蕴含了浓浓的意境美。

朱自清的散文喜用叠词，这些叠词的使用，使文章语言变得韵律无穷。例如在《荷塘月色》中，使用叠词的句子：“曲曲折折的荷塘上面，弥望的是田田的叶子。叶子出水很高，象亭亭的舞女的裙”[②]，这些叠词的使用增强了文章的韵味，赋予了文字以情感色彩。在《儿女》中，朱自清写他逗女儿时，女儿“张开没牙的嘴格格地笑”[③]，“格格”这一拟声叠词的使用，一下子便将女儿那活泼可爱的神情表现出来。在《春》中，在描写小草时，运用了“嫩嫩的”“绿绿的”这样的叠词，使句子读起来朗朗上口，韵味十足。

“谈话风”是朱自清散文的一大特点。“谈话风”顾名思义是以“谈话”为主，而谈话便要运用到日常口语。经过提炼加工，日常口语便成了独具特色的“谈话风”语言。“谈话风”语言，生动形象，明白晓畅，在口语形式下蕴藏着音律的韵味。例如《春》中那段，“桃树、杏树、梨树，你不让我，我不让你，都开满了花赶趟儿。红的像火，粉的像霞，白的像雪”[④]这样于整齐中又带有变化的句子，使人读起来感觉抑扬顿挫。这样的旋律感，给人一种轻松、明快的阅读体验，更能将读者迅速带入那赏春的喜悦之中。1932年，朱自清创作了散文《给亡妇》，他自觉运用了口语进行创作。在回忆与妻子

① 朱自清：《温州的踪迹·白水漈》，《朱自清全集》第1卷，江苏教育出版社1988年版，第19—20页。

② 朱自清：《荷塘月色》，《朱自清全集》第1卷，江苏教育出版社1988年版，第70页。

③ 朱自清：《儿女》，《朱自清全集》第1卷，江苏教育出版社1988年版，第86页。

④ 朱自清：《春》，《朱自清全集》第4卷，江苏教育出版社1988年版，第314页。

的日常生活中，在质朴的谈话式的语言中，将妻子与他十多年的婚姻生活的艰辛娓娓道来，感人至深。在谈到妻子对这个家庭的付出时，他说："你的短短的十二年结婚生活，有十一年耗费在孩子们身上，而你一点不厌倦，有多少力量用多少，一直到自己毁灭为止。"在回忆了妻子对自己的感人至深的爱时，他说："除了孩子，你心里只有我"，"你换了金镯子帮助我的学费"，"直到你死，我没有还你。"[①]这些真挚、自然的语言都是朱自清在口语的基础上提炼与加工而形成的谈话风语言。这样的语言于平淡中见神奇，使情感的表达更加直接和具有生命活力，更便于读者的接受。

这类情真意切的作品还有很多。例如《阿河》写的是一个贫苦家庭的年轻女儿阿河的不幸遭际。文中的"我"为养病而借住在亲戚乡下的别墅里。在这里，"我"第一次看见了亲戚家新来的女佣"阿河"。在描写第一次对"阿河"的印象时，作者写道："她的头发乱蓬蓬的，象冬天的枯草一样。身上穿着镶边的黑布棉袄和夹裤"，文中的"我"对阿河的初见印象是"人土些"，但后来，却慢慢地发现了被贫穷的生活表面所掩盖的阿河作为一个年轻女性的魅力，以至于"我现在是常站在窗前看她了"。文中的"我"，将阿河比喻为在深山里发现的"一粒猫儿眼"，更是情不自禁地感叹道："这样精纯的猫儿眼，是我生平所仅见!"为了如何与她攀谈的问题，竟郁郁了一礼拜。阿河的一举一动，都牵动"我"的注意力，"她的影子真好看。她那几步路走得又敏捷，又匀称，又苗条，正如一只可爱的小猫。"写到这里，文中的"我"对阿河的喜爱之情已经很深了。但接下来发生的事情，才是作者写作这篇文章的真正目的。年轻的阿河原来已经嫁人，是为了逃避那个"三十多岁，土头土脑的，脸上满是疮"的丈夫，机缘中来到这里。但最终她还是被送走了，听闻这个消息的"我"，如"三顿饱饭吃的人，忽然绝了粮"。后来听说阿河的男人让她家人以八十块大洋将她赎回，"我"不禁对阿河凄惨的命运与归宿感到同情。最后听闻阿齐说，阿河"做老板娘娘了"，"我"内心的感

① 朱自清：《给亡妇》，《朱自清全集》第1卷，江苏教育出版社1988年版，第164页。

受是“立刻觉得，这一来全完了”。“完了”一词，结束了这样一个美好纯真的阿河在作者心中的形象，听起来似乎带有一种五味杂陈之感。最后在结尾部分，对阿河送上了诚挚的祝愿，“愿命运之神长远庇护着吧！”并在文章的末句写道：“第二天我便托故离开了那别墅，我不愿再见那湖光山色，更不愿再见那间小小的厨房！”①

① 朱自清：《阿河》，《朱自清全集》第1卷，江苏教育出版社1988年版，第51—58页。

第四章　冰心散文的清纯美

冰心，原名谢婉莹，中国现代著名女作家、散文家、诗人。冰心的散文大多蕴含“爱的哲学”主题。冰心始终相信，有了爱就相当于有了一切。在她的作品中，可以看到她爱母亲、爱大海、爱祖国与爱人民。冰心将整个生命的爱都传递给了世人，“爱”成为了她文学创作的动力与源泉。从冰心的作品中，可以发现“母爱”“童心”“自然”等主题，这种“爱的哲学”，不仅是一种人生的希望，更是人类灵魂的执着追求，“爱的哲学”成为“五四”时代的主流精神之一。冰心的散文融合了自我生命价值的肯定与对他人的生命价值的关爱，将人道主义情怀与个性解放潮流融为一体，冰心为“五四”时期的知识分子在觉醒与苦闷、追求与彷徨中找到了心灵的寄托。

第一节　冰心其人其文

1900 年 10 月 5 日，冰心出生于一个海军军官家庭，祖籍福建长乐。在冰心七个月大的时候，她便跟随家人一起离开福州，到了上海。1904 年，冰心的父亲由清政府海军练营营长升任海军学校校长，于是举家搬迁移居至烟台。也正是由于父亲工作的原因，冰心的童年时代大部分都是在海边度过，对于大海，冰心有着最为真挚的热爱，正是大海的奇幻孕育了她文学创作的灵魂。祖母在父亲四岁的时候便去世，祖父一直没有续弦，直到晚年才

娶了一位老姨太。在冰心小时候，老姨太便帮着母亲一同抚养她。母亲杨福慈19岁嫁给父亲，两人的感情很好。母亲与冰心之间的感情一直很好，母亲是一个温柔且安静的女人，闲暇的时候不是做活计就是看书，很是恬淡。母亲给予冰心的细腻的爱与关怀，从小滋养着她的内心。这种纯洁而又美好的情感在她的创作中会不自觉地流露出来，深深地打动读者的心。关于母亲，冰心曾写道："我挚爱恩慈的母亲。她最初也是最后我所恋慕的一个人。我捉笔的时候，总有她的颦眉和笑脸涌现在我的眼前。"① 巴金曾评价冰心："我们喜欢冰心，跟着她爱星星，爱大海，我这个孤寂的孩子在她的作品里找到了温暖，找到失去的母爱。"②

冰心从四岁开始跟着母亲认字，后又翻看《三国志》《聊斋志异》《水浒传》等。自此，冰心对文学着了迷，开始博览群书。在她十岁的时候，表舅王逢逢成了她的启蒙老师。在《我的文学生活》中，冰心就提到这位先生的教诲"读书当精而不滥"③。在王先生的指导下，冰心学习了《国文教科书》《论语》《左传》《唐诗》等。后来，又阅读了《西厢记》《水浒传》《再生缘》《说岳全记》等文学作品。1911年秋天，11岁的冰心考进了福州女子师范学校预科。由于之前在山东的时候没有上过学，这是她第一次过上校园生活。虽然学校的课程很多，但是冰心学习上非常用功，取得了优异的成绩。也是在这里，冰心结识了她后来的良友王世英。1913年，父亲谢葆璋就任海军部军学司司长。几个月后，冰心与母亲带着三个弟弟，在舅舅的陪护下来到北平。冰心住在中剪巷子，度过了中学、大学的青春时光，在这期间，她创作了"问题小说"，创作了短诗集《春水》和《繁星》，中剪巷承载了冰心的青春梦与温情。1914年秋天，14岁的冰心考进了教会学校贝满女中。《圣经》中的博爱思想影响了冰心的一生，形成了一种独特的处世哲学，她将这种思想称为

---

① 冰心：《寄小读者（四版自序）》，《冰心全集》第2卷，海峡文艺出版社1994年版，第337页。

② 陈恕：《冰心全传》，中国青年出版社2011年版，第11页。

③ 冰心：《我的文学生活》，《冰心全集》第3卷，海峡文艺出版社1994年版，第7页。

“爱的哲学”①。1918 年 8 月，冰心以全班最高分，从贝满女中毕业；9 月考入协和女子大学理科预科。五四运动把冰心“震上”了写作道路。1919 年，震惊全国的五四运动爆发了。谈到这次运动的爆发对她产生的影响时，冰心在散文中写道：“这奔腾澎湃的划时代的中国青年爱国运动，文化革新运动，这个强烈的时代思潮，把我卷出了狭小的家庭和教会学校的门槛，使我由模糊而慢慢地看出了在我周围的半封建半殖民地的中国社会里的种种问题。”②冰心最早发表的作品是一篇叫作《二十一日听审的感想》的杂感，发表在《晨报》“自由论坛”上，这是冰心朝着创作之路迈出的重要一步。

冰心看到了日常生活中的各种问题，于是开始写作“问题小说”。最开始创作的一篇小说《两个家庭》，用冰心的笔名在报上发表了，这使冰心受到了极大的鼓舞，积极投入小说的创作。后又接连发表了《斯人独憔悴》《去国》《秋风秋雨愁煞人》《庄鸿的姊妹》等“问题小说”。《斯人独憔悴》写的是被顽固的父亲所禁锢的青年的苦恼，《秋风秋雨愁煞人》写的是一个有志于服务社会的女青年，这些小说都表达了冰心对封建社会与封建家庭的不满。冰心小说的思想与热情，融入了“五四”前后文坛上兴起的“问题小说”热潮。“冰心的‘问题小说’大致可以分为三类：一是抒写对封建社会和封建家庭的不满；二是揭露军阀混战造成悬民水火的惨痛生活；三是从人道主义立场表现对劳动人民的同情。”③白天大多时候冰心都在街上宣传、开会与募捐，到了夜里便一头扎进“问题小说”写作，由此导致冰心落下了理科的功课。1921 年，理科预科毕业之后，冰心考入了文科。

1921 年，许地山、瞿世英两人将冰心推荐列名于文学研究会。因为冰心那一时期写作的“问题小说”与“文学研究会的文学应该反映社会现象，讨论人生问题的宗旨”不谋而合④，随后又在改革后的《小说月报》首期，

① 陈恕：《冰心全传》，中国青年出版社 2011 年版，第 37 页。

② 冰心：《从“五四”到“四五”》，《冰心全集》第 7 卷，海峡文艺出版社 1994 年版，第 36 页。

③ 范伯群：《冰心传略》，《冰心研究资料》，知识产权出版社 2009 年版，第 3 页。

④ 范伯群：《冰心传略》，《冰心研究资料》，知识产权出版社 2009 年版，第 4 页。

也就是1921年1月10日出版的第12卷第1号，发表了散文《笑》。《笑》不仅成为早期白话散文创作的一个典范，也为冰心的文学创作道路开辟了新的天地。冰心于1921年4月在《小说月报》第12卷第4号上发表《超人》，小说一经发表即刻产生了热烈反响。小说旨在把母爱作为救治陷入彷徨、苦恼中的抑郁的中国知识分子灵魂的良药，沈雁冰、王统照、成仿吾等人均对这篇小说予以极高评价，深深地鼓舞了年轻的冰心。冰心在探索人生道路的过程中，发现了"亲子之爱"这一良药，便将它通过文学形式推荐给广大陷入彷徨与苦恼中的中国知识青年。随后她又发表了《海上》《爱的实现》等小说，这些小说无不渗透了冰心的"爱的哲学"。《爱的实现》这部小说在发表不到一年时间，便被周作人译成了日文，并被周作人看作冰心的代表作。冰心的小说与散文的文采融合了"古典文学的神韵"与"欧美文学的乳汁"①，引起当时很多知识青年的共鸣，逐渐形成了一种独特的被称为"冰心体"的文体风格。

从1920年起，冰心受泰戈尔《飞鸟集》的影响，以诗歌来抒发自己的人生感受。1923年，冰心出版小说集《超人》和诗集《繁星》《春水》。冰心这一时期的主要创作理想是"表现自我"，她的诗歌清新、含蓄、温情，表达了她对于人生的探寻与对大自然的歌颂。同年，她开始在《晨报》副刊的《儿童世界》专栏里发表通讯文章——《寄小读者》，并于1926年集结出版。《寄小读者》大部分是冰心在旅美时所写，通讯中无不表达了作者对祖国故土与亲人的爱与思念。这本集子出版后立即获得热烈反响，使冰心成为"'五四'以来最有影响力的儿童文学作家之一"②。

去往美国留学的漫漫旅途中，冰心无限地思念自己的祖国与母亲，因此写下了许多感人的通讯与诗句。最有代表的三首诗就是《惆怅》《纸船》与《乡愁》。在《纸船》一诗中，冰心写道："母亲，倘若你梦中看见一只很小

① 范伯群：《冰心传略》，《冰心研究资料》，知识产权出版社2009年版，第4页。

② 范伯群：《冰心传略》，《冰心研究资料》，知识产权出版社2009年版，第5页。

的白船儿，不要惊讶它无端入梦。这是你至爱的女儿含着泪叠的，万水千山，求它载着她的爱和悲哀归去。”①这些诗句饱含冰心对母亲深深的思念之情。1930 年 1 月 7 日晚上 9 点 45 分，温柔而又慈爱的母亲杨福慈与世长辞了。冰心在之后的回忆性文章《南归》中写道：“一月七晨，母亲的痛苦已到了终极了！”“大家只能围站在床前，看着她痛苦的颜色，听着她悲惨的呻吟！到了下午，她神志渐渐昏迷，呻吟的声音也渐渐微弱”，最后“医生来看过，打了一次安眠止痛的针。又拨开她的眼睑，用手电筒照了照，她的眼光已似乎散了！”此时的母亲，已真切地离她而去。料理完母亲的后事之后，冰心在悲痛中写给吴文藻的信里说道：“藻，我从此是没有娘的孩子了！这十几天的辛苦，失眠，落到这么一个结果”。冰心在信中对丈夫吴文藻倾诉了她失去母亲之后的悲痛欲绝与茫然无助。过了几天，又在给吴文藻的信中写道：“因着母亲之死，我始惊觉于人生之极短。生前如不把温柔尝尽，死后就无从追讨了。我对于生命的前途，并没有一点别的愿望，只愿我能在一切的爱中陶醉，沉默。”因为母亲之死给冰心心灵造成的沉重打击，她开始正视人生的短暂与虚空，并下定决心成为像她母亲一样的人，好好珍惜和爱护身边活着的亲人们。“过去这一生中这一段慈爱，一段恩情，从此告了结束。从此宇宙中有补不尽的缺憾，心灵上有填不满的空虚。”但自此她心中有关母亲的那一部分，是永远也填不满了。因此，不久后她写下了《南归》这篇纪念逝世的母亲的散文，并将“贡献给母亲在天之灵”②这一句话作为文章的副标题。

抗战时期，冰心与吴文藻于 1938 年抵达昆明。1940 年，冰心与吴文藻决定举家搬迁离开云南前往重庆。8 月 14 日，冰心的父亲谢葆璋于北平逝世，在经历了失去母亲的痛苦之后，冰心再一次面对了失去父亲的悲痛。冰心来到重庆之后，积极参加社会活动。1941 年 3 月 15 日，冰心同郭沫若、老舍、

① 冰心：《纸船》，《冰心全集》第 2 卷，海峡文艺出版社 1994 年版，第 73 页。

② 冰心：《南归》，《冰心全集》第 2 卷，海峡文艺出版社 1994 年版，第 426—450 页。

茅盾、田汉、巴金等25人被中华全国文艺界抗敌协会选为理事。1942年冬天，冰心创作了《再寄小读者》在重庆《大公报》发表。20世纪70年代末期，冰心又继续开始发表《三寄小读者》。1999年2月28日21时12分，冰心因心功能衰弱于北京医院逝世，享年99岁，被称为“世纪老人”。

第二节　冰心散文的爱的哲学

冰心曾在《关于散文》开头中说道：“散文是我所最喜爱的文学形式”。在冰心看来，散文的范围广泛，“通讯、特写、游记、杂文、小品文等”都可以囊括其中。而散文又不像诗，需要去“做”，散文不用为了格律声韵去费尽心思，却又能够写得“铿锵得像诗，雄壮得像军歌，生动曲折得像小说，活泼尖利得像戏剧的对话……”散文不仅可以使笔下的人物光彩四射，还可以从中体现作者本人的风格。作品的风格正是作者的真实情感通过独特的语言所表现出来的，于是“这语言乃是他从多读书、善融化得来的鲜明、生动、有力，甚至有音乐性的语言”①。从这篇作品可以清楚地看出，冰心虽写诗歌、小说，但她对散文更加偏爱。散文也是她漫长创作生涯中，历时最长、成果最丰硕的。在八卷的《冰心全集》中，散文作品就有大概八百多篇，实在是一笔丰厚的精神财富。在《中国新文学大系·散文二集·导言》中，郁达夫对冰心作了这样的评价：“散文的清丽，文字的典雅，思想的纯洁，在中国好算是独一无二的作家了”②。可见冰心的散文，已经成为了她生命中一个独特标签。冰心的散文影响广泛，尤其是对青少年、儿童的成长产生了不可估量的影响。她的散文不仅体现了对现实世界的理解、对人生价值的思索

① 冰心：《关于散文》，《冰心全集》第5卷，海峡文艺出版社1994年版，第182—183页。

② 郁达夫：《导言》，《中国新文学大系·散文二集》，良友图书印刷公司1935年版，第16页。

以及对人情往来的态度，也透露出她独特的人格魅力。

冰心早年创作了《往事》《寄小读者》和《山中杂记》等作品。在五四新思潮的影响下，冰心以“‘爱的哲学’领悟人生，讴歌亲情、友爱、童真和自然美，寻味人生的乐趣和慰藉，探求生命的奥秘和意义”①。中年的冰心看到了社会的动荡，体会了生活的百味，写作了《平绥沿线旅行纪》《默庐试笔》《关于女人》等作品。这些作品以强烈的现实感为特点，题材更为宽阔，传达了她这一时期的思想精神与信念支撑。时间没有将她的创作天赋与活力夺走，而是给予了她更加通透、更加睿智的思维。“冰心的散文展示着一位世纪同龄人与时俱进、蜿蜒起伏的心路历程，也映现了时代风尚和新文学的推移变迁，较完整地体现了本世纪中国新体散文的行进轨迹。”②

冰心散文以“爱”为母题，尽管题材多样，但总归是在为爱而作。在她 1920 年 9 月发表在《燕大季刊》上的散文《画——诗》中，述说了自己因为身体抱恙，耽误了《圣经》课的考试，而后安教授让她前去补考。到了安教授的书房，她看见了一幅倚在炉台上的画，画的是：“一片危峭的石壁，满附着蓬蓬的枯草。壁上攀援着一个牧人，背着脸，右手拿着竿子，左手却伸下去摩抚岩下的一只小羊，他的指尖刚及到小羊的头上。天空里却盘旋着几只饿鹰。”③冰心突然感到了被某种东西所召唤，原来是画中隐含着的爱的力量，于是眼泪涌上了她的眼眶。她说不出这是一种什么样的感受，是感激、信仰还是安慰？她不得而知。但是她的内心却被这种“爱”感染了。1921 年 1 月发表在《小说月报》上的散文《笑》，通过安琪儿的微笑联想到了五年前田野道旁的孩子的微笑，接着通过回忆天真的孩子脸上露出的微笑，又使她想到了十年前，在海边的茅屋前她看见的那个老妇人的微笑。这三个微笑着的人，都是那样的美丽且温柔，从人的本性中透露出来的善，让作者感到了世间的爱与美好，冰心在结语中写道：“这时心下光明澄静，如

① 汪文顶：《冰心散文的审美价值》，《文学评论》1997 年第 5 期。

② 汪文顶：《冰心散文的审美价值》，《文学评论》1997 年第 5 期。

③ 冰心：《画——诗》，《冰心全集》第 1 卷，海峡文艺出版社 1994 年版，第 116 页。

登仙界，如归故乡。眼前浮现的三个笑容，一时融化在爱的调和里看不分明了。”① 在她 1922 年 3 月 3 日发表于《晨报府镌》的散文《十字架的园》中，同样出现了“她”这个灵魂我与现实我的对话，在超越了平凡生命的境界这一思想中，作者呼唤人们相爱，就像文中所说：“人类呵！相爱吧！我们都是长行的旅客，向着同一的归宿。”②生命的旅途，本就因爱而变得充满价值。

从“五四”到 20 世纪 20 年代末期，冰心将自己的全部创作重心都投入到了写作母亲与儿童的无私与纯洁的爱中。沈从文发表在《文艺月刊》上的《论冰心的创作》一文中说道：“冰心女士所写的爱，乃离去情欲的爱，一种母性的怜悯，一种儿童的纯洁，在作者的作品中，是一个道德的基本，一个和平的欲求。”③其中，母亲又是她作品中涉及内容最多的主题。在冰心的散文《往事（一）》中，她将母亲比喻为生命之灯，当她独自面对“深黑的大海”与“闪烁的灯塔”时，她期盼、等待母亲的归来，当母亲终于归来之时：“生命之灯燃着了，爱的光从山门边两盏红灯中燃着了！”④在雷雨天气看到荷叶覆盖在红莲上面，为它遮蔽风吹雨打，冰心的心里生出了深深的感动，“母亲呵！你是荷叶，我是红莲。心中的雨点来了，除了你，谁是我在无遮拦天空下的荫蔽。”⑤ 她将荷叶比喻为母亲，自己则是被荷叶覆盖保护下的红莲，荷叶为了红莲忍受了雷雨天气的暴风雨的袭击。而母亲为了儿女，无私地奉献了自己，这种不畏牺牲的精神与荷叶的品质相得益彰。《寄小读者》一共有 29 篇通讯，其中大部分篇章都涉及了母爱给予的温暖与慰藉。在冰心 1927 年所作的《寄小读者》第四版自序中，冰心在谈到她的母亲时写道：“这书中的对象，是我挚爱恩慈的母亲。她是最初也是最后我所恋慕的一个人。

---

① 冰心：《笑》，《冰心全集》第 1 卷，海峡文艺出版社 1994 年版，第 162 页。

② 冰心：《十字架的园里》，《冰心全集》第 1 卷，海峡文艺出版社 1994 年版，第 346 页。

③ 沈从文：《论冰心的创作》，《冰心研究资料》，知识产权出版社 2009 年版，第 177 页。

④ 冰心：《往事（一）》，《冰心全集》第 1 卷，海峡文艺出版社 1994 年版，第 456 页。

⑤ 冰心：《悟》，《冰心全集》第 1 卷，海峡文艺出版社 1994 年版，第 460 页。

我提笔的时候，总有她的颦眉或笑脸涌现在我眼前。”谈到母亲的爱对她的影响时，她说：“她的爱，使我由生中求死——要担负别人的痛苦；使我由死中求生——要忘记自己的痛苦。”① 正是在这样伟大的母爱的滋润下，她成长为一个具有健全人格且极富人格魅力的人。

冰心在 1947 年的散文《给日本的女性》中写道：“人类以及一切生物的爱的起点，是母亲的爱。”她又详细说明了为何母爱是伟大的，因为“母亲的爱是慈蔼的，是温柔的，是容忍的，是宽大的；但同时也是最严正的，最强烈的，最抵御的，最富有正义感的！”她从自我内心体验出发，将母爱的伟大述之于人们，这使得冰心“爱的哲学”主题更具说服力。她在文章中呼吁“全人类的母亲，全世界的女性，应当起来了！”② 应当负担起自己的责任，用自己的温柔与和蔼去融化儿女们的心。她告诉人们，民族与民族之间、国家与国家之间，唯有爱与互助，才能够达到彼此所追求的安乐与和平。冰心认为人间所有的隔膜与社会的罪恶都源于人类之间彼此不相爱，只有爱才能解决这一切矛盾与冲突，只有人类相爱，世界才会充满理想与光明。

在《寄小读者·通讯十》中，冰心写道：“她爱我，不是因为我是‘冰心’，或是其他人世间的一切虚伪的称呼和名字！她的爱是不附带任何条件的，唯一的理由，就是我是她的女儿。”母亲给予她的至真至纯的爱滋养着冰心那颗纯净的心，“总之，她的爱，是屏除一切，拂拭一切，层层的麾开我前后左右所蒙罩的，使我成为‘今我’的原素，而直接的来爱我的自身！”母爱是如此的温柔、宽大，是世间最值得歌颂的情感。“假使我走至幕后，将我 20 年的历史和一切都更变了，再走出到她面前，世界上都没有一个人知道我，只要我仍是她的女儿，她就仍用她坚强无尽的爱来包围我。”母爱是如影随形的，只因为“我”是“她”的女儿，所以“她爱我的肉体，她爱我的灵魂！她爱我前后左右，过去，将来，现在的一切！”③ 在冰心众多歌颂

① 冰心：《寄小读者（四版自序）》，《冰心研究资料》，知识产权出版社 2009 年版，第 117 页。

② 冰心：《给日本的女性》，《冰心全集》第 3 卷，海峡文艺出版社 1994 年版，第 390 页。

③ 冰心：《寄小读者·通讯十》，《冰心全集》第 2 卷，海峡文艺出版社 1994 年版，第 101—102 页。

母爱的散文作品之中，1931年的那篇《南归》可以说是最感人至深的一篇。这是献给亡母的文字，副标题叫作“贡献给母亲的在天之灵”，全文大约两万字，字字真切，直击人心，令人心痛。她在文章中悲痛地写道：“有谁经过这种的痛苦？你的最爱的人，抱着最苦恼的病，要在最短的时间内从你的腕上臂中消逝。”在写给丈夫吴文藻的信中说道：“我从前有一个心，是个充满幸福的心。现在此心跟我最宝爱的母亲葬在九泉之下了。”她知道，她的母亲已经再也不能回来，“过去一生中这一段慈爱，一段恩情，从此告了结束。从此宇宙中有补不尽的遗憾，心灵上有填不满的空虚”[①]。冰心将自己由于母亲逝世而感受到的伤心与悲痛通过至真至诚的文字展现出来，这是一个真实的冰心，是一个有血有肉的冰心，这些文字是她含泪写下的对亡母的回忆。正如赵景深在对《南归》的评论中所写：“她不是拿幻想的事实来娱乐我们，而是拿她一颗真诚的女儿的心热烈的托出来献给我们，她一方面是在苦痛的追忆她那死去的母亲，一方面却是要一些同情于她的或与她遭遇相同的人互通灵魂上交感。”[②]这篇《南归》实在是一篇真挚感人，让人读起来无不泪目的回忆文章。在《南归》中，冰心曾在写给丈夫吴文藻的信中感叹道：“人生本质是痛苦，痛苦之源，乃是爱情过重。但是我们仍不能不饮鸩止渴，仍从生痛苦之爱情中求慰安。何等的痴愚呵，何等的矛盾呵！”虽是这样说，但是她却是甘心当情痴。她要“成为一个像母亲那样的人”，所以，她勉励自己“以母亲之心为心”[③]。于是，她便以一个母性的身份，关爱着世间的一切。

在《寄小读者·通讯十九》中，冰心在即将离开沙穰疗养院前夕，回忆起疗养期间的感受时，感叹地写道：“爱在右，同情在左，走在生命路的两旁，随时撒种，随时开花，将这一径长途，点缀得香花弥漫，使穿枝拂叶的行人，踏着荆棘，不觉得痛苦，有泪可落，也不是悲凉。”冰心在疗养期间，

---

① 冰心：《南归》，《冰心全集》第2卷，海峡文艺出版社1994年版，第426—450页。

② 赵景深：《冰心女士的〈南归〉》，《冰心研究资料》，知识产权出版社2009年版，第352页。

③ 冰心：《南归》，《冰心全集》第2卷，海峡文艺出版社1994年版，第446—450页。

明白了“爱”与“同情”原来是如此的伟大而又难得的情感。来自亲人的爱是毫无保留的，却也是因为血缘关系。但从同学、朋友们那里得到的“爱”与“同情”是更为难得。她感叹：“这是人类之所以为人类，世界之所以成世界呵！我一病何足惜？病中看到人所施于我，病后我知何以施于人。”①这一次病痛，让她看到了人世间难得的爱与同情，不基于血缘关系，而是无私的奉献精神，这些都深深影响了冰心，让她更加坚信，任何时候都应以爱为人生的信仰。在《寄小读者·通讯十二》中，冰心透彻地觉悟：“我死心塌地地肯定了我们居住的世界是极乐的”②。因为“母爱”是“打千百转身，在世上幻出人和人，人和万物种种一切的互助和同情。这如火如荼的爱力，使这疲缓的人世，一步一步的移向光明！”③母爱既神圣又无边，既永恒又无私。于是，冰心日复一日、年复一年地歌颂母爱，并以此作为一种精神信仰，日渐深化。在《寄小读者》中，冰心尽情赞颂了母爱的伟大与无私，认为母亲的爱不仅是基于血缘的亲人之爱，更是人与人之间不可或缺的精神纽带。

除了母爱之外，冰心还宣扬了“儿童之爱”“自然之爱”。歌颂童心也是冰心散文创作的一个重点，在“儿童之爱”的观念下，她写作了大量歌颂童心的美好与纯洁的作品，其中最有名的是《寄小读者》。这是她在燕京大学毕业之后，准备赴美留学之前，开始为《晨报》副刊的“儿童世界”专栏撰写的通讯。其中主要内容是她在异国他乡的所见所闻与对海外风光的介绍，从中抒发了她对母亲、对祖国与故乡的热爱与深深的思念之情。在《寄小读者·通讯一》中，冰心在向可爱的儿童读者们作自我介绍的时候，将她自己也比作了一个孩子。她说：“我是你们天真队里的一个落伍者——然而有一件事，是我常常用以自傲的：就是我从前也曾是一个小孩子，现在还有时仍是一个小孩子。”她就像一个大姐姐在同弟弟妹妹们说话一般：“为着要

---

① 冰心：《寄小读者·通讯十九》，《冰心全集》第2卷，海峡文艺出版社1994年版，第213页。

② 冰心：《寄小读者·通讯十二》，《冰心全集》第2卷，海峡文艺出版社1994年版，第109页。

③ 冰心：《寄小读者·通讯十二》，《冰心全集》第2卷，海峡文艺出版社1994年版，第109页。

保守这一点天真直到我转入另一个世界时为止，我恳切的希望你们帮助我，提携我，我自己也要永远勉励着，做你们的一个最热情最忠实的朋友！”[①]冰心完全是在与他们进行无距离感的交流，以同样是孩子的身份与他们缓缓而谈。在不自觉之中，流露出纯洁、真挚的情感，而这也正是作者独特的、清纯的内心世界的映照。在《寄小读者·通讯三》中，冰心回忆起她启程去美国的时候，孩子们为她送行的一幕幕，她说道："送我的尽是小孩子——从家里出来，同车的也是小孩子，车前车后也是小孩子。我深深觉得凄恻中的光荣。冰心何福，得这些小孩子天真纯洁的爱，消受这甚深而不牵累的离情。”[②]那一颗颗跳动着的小心脏，那一个个活泼可爱的孩子，都让冰心感到无比的温暖与感动。他们是那么地纯洁，那么地美好，就好似真的将冰心看作了自己的大姐姐。孩童们用真心来对待她，而他们则成为冰心心中的深深牵挂。在冰心的眼里，每一个孩子都是“安琪儿”，都是那么地天真、无邪，象征着一切美好与希望。

除了“母亲之爱”与“儿童之爱”，“宇宙之爱”也就是“自然之爱”，同样是冰心“爱的哲学”的主要内容之一。在她的许多散文作品中，对自然之美的讴歌与对自然生命的尊崇渗入了她的字里行间。冰心自小便生活在山陬、海隅的地方，与大自然有着密切联系，在这样的山水间成长起来的冰心，对于自然美景有着自己的独特体会。祖国锦绣山河孕育了她博爱的心胸。她从中汲取养分，滋养着自己的生命。在体察万物之间，领悟到了自然与生命的交融和联系，于是，自然的景观融入了冰心的生命，在她笔下具有了别样的灵性。1921 年 6 月 23 日发表在北京《晨报》上的散文《宇宙的爱》，描述了作者坐在水池旁回忆起四年前在同样时间坐在同样地方。然而尽管经历了四年的宇宙的爱带来的变幻，水却依旧是四年前的水，树也依旧是四年前的树，而她呢？冰心三次自问道："但我可是四年前的我？”这个答案只有

---

① 冰心：《寄小读者·通讯一》，《冰心全集》第 2 卷，海峡文艺出版社 1994 年版，第 61 页。

② 冰心：《寄小读者·通讯三》，《冰心全集》第 2 卷，海峡文艺出版社 1994 年版，第 64 页。

她自己能够回答："只有自然的爱是无限的，何用劳苦功夫，来区分这和爱的世界？"① 冰心细腻的心思不自觉地透过清丽的语言表达出来，既然这是一个充满爱的世界，那么我们又何必辛苦区分宇宙的爱给予大自然生灵的一切呢？宇宙之爱与母爱都是那样的无私与伟大，超越了一切的阶级与功利，是最本真的爱的显现。在1962年10月发表在《人民文学》上的散文《海恋》中，冰心将海水描写得既奇特又美丽，黄昏时"我看见银盘似的月亮，颤巍巍地捧出了水平，海面变成一道道、一层层的，由浓墨而银灰，渐渐地漾成闪烁光明的一片"。大海的神秘与深邃在她的心中占据了重要位置，成为她"童年活动的舞台上，从不更换的布景"②。在《寄小读者·通讯七》中，冰心对大海的景色进行了一次非常梦幻的描绘："我自少住在海滨，却没有看见过海平如镜。这次出了吴淞口，一天的航程，一望无际尽是粼粼的微波。凉风习习，舟如在冰上行。"在描写海水时，她写道："到过了高丽界，海水竟似湖光，蓝极绿极，凝成一片，斜阳的金光，长蛇般自天边直接到栏旁人立处，上自穹苍，下至船前的水，自浅红至于深翠，幻成几十色，一层层、一片片地漾开了来。"③ 这里的海水变得那么的灵动与自然。这样的描写一下子就把读者带入了一个绝美的画面之中，令人流连忘返。在《往事（二）》第三篇中，冰心在描写月下青山时，首先是对青山做了一个夸赞："今夜林中月下的青山，无可比拟！"如此一来便引起了读者的极大关注，就是这样一个无可比拟的月下青山之境，竟是她当年养病的地方。那么月下青山究竟是怎样一个景象呢？"只能说是似娟娟静女，虽有照人的明艳，却不飞扬妖冶；是低眉垂袖，璎珞矜严。"原来，冰心将月光下的青山比作了静女，于是，接下来所用的一切美好词语的形容，都变得顺理成章了。"流动的光辉之中，一切都失了正色。松林是一片浓黑的，天空是莹白的，无边的雪地，竟是浅

① 冰心：《宇宙的爱》，《冰心全集》第1卷，海峡文艺出版社1994年版，第212页。

② 冰心：《海恋》，《冰心全集》第6卷，海峡文艺出版社1994年版，第124页。

③ 冰心：《寄小读者·通讯七》，《冰心全集》第2卷　海峡文艺出版社1994年版，第76页。

蓝色的了。这三色衬成的宇宙，充满了凝静，超逸与庄严。”[①] 青山在阳光的照耀下，具有一种流动的美。冰心一连用了“浓黑”、“莹白”、“浅蓝”三种色彩来形容，使文字具有了鲜明的画面感。如不是心怀对自然的崇敬与爱，这样的文字是无法流露出来的。《山中杂记(七)——说几句爱海的孩气的话》之中，冰心在描绘海与山的时候写道：“海是蓝色灰色的。山是黄色绿色的。拿颜色来比，山也比海不过。蓝色灰色含着庄严淡远的意味”，从语言中便可看出，大海在冰心心目中的地位是如何崇高。“海是动态的，活泼的；而山，是静态的、呆板的。昼长人静的时候，天气又热，凝神望着青山，一片黑郁郁的连绵不动，如同病牛一般。而海呢，你看她没有一刻静止！从天边微波粼粼的直卷到岸边，触着崖石，更欣然的溅跃了起来，开了灿然万朵的银花！”[②] 冰心将山比喻为“病牛”，而将“海”比喻为“银花”。结合众多冰心描绘大海的文字，便可以看出，海在冰心的心目中，是所有美好的集合。冰心对大海的情感，是极其深厚的。自然的景物在冰心的笔下都带有了感情色彩，她将自己的爱融入自然之中，融入宇宙万物之中。在冰心的笔下，一切美好的事物或情感都通过爱表达出来，不断地升华了“爱的哲学”的散文观。

虽说冰心在“爱的哲学”文学观念的影响下，创作了大量有关爱的作品，也认为人类只有相爱，世界才会更好。但冰心的爱并不是毫无原则的爱，她赞扬、歌颂值得爱的一切，但她也抵御诸如“民族压迫”“霸道”“强权”等欺压人的事情。她并没有因为宣扬“爱”而泛爱，她内心爱憎分明，她抨击那些带着虚伪的同情与爱，“人世间是同情带着虚伪，人世间是爱恋带着装诬。”[③] 但是冰心的散文作品依旧是以“清纯美”为主要基调，她说：“总以为我的作品里的人物单纯，特别是多孩子和母亲，同时更不爱暴露社会的

① 冰心：《往事（二）· 三》，《冰心全集》第 2 卷，海峡文艺出版社 1994 年版，第 165 页。

② 冰心：《山中杂记（七）——说几句爱海的孩气的话》，《冰心全集》第 2 卷，海峡文艺出版社 1994 年版，第 194 页。

③ 冰心：《往事 · 以诗代序》，《冰心全集》第 2 卷，海峡文艺出版社 1994 年版，第 352 页。

罪恶，我的意思是这社会上的罪恶已够了，又何必再让青年人尽看那些罪恶呢?”[①]她蔑视社会上丑恶的现象，专注于爱与美的观念的传播，以此来净化读者的心理，展现了冰心散文清纯美的审美特点。

第三节　冰心散文的艺术特色

冰心在《关于散文》中，提到关于文章风格的观点时，认为“文章写到有了风格，必须是作者对于他所描述的人、物、情、景，有着浓厚真挚的情感”[②]。在冰心散文中，“情”是不可缺少的重要精髓。她的散文不是那种喷发式的情感的宣泄，而是透过简洁、柔和以及美丽的语言，将深情缓缓托出，感人至深。她说:“我不是一个有学问的人，也没有喷溢的情感，然而我有坚定的信仰和深厚的同情。在平凡的小小的事物上，我仍宝贵着自己的一方园地。我要栽下平凡的小小的花，给平凡的小小的人看!”[③]冰心的散文，并不追求形式上的绚丽、繁复，而是将自己的精神人格以及她心中的深厚情感表达出来。

“冰心散文的语言具有淡泊流丽的色彩、轻徐舒缓的节奏、典雅蕴藉的韵致，并形成清新秀丽、柔美隽逸的基本风格。这种风格既由之于中西语汇的交融，又由之于情之所至，诚之于心。”[④]冰心的文体风格上主要是简洁、柔美，她充分将古典诗词与散文融合为一体，透露出一种典雅、含蓄之美。赵景深曾说起对冰心的第一印象:“我那随便和放肆的姿势与表情，见了她

① 子冈:《冰心女士访问记》,《冰心研究资料》，知识产权出版社2009年版，第93页。

② 冰心:《关于散文》,《冰心全集》第5卷，海峡文艺出版社1994年版，第183页。

③ 冰心:《冰心全集（自序)》,《冰心研究资料》，知识产权出版社2009年版，第129页。

④ 傅光明、许正林:《冰心散文：一个独特的艺术世界》,《文学评论》1994年第2期。

只得收敛，仿佛是面对着一尊庄严华贵的女神”①。在冰心身上，油然有一种独特的气质，而这气质就是“她的女学究和绅士气，以及她‘冰心’的题名，最重要的是她作品中所表现的风格是使我敬佩的原因——这些，无一不显示她是一朵纤尘不染的芙藻”②。冰心文章的风格和她的为人一样清纯、典雅，就如同芙藻般不染尘埃。可以说，冰心的散文处处都散发出了“真善美”的艺术特色。“真”乃是内容的真实与情感的真诚，“善”主要是心存的善念，“美”则是语言与意境的优美。

对于文学的“真”，她曾在发表于《小说月报》第12卷第4号上面的一篇叫作《文艺丛谈》的文章里谈道：“‘能表现自己’的文学，是创造的，个性的，自然的，是未经人道的，是充满了特别的感情和趣味的，是心灵里的笑语和泪珠……总而言之，这其中只有一个字——‘真’。”③文学表现的“真”就是“表现自己”，这便是散文创作的基本要求。无论是《寄小读者》《山中杂记》还是《往事》，抑或《南归》等，都运用了写实的手法，从而展现了作者自己内心真实的情感与体验。冰心最早的一篇散文，也就是她发表于1919年5月6日的《晨报》上的《二十一日听审的感想》。文章便是她以代表的名义到审判庭去听了北大学生案件公判回去后所作，文章记录了她由听审所引发的所思所想。1945年出版的散文集《关于女人》，一经推出，反响热烈。其中写了14个女人的故事，这些都是冰心生活中所接触、认识的女人，她以“男人”的视角来审视这些女人，其中有母亲、教师、同学、弟媳等。她们虽都是普通的女人，运用的也是写实的手法，但是她们身上所表现出来的那种作为中华儿女的大无畏精神，使冰心对她们满怀敬意。在《往事(二)》中的十篇散文里，冰心用文字记录了体弱多病的她独在异国他乡的感受，以及对亲人、对祖国深深的思念之情。在写到母亲时，冰心说：“她已

---

① 赵景深：《文坛回忆》，重庆出版社1985年版，第147页。

② 赵景深：《文坛回忆》，重庆出版社1985年版，第147页。

③ 冰心：《文艺丛谈》，《冰心研究资料》，知识产权出版社2009年版，第153页。

渐远渐杳，我虽没有留她的意想，望着她的背影，却也觉得有些凄恋。”[①] 对故乡的思念之情，也化作了冰心笔下布满愁绪的文字，她将这种对乡愁的感受，描述为：“是实实在在的躯壳上感着的苦痛，不是灵魂上浮泛流动的悲哀！”[②] 这些文章，句句情真意切，都是作者内心真实情感的流露。回忆性散文《南归》也是凭借其表现情感的真实来打动读者，作品将冰心对母亲的真挚情感展现得淋漓尽致，冰心至情至性的文字深深地感染着读者的心。冰心对待一切的态度都是真诚的，她真诚地热爱自然、热爱文学，真诚地与朋友相处，真诚地将她的喜怒哀乐都记录在散文当中。在阅读冰心散文的过程中，我们仿佛在经历她所经历的，感受她所感受的，与冰心的心灵世界融为一体，因为那都是冰心最真实的情感。茅盾曾在他所作的《冰心论》中有过这样一段评价：“在所有‘五四’时期的作家中，只有冰心女士最最属于她自己。她的作品中，不反映社会，却反映了她自己。她把自己反映得再清楚也没有。在这一点上，我们觉得她的散文的价值比小说高。”[③] 从这段话中，可以清楚地认识到冰心散文的“真”。

冰心散文的“善”主要体现在她的“爱的哲学”散文观中。“爱的哲学”包括了母爱、童真与自然。她赞扬、歌颂这三种情感，认为人与人之间之所以有矛盾、斗争，都是因为不相爱。于是她呼吁人们要相爱，对待别人都要像对待自己的母亲与孩子一般，给予对方无私的爱与温柔。只有这样，人类世界才会变得更加美好与和谐。她的散文《笑》便体现了“善”的特色，她从安琪儿的微笑联想到了孩子的微笑，再由孩子的微笑又联想到了老妇人的微笑，这三种微笑深深地印刻在她的内心，从中透露出来的“善”，正是作者想要表达的真实含义。在《寄小读者》、《往事》与《山中杂事》这三篇散文中，都体现了作者想要表达的“善”。可以说，“善”不仅仅是一种人格的写照，更是作者所追求的一种写作理想。《往事（一）》的第七篇，冰心将母

---

① 冰心：《往事（二）·十》，《冰心全集》第 2 卷，海峡文艺出版社 1994 年版，第 186 页。

② 冰心：《往事（二）·六》，《冰心全集》第 2 卷，海峡文艺出版社 1994 年版，第 173 页。

③ 茅盾：《冰心论》，《冰心研究资料》，知识产权出版社 2009 年版，第 222 页。

亲比喻为“荷叶”，将自己比喻为“红莲”，荷叶替红莲遮挡风雨的侵袭，就如同母亲对儿女的爱。作者内心深受触动，冰心发自内心地感叹：“母亲呵！你是荷叶，我是红莲。心中的雨点来了，除了你，谁是我在无遮拦天空下的荫蔽？”[①]在冰心看来，天底下最无私的善，就是母亲对子女的善，这是一种愿意为其倾尽全部的善，是爱的化身。在冰心眼中，儿童也是善的化身，他们纯洁、美好，象征美好的希望与未来。在冰心的许多作品中，都表现了她对儿童的天真与美好的讴歌。《寄小读者·通讯四》中，作者描绘了一幅场景，“轨道旁时有小湫。也有小孩子，在水里洗澡游戏，更有小女孩，戴着大红花，坐在水边树底作活计，那低头穿线的情景，煞是温柔可爱。”[②]就是这样动静结合的描写，使这个场景具有浓浓的画面感。小孩子们活泼，小女孩温柔，这是作者时时不忘讴歌的童真。

冰心的散文处处都透露出了一种“美”的感受，她将中国现代散文的文体形式之美表达得淋漓尽致。并且将白话文与文言文、古典诗词等融合起来，使她的散文语言具有了典雅蕴藉、清新秀丽的特点，也使散文达到了一种难得的意境美。她利用文言文简洁精练的特点，来表达一些复杂、细腻的情感，从而形成了她独具美感的散文特点。在《往事（一）》的第二十篇中，冰心在描绘一种与“人间化”的死亡不一样的死亡方式时写道：“想象吊者白衣如雪，几只大舟，首尾相接，耀以红灯，绕以清乐，一簇的停在波心何等凄清，何等苍凉，又是何等豪迈！”这种超凡脱俗的死亡方式“以万顷沧波作墓田，又岂是人迹可到？即使专诚要来瞻礼，也只能下俯清波，遥遥凭吊。从此穆然、超然，在神灵上下，鱼龙竞逐，珊瑚玉树交枝回绕的海底，垂目长眠。”冰心不由得感叹：“那真是数千万年来人类所未享过的奇福！”[③]这段文字利用了文言文词汇，使得文章立刻具有了一种凝练含蓄的意境美。如在《寄小读者·通讯十四》中引用了杜甫的诗句：“绝代有佳人，幽居在

---

① 冰心：《往事（一）·七》，《冰心全集》第1卷，海峡文艺出版社1994年版，第459页。

② 冰心：《寄小读者·通讯十七》，《冰心全集》第2卷，海峡文艺出版社1994年版，第66页。

③ 冰心：《往事（一）·二十》，《冰心全集》第1卷，海峡文艺出版社1994年版，第471页。

空谷。"[①] 在《寄小读者·通讯十八》中引用的苏轼的诗词《水调歌头·明月几时有》:"我欲乘风归去，又恐琼楼玉宇，高处不胜寒!"[②] 冰心的散文独具特色的原因也在于她经常在散文中引用古代诗词，因文中有诗而显得极具诗情画意，也可以说是典雅清丽。她也不仅仅是文中有诗，更是常常采用诗话的语言，就像《往事（二)》的第六篇:"乡愁麻痹到全身，我掠着头发，发上掠到了乡愁；我捏着指尖，指上捏着了乡愁。是实实在在的躯壳上感着的苦痛，不是灵魂上浮泛流动的悲哀!"[③] 在描写中秋之夜所引发的乡愁情感中，她就运用了诗话的语言，将这种乡愁之感扩散全身。冰心的散文句式灵活、语言温婉雅致，独具清新的魅力之感。《往事（二)》的第八篇有这样一段描写:"船身微微的左右欹斜，这两点星光，也徐徐的在两旁隐约起伏。光线透过雾层，莹然，灿然，直射到我的心上来，如招呼，如接引，我无言，久——久，悲哀的心弦，开始策策而动!"[④] 这样灵活的句式描写与雅丽清新的词语组合，使得文章具有了一种空灵、缥缈的意境美。

冰心于 1921 年 7 月 27 日发表在《晨报》上的散文《问答词》中，从"我"与"她"的对话之中，探寻了生命的真谛以及人生的意义，而"我"与"她"正是"灵"与"肉"的化身。文章中的对话"是肉与灵对生命主题的问答，现实我与灵魂我的较量"[⑤]。文中的"我"在思量着:"我想什么是生命！人生一世，只是生老病死，便不生老病死，又怎样？浑浑噩噩，是无味的了，便流芳百世又怎样?"现实世界中的我，对于人生的虚无而感到苦闷、悲观。但灵魂的我告诉现实的我:"世界上的力量，永远没有枉费"，"你带着你独有的使命；你是站在智慧的门槛上，情更近一步!"[⑥] 人生于自然与宇宙之中，一定有其存在的意义。只要脚踏实地，认真生活并勤勤恳恳为世人造福，那

---

① 冰心:《寄小读者·通讯十四》,《冰心全集》第 2 卷，海峡文艺出版社 1994 年版，第 122 页。

② 冰心:《寄小读者·通讯十八》,《冰心全集》第 2 卷，海峡文艺出版社 1994 年版，第 202 页。

③ 冰心:《往事（二）·六》,《冰心全集》第 2 卷，海峡文艺出版社 1994 年版，第 173 页。

④ 冰心:《往事（二）·八》,《冰心全集》第 2 卷，海峡文艺出版社 1994 年版，第 180 页。

⑤ 傅光明、许王林:《冰心散文：一个独特的艺术世界》,《文学评论》1994 年第 2 期。

⑥ 冰心:《问答词》,《冰心全集》第 1 卷，海峡文艺出版社 1994 年版，第 224—225 页。

么人生便是充满希望的。于是，在现实的我与灵魂的我的较量之中，灵魂的我成功地感染、启发了现实的我。

在冰心散文中，回忆性散文一类篇目众多。冰心尤其爱写回忆性散文，不仅有对自己童年生活经历的回忆，还有很多对亲人、朋友的回忆。例如散文《我的故乡》就回忆了“我”在故乡福州的童年生活中，与我作伴的“我”的祖父、“我”的父亲，以及“我”的母亲的生活画面；《我的童年》一文回忆了我离开故乡福州，到上海、到烟台生活的画面。在《童年杂忆》中，冰心说起回忆时不禁谈到：“这些痕迹里，最深刻而清晰的就是童年时代的往事。我觉得我的童年生活是快乐的，开朗的，首先是健康的。该得的爱，我都得到了，该爱的人，我也都爱了。我的母亲，父亲，祖父，舅舅，老师”，他们都参与了冰心的童年时代，教会她如何爱、如何感恩，让她得以健康地成长。所以冰心说：“二十岁以后的我，不能说是没有经过风吹雨打，但是我比较是没有受过感情上摧残的人，我就能够禁受身外的一切。”[①]是他们让冰心有了健康的情感，让冰心相信前途的光明，对事物拥有自己的看法与决断。在这些回忆性文章中，大多展现了冰心童年时代的纯真与美好的爱，这些生活画面与童年经历，塑造了不同于其他作家的人生观。

对亲人的回忆文章中最有名的是《南归》，面对母亲的离世，冰心悲痛不已，觉得自己已经是一个没有娘的孩子了，茫然、无助占据了她的心，但沉重的打击也使得她开始正视人生的短暂与虚空，下定决心好好地珍惜身边人。《我的老伴——吴文藻》一文记录了冰心与丈夫吴文藻从相识、相知、相恋到相伴一生的漫漫回忆。没有波澜起伏的剧情，没有爱恨纠缠，有的只是一生的相互扶持与陪伴。《张嫂》《记富奶奶》等，回忆了生活中的平凡人的高尚品质与美好心灵。《永远活在我们心中的周总理》《痛悼邓颖超大姐》向我们展现了杰出人物身上平易近人的美好品德以及独特的人格魅力。冰心的回忆性散文，在求真写实的基础上，着力展示了人物友爱、可亲的一面，

① 冰心：《童年杂忆》，《冰心全集》第 7 卷，海峡文艺出版社 1994 年版，第 220 页。

凸显了人物的人性美、人格美、人情美。

除此之外，冰心的散文还蕴含哲理意味。这种哲理意味在散文中，常常通过冰心对现实生活的观察、对生命的思考表现出来。在《圈儿》中，冰心写作了一种被“圈儿”这种东西所束缚的内心感受。“圈子里只有黑暗、苦恼和悲伤”，作者于是与“圈儿”作斗争，在反复斗争中，她有了一种疲惫之感，“难道我至终不能抵抗你？永远幽囚在这里面么？”她开始怀疑。但是，内心的声音又在激励着她，“起来！忍耐！努力！”终于，“呀！严密的圈儿，终竟裂了一缝。——往外看时，圈子外只有光明、快乐、自由——只要我能跳出圈儿外！”[①]忍耐与努力发生了作用，“我”终于跳出了圈外。文章通过严密的思维，抽丝剥茧，最后得出结论，这个结论也正是冰心想要通过作品告诉给大家的：忍耐与努力，只要坚持如此，必然会跳出圈外。圈外在文章中象征了希望、自由与光明。由此可见，这篇文章所包含的哲理性是极为丰富的。《往事（二）·一》中，记叙了在一个雪天的黄昏中，作者送朋友出山，而后归来的情景。在归来之时，作者发现大雪早已掩盖住了他们去时的踪迹，因此不由得发出感慨：“白茫茫的大地上，还有谁知道这一片雪下，一刹那前，有个同行，有个送别？”冰心引用了苏东坡的诗句：“人生到处知何似？应似飞鸿踏雪泥——泥上偶然留指爪，鸿飞那复计东西？”由此来表现当时一种人生“渺茫”的情感感受。“生命何其实在？又何其飘忽？它如迎面吹来的朔风，扑到脸上时，明明觉得砭骨劲寒；它又匆匆吹过，飒飒的放到树林子里，到天空中，渺无来因去果，纵骑着快马，也无处追寻。”[②]在这样的场景之中，作者产生了刹那间的对人生的感悟，跟随作者这颗敏感的心，我们不由得对人生也进行了一次哲理性的思考。在《寄小读者·通讯十七》中，作者由在雨后偶然看见了“几朵浓黄的蒲公英”闪烁在草坡上，而想起之前有一天她在积雪中也看见过几朵蒲公英，由此发出了“真不知这

---

① 冰心：《圈儿》，《冰心全集》第1卷，海峡文艺出版社1994年版，第139页。

② 冰心：《往事（二）·一》，《冰心全集》第2卷，海峡文艺出版社1994年版，第163页。

平凡的草卉，竟与梅菊一样的耐寒”的感慨。然后由蒲公英总是受人轻视，不如菊花受人喜爱，而发出了“没有蒲公英，显不出雏菊；没有平凡，显不出超绝”的感叹。最后，在一番哲理性的思考之后，得出了“所以世上一物有一物的长处，一人有一人的价值”[①]的结论。冰心善于从生活的问题中，参悟人生以及生命的价值与真谛，这与她勤于思考、善于探索的品质是分不开的。

① 冰心：《寄小读者·通讯十七》，《冰心全集》第2卷，海峡文艺出版社1994年版，第160—161页。

第五章　俞平伯散文的文学味

俞平伯是现代文化界颇具影响力的人物，他不仅在红学和古典文学研究上卓有成就，在创作上，他也是新诗及现代散文的重要代表人物。俞平伯创作了不少抒发个人情感见解、富有深远意味的现代小品散文，著有散文集《杂拌儿》《燕知草》《杂拌儿之二》《古槐梦遇》《燕郊集》等，成为现代散文创作的中坚力量。俞平伯的散文在思想上与周作人、钱玄同、林语堂、朱自清等人“独抒性灵”的文学观点相一致，他的散文还呈现出传统与现代交融并生的独特风格，形成闲适冲淡、旨远意深的特点。俞平伯给后世留下了丰厚的文化资源，在现代文学史上具有重要地位，但学术界对他的兴趣却疏于同期周作人、林语堂等人，这不仅在于他本人作品的晦涩难懂，也与时代背景、社会潮流有关。随着文艺思想的开放，评论家们重新审视了俞平伯作品的艺术价值，对俞平伯的研究陆续有了新的进展，在散文创作领域给了他一个新的定位。

第一节　俞平伯其人其文

俞平伯原名铭衡，字平伯，小名僧宝，以字行，号古槐居士。俞平伯的家族有着深厚的治学基础，对俞平伯的创作有着直接影响的可追溯到其曾祖父俞樾。俞樾是清代著名的朴学家，在当时有很高的学术声望。俞樾为保其

宗室文脉，一心培养子孙后代积极入世，希望他们考取功名，所以俞樾十分重视家庭教育，其孙俞陛云在他的培养下终于高中探花。俞陛云是一位近代学者、诗人，在书法上也颇有造诣，1900年，俞陛云之妻许之仙为久无男嗣的俞陛云生下一子，得僧人指点起名“僧宝”，他就是五四以来中国有名的诗人、散文家、学者俞平伯。俞平伯的母亲许之仙从小就寄居在俞樾家，耳濡目染之下也具有相当的文化修养。许之仙兼工诗文与外文，从小教他属对和外语。对俞平伯的学习，无论是他的父系宗室还是母系宗亲，都自觉担起了家庭教育的重任，他们都竭尽全力培养俞平伯，俞樾曾赋诗“记有而翁前事在，尚期无负旧书香”，希望俞平伯能延续家族的辉煌，光耀门第。许宝驯是俞平伯舅父的长女，“性喜文艺，解音律，能诗词书画”[①]，1917年嫁与俞平伯为妻，她可以说是第二位影响俞平伯的重要女性。夫妻情深几十载，她不仅是俞平伯生活上的伴侣，更是他学术事业的支持者。许宝驯好昆曲，擅填词，她的这一爱好深刻影响了丈夫。俞平伯一生爱好昆曲，还创办“谷音社”，对曲学颇有研究，这不仅扩展了他的文学视野，也为中国的戏曲文化发展作出了贡献。俞平伯的文学之路有着深厚的铺垫，他的出身背景和出生之地可以说是培养其文学气质的温床。俞平伯出生于江南名城苏州，他从小就流露出了对文学艺术的浓厚兴趣，两岁时就在曾祖父俞樾和母亲许之仙的帮助下开始学习。虽然当时教育体制已经开始改革，新办学堂里的课程多为新式教育，但俞平伯从小接受的仍是传统教育，即为考科举而研读四书五经，接受的多为来自旧式家庭教育的传统知识。直到1909年科举被废，他不再专攻经书，逐渐涉猎新式知识，1915年俞平伯15岁时才进入苏州平江中学接受新式教育。这样的家庭环境、家庭教育为俞平伯打下了坚实的古文基础。

俞平伯15岁考入国立北京大学文学系预科，当时正是新文化运动由兴起走向繁荣之时，由蔡元培任校长主持的北大以“思想自由，兼容并包”的

① 俞平伯：《妻许小传稿》，《俞平伯全集》第1卷，花山文艺出版社1997年版，第614页。

办学主旨使各种新旧思想得到充分发展，新文化运动在北大以《新青年》为阵地如火如荼地展开。中国的现代化在晚清洋务运动、维新运动的促进下得以发展。国外的新思想、新科技开始受到知识分子的重视，他们积极引进了国外的先进科技和思想以求改良社会，但他们试图稳固封建统治的目的最终没能使中国打破封建落后的状态。辛亥革命推翻了封建王朝的统治，越来越多的知识分子看到了落后愚昧的国家与国外的进步开放形成了鲜明对比，认识到中国发展迫切需要现代化，他们意识到想要使国家进步，就要大力倡导民主与科学。民国时期政局动荡，军阀混战，无暇顾及思想文化上的统治，反而给了知识分子们反思文化的机会，他们把矛头直指传统礼教，开展了轰轰烈烈的新文化运动。“1915 年 9 月《青年杂志》在上海创刊，新文化运动即以此为肇始。”[①] 所谓“新文化”，就是以“旧文化”为对立面的文化革新，它在文化、思想、道德上打破了传统模式，以科学民主精神为核心，反对封建伦理纲常。1915 年陈独秀在《青年杂志》发表了《敬告青年》一文，通过新旧思想的强烈对比，指出了当代青年应该是“自主的而非奴隶的”“进步的而非保守的”“进取的而非退隐的”“世界的而非锁国的”“实利的而非虚文的”“科学的而非想象的”[②]。陈独秀对中国旧的文化观念进行了猛烈地鞭笞，以追求现代化为核心，宣扬科学与民主，带动了青年学生的革命热情，并推动了新文化运动发展到高潮。尽管俞平伯出生于传统文化滋养下的家庭，但他敢于突破传统，并积极投身新文化运动，从此由传统走向了现代，并开始了新的创作生涯。读北大时，年轻气盛的俞平伯与学界名流有了交集。周作人是他的老师，后来俞平伯留校任教，又与周作人成了同事，两人交往密切。在文学思想上俞平伯得到周作人指点，形成了与周作人一脉相承的文学追求。俞平伯与朱自清、叶圣陶、郑振铎等人也有着深厚友谊，他们都是进步青年，都受到了新文化的洗礼，对新文学充满热情，经常在一起

---

① 钱理群、温儒敏、吴福辉：《中国现代文学三十年》，北京大学出版社 2013 年版，第 5 页。

② 陈独秀：《敬告青年》，《青年杂志》第 1 卷第 1 号。

切磋文学思想。俞平伯的几位好友成为他的散文中的重要角色，他在作品中多次写到与好友同行和送别的情景。1923年他与朱自清同游秦淮河所作的同名散文《桨声灯影里的秦淮河》被传为佳话，两人的同名散文各有千秋，至今仍备受读者喜爱。当时《新青年》的编辑部地址设在俞平伯家附近，近水楼台的毗邻关系使得俞平伯有了和陈独秀等进步人士近距离接触的机会，陈独秀的先锋作用影响了俞平伯，《新青年》也成为俞平伯发表作品的平台。在当时的潮流背景下，旧的传统被全面质疑，新的秩序又如此热烈，落后的国家亟需注入新的养料，作为青年大学生的俞平伯不自觉地选择了与传统决裂。但五四热情式微以后，腐败的政权仍未改变，他的革命热情也随着社会的混乱而跌落。既回不到过去，又看不到未来，这使得俞平伯等人选择隐退到社会的后方，成为“逃避者”。大学毕业以后，他仍然渴望游学西方，曾前后两次争取到英国和美国学习的机会，但时事命运却两次打击了他，最终他被迫回到故土。虽然他的留学生涯颇为曲折，但我们能从他两次出国的游记中看出他本人对中西文化差异的反思。他在《东游杂志》第六节里谈道：“我从前欧游，颇崇拜欧西之生活；此次美游，则心境迥异。觉得有许多地方，西方人正和我们有同样的可怜，又何必多所叹羡哉！”①可见俞平伯在真正接触了西方文明后，对他们的某些传统是不甚赞同的，他对西方女性的“美”之追求，给予了“矫揉造作”②的评价。面对落后的中国，他向往西方现代文明，但在中西对比之下，俞平伯又开始对中国传统文化有了新的认识。

由新文化运动催生的文学革命使白话文运动取得重大成功，胡适试图把白话文作为“言文一致的统一的‘国语’”③，使得白话文成为现代写作的主体文字，确立了现代写作的语言形式。白话文地位的确立把文学革命与社会革命联合起来，文字的解放刺激了诗歌、散文、小说、戏剧等文学形式的自

① 俞平伯：《东游杂志》，《俞平伯散文选集》，百花文艺出版社1992年版，第30—31页。

② 俞平伯：《东游杂志》，《俞平伯散文选集》，百花文艺出版社1992年版，第30页。

③ 钱理群、温儒敏、吴福辉：《中国现代文学三十年》，北京大学出版社2013年版，第16页。

由发展。1921年周作人发表的《美文》使文学性散文文体的地位得到确立，“将那种以抒情叙事为主的艺术性的散文视作美文，摆到了与小说、诗歌、戏剧并列的位置”①。以周作人为代表的“言志”派小品文继承了晚明公安派、竟陵派“独抒性灵，不拘格套”的创作主张。周作人指出“性灵派以个人性灵为立场”②，强调了散文的艺术性与美学特征，注重个性化和趣味性。1922年，胡适在《五十年来中国之文学》中对“小品散文”的概念做出过解释，他高度评价了周作人的“小品散文”，指出“小品散文”虽然语言平淡，但是旨远意深。他指出，“这几年来，散文方面最可注意的发展乃是周作人等提倡的‘小品散文’。这一类的小品，用平淡的谈话，包藏着深刻的意味，有时很像笨拙，其实都是滑稽。这一类作品的成功，就可彻底打破那‘美文不能用白话’的迷信了。”③胡适认为白话文在周作人一派的笔下以“深刻的意味”打破了白话文的平淡无味，强调了“小品散文”的审美趣味。因此，李晓已才有了这样的概述：“现代小品文的概念基本可以理解为那些注重艺术性，并以抒情、咏物、记游为主的短小的纯文学散文。”④俞平伯的散文前后风格有着明显差别，学者把它归纳为前期的“细腻绵密”和后期的“冲淡朴拙”。如《桨声灯影里的秦淮河》《西湖六月十八夜》《陶然亭的雪》等名篇均出自其前期散文，这些散文对事物进行细腻描摹，语言极尽华丽铺张，着意渲染朦胧迷离、虚无空灵之美。虽然1928年以后，他的散文开始走向平实朴拙的极简风格，但多数人认为他后期创作显示出对古典文化的复归，较之前期的创作，显得艰深难懂，枯燥无味，因此没有受到学者们的重视，如《演连珠》《古槐梦遇》《秋荔亭记》等。俞平伯的散文具有名士风范，追求雅致平淡、风趣自然。他的散文多以描写山水游记为主题，很少涉足政治，表现出超然物外的洒脱精神。他的散文崇尚哲理雅趣，偏好抒发个人性情，有着明

① 钱理群、温儒敏、吴福辉：《中国现代文学三十年》，北京大学出版社2013年版，第18页。

② 周作人：《中国新文学的源流》，华东师范大学出版社1995年版，第38页。

③ 胡适：《五十年来中国之文学》，《论中国近世文学》，海南出版社1994年版，第114—115页。

④ 李晓已：《俞平伯小品文研究》，延边大学2007年硕士学位论文，第6页。

显的晚明小品文的痕迹。

赵永君在其博士论文中指出俞平伯的生活环境与其文学之关系，揭示时代、地域以及家族背景是影响作家创作的根本，认为“如果要追究其‘根性’的话，就不但要从时代、地域自然环境中探求，而且应注意文学家所生长的家族环境”[①]。俞平伯的文学风格不仅源于其个人的努力，也和他所受到的家庭文化的熏陶有关，还与当时的时代背景有着密切关系。俞平伯的成就与时代因素和家庭因素分不开，不能孤立地只看其作品内容。

第二节 “旧而又新”的创作理念

俞平伯的家庭环境和时代背景造就了他“旧而又新”的创作理念。传统的家学教育培养了他古朴的文学气质，而新文化运动的激烈洪流则助推了他学习新思想的热情，两股重要势力打磨了俞平伯的思想，使得他在西方文化中汲取营养的同时又酝酿了国学的精华，总结出新旧交织的创作理念。

在“旧”的层面上看，俞平伯的文艺思想主要受到中国传统儒教、道教特别是佛教文化思想的影响。儒家讲求“仁爱”，倡导“以仁治人”的道德作用，俞平伯的文艺思想借鉴了托尔斯泰对真善美的追求，认为文学应该是向善的，他希望通过自己的作品，表达一种真情实感以感动读者，而情感可以“结合人间底正当关系，指引人们向上的路途”[②]。这些观点虽然与西方文艺理论有关，但事实上也与我国传统儒家思想在内涵上相统一。道家思想主张顺应自然，无为而治。俞平伯坚持“性灵”文学的创作理念，对魏晋之风和“童心”有着格外的追求，而这些与道家思想也有着渊源关系。佛教宣扬

---

① 赵永君：《俞平伯文艺思想研究》，苏州大学 2017 年博士学位论文，第 11 页。

② 俞平伯：《诗底进化的还原论》，《俞平伯全集》第 3 卷，花山文艺出版社 1997 年版，第 539 页。

“空”的世界观，所谓“诸法因缘起，缘起故无我，无我故空”。就是说万物皆处在变化之中，讲究因果联系和个人价值，追求事物的本质真理，这种禅宗哲学在俞平伯的作品中表现得更加明显。如《湖楼小撷》里《绯桃花下的轻阴》一篇，讲述了桃花与春阴的辩证关系，俞平伯从景物中看到了事物的运动本质：“春归一度，已少了一度。明年春阴挽着桃花姊妹们的赪红的手重来湖上，你们可不是今年的你们了，它们自然也不是今年的它们了。一切全都是新的。”[①]俞平伯赞叹春日之美，同时也意识到时光的流转不复，从而联想到人的青春流逝，进而呼吁人们珍惜时光。在《城站》里，俞平伯则生动描写了自己归家时的“闲趣”。都说归家心切，盼望能生出翅膀回到家里，而俞平伯则不然：“到了家，敲门至少五分钟。照例是敲得响而且急，但也有时缓缓地叩门。我也喜欢夜深时踟躇门外，闲看那严肃的黑色墙门和清净的紫泥巷陌。”[②]这样的行为具有明显的文人雅趣，在归家入门之前还能以平静的心态观察自己家门的环境，用文字刻画出夜归时的意境。夜深人静时，“幽深的巷陌”“亲切的门墙”“回家的人”三个重要意象组合成诗意的场景，颇有“僧敲月下门”之禅意。俞平伯还特别推崇《世说新语》《浮生六记》等古典文学，曾为它们多次作序。《重刊〈浮生六记〉序》里，俞平伯这样评价，“虽有雕琢一样的完美，却不见得一点斧凿痕。犹之佳山佳水明明是天开的图画，然仿佛处处吻合人工的意匠。”可以看出俞平伯对《浮生六记》“韶秀以外竟似无物”[③]的创作风格有着极高的赞赏。《德译本〈浮生六记〉序》中的“文章之妙出诸天然，现于人心”，而小品“莫妙于学行云流水，莫妙于学春鸟秋虫”[④]，这些都明确表明俞平伯追求自然、不拘格套的创作理想。《雪晚归船》一篇颇得其精髓，俞平伯在北方的冬季谈起这次经历，仿佛家常般的围炉夜话，用平淡自然的语言回忆起了在南方的一次玩雪趣事，杂以

① 俞平伯：《湖楼小撷》，《俞平伯散文选集》，百花文艺出版社 1992 年版，第 61 页。

② 俞平伯：《城站》，《俞平伯散文选集》，百花文艺出版社 1992 年版，第 102 页。

③ 俞平伯：《重刊〈浮生六记〉序》，《俞平伯散文选集》，百花文艺出版社 1992 年版，第 58 页。

④ 俞平伯：《〈浮生六记〉序》，《俞平伯全集》第 3 卷，花山文艺出版社 1997 年版，第 488 页。

口语，读来亲切温暖。俞平伯着重描写事件的细节，虽然只是直叙一件小事，却能在细节中读出作者的匠心。“雪晚归船”的题名本就充满诗意，但其“晚归”的原因竟是“掷雪而败，败而袜湿，等袜子烤干，天已黑下来，于是回家”[①]。轻松之意就表达了出来。文章讲述的是与友人打雪仗的故事，却让我们领略到俞平伯与朋友的亲密感情和雪中游玩的共同志趣，读来热闹有趣。而上船后俞平伯却把笔风转向了写景，“灰白”“铁灰色”“朦胧黄”等黯淡的颜色点明了夜晚湖泊的空寂；湖浪声、零星的说话声、烛焰跳动声烘托了雪夜的宁静，文章前后一动一静、一闹一宁的对比似有意安排，却又于情理之中。

俞平伯15岁考入北大，在大学期间正好经历了轰轰烈烈的五四运动。新文化运动“重估一切价值”，使得各种现代思想有了与封建传统观念抗衡的底气，并且成功地将白话文用于创作实践，打破了传统文学模式，开辟了新诗的先河。俞平伯在老师和同学们的热烈情绪下受到强烈的影响，接受了新文化运动中科学与民主的思想观念，并且积极投身于新诗创作实践中，成为用白话文写诗的第一批文人。作为新一代的青年，他走在社会潮流的前沿，不仅在思想上积极进取，在实践上也硕果累累。出版了个人诗集《冬夜》《西还》《忆》，诗歌合集《雪朝》；散文集《杂拌儿》《燕知草》《杂拌儿之二》《古槐梦遇》《燕郊集》等。他在20世纪30年代后期专心于学术研究。打破旧传统是新文化运动的目的，以西方先进思想作为武器必然要借鉴异国的思想主张，托尔斯泰的《艺术论》为当时文学研究会成员包括俞平伯的文艺理论提供了参考。《艺术论》重视艺术活动的情感性抒发，并且把艺术的“真”、“善”、“美”视作文艺的终极追求。托尔斯泰以艺术的感染性作为评判艺术活动的标准，他认为艺术应该是与人类生活密切相关的。“托尔斯泰‘传染性’概念在20年代‘平民文学’的讨论中发挥了重要作用。”[②]“传染性”概念被

---

① 俞平伯：《雪晚归船》，《俞平伯散文选集》，百花文艺出版社1992年版，第121页。

② 邓媛：《耿济之译托尔斯泰〈艺术论〉与20年代中国文学批评》，《文学评论》2017年第6期。

作为与周作人“人的文学”互为印证的文学观。“《艺术论》是被文学研究社当做‘为人生’的文艺观的有力注脚引介到中国来的，可以说是为其文学主张寻找到的西方理论根据”①。俞平伯的散文师承周作人，都属于“言志”派，他们主张“文以言志”，反对“文以载道”，强调文学应该是人的自由意志的反映，张扬个性化，追求闲适自然的文风。包括俞平伯在内的“言志”派的这种与现实社会偏离的创作内容遭到当时主流评论的批判，认为他们的消极态度不利于社会进步，然而在今天的审美观点来看，他们的创作却是更耐人寻味的。阿英对俞平伯与周作人有这样的一段评价：“周作人的小品，虽是对暗之力的逃避，但这逃避是不得已的，不是他所甘心的，所以，在他的文字中，无论怎样，还处处可以找到他对黑暗现实的各种各样的抗议的心情。而俞平伯呢？是不然的。除却初期还微微的表现反抗以外，是无往而不表现着他的完全逃避现实，只是谈谈书报，说说往事，考考故实的精神。周作人的倾向，只是说明反抗的无力；俞平伯的倾向，则是根本不用反抗。”② 阿英把周作人与俞平伯的避世心理都总结出来，但是相对来说，周作人是一种消极的无奈避世，而俞平伯更是一种发自内心的超然。阅读俞平伯的作品，我们的确发现不了什么激进的言论。除此之外，弗洛伊德心理学说也深刻影响了俞平伯的创作，心理学为他提供了描写人生的理论借鉴，他善于捕捉瞬时之感，抒发片刻的感情。他的抒情散文中的情感通常是随着个人内心的活动而转变，想到什么便写什么，他又主张含蓄委婉地表达情感，于是显得跳脱而神秘。他的散文多用“梦境”来渲染情思，善于制造朦胧虚幻的意境美。如《芝田留梦记》《梦游》《古槐梦遇》均以“梦”为题，内容也是记某次梦境有感而发，而《西湖的六月十八夜》则被作者称为“中（仲）夏夜梦”，可以说“梦”是俞平伯散文创作的一大主题，但他不是要去解释梦的缘由，而是通过梦境的叙述表达一种情感或思考。

---

① 陆扬、张祯：《托尔斯泰〈艺术论〉在中国》，《江苏行政学院学报（文化学研究版）》2012 年第 3 期。

② 阿英：《俞平伯小品序》，《阿英文集》，生活 · 读书 · 新知三联书店 1981 年版，第 86 页。

俞平伯接受了多元的理论思想，融西方理论和中国的传统文化为自己所用。他后期的文章呈现出对晚明小品文的复古趋势，但是在思想上却是和古人大不相同的。正如周作人所说："现在有许多文人，如俞平伯先生，其所作的文章虽用白话，但乍看来其形式很平常，其态度也和旧时文人差不多，然在根抵上，他和旧时文人却绝不相同。他已受过了西洋思想的陶冶，受过了科学的洗礼，所以他对于生死，对于父子，夫妇等问题的意见，都异于从前很多。"① 例如在《贤明的——聪明的父母》中，俞平伯表达了异于传统的慈孝观念，认为"慈"是先于"孝"的，先慈而后有孝，"慈是上文，孝是下文，先慈后孝非先孝后慈"②，这种观点从生理学角度、社会学角度以及情感角度来探讨慈与孝的辩证关系，这种观点一反传统的"父子关系"，把封建纲常伦理以强烈的论据击破，体现了他先进的现代思想。虽然在当时的历史背景下新文化运动把传统文化全盘否定的观点具有时代意义，但是在今天看来，一味否定传统是不公平的，而可喜的是，俞平伯还保持了比较清醒的头脑，并没有完全放弃传统文化，而是提倡"古为今用"，无论是作诗还是散文创作，他都积极引用古典文学，并且做到信手拈来，贴切恰当，不仅深化了文章的意境，也使古典文学在现代文学中发挥出新的功用。如《陶然亭的雪》一篇，俞平伯与友人踏雪寻亭的途中，来到大雪覆盖后的原野，原野中有累累的坟冢，地名原为"窑台"，作者却把它们看作"瑶台"，并引用李白的诗句"会向瑶台月下逢"。这本是李白描写杨贵妃美貌的诗句，与坟冢毫无瓜葛，但作者取"瑶台"之意，把象征死亡的坟墓化身为仙境，映衬着渺茫的雪野，原本荒凉悲寂的情感被作者治愈，在不期然间跳脱出另一种趣味。还有很多引用古典诗词的妙笔，例如《城站》一文写到作者回到家乡，把"城站"视为"迎候我的大门"③，到了城站，便如到了家一样亲切，俞平伯引用了龚自珍《减字木兰辞》里的"不怨桥长，行近伊家土亦香"，将自己对城

① 周作人：《中国新文学的源流》，华东师范大学出版社 1995 年版，第 64 页。

② 俞平伯：《贤明的——聪明的父母》，《俞平伯散文选集》，百花文艺出版社 1992 年版，第 159 页。

③ 俞平伯：《城站》，《俞平伯散文选集》，百花文艺出版社 1992 年版，第 103 页。

站的特殊感情烘托出来，只这一句，便可不再赘言；再如《芝田留梦记》引用杜甫诗句“正是江南好风景，落花时节又逢君”“如何对摇落，况乃久风尘”；《清河坊》引用“微阳已是无多恋，更苦遥青著意遮”“只缘曾系乌蓬艇，野水无情亦耐看”等，将自己的思想感情和古典诗文杂糅在一起，深化了作品感情高度的同时，也增加了文学性。“引诗入文”成为俞平伯散文的一大特色，这与他新旧交织的创作理念是统一的。在北大求学时期的俞平伯受师生革命热情的影响，“模糊地憧憬着光明，向往着民主”①，但他北大毕业后，生活环境和现代潮流势头逐渐落潮，“那长期浸染且已深入骨子里的传统思想便复萌了”②，家学渊源使他浸染着中国传统文人的古典气质，“古槐居士”的名号足见其志趣所在。他的创作总体上来说不是一味地照搬西方文艺理论，而是结合了中国文人延续下来的文脉哲思，继承了自己的家学传统，形成“旧瓶装新酒”的独特文风。

第三节　同体写作的独特性

新文化运动为了与传统文化决裂，取得的重大成就之一就是将白话文作为一种现代语体的地位确定下来，而“文学是传导思想的工具”③，于是革命者们意图通过文学的革命改造人们的旧思想，白话文大众化的特征符合思想宣传之功用，被当作新的语言与旧的文言文相对立，并且为现代文学创作打通了新的语言范式。现代文学“现代性”的第一表征即是使用白话文写作，俞平伯作为新文化运动的先锋，积极参与新文化运动的创作实践，成为新诗

① 俞平伯：《“五四”忆往》，《俞平伯全集》第 3 卷，花山文艺出版社 1997 年版，第 590 页。

② 赵永君：《俞平伯文艺思想研究》，苏州大学 2017 年博士学位论文，第 24 页。

③ 蔡元培：《中国新文学大系·总序》，《1917—1927 中国新文学大系导言集》，天津人民出版社 2009 年版，第 5 页。

创作的第一批人，随后他又积极投入散文创作中，并且取得巨大成就。新文化全面批判传统，照搬一切西方文艺，白话文创作还没发育成熟，摆脱不了语言口语化的空白无味，俞平伯却以自身对古文有着的先天优势作为创作的资源，融古文与现代文于一体，为自己开辟了新的创作模式，使得白话文也能呈现细腻雅致的艺术风格。20 世纪 30 年代后，俞平伯的散文崇尚简洁古朴，创作了不少文言色彩浓重的散文，有人认为这是一种复古倾向，但辩证地看，有的文章未免不是一种“古为今用”的创新。

俞平伯的散文体现出同体写作的独特风格，具体表现在他“化骈入散”“语言杂拌”“古体写今”的创作手法上。所谓“化骈入散”，是说他的散文把六朝骈体小赋的那种对仗工整、辞藻华丽、声律铿锵的语言特点用于现代散文创作中。周作人曾认为，“假如能够将骈文的精华应用一点到白话文里去，我们一定可以写出比现在更好的文章来。”①俞平伯指出，骈文在现代文学语言运用中有值得借鉴的地方，但他的散文总还是用白话文，因此在这种俗雅相生的语句的组合下，制造出一种繁中带简、富有节奏感的文风。《东游杂志》其八，写作者从长崎发船所见之景，全文短小不过二三百字，从现实到回忆、从实景入虚景、从抒情到议论均有涉及。全篇以短句行文，以四字短句居多，最多不到十字。例如“十一夜，舟发长崎，月正团圆，海天一碧，四岸翠帷森环，雄峭幽穆”②。作者于异国回顾家乡，回想起与朋友泛月西湖，不免心生愁思。全文用这种短小工整的句子交代了时间、地点、景物，虽不是骈偶对仗的句式，却足见其工整明了，如果用现代文来书写，极简也要几百字，但作者这样的写法不仅把长崎的景色一览无余，还生出一种旷远凄清的苦涩之感。

又如《桨声灯影里的秦淮河》里的一段：

---

① 周作人：《汉文学的传统》，《药堂杂文》，河北教育出版社 2002 年版，第 11 页。

② 俞平伯：《东游杂志》，《俞平伯散文选集》，百花文艺出版社 1992 年版，第 31 页。

> 时有小小的艇子急忙忙打桨，向灯影的密流里横冲直撞。冷静孤独的油灯映见黯淡久的画船头上，秦淮河姑娘们的靓妆。茉莉的香，白兰花的香，脂粉的香，纱衣裳的香……微波泛滥出甜的暗香，随着她们那些船儿荡，随着我们这船儿荡，随着大大小小一切的船儿荡。有的互相笑语，有的默然不响，有的衬着胡琴亮着嗓子唱。一个，三两个，五六七个，比肩坐在船头的两旁，也无非多添些淡薄的影儿葬在我们的心上——太过火了，不至于罢，早消失在我们的眼皮上。谁都是这样急忙忙的打着桨，谁都是这样向灯影的密流里冲着撞；又何况久沉沦的她们，又何况飘泊惯的我们俩。当时浅浅的醉，今朝空空的惆怅；老实说，咱们萍泛的绮思不过如此而已，至多也不过如此而已。你且别讲，你且别想！这无非是梦中的电光，这无非是无明的幻相，这无非是以零星的火种微炎在大欲的根苗上。扮戏的咱们，散了场一个样，然而，上场锣，下场锣，天天忙，人人忙。看！吓！载送女郎的艇子才过去，货郎担的小船不是又来了？一盏小煤油灯，一舱的什物，他也忙得来象手里的摇铃，这样丁冬而郎当。①

这样整整一段，全是压“ang”韵，读来朗朗上口，意犹未尽。这样的行文绝非偶然，不难看出这是俞平伯的独特用意。俞平伯在写景的同时不忘对句式上进行调整，同时还兼顾了文章的音韵美，不仅在视觉上给读者以美的想象，还在听觉上带来一种和谐柔美的享受。

“语言杂拌”指的是俞平伯的散文吸收各种语言形式，增加文章的耐读性和趣味性。周作人曾有过这样的论述：“小品文，不专说理叙事而以抒情分子为主的，有人称他为‘絮语’过的那种散文上，我想必须有涩味与简单味，这才耐读，所以他的文词还得变化一点。以口语为基本，再加上欧化

① 俞平伯：《桨声灯影里的秦淮河》，《俞平伯散文选集》，百花文艺出版社 1992 年版，第 45 页。

语，古文、方言等分子，杂揉调和，适宜地或吝音地安排起来，有知识与趣味的两重统制，才可以造出有雅致的俗语文来。”[①] 周作人追求文章的“涩味”，如同品茶一般，有回味的余地，文章经得起细看，而不是过目则忘。他在《汉文学的传统》中这样说道：“因为白话文的语汇少欠丰富，句法也易陷于单调，从汉字的特质上去找出一点装饰性来，如能用得适合，或者能使营养不良的文章增点血色”[②]。俞平伯作为周作人的学生，不仅深受周作人文艺理论影响，也从实践上证明了自己与周作人相一致的创作原则。他积极吸收各种语言的优点，把口语、古文、外文等杂糅在一起，使文章呈现出丰富的语言色彩。如《清河坊》一文，以自说自话的口语方式谈了作者对于杭州除了西湖外的“另一半”的看法，虽是谈清河坊，作者却神思游荡，时而说到景物与情感相互作用的关系，时而又感慨起韶华易逝、人生烦恼了，实在犹如聊天般任意自然，不拘文格。《梦游》一篇，俞平伯用文言记叙了一则梦的内容后，又用白话文对此进行一番注解，可谓同体写作的范例，颇有鲁迅《狂人日记》的风格，但其内容与鲁迅针砭时弊的文章主题完全无关，他仅仅借鉴了此种写法，表达出古文与白话文不是完全矛盾对立的观点。再看《东游杂志》之二十，此文是俞平伯安抵火奴鲁鲁后所作，文章开头引用了该地岩石所刻碑记：“Erected oy the daughters of HaWau 1907 to Commemorate The Battle of Nunaau fought in This Valley 1795...”[③]，讲述了当地的一场战役，英雄女儿们为纪念他而立碑于此。这样突如其来的一段英文赫然纸上，乍一看有些突兀，但作者在记叙游玩途中如实将此碑文摘抄至文中，本无可厚非。这样的引用不仅让读者眼前一亮，随后产生一种对此段英文内容的强烈兴趣，更增加了文章的陌生化效果和耐读性。如果说俞平伯的散文口语化旨在突出平淡朴实、自然风趣的现代文特点，把古文融入现代散文则增加了文章古典文雅的气息，外文的引用又格外使文章呈现出现代意义和陌生化

① 周作人：《燕知草·跋》，《周作人文类编·本色》，湖南文艺出版社 1998 年版，第 644 页。

② 周作人：《汉文学的传统》，《药堂杂文》，河北教育出版社 2002 年版，第 11 页。

③ 俞平伯：《东游杂志》，《俞平伯散文选集》，百花文艺出版社 1992 年版，第 39 页。

效果。

“古体写今”是俞平伯散文同体写作的另一大表现。俞平伯后期退回书斋潜心做学问，革命热情不如五四时期那般狂热，其散文创作呈现出仿古的特点，虽然这与他的新文化理想相背离，但也有学者认为这些散文虽然有复古趋向，却并不意味俞平伯放弃了现代文学，反而是一种创新。俞平伯写于20世纪30年代的《重刊〈陶庵梦忆〉跋》《赋得早春》《春在堂日记记概》《演连珠》《古槐梦遇》等，有的为清浅文言，有的则是纯粹古体，特别是《演连珠》。“连珠体”是古代一种文体，以西晋陆机所作《演连珠》为代表，是一种篇幅短小的说理散文，文辞极其简约，字字珠玑。俞平伯借鉴了古代文体形式，抒发今人之情之理，显示了他在创作追求上的一种转变，虽然他后期的散文在语言上追求冲淡简洁，却在艺术感情上缺失了早期抒情散文的典雅风致，显得枯燥无味。俞平伯的散文讲究“涩味”，这是与周作人的写作追求相一致的，然而他与周作人的“苦涩”又有所不同，俞平伯追求淡淡的忧愁，冷清的寂寥之情感，这正是他哲学家理想的情思。他的散文前期和后期有着明显差异，后期散文虽然在抒情审美意境上不如前期，却在体式上有了新的发现，在今天看来，为中国传统文学的继承发展作出了一定贡献。

总的来说，俞平伯的散文在“言志”派散文创作中占有重要地位，其散文也因为其个人的古典气质和他吸收古典文学的观念展示出同体写作的独特性，正是这种独特性使他的创作在白话小品文中显示出别样的趣味。

第四节　俞平伯散文的名士味

生活在传统书香之家，又接受了传统文化家教的熏染，为俞平伯的国学根底打下了坚实基础，使俞平伯底子里保留着传统士大夫气质，“这不仅是指他这一类知识分子对琴棋书画、文物古玩，乃至品茗赏花，有着一种特

殊的癖好，而且还应包括诗书人家的那种温文尔雅的风情。”[①]出生在江苏苏州，又在杭州生活了五年，俞平伯深受江南一带的山水风景以及雅致秀美文化涵养的影响。俞平伯偏好描写山水景物，抒发文人性情。江南文化自古以来就带有文人雅士的情调，俞平伯对江南特别是苏杭两地的人文风情有着极大的热爱，其为人称道的散文名篇大都与这些地方的山水有关。不仅如此，他的小品散文远离政治，沉浸在个人世界，偏爱山水景物，爱好花鸟，乐于品茗，研究书法，痴于戏曲，这些都与魏晋一派及晚明的名士风度一脉相承。这种名士风度主要表现为洒脱和率真。陈洪对魏晋风度这样理解：“通脱是简易，随便和任意的意思，是一种与礼教循规蹈矩的行为截然不同的作风”[②]；周明初对名士风度作这样的阐释：“放荡不羁，率性而为……并不以世俗的好恶观念为转移，常常超越传统的伦理道德观念。”[③]这种风度的外在表现，“则是行乐纵欲，怡情自足，追求山水之乐，寄情于书画创作；求禅问道。”[④]魏晋、晚明、近代三个历史时期皆是时局动荡不安的年代，一些文人看清了社会现实，隐退到个人世界中，以人生品味和山水情趣聊以慰藉，率性天真，不拘一格。这种名士风度表现在俞平伯的创作中则显示出一种悠闲自得、涩中带理的文学风格。

俞平伯的散文于闲适中见自然，于事理中见妙趣，融情于景，注重感情的自然流转，随意而发，讲究趣味性和闲适性。其前期作品受“五四”浪潮影响，显示出鲜明的反传统个性，其后期散文的抒情成分有所抑制，转向了描写朴实的意境。总的来说，他的散文呈现出浓厚的名士风气，前期是其底子里的一种文化自觉，而他退居后的写作则呈现出一种无言的反抗。俞平伯在描写景物的时候善于制造一种“朦胧虚幻”的意境，这种意境仿佛与世隔绝般，成为一种意识的虚空境界，远离尘嚣，使俞平伯本人披上一种仙风道

---

① 王保生：《俞平伯和他的散文创作》，《俞平伯研究资料》，天津人民出版社1986年版，第319页。

② 陈洪：《诗化人生——魏晋风度的魅力》，河北大学出版社2001年版，第89页。

③ 周明初：《晚明士人心态及文学个案》，东方出版社1997年版，第143页。

④ 周明初：《晚明士人心态及文学个案》，东方出版社1997年版，第143页。

骨的色彩。抒情散文名篇《桨声灯影里的秦淮河》以清淡迷蒙的笔调渲染秦淮之水，以朦胧氤氲的着色刻画秦淮之夜，把夜游秦淮的情景揉碎在灯的迷幻和声的朦胧之中。比较朱自清的同名散文，朱自清对秦淮河的描写则更加写实，带给读者一种身临其境之感。朱自清是以一种重游者的淡然来描写秦淮河，仿佛导游一般作详细的注解。如开篇他就对秦淮河里的船展开了详细的描绘，先是说到船的种类，“一是大船；一是小船，就是所谓‘七板子’。”[①]接下来对大船和小船的形状构造进行了一番详解，从船舱到窗格，从甲板到舱顶，好似电影镜头特写一般细致而具体，俨然一种游客的心情。而俞平伯开篇即点明一种闲散之意，并且将这种闲散的状态贯穿全文。两人于酒酣饭饱后“以歪歪的脚步踅上夫子庙”[②]，在傍晚尚余潮热之时“懒洋洋躺倒藤椅上”[③]，作者通过描写秦淮河夜色里从繁华热闹到幽静安详与个人心情从悠闲懒散到睡意微醺的过程糅合，烘托出一种“卧后清宵细细长”[④]的慵懒状态。如果说朱自清对秦淮河的景色是一种“抛光”式的书写，那么俞平伯的描写则呈现出一种“磨砂”质感。俞平伯把秦淮河描摹得醉意朦胧，无论是秦淮河的水还是秦淮河的灯、秦淮河的歌声，甚至是秦淮河花船上的艺伎，都好似漂浮于秦淮河之上，读者必定也需要这样迷蒙醉意的心境去品读，仿佛只有这样悠闲的、无所负担的心情才能领略秦淮之美，才能体会作者所描摹的朦胧境界。再来看这充满文人雅趣的《陶然亭的雪》，这篇散文着意追忆往昔“踏雪寻亭”的意趣，作者以朴实平淡的语言讲述游亭玩雪过程的所观、所闻、所尝、所想，在雪野渺茫的背景中品出自然之趣。最耐人品味的当属文中“寻亭”“寻字”“寻声”的细节描写，“我们踯躅于白蓑衣广覆着的田野之间，望望这里，望望那里，都很像江亭似的。”[⑤]俞平伯兴致勃勃于

---

① 朱自清：《桨声灯影里的秦淮河》，《朱自清散文选》，译林出版社 2016 年版，第 1 页。

② 俞平伯：《桨声灯影里的秦淮河》，《俞平伯散文选集》，百花文艺出版社 1992 年版，第 43 页。

③ 俞平伯：《桨声灯影里的秦淮河》，《俞平伯散文选集》，百花文艺出版社 1992 年版，第 43 页。

④ 俞平伯：《桨声灯影里的秦淮河》，《俞平伯散文选集》，百花文艺出版社 1992 年版，第 46 页。

⑤ 俞平伯：《陶然亭的雪》，《俞平伯散文选集》，百花文艺出版社 1992 年版，第 52 页。

雪野中寻亭，待寻到的江亭竟是一间老屋，又不免怅然；而后又"'下马先寻题壁字，'来来回回的循墙而走，咱们也大有古人之风呢"①，"寻字"也不得，只觅得断句解嘲；这时雪住了，风也停止了呼号，闲逛在游廊间的他们又忽而听到了琅琅的书声，于是作者又在这孩子的读书声中重温了儿时的旧梦。这种"寻亭""寻字""寻声"的过程颇有古代游记的风味，通过这三个细节，充分展示了作者的名士气质，同时也表达了作者这种安然自得的人生观，充满禅思哲意。《湖楼小撷》以五篇小文分别从不同的角度抒发作者的所思所感，皆以"春"为主题，却能由小见大、由大入小，议论抒情互为表里，不仅增加了文章的可读性和趣味性，也反映了作者对人生的哲理性思考。

朱自清在《燕知草·序》中对俞平伯评价时大致有这样的说法，说俞平伯的性情行径有些像明朝人。这当然是指晚明那批反理学、崇尚自由的文人，他们往往通过及时行乐、逍遥自在的享乐主义来反对现实的压迫与束缚，追求个性解放。俞平伯曾经写过一篇《梦游》，写好以后他拿给朋友们猜其出处，其好友钱玄同和周作人竟然发表了共同的意见，皆认为此文是明朝人所作，最晚也是清朝初年。俞平伯得到老师和朋友这样的评价时，是相当欢喜的，从他的那句"可差得太多了"②，便可看出他很是得意。小品文是一种散漫的、反正统的文学体裁，晚明时期曾兴起一股小品文创作的大潮，并且为曾经被视为不登大雅之堂的小品文确立了新的地位。晚明小品文以个性化、抒情化、趣味化为特点，具有明显的文人名士风范。俞平伯对于自己的文章与几百年前的明人相比，竟然得到毫不逊色的评价，自然是得意的，同时也展现了他对晚明小品文的推崇，如《秋荔亭随笔》《古槐梦遇》《秋荔亭记》等。《秋荔亭记》从形式上仿古代的杂记体裁，用古典简朴、半文半白的语言作记，描述了俞平伯在北京清华园南院的住所，文中杂叙杂议，谈

---

① 俞平伯：《陶然亭的雪》，《俞平伯散文选集》，百花文艺出版社 1992 年版，第 53 页。

② 俞平伯：《梦游》，《俞平伯散文选集》，百花文艺出版社 1992 年版，第 100 页。

到了“古之亭殆非今之亭”，而是“吾因之以亭吾亭”①。文中还说到秋荔亭在秋日光影中的惬意闲暇，夫妻二人枕着斜阳入梦，小儿以移影代钟，一幅娴静安宁的日常生活图景历历在目，在这种平淡朴实的叙事里又足见其真情。《月下老人祠下》一文，杂以诗文，语言虽不如《秋荔亭记》那般古朴简洁，却明确指出了俞平伯作为文人雅趣的爱好，那便是“老人祠下共寻诗”。在俞平伯看来，寻诗是一种比较闲适高雅的行为，寻诗成为文人雅客们游乐的一种方式，它显出的是一种闲暇的雅趣。饮酒、品茶、作诗正是名士们追求的生活方式，俞平伯显然把自己定位于雅士之列，在生活方式和态度上都追求这种超然的境界。当时的民国政府屡次迁都，政治动荡不安，这与明朝文士们的社会背景有着极大的相似性，文学的功利性被强调得更加明显，而追求“性灵”的一派作家们在当时的文坛上难以立足，由原来的自由发言转为言说困难，于是他们纷纷退回到个人的内心世界，进行一种无声的反叛，而名士风流这种潇洒世外的脾性恰恰符合俞平伯本人底子里的名士气质和他个人的性情追求，于是他为自己找到了一条退隐之路，回归到传统文学。

① 俞平伯：《秋荔亭记》，《俞平伯散文选集》，百花文艺出版社 1992 年版，第 201 页。

第六章　林语堂散文小品的幽默感

林语堂，原名和乐，之后改名为玉堂、语堂。林语堂是我国现代史上一位有着卓越成就的作家、翻译家、学者。作为作家，他著有小说《京华烟云》《朱门》《赖柏英》《风声鹤唳》《啼笑皆非》《逃向自由城》《唐人街家庭》《红牡丹》等，出版散文集《剪拂集》《大荒集》《人生的盛宴》《讽颂集》《无所不谈》《行素集》《拙荆集》《生活的艺术》《孔子的智慧》《老子的智慧》《浮生若梦》《有不为斋文集》等；作为翻译家，他不仅把外国文学带回中国，更重要的是，他还特别把中国传统经典文学译成英文传输到国外，如《西厢记序》《兰亭集序》《蝶梦》《桃花源记》《声声慢》《浮生六记》等传统文学经典名篇以及《红楼梦》里的精彩诗词情节，如《黛玉葬花诗》《凤姐说茄子鲞》等，他的中英翻译是"建立在其自身语言文学修养的基础上，凝聚了他自己对于历史哲学的文化思考"①，林语堂在中西文化对比和中国传统文化研究中都有所建树，这打破了当时翻译界中国文化输出与引入不均衡的状态，对中西文化交流作出了重大贡献；作为学者，他著有《新的文评》《中国文化精神》《平心论高鹗》《信仰之旅——论东西方的哲学与宗教》。虽然他的地位颇受争议，但他的名字却流行于国内外，成为中国文学史上少见的双语写作并影响较大的作家之一。林语堂一生都在从事写作，其散文以闲适幽默的风格和充满智慧理趣的内容赢得了众多读者的喜爱，成为中国现代幽默小品文的奠基人。幽默小品文自成一派，"推动这一风气的是后来被称

① 梁薇：《中国文化海外传输——林语堂的文化翻译》，安徽大学 2010 年硕士学位论文，第 37 页。

为‘幽默大师’的林语堂”[①]，可以说他为中国现代散文的丰富性增添了浓墨重彩的一笔。林语堂的散文创作被分为三个时期：《语丝》时期，《论语》《宇宙风》时期以及《无所不谈》时期，这三个时期分别体现了他在20世纪20年代中期、30年代前中期以及60年代中后期的创作思想及人生态度的变迁，可以说“若想了解林语堂的政治思想、人生态度和文艺主张，他的散文是一条重要的途径”[②]。可以看出，无论是他的创作思想还是创作内容，都与他本人的成长环境以及人生经历有着密切关系。

第一节　林语堂其人其文

1895年，林语堂在福建省平和县坂仔镇宝南村的一个基督教家庭里降生，林语堂生活的这片土地和来自基督徒父亲的教育，培养了他热爱生活、热爱自然的性情。他的父亲林志诚是一个乡村牧师，深受基督教义的影响，为人温柔敦厚，乐善好施，他践行宣扬“公义”“爱人”等美德，不仅与邻里村民们相处融洽，也在家庭生活中施以爱的教育，使林语堂从小就感受到了爱人与被爱的快乐。林志诚还是一个开明的父亲，他不仅以身作则，还把基督教的文化作为一种西方知识传授给林语堂和他的兄弟姐妹们，给他们讲述西方的文化和学校，给闭塞的乡村教育下的孩子们提供了新的视野，增长了他们对外国的向往。林语堂曾十分肯定父亲当年对自己的影响，“说来也许难以叫人相信，在那样偏僻的小乡村中，而且是当慈禧太后还统治着中国的时代，我父亲却告诉我关于柏林大学和牛津大学的事，且半开玩笑地说希

① 钱理群、温儒敏、吴福辉：《中国现代文学三十年》，北京大学出版社2013年版，第304页。

② 纪秀荣：《林语堂散文选集序》，《林语堂散文选集》，百花文艺出版社2004年版，第2页。

望有一天我能到这些大学念书。”①可以看出林语堂对父亲的这种开明先进的思想是深表感激的。另外他的父亲也教他们念诗和古文，教他们了解中国的传统文化，这使得他的孩子们从小就受到了两种文化的熏陶。由于父亲职业的关系，林语堂的中小学都是就读在教会学校，在得知上海圣约翰大学是全国学习英文最好的大学之后，林志诚毅然卖掉了在漳州唯一的房子，以供孩子们去读书。在林志诚的九个子女中，林语堂排行第五，却是读书最优秀的一个，他不仅对语言有着先天的敏感，还对文学产生了浓厚的兴趣。1916年，林语堂毕业于上海圣约翰大学，毕业后任教清华大学。1919年，林语堂赴美国哈佛大学留学，在哈佛大学获得比较文学硕士学位后，他与妻子廖翠凤靠打工挣钱转到德国耶拿大学和莱比锡大学攻读语言学，并获得博士学位。林语堂在海外求学期间，资金紧张，在朋友胡适和妻子廖翠凤的支持下才得以维持生活。

童年生活是影响一个人最重要的阶段，林语堂曾经这样说过：“在造成今日的我之各种感力中，要以我在童年的家庭所身受者最为大，我对于人生与平民的观念，皆在此时期得受最深刻的感力。究而言之，一个人一生出发时所需要的，除了康健的身体和灵敏的感觉之外，只是一个快乐的孩童时期——充满家庭的爱和美丽的自然环境便够了。”②林语堂的童年充满了温暖和童趣，使他的性格得到了很好的培养，天真的性情得到最充分的发挥。父亲虽然是一位牧师，拿着不多不少的工资，但是由于家庭姊妹兄弟过多，不免增加了负担，父亲的工资完全不够抚养九个孩子，所以林语堂的童年物质生活是拮据的，这就免不了要靠做一些农活贴补家用，而正是这种兄弟姐妹和睦相处、共同分担的生活模式，使得这个家庭虽然经济上有些吃紧，但却有着异常丰富的精神生活。家乡坂仔的山水景色也发挥了重要作用，坂仔镇是一个风景优美的乡镇，四面青山环绕，中部一条河流穿过，小巧优雅，景

① 林语堂：《从人文主义回到基督信仰》，《林语堂散文经典全编》第1卷，九州图书出版社1998年版，第567页。

② 林语堂：《少之时》，《我这一生》，江苏人民出版社2014年版，第2页。

色宜人，在这种生态环境下成长的林语堂，展示出了对自然的热爱。他在作品中多次提到选择住址时对山水环境的偏爱，例如他游西湖时，所选的房间：远景可眺望西湖的内湖、孤山、长堤、游艇、行人“都一一如画”，近景可看到村屋、丛芜、蹊径、草坪错落天然，近窗有苍翠的树木和茸绿的青草，他对于这种浑然天成的自然美景有着特别的热爱，甚至认为这间房“胜于上海愚园路寓公精舍万倍”[①]，可以看出林语堂在选择住所时的情趣，全然不顾房间设施环境，倒像是专门为了赏景。《说避暑之益》一篇里，说明了他之所以搬离洋楼而住进“人类所应住的房宅”，“是因为那房后面有一片荒园，有横倒的树干，有碧绿的池塘，看出去是枝叶扶疏，林鸟纵横，我的书窗之前，又是夏天绿叶成荫冬天子满枝。”[②]可见林语堂是非常喜欢自然的，自然之景、自然之物，都是他对住所最单纯的追求，仿佛住在这些有植物的地方，就能获得一种与大自然交流的通道，尽情释放性灵。这种对自然的偏爱体现了他不拘一格、天性自由的性格，也正是他的这种性格决定了他在文艺道路上的选择。他曾自述：“我所接触的世界何等美丽，错综山峰上的灿烂行云，夕阳低下的淡灰色草原，溪涧流水所发出潺潺水声”，“我所以提起这些乃是因为这些记忆和我的宗教信仰颇有关系。它们使我厌恶一切造作、复杂，和人为的琐碎事物。”[③]受到基督教的深刻影响，林语堂偏爱自然天成的事物，反对造作扭捏，他还悟出了“能使那受现代教育的人得到满足的宗教”[④]，于是使他从“异教徒”[⑤]回到基督教的信仰中。基督教家庭带给林语堂的又一影响是使他从基督教的教义里面吸取精神养料，也促使他从西方文

① 林语堂：《春日游杭记》，《林语堂散文选集》，百花文艺出版社 2004 年版，第 174 页。

② 林语堂：《说避暑之益》，《林语堂散文选集》，百花文艺出版社 2004 年版，第 47 页。

③ 林语堂：《从人文主义回到基督信仰》，《林语堂散文经典全编》第 1 卷，九州图书出版社 1998 年版，第 566 页。

④ 林语堂：《从人文主义回到基督信仰》，《林语堂散文经典全编》第 1 卷，九州图书出版社 1998 年版，第 569 页。

⑤ 林语堂：《与上帝的关系》，《林语堂散文经典全编》第 1 卷，九州图书出版社 1998 年版，第 574 页。

化里去躬身反审中国文化。他曾十分厌恶基督教的“许多花腔”，他还为在教会学校读书而“对于中国民俗非常生疏”“深感惭愧”[①]，于是促使他更加自觉地了解中国的历史文化。

总的来说，林语堂特殊的家庭背景和留学生涯使他接受到了外国文化的熏陶，同时也对中国的传统文化怀着诚挚的热爱，在这种中西合璧的家庭氛围和个人所接受思想的碰撞下，他努力保持自己对文学的自由追求，并且用自己的语言学知识积极从中外文化交流中开发现代词汇。他继承了自己父亲和传统文学中的幽默闲适风格，拒绝把文学作为一种工具的文学观点，执意做一个“局外人”，“站在比较超远的立场上”[②]，用冷眼旁观的姿态审时度势，把社会中引人发笑的事件用幽默的语言表达出来。他还善于从生活琐事中看透事物的本质，在以小见大的叙事中揭示社会乱象，表达自己对社会的独特思考，引人发笑的同时发人深省。

第二节　闲适幽默小品的不合时宜

20世纪30年代，中国政治局势动荡，国民党实行“攘外必先安内”的政策，打破了国共合作，阶级对抗日益严重，而这种混乱的社会局面全面影响了当时的文学创作，并因此出现坚持各种不同理论主张的文学流派，表现在散文创作方面，主要有以鲁迅为先锋的左翼作家，他们注重文学的现实批判性，把文艺作为社会革命的战斗武器，以《萌芽》《前哨》《北斗》等为阵地，发表语言犀利、直指时世的杂文；还有以周作人、林语堂等人为代表的自由主义作家，他们的散文风格闲适洒脱、自由随性、不拘一格，由《论语》

---

① 林语堂：《从人文主义回到基督信仰》，《林语堂散文经典全编》第1卷，九州图书出版社1998年版，第567页。

② 钱理群、温儒敏、吴福辉：《中国现代文学三十年》，北京大学出版社2013年版，第304页。

《人间世》《宇宙风》等刊物集中发表。自由主义作家推崇晚明小品文的创作主张，以“独抒性灵”为核心，林语堂在“闲适”之外还提出了“幽默”一说，成为闲适幽默小品文的实践者；另外还有以抒情见长的京派散文和其他作家的散文。

1932年，林语堂创办《论语》杂志，自称“两脚踏东西文化，一心评宇宙文章”，以幽默诙谐的小品文作为刊物发行的主要内容。幽默小品文提倡幽默，主张性灵，追求闲适自由、不拘一格的创作，一时刮起了幽默小品与闲适小品的散文风气，林语堂并因此获得“幽默大师”的称号。1934年，林语堂创办《人间世》，提倡以“自我”为中心，以“闲适”为笔调，发表不少小品散文。1935年又创办了《宇宙风》半月刊，以畅谈人生为主旨，主张言必近情。林语堂创办的三大刊物成为发表闲适幽默小品文的主要阵地，逐渐形成小品文创作的独特风格。“幽默”一词，是由林语堂先生通过英文“humor”音译过来的新词汇，他在中国极力推行“幽默”，但收效甚微，直到后来创办《论语》，他创作了大量幽默小品文，吸引了相当多的读者，“幽默”的文风才在中国现代文坛逐渐散布开来。早在1923年6月9日，林语堂就在《晨报副刊》上发表过《幽默杂话》一文，对“幽默”就有过追问：“原以为幽默之为何物无从说起，与其说的不明白，不如简直不说，并且相信别说了为妙”[①]，幽默本为道不明的感觉，似乎连自己也不知道如何说明，他又解释道：“凡善于幽默的人，其谐趣必愈幽隐，而善于鉴赏幽默的人，其欣赏尤在于内心静默的理会，大有不与外人道之滋味，与粗鄙显露的笑话不同。幽默愈幽愈默而愈妙。故译为幽默，以意义言，勉强说得过去。”[②] 这是他对“幽默”一词英译的一番解释，但也初步看出他对“幽默”的见解。紧接着1925年5月23日，林语堂又在《征译散文并提倡“幽默”》一文中，将“幽默”一词初步引入中国，在当时并没有产生多大影响。他还

① 林语堂：《林语堂自传》，陕西师范大学出版社2005年版，第112页。

② 林语堂：《幽默人生》，陕西师范大学出版社2005年版，第32页。

认为中国传统文化呈现出庸俗和正派的两个极端，而缺乏一种轻松有趣的情调，他试图通过吸取中国“诙谐”“讽刺”的传统笑话成分和国外的那种轻松自然的趣味性，以“幽默”的风格打破当时理学气严重的枯燥的文化氛围，增加一点儿别样的味道。直到1934年他在《论语》第33期发表了《论幽默》，才将“幽默”作为一种文学取向，并较为系统地阐释了幽默理论。他引经据典，追溯了中国传统文学中的幽默成分，认为道学属于幽默派，而儒学是正统文学，常对幽默保持距离，林语堂认为“庄生可称为中国之幽默始祖”[①]，他还吸收了麦烈蒂斯《论喜剧》的幽默理论，认为中国需要这样的喜剧精神。最后林语堂总结出：“幽默本是人生之一部分”[②]，“然而幽默到底是一种人生观”[③]。他把幽默与人生相提并论，把它上升为一种处世态度和人生哲学，这就大大减少了幽默给人以轻浮的错觉，并认为“有相当的人生观，参透道理，说话近情的人，才会写出幽默的作品”[④]。在《会心的微笑》中，林语堂阐释了笑的等级以及幽默的表现方式：“我们觉得幽默之种类繁多，微笑为上乘，傻笑也不错，含有思想的幽默，如萧伯纳，固然有益学者，无所为的幽默，如马克·颓恩（今译为马克·吐温，美国现代作家——作者注）也是幽默的正宗。大概世事看得排脱的人，观览万象，总觉得人生太滑稽，不觉失声而笑。幽默不过这么一回事而已。在此不觉失声中，其笑是无可勉强的，也不管他是尖利，是洪亮，有无裨益于世道人心，听他便罢。因为这尖利，或宽洪，或浑朴，或机敏，是出于个人性灵，更加无可勉强的。”[⑤]这些文章可以看出林语堂对“幽默”的理解，并且始终将它作为自己的人生理想和创作追求。

读林语堂的散文，我们时常能被他文中的幽默情调逗得一笑，有时是浑

---

① 林语堂：《论幽默》，《林语堂散文选集》，百花文艺出版社2004年版，第204页。

② 林语堂：《论幽默》，《林语堂散文选集》，百花文艺出版社2004年版，第203页。

③ 林语堂：《论幽默》，《林语堂散文选集》，百花文艺出版社2004年版，第205页。

④ 林语堂：《论幽默》，《林语堂散文选集》，百花文艺出版社2004年版，第223页。

⑤ 林语堂：《林语堂批评文集》，珠海出版社1998年版，第29页。

然天成的比喻，有时是生活琐事的诙谐，有时是突如其来的笑点。总之，他的散文大都有一种引人发笑的因子，但不是那种低俗的笑话一笑而过，而是一种笑过后的沉思，因为他的幽默不是为了逗人发笑而幽默，而是通过这种轻松有趣的笔法写人生、讲故事，形成“亦庄亦谐”“亦雅亦俗”“亦平亦奇”的艺术特点。《祝土匪》写于“语丝”时期，幽默地表达了林语堂对学者们的假面的辛辣批判，用把自己野蛮化为“土匪”的方式，把土匪们的赖皮和真率与学者们重视尊严脸面相对比，揭露了学者们不敢说真话、死要面子的嘴脸，而土匪们“没有脸孔可讲”[①]，所以“不想将真理贩卖给大人物”[②]。作者这种自我定位为“土匪”的方法不仅没有丑化自己，反而把“土匪”们的憨态、耿直、率真作为一种优良品质展露无遗，并且作者声称乐于做一群土匪，正是因为他们对真理的执着追求。这篇文章实际上是对当时“现代评论派”那批假革命的文人们的讽刺，也是作者投给北洋军阀政府的一颗文字炸弹，那些打着自由主义幌子的学者文人们为了维护所谓的教学秩序，把革命的学生骂为“学匪”，而林语堂则快意地接下这个称号，以“匪”自居，巧妙地回应了那批伪善的文人，读来新颖动人，大快人心。《从梁任公的腰说起》一篇甚是有趣，作者先是说了一件事：梁启超到医院看病，医生们商量后割掉了他的一个肾，然病情却未好转，有人问他何不抗议，梁幽然答曰：“中国人学西医，能开刀将腰拿出来而人不死，已了不得。吾何为抗议哉！”[③]梁任公的回答着实让人大吃一惊，忍俊不禁，医生无端拿了他一个肾，他反豁然感激以报不杀之恩，这虽然可能只是一个笑话，但林语堂却从这笑话中看到了社会的本质：“世上只是大家混饭吃而已。”[④]无论是医者、学者还是政治家，作者都揭示了他们自欺欺人的面目，大家都在相互欺骗，看破不说破而已。作者从这个笑话不仅看到了各职业人士们不懂装懂的可笑现状，也让读者笑后不

① 林语堂：《祝土匪》，《林语堂散文选集》，百花文艺出版社 2004 年版，第 30 页。

② 林语堂：《祝土匪》，《林语堂散文选集》，百花文艺出版社 2004 年版，第 31 页。

③ 林语堂：《从梁任公的腰说起》，《林语堂散文选集》，百花文艺出版社 2004 年版，第 112 页。

④ 林语堂：《从梁任公的腰说起》，《林语堂散文选集》，百花文艺出版社 2004 年版，第 114 页。

寒而栗，不敢想象这种假象的后面，会是怎样一个落后无知的社会。作者并没有探讨这个问题，而是以“大家都是混口饭吃”来概括，显得幽默而随意，但却揭示了令人心寒的社会制度下的瘫痪状态。《粘指民族》更是把他的幽默之风展露无遗，作者一本正经说到某大学某教授研究出中国人巴掌间分泌的“一种微有酸味之粘性物质”，“因此银钱到手，必有一部分胶泥手上”，作者以这个“有理有据”的发明故事讽刺了中国国民性的“染指、中饱、分羹、私肥”[①]的丑恶德性，对那些徇私枉法、贪污受贿的官僚集团大加挖苦，让人哭笑不得，不得不佩服林语堂那惊人的想象力和幽默的才华。唐弢曾这样评价林语堂，他说：“绅士鬼和流氓鬼萃于一身，用来概括林语堂先生的为人，也许再没有比这个更恰当的了。”[②]这是说林语堂前后期的思想变化，前期“流氓鬼多一点”[③]，后期“绅士鬼多一点”[④]。可见，林语堂的那种“流氓气”是十分明显的，并且这种“流氓气”反而深得评论家的肯定。胡风甚至认为“语丝”时期的林语堂可以称之为“他底黄金时代”[⑤]。

幽默之外，林语堂还提倡“闲适”，林语堂在《人世间》创刊号上的发刊词就提倡“以自我为中心，以闲适为格调”的小品文主张。他还说“小品文即在人生途上小憩谈天，意本闲适”[⑥]。他还总结了小品文的“四字诤言”：“小品文应有四字，曰清，曰真，曰闲，曰实。”[⑦]闲适是一种人生趣味，也是一种品味人生的境界，它表现在文学作品中，就是一种自然洒脱、自由表达情感思想的形式。1934 年 4 月 20 日，林语堂在《人间世》第二期发表

---

① 林语堂：《粘指民族》，《林语堂散文选集》，百花文艺出版社 2004 年版，第 59 页。

② 唐弢：《林语堂论》，《鲁迅研究动态》1988 年第 7 期。

③ 唐弢：《林语堂论》，《鲁迅研究动态》1988 年第 7 期。

④ 唐弢：《林语堂论》，《鲁迅研究动态》1988 年第 7 期。

⑤ 胡风：《林语堂论——对于他底发展的一个眺望》，《文学（上海 1933）》1935 年第 4 卷第 1 号。

⑥ 林语堂：《再与陶亢德书》，《林语堂名著全集》第 17 卷，东北师范大学出版社 1994 年版，第 179 页。

⑦ 林语堂：《看见碧姬芭杜的头发谈小品文》，《林语堂名著全集》第 16 卷，东北师范大学出版社 1994 年版，第 289—290 页。

了《论谈话》，这篇论文对作文章的语言艺术作了自己的见解，他认为小品文应以一种家常话的语调来写，还需充满轻松率性的趣味，好像与朋友聊天一般，不兜圈子，想到什么说什么，想谈什么就谈什么。司马斌在《天地》发表的《论林语堂》这样评价过他："林氏的作风，正经之中有闲适，轻松之中带严肃。"① 如《我的戒烟》《论躺在床上》《秋天的况味》《我怎样买牙刷》《买鸟》《谈海外钓鱼之乐》《论西装》《说避暑益》《谈螺丝钉》等作品明显带有闲适风格。生活中琐屑的事物皆被林语堂视为写作的题材，他善于从日常生活中取材，从生活琐事中搜寻乐趣，"盖诚所谓'宇宙之大，苍蝇之微'无一不可入我范围矣。"②《我的戒烟》讲述了作者戒烟过程中的思想变化，从决心戒烟到意志动摇，又到怀疑戒烟，最后放弃戒烟，作者完全客观地记录了自己戒烟失败的过程，一反"吸烟有害健康"的常识，把戒烟说得"百害而无一利"，甚至为戒烟而"良心便时起不安"，因为他认为"思想之贵在乎兴会之神感，但不吸烟之魂灵将何以兴感起来？"③ 表达了作者任性随心的追求。《论躺在床上》大谈特谈躺在床上的艺术，甚至说"躺在床上的艺术如果有着适当的培养，应该有清净心灵的功效"④。他还认为躺在床上是身体和思想极度放松的状态，更有利于思考问题和规划。《秋天的况味》更是以闲适的笔调抒发对秋天的独特体验，作者开篇即写出自己闲坐抽烟，看烟丝缭绕而体会秋天的况味，这种闲坐抽烟的姿态形象地营造出一个悠闲自得的境界，使得他对于秋天的品味有了一种心境上的衬托。他热爱"秋林古气磅礴气象"⑤，一反常规对秋天悲凉凄寂的感观。在作者看来，秋天，特别是初秋，有着一股充实饱满的成熟之气，对于进入中年的林语堂来说，这样的体会正好映衬了他乐观宏达的人生观。

---

① 司马斌：《论林语堂》，《天地》1944 年第 11 期。

② 林语堂：《论小品文笔调》，《林语堂名著全集》第 18 卷，东北师范大学出版社 1994 年版，第 2 页。

③ 林语堂：《我的戒烟》，《林语堂散文选集》，百花文艺出版社 2004 年版，第 66 页。

④ 林语堂：《论躺在床上》，《林语堂散文选集》，百花文艺出版社 2004 年版，第 265 页。

⑤ 林语堂：《秋天的况味》，《林语堂散文选集》，百花文艺出版社 2004 年版，第 110 页。

林语堂闲适幽默的小品文在当时却遭到了文学主流的批判，他们认为林语堂的这种超脱闲适的文风与当时的社会现实是截然相反的，认为他所提倡的“幽默”“闲适”“性灵”的文学主张容易消磨人民的革命意志，不利于社会发展，会对当时的社会现状造成消极影响。20 世纪 30 年代，正是中国社会混乱、矛盾激烈的时期，日本法西斯帝国主义野心勃勃地侵占中国领土，中国丧失了东北三省大片土地，而国内又掀起了国共内战，这种内忧外患的局面使得政局动荡不安。这种时局动荡的社会却造就了文学上的繁荣，形成了以无产阶级为代表的左翼文学思潮和以自由主义为追求的人文主义思潮两大文学阵营及其他文学流派，这些文学流派分别坚持自己的文艺追求而相互对立。“救亡压倒启蒙”思潮推动了作家们对革命的热切期盼，使得革命文学成为主流。左翼文学思潮宣扬马克思主义文艺理论，提倡文学的现实主义性质，具有强烈的革命斗争意识；而人文主义文学思潮则以“艺术为人生”为文艺指标，反对文学的功利性，主张文学应以人为中心，他们的创作主张遭到左翼的强烈指责。林语堂先后创办《论语》《人间世》《宇宙风》等刊物，愈发明确了自己追求闲适、幽默，对政治时世漠不关心，这引起了革命派的不满，特别是与左翼作家发动了激烈的唇枪舌战。曾经互为挚友的鲁迅与林语堂因为不同的文学信仰而分道扬镳，鲁迅作为时代的先锋“战士”，永远持着刀枪攻击一切落后的事物，而追求闲适幽默的林语堂自然成为了他攻击的对象，他曾作《骂杀与捧杀》一文直指“性灵”派，把袁中郎被“捧杀”视为小丑的玩笑，贬斥“性灵”派被追捧的可笑事实。1935 年 3 月，鲁迅又在《太白》以“且”为名发表了《论俗人应避雅人》一文，挖苦了林语堂的故作高雅，“所谓雅人，原不是一天雅到晚的”……“和俗人究竟也没什么大不同”①。1934 年 1 月，胡风发表了《林语堂论》，针对林语堂做了批判，他说：“林氏初期的思想主要地是西洋旧的民主主义底凌乱的反映，在当时‘一鼓作气’还可以勉强对付下去，但没有‘地盘’的海市蜃楼怎样经得起狂风一扫呢？‘一生矛盾说不尽，心灵解剖迹糊涂’心境‘冲淡’了，矛盾

① 鲁迅：《论俗人应避雅人》，《且介亭杂文》，译林出版社 2018 年版，第 179 页。

扩大了，渐渐换成了现在这一付‘新’的面目。在某种意义上多多少少是走近或走进了国粹主义底阵线，林氏也似乎要碰着这一切‘败北者’底共同命运。”① 胡风认为文学应该坚持现实主义，反映现实社会人生，他用无产阶级革命文学的文艺理论消解了林语堂的文学主张，认为他的文学远离现实人生，是逃避现实苦难的软弱作风，是站不住脚的，是没有进步性可言的。司马斌对林语堂也有过这样的评价："所以他很像希尔顿著《世外桃源》里的康惠，不是雨果《孤星泪》的主角 Jean Valjean；是‘采菊东篱下’的陶渊明"②。在司马斌看来，"隐士"是不值得称赞的，"战士"才是社会和世界需要的人，他认为林语堂所谓的"两脚踏中西文化，一心评古今文章"不过是一种"自欺"③。在当时，帝国主义在中国土地上横行作恶，疯狂残杀中国百姓，而国民党当局又把主要精力投向与共产党的斗争上，社会的混乱和政局的动荡使得战斗文学成为时代的需要，像林语堂这类规避现实的文学始终是不符合当时的时代背景的。鲁迅 1933 年发表于《现代》杂志上的《小品文的危机》，就尖刻地将小品文视为"小摆设"，并认为"‘小摆设’当然不会有大发展"，幽默小品文被认为是"不能和读者一同杀出一条生存的血路的东西"④，在当时的社会背景下，这样的评价有其合理的地方，是符合社会现实的，但在今天看来，幽默小品文在中国现代文坛掀起的一股清新之风，确实为现代散文乃至整个中国文学史涂上了鲜明的一笔。

第三节　中西文化的交融

林语堂的思想从其开始创作以来可以梳理出一条"激进的西方文化信仰

① 胡风：《林语堂论——对于他底发展的一个眺望》，《文学（上海 1933）》1935 年第 4 卷第 1 期。

② 司马斌：《论林语堂》，《天地》1944 年第 12 期。

③ 司马斌：《论林语堂》，《天地》1944 年第 12 期。

④ 鲁迅：《小品文的危机》，《现代（上海 1932）》1933 年第 3 卷第 6 期。

者”到“回归传统的自由主义者”的变化脉络，这与他个人的生活与受教经历以及当时剧烈转变的时代背景有着紧密联系。林语堂的中西文化交融的思想不仅是他个人的特色，也正可以概括近代中国思想文化的一个总体特征。20世纪20年代的中国，以“现代化”为时代主题，落后的中国社会暗无天日，而先进的知识分子们亲眼目睹了国外先进的科学技术的强大威力，强烈的民族自尊心和民族责任心使他们反思中国落后的原因，把中国旧的文化体制斥为使国家落后的根本原因，他们希望引入国外先进的物质文明和科学文化。他们希望这种先进的科学文化能带给中国一个转机，他们试图以国外先进的民主与科学的思想“开启民智”，轰轰烈烈的五四新文化运动就这样在中国知识分子群体中展开了。新文化运动时期，林语堂刚刚参与到教育行列中来，在清华任教时期，正值中国五四爱国运动的高潮，他却一反常态地重拾了对中文的学习，他感到自己由于受到的都是西式教育，在英文方面颇有建树，但对中国传统文化的偏废直到他在清华任教时才重新学习。从上海到北京，一个是最早的现代化都市，一个是中国的历史古都，这种城市氛围的突变，使得他开始认真反省对中国的认识，他说：“来到这历史性的古都，又接触了真实的中国社会，这才对自己的无知深觉惭愧，于是埋头研究中国文学哲学，对教会给我的教育及其他一切均产生反感。”[①]这时期的林语堂读了大量中国古典文学，吸收了大量的中外知识，为他以后的写作之路奠定了很好的根基。

1919年，林语堂携妻子开始了留学生涯，在游历了美国、德国并取得硕士、博士学位后，于1923年回国，任教于各大高校，并开始陆续发表作品。在国外游学的四年，是林语堂全面了解外国思想文化的重要时期，他在留学期间接触到了欧美政治、哲学和文艺思潮，还大量阅读了国外文学作品，特别对自由随意、幽默从容的英国随笔感兴趣，以至于他回国后致力于

① 林语堂：《从人文主义回到基督信仰》，《林语堂散文经典全编》第1卷，九州图书出版社1998年版，第567页。

把“幽默”一词倾力介绍到中国，发表了一系列有关“幽默”的注解，并最终形成了以“幽默闲适”为笔调的小品文风格。1924年，刚回国不久的林语堂以热切的革命激情积极投入《语丝》的创作中，以泼辣尖刻的文章直指中国封建落后的社会和思想。如《论性急为中国人所恶》一篇中，作者犀利地批判了中国人所谓的“中庸之道”，认为正是这种不反抗的脾性使“全国既被了中庸化而今日国中衰颓不振之现象成矣”，他把中国人所谓的“安身立命”指责为软弱的表现，认为“中国人之惰性既得此中庸哲学之美名为掩护”①，正是这种惰性，使得中国少有“急性之人”，难以思变，从而不求发展。《打狗释疑》一文，则痛批国人“酷爱和平”的软弱德行，不仅赞成鲁迅“痛打落水狗”的说法，也深刻说明了“打狗”的社会意义，指出中华民族怕战的懦弱心理与灭族的逻辑联系，提倡战斗回击，认为“‘战斗性’本为人类应有的，中国人之不好战则个人意见以为在于受文明太久时间的关系。”②试图唤醒中华民族的战斗性，揭示了“爱和平，反而没有和平”③的社会现实，呼吁人们应该奋起反抗。“倘是大家不能肉搏击斗，至少亦得能毁咒恶骂，不能毁咒恶骂，至少亦须能痛心疾首的憎恶仇恨，若并一点恨心都没有，也可以不做人了。”④林语堂试图通过鼓吹人们的仇恨心理以获得一种回击的勇气，而不是像现在一样被帝国主义任意欺凌。他还有很多激情愤慨的文章一针见血地直指社会黑暗和国民性质，如《祝土匪》《论政治病》《粘指民族》《悼刘和珍杨德群女士》等，这些文章直面社会，敢于发言，体现了他高涨的革命情绪和奔走呼号的革命斗志。“语丝”时期林语堂的散文创作风格可以用“浮躁凌厉”来概括。林语堂小时候便从父亲那里接触到了西方的基督文化，又在教会学校接受教育，所学的都是与基督神学相关的西式文化，这促使他念大学后对中国传统文化的自觉学习。他大学毕业后在清华

① 林语堂：《论性急为中国人所恶》，《林语堂散文选集》，百花文艺出版社2004年版，第8页。

② 林语堂：《打狗释疑》，《林语堂散文选集》，百花文艺出版社2004年版，第40页。

③ 林语堂：《打狗释疑》，《林语堂散文选集》，百花文艺出版社2004年版，第41页。

④ 林语堂：《打狗释疑》，《林语堂散文选集》，百花文艺出版社2004年版，第41页。

任教时，对中国古典文化和经典哲学进行了一次恶补，他饱览中国历代的经典名著，从中吸取经典的文化传统，弥补了西式教育下对中国文化的疏忽，也正是因为这样的系统学习，使他在后来的文艺思想中有了谈中国与外国文化之关系的底气。

近代中国历史总是贯穿一个核心主题，那就是如何协调中西文化之关系的问题。中国从落后的封建国家被强迫打开国门，民族资本主义在尚未完全发育成熟的情况下就受到帝国主义的碾压，使得中国资本主义发展严重畸形，人们在钦佩西方的先进和自卑于落后的祖国的思考中，不断发起学习西方的热潮，归根结底都是以促进本国发展，维护国家安定为根本目的，因此，西方成了近代中国人又爱又恨的对象。林语堂的思想历程也体现了这种矛盾心理，刚留学回国的林语堂初步接受并亲身体验了西方的政治经济制度，而回国后，五四运动又处于低潮阶段，轰轰烈烈的大革命激起统一的愿望和革命热情，北洋军阀残暴镇压爱国学生，激起了他对北洋军阀及现代评论派的愤慨，他毅然举起西方文明自由主义的大旗，打击一切委曲求全、不谈政治的反动统治及其文学。写于 1925 年，刊于《语丝》第二十三期的《给钱玄同先生的信》中，林语堂以激烈的言辞抒发了对国民“昏聩卑怯”民族精神的极力唾弃，列举了中国人的国民癖气：惰性、奴气、敷衍、安命、中庸、识时务、无理想、无狂热，他把丧失奋斗勇气的中国人称为“败类”，认为中国儒家得道，经学、理学的正统地位“是中国人之成败类”的根本原因，并提出了精神复兴之六条：“非中庸”“非乐天知命”“不让主义”“不悲观”“不怕洋习气”“必谈政治”①。纪秀荣先生十分赞赏这一时期的林语堂，他认为，“这种与黑暗社会势力势不两立的态度，对林语堂来说是难能可贵的。”② 尽管他是以资产阶级的政治思想来看待林语堂前后期的创作变化，但不可否认的是，林语堂这一时期的创作是具有现实革命意义的。

---

① 林语堂：《给钱玄同先生的信》，《林语堂散文选集》，百花文艺出版社 2004 年版，第 13—16 页。

② 林语堂：《给钱玄同先生的信》，《林语堂散文选集》，百花文艺出版社 2004 年版，第 16 页。

随着大革命失败，国民政府内部矛盾重重，军阀势力勾结帝国主义卷土重来，国民革命军内部又出现了党派纷争，混乱的政治形势犹如一盆冷水浇熄了林语堂的热忱，加上国民党对文艺的严格控制，失望的一批自由主义作家于是转变了立场，由热烈响应的革命斗士转而成为不问政治的自由人。而林语堂正是在这时候接到了好友赛珍珠的邀请，举家迁往美国，开始从事英文写作，躲过了中国悲惨凄凉的一段历史。林语堂后期的思想与前期的“浮躁凌厉”有着巨大的反差，他开始从崇拜西方转变为一种“中西融合”的思想趋向，把自己之前的那种战斗精神状态称为“少不更事的勇气”①。他的这种融合，是完全以自我为中心的一种思想上的解脱，他放下了旗帜鲜明的战斗立场，转而竖起“个人主义”旗帜，他在中西文化思想中找到了为自己的“独立”开脱的理论思想，表现在散文上，也呈现出一种“避世”的特点。他中后期的散文以“闲适幽默”为笔调，任意而谈，多表现个人的生活情趣和即时感想，鲜有对政治现实的关注，有的作品虽然表现出对事物独到的见解认识，然而由于刻意地追求幽默，反而沦为无聊的消遣，为后人所诟病。在《剪拂集序》中，我们可以看出作者整理《剪拂集》时，思想已经完全变化了，他说，“我唯一感慨一些我既往的热烈及少不更事的勇气，显然与眼前的沉寂与由两年来所长进见识得来的冲淡的心境相反衬，益发看见我自己目前的麻木与顽硬。”②他甚至由之前勇敢的战士思想转而宣扬保命主义，“头颅一人只有一个，犯上作乱心智薄弱目无法纪等等罪名虽然无大关系，死无葬身之地的祸是大可不必招的。”③林语堂此时的心境已然转变为“冲淡平和”而非“浮躁凌厉”。这种变化不仅体现出他思想上的转变，也是他散文创作风格转变的一个关键动因。“在中国现代作家中，大概没有人比林语堂更西洋化，也没有人比林语堂更东方化。”④陈平原在《林语堂与东西方文化》一

---

① 林语堂：《剪拂集序》，《林语堂散文选集》，百花文艺出版社2004年版，第1页。

② 林语堂：《剪拂集序》，《林语堂散文选集》，百花文艺出版社2004年版，第1页。

③ 林语堂：《打狗释疑》，《林语堂散文选集》，百花文艺出版社2004年版，第41页。

④ 陈平原：《林语堂的审美观与东西文化》，《文艺研究》1986年第3期。

文中认为，林语堂这种“中西思想之融合”，来源于“林语堂用资产阶级的个人主义思想来‘破’儒家思想的事功（立功、立德、立言）”，“用西方的享乐意识来‘和’东方的闲适情调”[①]，这说明了林语堂思想上对中西文化共通点的一种架构，他试图找到中西文化的交汇点，来为自己的文艺创作构建理论支点，然而他选择的这种“自由论”和“性灵说”放在当时的中国社会历史现实上来看未免自私，但林语堂就是这么一个顽固的人，他始终朝着这条路走，而且愈发不可回头。

1936年，林语堂移居美国，在美国期间，林语堂用外文创作了大量有关中外文化交流的文章，如《生活的艺术》《中国的生活》《京华烟云》《苏东坡传》，还翻译了大量的中国古典文学经典如《西厢记序》《兰亭集序》《蝶梦》《桃花源记》《声声慢》《浮生六记》和《红楼梦》中的经典片段：《黛玉葬花诗》《凤姐说茄子鲞》。他在移居美国后，生活环境、文学环境、思想环境等相对宽松的美国激起了他的创作欲望，也促使他开始身在异国文化中更加客观地审视中国文化，并因此形成了“中西融合”的思想观念。林语堂在《啼笑皆非》中译本序里指出：“西方学术以物为对象，中国学术以人为对象。格物致知，我不如人，正心诚意之理，或者人不如我。玄通知远，精深广大处，我不让人，精详严密，穷理至尽，人定胜我。是故上识之士，以现代化为全世界共享有之文，本国文化，亦必熔铸为世界文化之一部，故能以己之长，补人之长，补人之短。”[②]这段话展示了林语堂对“世界一体”的文化观，他主张文化无国界，认为各国文化应相互借鉴，取长补短。他欣赏西方国家的物质文明，却也逐渐认识到中华民族的随性本质。例如他在《论西装》一文里，指出西装“伦理上、美感上、卫生上是绝无立足根据的”[③]，分析了西服与中服体现出的本质思想：西服注重的是外在表现，“意在表现人身形体”[④]；而中服则以舒

① 陈平原：《林语堂与东西方文化》，《中国现代文学研究丛刊》1985年第3期。

② 林语堂：《中文译本序言》，《啼笑皆非》，湖南文艺出版社2017年版，第8页。

③ 林语堂：《论西服》，《林语堂散文选集》，百花文艺出版社2004年版，第230页。

④ 林语堂：《论西服》，《林语堂散文选集》，百花文艺出版社2004年版，第230页。

适为追求，“意在遮盖身体”①，然而这样不同的服饰观折射出来的是中西方人思想上的不同，西服看似现代化了，更加注重美观，然而林语堂揭示了穿西服之人的“愚拙”，而穿中服才是符合人类需求的服装。林语堂通过独到的眼光和雄辩将当时流行的西服文化贬斥一道，既显得轻松幽默，又让人匪夷所思，表现了林语堂对中外文化非同一般的见识。《论赤足之美》一篇，林语堂也是通过力证中国文化之自然纯粹，与国外的人工造作不可相提并论，从而指出中国文化之优秀，只是因为国人的自卑心盲目效仿西方，反而轻视了自己民族的文化，他说：“中国自有顶天立地的文化在，不必样样效颦西洋，汲汲效仿西洋。”② 可以看出林语堂试图批判“全盘西化”。

林语堂的思想呈现出一种“中西交融”的特点，他与西方文化的渊源来自他从小接受的基督教文化，也与他后来的留学生涯和旅居国外的生活经历有关，而他对于中国文化的重新认识，也正是建立在这种外国文化的熏陶之下。受两种不同文化的影响，林语堂自觉地找寻文化之间的桥梁，但他这种文化交流大多是建立在其个人的认识和喜好上，缺乏更深层次的认识，也没有形成系统的文化论，他的极端个人主义使得他的“中西融合”观显出个体化，没有从整体上讨论中西文化的异同。但总的来说，林语堂提出的“中西融合”之观点在当时的社会环境下发挥了积极作用，也给了当代文化交流以深刻启示。

第四节　林语堂散文的哲理意蕴

林语堂的散文借鉴了国外的“幽默”趣味，又从中国传统文学中吸取了

① 林语堂：《论西服》，《林语堂散文选集》，百花文艺出版社 2004 年版，第 230 页。

② 林语堂：《论赤足之美》，《林语堂散文选集》，百花文艺出版社 2004 年版，第 288 页。

“闲适”之笔调，形成了“独抒性灵”的艺术风格，这种“独抒性灵”的追求决定了他的散文趋向个性化的书写。他的散文多取材于生活细节，随意而谈，抒发个人片段性的感受，注重思想艺术的哲理趣味，表达出一种个人的生活哲学。在《生活的艺术》序言里，林语堂坦言：“本书是一本私人的供状，供认我自己的思想和生活所得的经验”，“把偶然想到的话说出来，把日常生活中有意义的琐事安插进去”①，这可以说是概括了他作品的整体内容。正如王兆胜所说，林语堂的散文追求“不在人的政治、经济、思想及理想等方面，而是贴近人的生活、生命和美善等方面，尤其直接逼近人的快乐、幸福这一本源问题”②。林语堂把中西文化中感悟出的人生哲学融入自己的作品中，抓住了“人”的价值，注重人生幸福的体验，所以他的作品总是透露出一种如何享受生活的哲理意蕴。

后期的林语堂旅居国外，在相对宽松的环境中，他更能静下心来重新审视中国，并出版了《吾国与吾民》《生活的艺术》《京华烟云》等英文作品，客观真实地反映中国面貌，但可以看出林语堂此时已经是一种“出世”的局外人的心态了，与他 30 年代对中国传统文化的否定态度相比已经有了更深的认识。林语堂重视个人价值，他把自己的哲学放在对人的生命的思考上，从人的日常生活、人生状态、生活方式等细节去探讨生命意义。他不再排斥中国传统文化中的儒道哲学，反而认为正是这两种文化深刻影响了中国人的处世之道。他认为，儒家文化和道家文化看起来是相互矛盾的，但事实上，它们分别代表了中国人的理性与现实、出世与入世的两面人生观，这两者以各自不同的人生观指引着中国人性格的嬗变，使得中国人在“兼济天下”与“独善其身”的进退之间能找到一种平衡，也就是所谓的中庸之道。林语堂作为一个自由主义文人，崇尚的是中国传统道家学说，他认为老庄的思想是一种“超脱”的哲学，在《中国人之聪明》中，他给了老庄以极高的评价：

---

① 林语堂：《自序》，《生活的艺术》，湖南文艺出版社 2018 年版，第 1—2 页。

② 王兆胜：《林语堂的文化情怀》，中国社会科学出版社 1998 年版，第 46 页。

“老庄固古今天下第一等聪明人，《道德经》五千言亦世界第一等聪明哲学。”① 他对老庄的聪明进行了一番解释，认为他看破世事却依然洒脱的心境是聪明之最，受他的“无为”之人生观影响深远，“看破一切，知‘为’与不为无别，与其为而无效，何如不为以养吾生。”② 孙晓玲评价林语堂时说：“林语堂认为老庄的生存观是长远的，也是富有诗意的，中国人灵魂深处的乐观和诗意就来自于老庄的道家思想。这里，林语堂所采取的‘滑口善’以保全人身安全，其中深意与老庄的生存哲学联系密切，林语堂是在生命哲学层面上重构了老庄哲学的现代意义。”③ 老庄的淡泊无争，影响了林语堂的生活气质，他热爱山林，崇尚自然，与世无争，热爱生活，这正是他乐观积极的人生哲学。林语堂的很多散文都暗含这种心境，如《记春园琐事》《秋天的况味》《说浪漫》等。林语堂又提倡“近情”，他主张人应该回归到个人感情的归属上，从而实现人生的幸福与和谐，这实际上与他理解的“中庸”文化相统一，体现出他对人情的一种尊重。丛坤赤在其博士论文里阐释了林语堂的生活美学观念，并着重讲述了所谓的“近情”，就是对人情和人性的肯定，“站在‘近情’的立场上，林语堂主张美学以及哲学应该‘回向常识’，在现实生活中寻求真义。而没有必要去做脱离‘此在’的抽象的逻辑推理。”④ 林语堂始终想以文字创造出一种美好的生活，并试图用这种生活哲学影响自己和他人，把他对于幸福的享受传递给别人。林语堂曾经说：“社会哲学的最高目标，也无非是希望每个人都可以过着幸福的生活。如果有一种社会哲学不把个人的生活幸福，认为文明的最后目标，那么这种哲学理论是一个病态的，是不平衡

---

① 林语堂：《中国人之聪明》，《林语堂名著全集》第18卷，东北师范大学出版社1994年版，第17页。

② 林语堂：《中国人之聪明》，《林语堂名著全集》第18卷，东北师范大学出版社1994年版，第18页。

③ 孙晓玲：《论传统道家思想对林语堂的影响》，青岛大学2007年硕士学位论文，第18页。

④ 丛坤赤：《林语堂生活美学观念研究》，山东大学2011年博士学位论文，第61页。

的心智的产物。”[①]可以说，追求幸福人生是林语堂散文核心的哲理基础，而“近情”，就是其追求幸福的理论手段。

《秋天的况味》可以说是林语堂哲理散文的代表作之一，文章叙事议论相结合，用闲适幽默的笔调抒发人生感慨。林语堂在吞云吐雾的闲暇之时体会到别样的秋意，在林语堂看来，秋天的意味是与“烟的热气”“缭绕的烟霞”联系在一起的，这就在意境上打破了传统“悲秋”的先验。古人作诗作文，谈到秋天必然与“萧瑟”“寥落”“凄清”“枯败”等意境相联系，可以列举的如马致远的“枯藤老树昏鸦”，张继的“月落乌啼霜满天，江枫渔火对愁眠”，唐寅的“多少天涯未归客，尽借篱落看秋风”，李清照的“帘卷西风，人比黄花瘦”等，写尽了秋的悲愁，当然也不乏“自古逢秋悲寂寥，我言秋日胜春朝”、“解落三秋叶，能开二月花”等新意之作，但总的来说，自古以来，文人们“伤春悲秋”已成主流。秋天难免给人愁思之感，林语堂就是一种反传统的悲秋路子，反而轻易就解构了传统的秋日愁思。虽然此时林语堂已经步入中年，但却愈发彰显了他豁达开朗的人生观。在他看来，“秋是代表成熟，对于春天之明媚娇艳，夏日之茂密浓深，都是过来人，不足为奇了。”[②]林语堂不是把秋天看作一个断裂的季候，而是将它视为与春夏递进的成长过程，正是因为有春夏的积累，才使得秋天有着“古色苍茫之概”[③]。作者把四季变换与人生四时衔接，认为中年正是成熟的时期，是任何人都必须经历的过程，人到中年应该感到快乐幸福，而不必一味伤怀，因为作者看到的是秋日硕果累累的收获，是如同香烟上的红灰，有着被烈火炙烧过后的温香，林语堂看到的是庄子的“正得秋而万宝成”的结实意义。《论买东西》一文，实在让人生嫌——“买东西”也值得一论？然而读完整篇下来，才恍惚觉得林语堂的独特之处正是在这种生活琐事间不知不觉中把自己的人生哲

① 林语堂：《生活的艺术·个人主义》，《林语堂名著全集》第21卷，东北师范大学出版社1994年版，第91页。

② 林语堂：《秋天的况味》，《林语堂散文选集》，百花文艺出版社2004年版，第110页。

③ 林语堂：《秋天的况味》，《林语堂散文选集》，百花文艺出版社2004年版，第110页。

学灌输进去，“能在寻常的事物中谈出天趣、物趣、世情、人情来，这是林语堂的过人之处。”[①] 可以说林语堂的人生哲学正是通过这些生活中的平凡小事体现出来的，在他看来，买东西也有艺术可说，并且自称为“买东西的艺术家”[②]。林语堂称自己虽然经常买一些没有用的东西，在常人看来是不可理喻的，但是他在乎的不是买东西的实用性与否，而是买东西过程中与人交往的乐趣：因为老板是同乡而爽快地买下一堆杂货；因为想让看店的小孩快乐而买了很多文具。买的东西无用，但买东西时产生的人情味却是无价。林语堂由买东西的事件转而对人的“常情”发表了议论——“人不能无常情”、“我想还是留点温情吧”[③]，可以看出，作者对于“人情”之重视，是不能用价钱衡量的，如若用“做生意”的心思与人交往，将会没有人情味可言，也会丧失交往的乐趣。

林语堂讲究“近情”的文学，“所谓性情文学就是要求文章的思想内容要近人性、抒人情，能贴近现实人生，关注生命感受，体悟人生哲理，从而超脱政治、伦理、道德的束缚。”[④]“近情”可以说代表了林语堂的文化理想，他认为“近情精神实是人类文化最高的、最合理的理想”[⑤]，因为在他看来，无论是中国还是外国，“情”是人类最共有的特征，是历史上最不可磨灭的精神，也是文学中最动人的力量，因此无论是对生活还是对文学的态度，林语堂都追求一种合乎情理、合乎人性、自然天成的生活方式，这或许可以概括林语堂散文中的哲理意蕴了。

---

① 谢友祥：《论林语堂的闲谈散文》，《中国现代文学研究丛刊》2001 年第 4 期。

② 林语堂：《论买东西》，《林语堂散文选集》，百花文艺出版社 2004 年版，第 379 页。

③ 林语堂：《论买东西》，《林语堂散文选集》，百花文艺出版社 2004 年版，第 379 页。

④ 丛坤赤：《林语堂生活美学观念研究》，山东大学 2011 年博士学位论文，第 63 页。

⑤ 林语堂：《生活的艺术·近情》，《林语堂名著全集》第 21 卷，东北师范大学出版社 1994 年版，第 396 页。

第七章　徐志摩散文的风致美

2008年，秦贤次发表于《新文学史料》的《徐志摩生平史事考订》开篇即写道："五十年来最著名，同时也最受欢迎的诗人，毫无疑问的，徐志摩是唯一的人选。"[①]他把徐志摩的地位毫不谦虚地提升到"唯一的人选"，这评价虽然有着时间限定"五十年来"和文体限定"诗歌"，但足以看出徐志摩在现代文学史上的地位是举足轻重的。不可否认的是，徐志摩的影响不仅在中国，在国外也依然有着不可忽视的地位。徐志摩不仅在诗歌造诣上相当成功，茅盾曾作《徐志摩论》一文深入徐志摩的诗歌文本，解读了他作为资产阶级文人在当时历史背景下的苦闷心理，高度评价了徐志摩的诗歌，称他是"中国布尔乔亚'开山'的同时又是'末代'的诗人"[②]。他的散文同样也有着与其诗歌相媲美的成就，还有人甚至认为徐志摩的散文比诗歌还要好，许多作家学者比如胡适、梁实秋、杨振声、刘万章、柏绿等人都纷纷撰文评价过他的散文。可惜的是，1931年11月19日，徐志摩在乘坐由上海飞往北平的飞机时失事遇难，年仅35岁。徐志摩的一生虽然短暂，但他创作的散文、诗歌等却显示了其丰富成熟的文化水平，因此可以流芳百世，他的早逝是中国文学史上一颗明星的陨落。1931年，《国语周刊》还特别刊载了一篇《悼徐志摩先生》，用国音字母译出徐志摩诗歌《塚中的岁月》以悼念这位早逝的文学家，称他的死"是中国文学界的损失，同时也是国语界的

---

① 秦贤次：《徐志摩生平史事考订》，《新文学史料》2008年第2期。

② 茅盾：《徐志摩论》，《现代（上海1932）》1933年第2卷第4期。

损失”①。

第一节　徐志摩其人其文

1897年1月15日，徐志摩出生于浙江省嘉兴市宁硖石街道的富商人家，父亲徐申如是清末民初的实业家，从祖上的酱园生意拓展到钱庄和绸布商，积攒了丰厚的家业实力，经济基础相当雄厚。徐氏是当地有名的经商世家，富甲一方。徐志摩就出生在这样优越的富贵之家，从小过着公子哥的生活，日子无忧无虑，接受了优良的教育，加上他本人的聪明机敏，学习成绩优异，总是全班第一。郁达夫谈起曾同窗过的徐志摩时说他活泼可爱，总是在蹦蹦跳跳中引起大家的注意，“聪明冠全班”。由于家庭环境的宽裕，徐志摩没有受过什么苦，对生活充满了自信和乐观。1908年，仅12岁的徐志摩就跟随家塾老师张树森学习古文，14岁时以优异成绩考入了杭州府中学堂，1915年毕业后，又辗转进入沪江大学、天津北洋大学和北京大学。徐志摩在1918年去美国留学，就读克拉克大学并获得银行学学士学位，同年又转入美国纽约哥伦比亚大学研究院经济系学习。1921年，他来到英国剑桥大学学习。在剑桥学习的两年，对徐志摩诗歌散文创作影响最深，剑桥大学特立独行的教学方式、西方唯美派和自由主义思潮的影响，为他的创作奠定了理论基础和思想指导。但徐志摩的才情不是留学英美后才萌芽的，他留学美国前日所写的《民国七年八月十四日启行赴美分致亲友文》：“耻德业之不立，遑恤斯须之辛苦，悼邦国之殄瘁，敢恋晨昏之小节，刘子舞剑，良有以也。祖生击楫，岂徒然哉？……摩少鄙，不知世界之大，感社会之恶流，几何不丧其所

① 《悼徐志摩先生》，《国语周刊》1931年第1卷第13期。

操，而入醉生梦死之途，此其自为悲怜不暇，故益自奋勉”①，这段话不仅表达了他赴美留学救民救国的宏图大志，也初步展露了他出色的文笔和文思。20世纪初，中国社会由封建专制的清王朝进入了民主主义国家，社会迫切需要先进的知识体系和经济制度求得长远发展，封建势力和军阀割据使民国社会混乱不堪，年轻气盛的徐志摩怀着远大的抱负：小的方面在于对家族事业的远瞻，大的方面则在于“慨然要以天下为己任”②的责任感。留美的徐志摩勤勉克己，不负众望，虽是养尊处优的富家子弟，却异常刻苦勤奋，他给自己制定了详细的日程以规约自己，“六时起身，七时朝会，晚唱国歌，十时半归寝，日间勤学而外，运动跑步阅报”③，可以看出他在这一时期是充满着奋斗和学习激情的爱国青年。1919年，国内轰轰烈烈的五四运动使得身在国外的徐志摩也深受震动，虽然远离五四革命现场，但也依然手执笔杆抒发对国家的热爱和担忧。1921年，徐志摩又奔赴英国学习，为了师从罗素毅然放弃了哥伦比亚大学的博士学位，转入剑桥大学，然而天不遂人愿，进入剑桥大学后，罗素由于个人原因离开了剑桥大学。虽然徐志摩没有如愿，但他对罗素著作的热衷程度不减，翻译了罗素的《教育里的自由——反抗机械主义》，介绍了《论教育，特别是幼儿教育》《中国问题》等著作，并且还写了有关罗素的文章，如《罗素游俄记书后》《罗素又来说话了》《罗素与中国——读罗素著〈中国问题〉》等，充分展示了他对罗素思想的推崇。在剑桥大学学习的两年，塑造了他的“康桥情结”，从此，“康桥”成了他魂牵梦萦的地方，也成为他创作中一个重要的意象。在他的散文《吸烟与文化》中，他说：“我的眼是康桥教我睁的，我的求知欲是康桥给我拨动的，我的自我意识是康桥给我胚胎的。”④留学剑桥大学时期的徐志摩和留学美国的徐志摩在追求

① 徐志摩：《民国七年八月十四日启行赴美分致亲友文》，《徐志摩全集》第4卷，广西民族出版社1991年版，第19—21页。

② 邵华强：《徐志摩研究资料》，知识产权出版社2011年版，第52页。

③ 邵华强：《徐志摩研究资料》，知识产权出版社2011年版，第8页。

④ 徐志摩：《吸烟与文化》，《徐志摩全集》第3卷，广西民族出版社1991年版，第103页。

上有了转变，受剑桥大学自由随性的教学方式、康桥浪漫优美的自然环境以及自由主义者罗素的感染，徐志摩的文风从梁启超式的慷慨激昂转变为平淡自然，也正是“在众多西方人文主义者直接间接的影响和康桥人文环境的熏陶之下，徐志摩初步具备了西方人文主义传统的思想品质”①。

1922年10月6日，徐志摩应梁启超的热切期盼，放弃了剑桥大学国王学院的博士头衔毅然回国，梁启超与徐志摩希望创办一系列文化刊物以振兴中国文化，希望以文学刊物的形式起到鼓舞宣传的作用，发起一场“中国的文艺复兴”。归国后徐志摩努力向着这个理想靠近，1924年创办了新月社，在《新月》《诗刊》上发表了相当多的作品，有抒发个人绅士趣味的，也不乏针砭时弊直指政治的作品。1925年，他应陈博生邀请接办了《晨报副刊》并发表《我为什么来办，我想怎么办》一文，表明了自己的创办态度，他说：“我自问不是一个会投机的主笔，迎合群众心理，我是不来的；我来只认识我自己，只知对我自己负责任，我不愿意说的话你逼我求我我都不会说的，我要说的话你逼我求我我都不会不说，我本来就是个全权记者，并且恐怕要常常开口。”②《再剖》里也提到：“最初我来编辑副刊，我有一个心愿，我想把我自己整个儿交给能容纳我的读者们，我心目中的读者们，说实话，就只这时代的青年”，“我要在我自己的情感里发现他们的情感，在自己的思想里反映他们的思想”，“我宣言我自己跳进了这现实世界。存心向来对准人生的面目认他一个仔细。我信我自己的热心（不是知识），多少可以给我一些敌对力量的”，“并且我当初也并不是没有我的信念与理想。我有崇拜的德性，有我信仰的原则，有我爱护的事物，也有我痛疾的事物，往理性的方向走，往爱心与同情的方向走，往光明的方向走，往真的方向走，往健康快乐的方向走——这是我的那一点‘赤子之心’。我恨的是这时代的病象……我就有我的一双手，趁它们活灵的时候。我想，或许可以替这时代打开几扇窗，多

① 黄立安：《徐志摩论》，南京大学2012年博士学位论文，第28页。

② 邵华强：《徐志摩研究资料》，知识产权出版社2011年版，第88页。

少让空气流通些，浊的毒性的出去，清醒的洁净的进来。”① 这篇《再剖》分析了徐志摩在面对社会弊病时的深刻反思，指出他个人对社会的关心和对青年群体的期望。此外他还发表了多篇诗歌和散文作品，如《论自杀》《列宁忌日——谈革命》《守旧与“玩”旧》等。他还积极参与各大文化阵营的交往，1923年，徐志摩加入了文学研究会，并在《小说月报》《文学旬刊》《文学周报》等刊物上积极投稿。这时期徐志摩的散文作品主要收录在《落叶》集里，集中反映了他回国早期的理想抱负。他热衷于启发民智，大力宣扬理想主义，认为有理想、有追求的人才不至于落后愚昧，有理想、有追求的国家才不至于灭亡。《落叶》《青年运动》《政治生活与王家三阿嫂》《守旧与“玩”旧》《海滩上种花》等散文，反映了徐志摩本人对社会现实的关注，对国家前途命运的思考。徐志摩十分重视青年群体，甚至认为青年群体是拯救国家的希望，他认为培养青年的自由思想和友爱精神是改造社会风气的直接途径，因此他大力宣扬青年的理想主义，“在徐志摩看来，培养自由、勇敢、纯洁、有爱的新青年，就是改良社会、改造国家、实现振兴的第一步。”② 除了针砭时弊、反映现实、抒发青年理想的散文外，徐志摩还写了大量抒情写景散文，如《巴黎的鳞爪》《我所知道的康桥》《天目山中笔记》《翡冷翠山居闲话》等；悼亡散文，如《悼沈叔薇》《我的彼得》《我的祖母之死》《吊刘叔和》等；游记散文，如《欧游漫录》里的13篇漫游札记，及其他散文。有散文集《巴黎的鳞爪》《自剖文集》《秋》和他去世后由陆小曼选编的《爱眉小札》和《志摩日记》。他的散文内容涉猎很广，但总的来说天马行空却又意趣盎然，充分展示了徐志摩的自由个性和情感追求。柏绿曾作《徐志摩的诗与散文》，认为徐志摩的散文表现出一种“无羁的天才”，对徐志摩的散文特色有几点归纳，基本可以概括徐志摩散文的特点：“非常活泼”“亲切的态度”“流丽清脆”“富有诗意”“体制新颖”“用语广泛”③。

---

① 徐志摩：《再剖》，《徐志摩散文》，时代文艺出版社2004年版，第181—182页。

② 闫婧：《徐志摩散文里的家国情怀》，西北大学2016年硕士学位论文，第18页。

③ 柏绿：《徐志摩的诗与散文》，《读书青年》第2卷第6期，1945年。

第二节　徐志摩作为现代评论派最重要的散文家

当“徐志摩”这个名字被唤起时，我们更多地想到他作为诗人的身份，然而，他在散文方面的成就也不容忽视。徐志摩作为现代评论派最重要的散文家，为现代评论派的创作主张和作品投稿作出了巨大贡献。1924年12月，任教于北京大学的一批教授文人们联合创办了一个名叫《现代评论》的刊物，这批教授文人们大都留学过欧美，有着共同的志趣爱好和文化取向，他们是一个自由主义、内涵多样的团体。《现代评论》作为他们的文学阵地，以政论文为主，在文学、政治、科学等方面都有涉及，产生了较大的社会影响。围绕《现代评论》活动的一批文人，鲁迅称他们为“现代评论派”。

“现代评论派”的创作与他们共同的思想主张相一致，他们“以强烈的责任感，关注着社会现实中的种种问题，构成了现代评论派在文学创作中的社会态度”[①]。在20世纪二三十年代的中国，这批留学过的知识分子在亲身体验到国外的繁华生活后，面对积贫积弱的中国社会和愚昧麻木的国民，他们深刻地意识到社会和国家的落后，他们怀着改革社会、启蒙民智的理想，把中国落后的根本原因归结为教育的落后，他们不满于现有的教育制度，渴望以国外的教学方式激励青年学生的思想，培养青年有理想有激情的价值观。《落叶》是徐志摩在师大的演讲稿，收入《落叶集》，在这篇演讲稿中，徐志摩用感同身受的语言引起青年们的共鸣，把青年学生们“怎样的烦闷，怎样的干枯”的生活状态一针见血地指出，并且自称深刻懂得这种烦闷与干枯，首先把自己与学生们的感情联系在了一起，达成一种共识。徐志摩把这种苦闷而干枯的生活归结于人心的“坏”和“民族的破产”。他把社会联系比作网球拍，而人情是社会组织的基本成分。他揭示出现代青年群体内

① 倪邦文：《论“现代评论派”的创作》，《中国现代文学研究丛刊》1995年第3期。

心的空虚和懦怯，意图唤醒他们的情感联系，修复我们社会的“大网”。他呼吁“我们要在我们各个人的生活里抽出人道的同情的纤维来合成强有力的绳索”[①]，“我们要修养我们精神的与道德的人格”[②]，在他看来，“个人灵魂的肮脏和丑陋，才是根本的病根。”[③]他认为情感是最有力的能量，是社会团结、民族自强的根本力量，而唤醒青年群体的人道情感，能使社会乃至整个国家不至于被毁灭而无法重生。如果说《落叶》是徐志摩试图建立人们内心的情感而获得一种民族力量的努力，那么《海滩上种花》则宣扬了一种灵性的思想、彰显人性的天真、礼赞信仰与信心。徐志摩通过解说一幅“在沙滩里种花”的画，表达出作者对于童心的怜悯和首肯。用功利的眼光看来沙滩上种花的小孩，是做着可笑的无用功，然而徐志摩却生出了另一番解读，他不但不讽刺“海滩上种花”这种行为的无效性，反而大加歌颂，因为他欣赏的不是种花的结果，而是种花的过程，特别是种花的小孩那种单纯的信心。作者随之而思考的正是社会的堕落与沉寂，而造成这种毫无创造力和生命力的社会，根本原因源于封建礼教的束缚，源于国民性的容忍与卑怯，作者发出了尖刻的呼喊：“朋友们，真的我心里非常害怕……我们这样丑陋变态的人心与社会凭什么权利可以问青天要阳光，向地面要青草，问飞鸟要音乐，问花朵要颜色？”[④]他看到了社会的黑暗、人民的麻木，这与他理想中的民主社会相去甚远，他寄希望于青年们，呼吁他们：“你们再不可堕落了……你们要保持那一定的信心，这里面连着来的就是精力与勇敢与灵感。”[⑤]这是他抨击社会病态、不满现代教育制度的发言。

1928 年，张挚甫发表于《会报》第 37 期的《我所读之书》中指出，《落叶》“中最给人刺激的和最使人寻味作者的基本信仰的，我觉得是在《落叶》，《海

① 徐志摩：《落叶》，《徐志摩散文》，时代文艺出版社 2004 年版，第 7 页。
② 徐志摩：《落叶》，《徐志摩散文》，时代文艺出版社 2004 年版，第 20 页。
③ 王锦泉：《论徐志摩的散文》，《天津社会科学》1984 年第 4 期。
④ 徐志摩：《海滩上种花》，《徐志摩散文》，时代文艺出版社 2004 年版，第 78 页。
⑤ 徐志摩：《海滩上种花》，《徐志摩散文》，时代文艺出版社 2004 年版，第 79 页。

滩上种花》，《话》和《论自杀》数篇，在此中我敢说作者对于人生的态度是极积极的，他的基本信条是个性的发展和真灵魂的认识”[①]。可见徐志摩是从人性情感方面关注社会现实，他把思想改造当作参与社会改革的途径，在当时的思想宣传上起到了一定的积极作用，但是这样一味把社会落后状态归结为教育和思想的落后，而没有深入政治制度和经济制度里去发现问题，体现了他作为资产阶级的妥协性和不彻底性。徐志摩是一个个性解放的自由主义者，他的思想复杂又简单，他向往自由民主的健康社会，反对任何一切束缚个性自由的羁绊，但是对于社会现实又缺乏战斗的决心，他作为现代评论派重要的撰稿人之一，基本上代表了现代评论派的整体观点。

正如倪邦文所说：“现代评论派企图冲破陈旧的礼教枷锁而进入自然状态和自由境界。对灵性、自由和大自然的崇尚是现代评论派对自然的态度。”[②]徐志摩的散文如他的诗歌一般浪漫潇洒，纯真个性，不受文体束缚，自由地畅谈，他善于把事件熔铸在感情的密网内，如《翡冷翠山居闲话》《我所知道的康桥》《天目山中笔记》等，无时无刻不展示出自己无限的生命力，这种对文学的独立追求在当时以革命为主题的文学中从另一方面为中国文学注入了新的能量。

第三节　溢满才情的艺术风格

“情”是徐志摩散文的重要内容，这与他本人的个性有着本质联系。徐志摩是一个充满激情的人，年轻气盛的他多次留学欧美，深受西方思想的影响，他对西方的人文主义有着浪漫的向往。徐志摩接触了多方面的西方哲学

① 张挚甫：《我所读之书》，《会报》1928 年第 37 期。

② 倪邦文：《论“现代评论派”的创作》，《中国现代文学研究丛刊》1995 年第 3 期。

思想，其中影响较大的两位思想家分别是被称为“美的使者”的罗斯金和自由主义者罗素。罗斯金是英国著名的作家、政治家、批评家，他揭露西方资本主义的黑暗剥削本质，批判社会的不平等现象，他还主张教育应该普及全社会，他对道德主义的思想主张和自然主义的美学追求启发了徐志摩对美的向往，也使他更加客观地认识了西方资本主义工业文明。伯兰特·罗素在哲学、文学、教育学、社会学、政治学等多领域都有相当的建树，他反对暴力革命，向往正义与和平，主张民主的教育制度，注重个性发展，特别是他的自由主义的政治思想和培养追求真理的学子的教育思想深刻影响了徐志摩。当然，徐志摩的思想还受到很多著名的哲学家、政治学家、文学家、学者的影响，例如汉密尔顿、尼采、莎士比亚、华兹华斯、雪莱、泰戈尔、拜伦、济慈、歌德、托尔斯泰、卢梭、罗曼·罗兰等。在留学英国的两年，徐志摩受到康桥文化的洗礼，在康桥时期是徐志摩人文思想形成的关键时期。总的来说，人文主义是徐志摩思想的核心。人文主义是西方文艺复兴反对神学束缚人性的成果，它强调以人为本，宣扬理性和科学，重视民主自由，尊重人的个性自由精神，这种精神附加了一种人道主义的博爱与关怀。徐志摩向往英国式自由而不激烈、绅士而温柔的民主政治，他害怕斗争，害怕流血和牺牲的暴力主义，向往和平安逸，因而他个人的性情是与动荡不安的恐怖统治不合的。他天生就不是一个勇士，而是一个浪漫的诗人。黑暗腐败的政治统治、麻木不仁的国民现状、跌宕不安的社会状态使得他不得不关心政治，但半殖民地半封建社会的中国国情打破了他的理想追求，使他的革命愿望日渐颓靡，所剩下的只是个人主义的抒发。1932年，徐志摩的好友胡适在《新月》发表的《追悼志摩》一文中对徐志摩的思想有着精辟的总结，他说，“他的人生观真是一种‘单纯信仰’，这里面只有三个大字：一个是爱，一个是自由，一个是美。”① 胡适不仅指出了徐志摩的这三个“单纯信仰”，还进一步说明了徐志摩三个“单纯信仰”的内在关系，即“他梦想这三个理想的条件

① 胡适：《追悼志摩》，《新月》1932年第4卷第1期。

能够会合在一个人生里”[1]。同年，叶青在《世界文学》创刊号上发表《徐志摩论》，对胡适的这番评论表示了深刻认司，阐释了徐志摩对人文精神的理想主义追求，并提出“徐志摩确实是理想主义者”[2]的论述。可以看出，在徐志摩的思想中，爱、自由和美是最直接的追求。

爱是西方人文主义的核心主题。师从罗素的徐志摩深切体会到中国传统社会的“爱”的匮乏，在作品《艺术与人生》中，他曾说道：“中国人没有认识他的灵魂，否认了他的知觉，而且它的固有生力，部分地通过镇压，部分地通过升华，被一种现行的高明手法引进了‘安全’和实惠的渠道。这样，他就变成了一种生物——当然还是人——但却既不懂宗教、不懂爱，也确实不会进行任何精神的探险。我们对待生活的冷静态度，有节制的爱，我们的通情达理和妥协谦让等等，都被我们真诚的朋友如狄更生、罗素和艾琳·鲍尔小姐等所赞慕。我们是值得称赞的，但在接受这种称赞的同时，不禁感到在这背后辛辣的讽刺。”[3]这段话可以明显地看出徐志摩对中国文化的客观认识，他认为中国文化有其伟大的“值得称赞”[4]的一面，但是，即使在西方看来是“文明”的东西，作为受赞“本我”的徐志摩却深深感到这种“名不副实”的讽刺。他批判中国人的麻木不仁，揭露封建礼教的毁灭人性，他呼吁人们应该向往个性自由、健康向善的心理，认为“爱”是认识自己、解放自己的根本途径。培养人们爱的意识，是他一生致力的事业。深受封建礼教束缚的他，与张幼仪建立了毫无爱意的婚姻。在他一生的爱恋中，不可否认的是他对爱的自由追求和灵性抒发，他先后邂逅的林徽因、陆小曼，成为他诗歌散文的重要内容，体现出他天性浪漫、个性自由的对爱的向往与执着。当然，这里说的“爱”不只是指爱情，他对爱的追求还是一种对社会、对国家、对人民的大爱。张自疑曾这样谈起过徐志摩，“他的性格就是他的

① 胡适：《追悼志摩》，《新月》1932 年第 4 卷第 1 期。

② 叶青：《徐志摩论》，《世界文学》1943 年第 1 卷第 1 期。

③ 徐志摩：《艺术与人生》，《徐志摩全集》第 1 卷，天津人民出版社 2005 年版，第 202 页。

④ 徐志摩：《艺术与人生》，《徐志摩全集》第 1 卷，天津人民出版社 2005 年版，第 202 页。

天才”[①]，徐志摩天性放浪不羁，天马行空，内心充满了对爱与自由的渴望。他的散文充分体现了他的性格特点，正如张自疑先生评价道：“读他的散文我们宛然如见他整个性格的光辉，他的声音笑貌，似一一呈在眼前”[②]。

徐志摩在《爱眉小札》里曾抒发了自己对爱的执着：“我没有别的方法，我就有爱；没有别的天才，就是爱；没有别的能耐，只是爱；没有别的动力，只是爱。”[③]他把爱看成是人性最美好的、最纯真的本能，他顺着这个内心的追求不断找寻着那种理想化的感情契合。他对爱的感情体验的作品主要以诗歌的方式呈现，如《月下待杜鹃不来》《雪花的快乐》等。他的散文里也不乏对爱的赞美，很多散文里都洋溢了他那无处安放的爱人之心，例如抒发爱情甜蜜的《给陆小曼——代序》，回味爱情无奈与辛酸的《巴黎的鳞爪》，思念逝去亲朋的沉痛亲情《我的彼得》《我的祖母之死》等，这些散文作品里的每一个字都饱含徐志摩的爱意。无论是甜的、酸的、苦的、令人愉悦抑或是令人怅然的情感，在他的笔下，我们都能真切而深刻地感受到。《我的祖母之死》一文，可以说是徐志摩集情感与叙事为一体的散文典范。作者用极朴素的语言谈起小孩面对死亡时的天真无知，与后文自己面对祖母将死时的理智与绝望形成对比，接着再回忆起祖母病危时自己归家心切奈何一路颠簸的焦虑，然后记叙了祖母临终前家人们“绝望中的盼望”[④]，最后给读者留下一个勤劳慈爱的祖母形象，那是活在所有人心目中的祖母形象。这篇散文虽然是一篇追悼文，语言平实无华，仿佛跟人聊天一般自然地诉说一段往事，看似极其平淡，但是字里行间却充满了作者对祖母的深深思念。作者通过这种百分百细致的场景还原，再现了祖母临终前等待儿孙归来的夙愿和音容笑貌，这场景足以证明祖母在作者心中的印象之深刻，也客观反映出作者对祖母的深切爱意。

---

① 张自疑：《徐志摩——一个孩子》，《人间世》1934 年第 6 期。

② 张自疑：《徐志摩——一个孩子》，《人间世》1934 年第 6 期。

③ 徐志摩：《爱眉小札》，《徐志摩全集》第 5 卷，天津人民出版社 2005 年版，第 323 页。

④ 徐志摩：《我的祖母之死》，《徐志摩散文》，时代文艺出版社 2004 年版，第 221 页。

徐志摩散文还体现出一种对自然之美、生活之美的偏爱。徐志摩认为，生活是一种艺术，要想使生活变成一种艺术，就要从生活中寻找美、发现美，只有用一种艺术的眼光去观察世界，才能使生活变得可爱。徐志摩善于从大自然中摄取美的成分，树木、花朵、小草、涧石、湖泊，在他看来都孕育着生命的意义，它们都是美的象征。徐志摩十分自信自己对于美的把握，他凭借自己敏感的艺术天才和不羁的想象力，能把一切事物都诗化。他把美视为一种无与伦比的崇高境界，他说："美感的记忆，是人生最珍贵的产业，认识美的本能是上帝给我们进天堂的一把密钥。"[①] 他的这种唯美情怀深刻影响了作品的艺术审美，使他的散文展示出一种如画般的景致，使人仿佛置身其境。刘万章在《徐志摩先生的散文》中也对徐志摩的散文美学追求有过评价："徐先生作品中最教我折服的，便是他能运用美丽的辞藻描写大自然的景色……使我们也和他一样在大自然的怀里陶醉。"[②] 欧洲在徐志摩心中占据着极重要的位置，而康桥也成为了他作品中一个重要的描写对象，那首妇孺皆知的《再别康桥》可谓他描写康桥的匠心之作。无论是康桥的学术氛围还是康桥的自然景色，都给徐志摩的身心带来了奢侈的享受。欧洲的人文情怀和优美的环境恰恰符合作为诗人的浪漫情怀，当然，诗歌是一种充满浪漫幻想的抒情题材，而散文相对于诗歌来说更具体、更细致、更真切。徐志摩的散文也对欧洲的浪漫风情有着依恋情结，如《翡冷翠山居闲话》《巴黎的鳞爪》《康桥西野暮色》《我所知道的康桥》等，这些作品充分地展示了散文融情于景的特色，一种浪漫闲适的英国情调在作者笔下悠然展开，"在这里出门散步去……比如去一个果子园，那边每株树上都是挂满着诗情最秀逸的果实，假如你单是站着看还不满意时，只要你一伸手就可以采取，可以恣尝鲜味，足够你性灵的迷醉。阳光正好暖和，绝不过暖；风息是温驯的，而且往往因为他是从繁花的山林里吹度过来带一股幽远的淡香，连着一息滋润的水

① 徐志摩：《蔓殊菲儿》，《徐志摩散文名篇》，时代文艺出版社 2010 年版，第 154 页。

② 刘万章：《徐志摩先生的散文》，《红棉旬刊》1932 年第 1 卷第 1 期。

气，摩挲着你的颜面，轻绕着你的肩腰，就这单纯的呼吸已是无穷的愉快；空气总是明净的，近谷内不生烟，远山上不起霭，那美秀风景的全部正像画片似的展露在你的眼前，供你闲暇的鉴赏。"[①]徐志摩似乎把读者引进了山居的场景中，随着他一起漫游在春日果园，何其自由！另外还有《泰山日出》《北戴河滨的幻想》《浓得化不开》《欧游漫录·西伯利亚》等散文作品也有着非常绝妙的描写，如《泰山日出》描写的金鼎朝旭，"昨夜整夜风暴的工程，却砌成一座普遍的云海，除了日观峰与我们所在的玉皇顶以外，东南西北只是平铺着弥漫的云气，在朝旭未露前，宛似无量数厚毳长绒的绵羊，交颈接背的眠着，卷耳与弯角都依稀辨认得出"[②]，几个简单词句，就把泰山顶上日出前的壮丽景象描绘出来，作者选取的都是能唤起共同想象的词汇，"云海""云气""朝旭"几个集色彩和形状为一体的词语组合在一起，简单而具体的景象就被勾勒了出来；再如《欧游漫录·西伯利亚》里写到西伯利亚独特的旷野奇景："雪白的平原下，晚风不动，几棵大树点缀在雪莽之中，斜阳从天边晕染过来，现出几条鲜艳的彩带，这场景亦真亦幻，仿佛不该出现在人间。闭上眼睛眼前就是绚丽的夕阳，似彩带般挂在天边，而白茫茫的雪地因为有了这几棵大树才不至于荒凉。"这一素一浓、一暖一冷的色调形成一种视觉反差，使简单的文字富有了无限的张力。诸如此类的绝妙描写还有很多，如"有一次我赶到一个地方，手把着一家村庄的篱笆，隔着一大片田的麦浪，看西天的变换"；"有一次是正冲着一条宽广的大道，过来一大群羊，偌大的太阳在它们背后放射着万缕的金辉，天上却是乌青青的，只剩这不可逼视的微光中的一条大路了"；"再有一次……那是临着一大片望不到头的草原，满开着艳红的罂粟，在青草里亭亭像是万盏金灯。阳光从褐色云斜着过来，幻成一种异样的紫色，透明似的不可逼视……"[③]徐志摩善于用光线变换和色彩的变化来组合一些奇特的风景，这些散文以唯美的笔调、细致

① 徐志摩：《翡冷翠山居闲话》，《徐志摩散文》，时代文艺出版社 2004 年版，第 93 页。

② 徐志摩：《泰山日出》，《徐志摩散文名篇》，时代文艺出版社 2010 年版，第 168 页。

③ 徐志摩：《我所知道的康桥》，《徐志摩散文》，时代文艺出版社 2004 年版，第 108—109 页。

的描写精心描绘出一幅幅如诗如画的景色，所描绘的景色充满了画面感，读来景色盎然，令人神往，不觉陶醉其间。可见徐志摩对于美有着自己独特的表达和追求，这也成为他散文独树一帜的成功秘诀。

第四节　能诗能文的自由潇洒

徐志摩的散文贯穿了他“三位一体”的思想，即对“爱”“自由”和“美”的追求，所以他的散文在结构上、语言上和内容上也是围绕着这个中心思想而形成统一的风格。徐志摩的散文潇洒自由，不拘格套，随性而发，读他的散文就仿佛看到了他本人思想的游丝漂浮不定，体现出一种“冥想式的结构”①，正如闫婧在其论文中概括：徐志摩的散文“最大风格特色是潇洒灵动”②。早就有学者把徐志摩的散文风格概括为“跑野马”，徐志摩自己也曾自拟：“我是一只没笼头的野马，我从来不曾站定过。”③1932 年，杨振声在《新月》发表的《与志摩的最后一别》高度评价了徐志摩的诗歌与散文成就，甚至觉得“他那‘跑野马’的散文，我老早就认为比他的诗还要好”④。杨振声十分欣赏徐志摩散文“不羁的天才”⑤，并认为“他的文章的确有他独到的风格，在散文里不得不让他占一席之地”⑥。对于这样的评价，可以说徐志摩确实是实至名归。梁实秋在《谈志摩的散文》中也这样评价徐志摩，“他写起文章来任性，信笔拈来，扯到山南海北，兜了无数的圈子，然后好费事才回到本题。他的文章真是‘跑野马’；但是跑得好……志摩的散文几乎全

---

① 于涛：《徐志摩散文的浪漫主义特色》，福建师范大学 2010 年硕士学位论文，第 30 页。

② 闫婧：《徐志摩散文里的家国情怀》，西北大学 2015 年硕士学位论文，第 28 页。

③ 徐志摩：《迎上前去》，《徐志摩全集》第 2 卷，天津人民出版社 2005 年版，第 144 页。

④ 杨振声：《与志摩的最后一别》，《新月》1932 年第 4 卷第 1 期。

⑤ 杨振声：《与志摩的最后一别》，《新月》1932 年第 4 卷第 1 期。

⑥ 杨振声：《与志摩的最后一别》，《新月》1932 年第 4 卷第 1 期。

是小品文的性质，不比是说理的论文，所以他的‘跑野马’的文章不但不算毛病，转觉得可爱了。”[①]梁实秋对于徐志摩散文的任性而谈、信笔拈来的特点的概括实际上就准确地阐释了所谓“跑野马”的风格了。他肯定了徐志摩小品文的自由洒脱，相对于刻板生硬的说理论文，这种轻松自由的文风更显示出散文的天然风趣。郭小聪在《漫说徐志摩散文》里也谈到了“跑野马”作为徐志摩文风特色的独特之处，他指出，“徐志摩散文大跑野马的迷人魅力似乎特别受惠于这样一种审美直觉，他行文落笔仿佛就像点石成金，很容易扶乩似地得之天籁。”[②]郭小聪从徐志摩“诗一般的纯真个性”[③]“极高的艺术天分和才华”[④]切入文本，具体分析了徐志摩散文体现出的“跑野马”风格。黄乃江的《徐志摩散文“野马风”探析》则从中国古典文学理论《文心雕龙》和《典论·论文》中找到了徐志摩散文的中国传统元素，并指出徐志摩散文“在飞扬灵动的想象中，在奔腾恣肆的语言中，在画瞻繁复的意象中，在散漫自如的结构中，开创了现代散文‘跑野马’风格的先河”[⑤]。“跑野马”成为徐志摩散文的重要特征，可以说是他标榜自己散文的立脚点。传统散文的结构模式在徐志摩的散文中根本无迹可寻，他总是顺应着自己的思维信手拈来，语言内容并无章法，所以我们常常读他的散文总是觉得混乱，不合常理，但这恰恰就是他散文的魅力所在。正是这种无拘无束的创作理念，使得他的散文呈现出一种纯真自然的韵味，看似自由实则用心，看似无章其实精美，所谓“思接千里、笔调活跃，飘逸灵动、潇洒自如，看似信马由缰，实是闲庭散步”[⑥]。这就使得他的散文常常给人意外惊喜，呈现出他独一无二的“野马风”。

徐志摩散文的结构自由率性，内容飘逸洒脱，他并不拘泥于文章的固

---

① 梁实秋：《谈志摩的散文》，《梁实秋文集》第 7 卷，鹭江出版社 2002 年版，第 16 页。

② 郭小聪：《漫说徐志摩散文》，《中国现代文学研究丛刊》1992 年第 1 期。

③ 郭小聪：《漫说徐志摩散文》，《中国现代文学研究丛刊》1992 年第 1 期。

④ 郭小聪：《漫说徐志摩散文》，《中国现代文学研究丛刊》1992 年第 1 期。

⑤ 黄乃江：《徐志摩散文“野马风”探析》，《福建教育学院学报》2002 年第 10 期。

⑥ 黄立安：《徐志摩论》，南京大学 2012 年博士学位论文，第 122 页。

有形式，有时把诗歌融入散文，有时以书信为过渡，有时又穿插了小说式的描写，有时直接引用口语对话，有时描写、抒情、议论随意转换。比如《我所知道的康桥》一文，黄立安在其博士论文中通过解读这篇散文“既叙事说理又抒情描绘”[①]的表达方式，认为《我所知道的康桥》是徐志摩“野马风”散文最显著的一篇。这篇散文以无拘的想象力跨越现实障碍，将时空浓缩在自己的脑海，把康桥以一种3D地图的形式在笔下一一展开，充分展示了徐志摩那令人惊叹的神思和绝妙的手笔，这篇散文可以代表徐志摩“跑野马”风格的典型。全文总共分为四个小节，第一节先是记叙自己的求学经历，从师从罗素到认识著名作家狄更生，再到由狄更生介绍转入康桥，真切地记录了一个求学海外的学子懵懂单纯的内心和对知识的渴望，这一节可以说是一种初步回忆，是为后文描写康桥做了一个索引；第二节开始转入作者现在写康桥时的一个矛盾心理：“一个人要写他最终心爱的对象……你怕，你怕描坏了它，你怕说过分了恼了它，你怕说太谨慎了负了它。”[②]这些充分表达了自己对康桥的情感态度，为后文繁复铺陈、极尽华丽地描写康桥打下了感情基础；如果说前面两节是为康桥的出场做一个引子，那么后面的第三节、第四节则郑重地揭开了康桥的神秘面纱，我们且来看看作者是如何描写“我所知道的康桥”的：作者首先从一条河说起，因为康桥的灵性全在一条河上，的确，有桥必有河，河桥一体，一动一静，和谐共生。世界上有万千条河，有万千座桥，然而作者却发出这样的论断：康河是世界上最秀逸的一条水。这样的论述不免让人觉得过于决断，但联系前文铺垫来看，就不显得那么偏执了，反而更加深化了作者对康桥的特殊感情，也加深了康桥的神秘。随着一条康河，作者的思维跳跃到一个制高点，仿佛能自由支配一架航拍机，沿着康河的流域，从上游到下游，从“别有一番天地”的拜伦潭再到神秘优雅的“春夏竞

① 黄立安：《徐志摩论》，南京大学2012年博士学位论文，第128页。

② 徐志摩：《我所知道的康桥》，《徐志摩散文名篇》，时代文艺出版社2010年版，第36—37页。

舟场所”[①]，最后集中到康河的精华所在，即康河的中权——“Backs”，这里集中了著名的学院名校，与宏伟的王家教堂相得益彰，在徐志摩看来，“它那脱尽尘埃气的一种清澈秀逸的意境可以说是超出了画图而化生了音乐的神味”[②]。随着徐志摩的神思，你可以“站在王家学院桥边的那棵大椈树荫下眺望”[③]，正当你想饱览这儿的美景，然而你的注意力又会被克莱亚的三环洞桥摄住；当你正随这航拍机似的视觉想象饱览了康河上下游的美景，作者在第四节又以游览者的身份带你进入了真正的康河，去看那清澄的河水，河岸边的草坪；而当你正怅然享受着荡舟河上的惬意之时，作者又将思绪拉回了现实，并针对社会现实中那些不懂享受生活的人发表了一番议论：“不满意的生活大都是由于自取的”[④]。他讨论了住在城市里的人们由于忙碌而忘却了时令，忽视了自然，时常抱怨生活索然无味，其实生活之美、自然之美并不因人的忙碌而改变，只是人们自己腾不出时间来关心它们罢了，这个社会现象至今仍然备受关注，而徐志摩给出的解决方案是“回到自然”。议论一通之后，作者的重点放在了“自然”之上，而自然之美最令人神往的往往是春天，这时候作者的思绪又回到了写景，但这次是集中在春日的康桥。春日的康河笼罩在绿荫中，生气盎然又矜持稳重，春日野游也成为了作者发现自然之美的方式，最终，康桥的柔美在作者的漫游中渐渐收场，徐志摩把自己对康桥浓浓的眷恋比作“思乡的隐忧”[⑤]，转而把写景与议论的种种归结为一种情感寄托，使得最后的抒情变得沉重又细腻。通过上文的分析可以看出，徐志摩的思绪遨游在现实之外。从空间的跨度上来看，从俯瞰远景到切身近景；从时间的跨度来看，从白昼的交替到四季的变换。从叙事到写景，又由写景到议论，再由议论转而写景，

① 徐志摩：《我所知道的康桥》，《徐志摩散文名篇》，时代文艺出版社 2010 年版，第 37 页。

② 徐志摩：《我所知道的康桥》，《徐志摩散文名篇》，时代文艺出版社 2010 年版，第 38 页。

③ 徐志摩：《我所知道的康桥》，《徐志摩散文名篇》，时代文艺出版社 2010 年版，第 38 页。

④ 徐志摩：《我所知道的康桥》，《徐志摩散文名篇》，时代文艺出版社 2010 年版，第 41 页。

⑤ 徐志摩：《我所知道的康桥》，《徐志摩散文名篇》，时代文艺出版社 2010 年版，第 44 页。

最后又归为抒情，这种看似无章的表达方式，在结尾却由作者把议论和写景最终归为对康桥的思念和喜爱之情，这是徐志摩写作技巧的独特之处。这种飘逸的思绪、灵动的想象、善变的行文方式以及细致的刻画糅为一体的写作特色，正是徐志摩“跑野马”风格的独特之处，同时也印证了徐志摩对于“爱”、“自由”与“美”的追求。

第八章　郁达夫散文小品的情感性

郁达夫是位传奇性人物。他出生在美丽的富春江畔，这里有潺潺的流水，滋润着丰饶的土地，这里景色秀丽，孕育着底蕴深厚的人文环境。曾有文写“自富阳至桐庐，一百许里，奇山异水，天下独绝。水皆缥碧，千丈见底。游鱼细石，直视无碍。急湍甚箭，猛浪若奔……”[①] 这美丽又神秘的大自然给郁达夫带来诗意般的想象，对他个性的形成起到了重要作用。郁达夫强调文艺的生命是真实，作家应该在创作中注入真挚的情感，冲破对现实表层现象的描写，再现生活的本来样貌，而这种追求美和真的创作原则在郁达夫散文中得到了充分体现。无论是早期的感伤散漫，还是后期的自然平和，郁达夫的散文创作都具有时代性意义，他为中国现代散文的发展与繁荣作出了不可磨灭的贡献，也为当代散文发展奠定了基础。

第一节　郁达夫其人其文

1896 年 12 月 7 日，郁达夫出生在一间旧式三开间的楼房里，家境贫寒，他在《悲剧的出生》中回忆道：“我所经验到的最初的感觉，便是饥饿”[②]。郁

---

① 吴均：《与朱元思书》，欧阳询：《艺文类聚》，上海古籍出版社 1932 年版，第 121 页。

② 郁达夫：《悲剧的出生》，张梦阳：《郁达夫散文选集》，百花文艺出版社 1984 年版，第 242 页。

达夫生活在苦难中，不仅家境贫寒，连他所处的社会环境也是苦难的，1896年正是甲午战争后的第三年，中国处于自我调整的瓶颈期，战败后的国民是畸形的。在郁达夫的童年时代，孤独就已经在他心里生根发芽了。父亲去世，姐姐被送去当童养媳，哥哥们到离家很远的私塾读书，只有老祖母陪伴他。他从小缺乏爱，因此较为孤僻，把自己的感情寄托在美丽的山水景色上，这培养了他对自然美的感受能力。1907年，郁达夫就读于春江书院，后来改为学堂，在这期间，他的文化素养得到了提高，接触到了古代文化读本，比如《石头记》《史记》《汉书》《后汉书》等，此外他还认真学习古代优秀的诗歌、散文、小说、戏剧等，积累了良好的文学素养。1911年春，郁达夫离开富阳，去杭州考中学，在杭州中学堂度过了一段时光。在这期间，由于语言、风俗的不同，再加上是初次离家，郁达夫怀乡之情尤为浓重。他孤僻的性格使他与同学们格格不入，于是就投入书海中，享受属于他自己的生活。每逢周末，他就拿着剩下的钱去买书，正是大量的阅读，涵养了郁达夫的创作才能，他开始匿名投稿。年仅16岁的郁达夫在《全浙公报》上发表了诗篇，这是他第一次发表作品，他不同于同龄人的文学才华已经凸显出来。1912年9月，为了能够更好地学习英文，他转学到了杭州的之江大学预科。学校宗教氛围浓重，领导对洋人卑躬屈膝引起了郁达夫的强烈不满，不久他便自动辍学，回到故乡，开始了索居独学的日子。这段生活让他对底层劳动人民的生活深有感触，开始关心劳动人民的命运。他曾经在文中说过："在家乡的独居苦学，对我的一生，却是收获最多，影响最大的一个预备时代"①。童年的凄苦、时代的苦难、内心的孤独让郁达夫过早地成熟，而大量的阅读给他的创作提供了丰富素材，为他以后的文学之路奠定了良好基础。

1913年，郁达夫的哥哥奉北平大理院的派遣前往日本考察司法制度，

① 郁达夫：《大风圈外——自传之七》，张梦阳：《郁达夫散文选集》，百花文艺出版社1984年版，第280页。

郁达夫趁机随兄长东渡日本，开始了长达十年的留学生涯。郁达夫在第一高等预科学校开始学习，接触了大量西洋文学。1915年夏天，郁达夫预科毕业，由于成绩出色，被分配到名古屋第八高等学校学习。他的文学天分在这一阶段得到很大展现，《金丝雀》就是这时写成的，同时这也是他诗歌创作的一个丰收期，诗作先后发表在《之江日报》《神州日报》《太阳》杂志上，还加入了名古屋中日友人组成的诗社“佩兰吟社”，诗作或抒发对故乡的怀念之情，或对自身命运的感慨，或表达对日本师友深厚的情谊，或对景物的描写。1919年7月，他从名古屋第八高等学校毕业，升入了东京帝国大学经济学部,1921年，这个经济学专业的学生凭借着《银灰色的死》《沉沦》《南迁》等短篇小说，正式步入了文学的殿堂。在日本留学的这段日子，郁达夫从幼稚走向了成熟，代表着少年时代的结束和青年时代的到来。独特的生活经历和所受的教育深刻影响到了他的性格和气质，为他以后的文学创作提供了充分准备。

郁达夫小说充满了作为异国客的感伤和作为弱国子民的屈辱感。《沉沦》是郁达夫第一个小说集，在1921年10月15日出版，收入了《沉沦》《南迁》《银灰色的死》三篇作品，这部作品一经出版就引起了很大争议，有人认为他是颓废派的“肉欲描写者”，有人却从中窥探到了自己的灵魂。作品中处处透露着个性，肆无忌惮地抒发内心最深处的情感，一反传统的小说写作模式，以在日本的中国留学生为题材，叙写他们的悲惨的爱情故事，反映他们“生的苦闷”，具有一定的时代意义。

1921年，在日本的中国留学生在郁达夫的住处成立了一个在我国现代文学史上具有重大意义的文学社团——创造社，成员包括郭沫若、郁达夫、成仿吾、张资平、田汉等。由于受到国内五四新文化运动的鼓舞，这些有志青年积极响应，创办了季刊《创造》，在社会上引起很大反响。从参加创造社到回国期间，郁达夫作品数量并不是很多，小说有《胃病》《茫茫夜》《怀乡病者》《秋柳》等篇，这些作品与《沉沦》不同，更多地把笔触伸向了国内生活，但同时也保留了性苦闷的情色叙写风格。

1922 年 7 月，郁达夫结束了十年的日本留学生活，从东京回到了上海，国内的环境并没有抚慰郁达夫孤独的内心，五四落潮，新文学运动队伍不断瓦解，同时郁达夫又与文学研究会展开了论战。1922 年 9 月，郁达夫开始在安庆法政专门学校任课，教学的同时也进行文学创作，独幕剧《孤独的悲哀》、历史小说《采石矶》、长篇小说《春潮》都是这一时期的作品。这段时间由于各种原因导致郁达夫心情萎靡不振，在 1923 年春从安庆卸任，在北京小住后回到了上海，这半年失业生活给了郁达夫充分的时间创作，作品数量明显增多，也被广为传颂，如《茑萝行》《春风沉醉的晚上》《还乡记》《苏州烟雨记》等，小说创作也更为成熟，这些作品将失业、穷困的社会处境引入了生活题材中，早期的性苦闷被生的苦闷所替代，表现了郁达夫对底层劳动人民深切的同情。除了文学创作和刊物编辑，郁达夫也从事文艺评论、文学理论的建设，发表了《小说论》《戏剧论》《诗论》等文章，为中国现代文学理论建设贡献了自己的力量。

1926 年国内形势风起云涌，郁达夫开始在革命湍流中喘息生存。3 月 18 日，郁达夫前往广东大学任教。这时候命运之箭又刺中了他，爱子龙儿的病逝让他心如死灰，同时国民革命军北伐中透露出的士气消沉、精神浮滑让他带着失望离开了广州。他从广州来到上海，开始了新一轮的写作，他制订了详细的写作计划，并且集中力量整顿创造社的出版部。虽然他对广州的生活感到绝望，但随后北伐军的胜利让他感到前所未有的兴奋，大革命的高潮让他拿起笔为革命欢呼，这段时间所写的《无产阶级专政和无产阶级文学》《在方向转换的途中》都是著名的论文。但是好景不长，1927 年 4 月，蒋介石在上海发动反革命政变，让郁达夫又再一次陷入了绝望中，后来他又脱离了创造社。在这段时间内，郁达夫的内心经历着痛苦的斗争，这种矛盾的心理历程在作品中也深有表现，如《过去》《清冷的午后》等，这几篇小说在艺术上都更为成熟，对现实生活的描写、对人物的刻画达到了炉火纯青的程度。1931 年九一八事变和 1932 年“一·二八”事变相继发生，国家处于危难之时，富有爱国情怀的郁达夫，以他的笔为武器，抒写心中要求抗日救国

的呼号。他在《文艺新闻》《青年界》发表了一些政论和随笔，也发表了一些杂文，这时候，郁达夫的小说创作也更多以历史事件为题材，如《她是一个弱女子》等作品。

大革命失败后，郁达夫坚定进步的立场使他的生活环境尤为恶劣，常常受到威胁。1932 年 10 月，郁达夫因肺病复发从上海到杭州住院治疗，在养病的这段时间，他隐逸的思想明显地表现出来，写了《迟桂花》《碧浪湖的秋夜》等小说，也为后期散文风格的过渡奠定了基础。

1933 年 4 月 25 日，郁达夫全家从上海移居杭州，三年间醉心于山水，内心渐渐平和，写了不少小品文。与安逸闲散的生活相联系，他提倡静的文学，写了大量的游记，如《超山的梅花》《方岩纪静》等，同时也开始了散文理论的探索，如《清新的小品文字》《〈中国新文学大系·散文二集〉导言》等文章，对散文理论建设提出了自己的意见。这段时间小说数量较少，只有《迟暮》《唯命论者》《出奔》三篇。1936 年 2 月 2 日，郁达夫离开杭州前往福州，又于 1938 年 12 月 28 日抵达新加坡，这期间他的家庭发生了很多变故，他的生活也变得无比复杂。

在主编新加坡各种报纸和刊物的三年里，他所写的文学样式十分丰富，有随笔、政论、书信、序文、歌词等，统计达 462 篇，同时还参加了大量的社会工作，是活跃在新加坡的知名人物。1941 年 12 月太平洋战争爆发后，新加坡面临严重威胁。1942 年 2 月 4 日清晨，郁达夫成为流亡人群中的一员，离开了深陷战争恐慌的新加坡。他化名为赵廉，在印度尼西亚的巴爷公务小镇上度过了生命中的最后三年。1945 年，日本帝国主义宣布无条件投降，而正当郁达夫和他的同伴欢呼雀跃的时候，日本法西斯分子却向郁达夫伸出了魔爪，9 月 17 日，郁达夫遇害，一个在中国现代文学史上具有重要地位的大家陨落了！郁达夫作为一个知识分子，他的一生都在实现自己的价值，毫无疑问，他的文学创作是中国现代文学的一份珍贵的财富。

第二节 《散文二集·导言》的文学史价值

郁达夫是中国现代文学史上一位全能的才子，不仅写出了哀婉感伤的小说，开启了“自叙传”式的书写形式，而且在散文小品创作中探索出了属于自己的风格：自然与人性充分调和。他的文学作品争议颇多，有人认为是个性的一次伟大张扬，有人认为情欲过分夸大，有人认为颓废情调过于浓烈，这些评论主要针对郁达夫作为一个创作者的一面，却往往忽略了他作为一个文学理论家和批评家的一面。他为《中国新文学大系·散文二集》所作的导言，总结了散文创作理论和批评意识，明确了散文的定义和主旨，指明了现代散文的发展方向，同时又对入选作家进行精彩点评，调遣材料，论据充分，展现了郁达夫渊博的学识和缜密的思维。

《中国新文学大系（1917—1927）》是由中国现代著名编辑出版家赵家璧主编，由上海良友图书公司1935年至1936年初印刷发行，全书共分为10卷，其中共收纳200篇理论文章，编选创作的七卷共收入81位小说家的153篇作品，33位散文家的201篇作品，59位诗人的441首诗作，18位话剧家18个剧本，总序和各篇导言对新文学的发展具有极为重要的作用，对现代文学创作影响深远。《散文一集》由周作人编选，《散文二集》由郁达夫编选。编选集作为编选者主观态度的载体，体现其自身的审美观、文学观和思想态度，而导言更是编选者的核心观点。郁达夫作为《散文二集》的编选者，其导言中所阐释的观点被后世不断引用，对后世散文集的编选也起到了模范作用。郁达夫的《散文二集》共入选15位作家132篇作品，与周作人的入选标准不同，他更带有主观色彩，这与作家性格有很大关系。他在《散文二集·导言·妄评一二》里说道：“在这一集里所选的，都是我所佩服的人，而他们的文字，当然又都是我所喜欢的文字，——不喜欢的就不选

了”[①]，而郁达夫在导言中反复提到的是个性的张扬，因此在编选的过程中更注重主观感受。周氏兄弟的散文在《散文二集》中就占据了大半部分，他也解释说：“中国现代散文的成绩，以鲁迅周作人两人的为最丰富最伟大，我平时的偏嗜，亦以此二人的散文为最所溺爱；一经开选，如窃贼入了阿拉伯的宝库，东张西望，简直迷了我取去的判断；忍心割爱，痛加删削，结果还把他们两人的作品选成了这一本集子的中心，从分量上说，他们的散文恐怕要占得全书的十分之六七。”[②] 这种偏爱更能凸显郁达夫的个人性和主观性。了解他的具体选编原则，选编的实践活动，也在一定程度上对研究编者具有重要作用，使得选本具有了重要的历史价值。

这一价值在《散文二集·妄评一二》中得到了充分的体现，他一再强调“作家的个性无论如何，总须在他的作品里保留着”[③]。无论是写事件还是他人，作品中总要透露出“我”的意识，作者必须要将个性融入作品中。郁达夫从性格和环境入手，对鲁迅和周作人文风不同的原因进行解释，“鲁迅的文体简练得像一把匕首，能寸铁杀人，一刀见血，与此相反，周作人的文体，又来的舒徐自在，信笔所至，初看似乎散漫支离，过于繁琐！但仔细一读，却觉得他的漫谈，句句含有分量”。[④] 周作人头脑冷静，鲁迅性喜疑人，不同的个性形成了不同的文体风格，另外还写到福建的秀丽山水滋养了冰心的心灵，美化了她的文体，林语堂浑朴天真，丰子恺细腻深沉。郁达夫将他们的个性与散文风格的联系作了简略的分析，却抓住了中心，将“个性”二字重点突出，强调自我的文学表达，这与郁达夫个人创作观是完全一致的。无论是他的小说或是散文，他都将自我放在很高的位置上，把个性充分表现出来。

---

① 郁达夫：《导言》，《中国新文学大系·散文二集》，上海文艺出版社 2003 年版，第 8 页。

② 郁达夫：《导言》，《中国新文学大系·散文二集》，上海文艺出版社 2003 年版，第 9 页。

③ 郁达夫：《五六年来创作生涯的回顾——〈过去集〉代序》，《郁达夫研究资料》，知识产权出版社 2010 年版，第 52 页。

④ 郁达夫：《导言》，《中国新文学大系·散文二集》，上海文艺出版社 2003 年版，第 14 页。

《散文二集·导言》中对散文概念的疏理、对散文主旨的明确、对现代散文特征的解读，这些都对现代散文的理论构建起到了推动作用。在新文学发展的第一个十年，散文作品成果丰硕，而散文理论仍处于发展期，虽然学者积极翻译引进外国散文理论作品，也开始探索散文创作理论，但由于各种原因，散文理论一直处于起步阶段。到了新文学发展的第二个十年，《中国新文学大系·散文二集·导言》的发表丰富了散文创作的理论体系，对现代散文的理论建设起了很大作用。在《散文二集·导言》中，郁达夫从“散文这一个名字”“散文的外形”“散文的内容”“现代的散文”入手，对现代散文作为独立文体的确立、源流以及特征问题进行了详细论证。郁达夫提到中国古来的文章，一向就以散文为主要问题，正因为说到文章，就指散文，所以中国向来没有“散文”这一名字，而这种“散文”二字其实是西方文化东渐的产品，是外国字 Prose 的译语，这就说明了“散文”作为独立文体的确立有了很明确的时间节点，它“是 Prose 的译名，和 Essays 有些相像，系除小说、戏剧之外的一种文体”①。郁达夫站在中国现代散文发展史的角度，以外国文学为参照，理清了“散文”的概念。针对散文的外形，他又提出“在散文里，音韵可以不管，对偶也可以不问，只教辞能达意，言之成文就好了，一切字数，骈对，出韵，失粘，蜂腰，鹤膝，叠韵，双声之类的人工限制与规约，是完全没有的”②。这里说明散文不像诗歌一样追求严格的韵律，而是更加注重内在的意蕴，但是也要注意文字表达的优美性，它具有一种内在的节奏感，以情感为牵引，呈现出一种自然之美，“那一种王渔所说的神韵，若不依音调死律而讲，专指广义的自然的韵律，就是西洋人所说的 Rhythm 的回味，却也可以有。”③ 郁达夫又提出了现代散文的“心”与“体”，他认为一篇文章最为重要的就是“散文的心”，也就是主题或要旨，有了“散文的心”后，然后才能再看散文的体。五四新文化运动的兴起使得文章脱离

① 郁达夫：《导言》，《中国新文学大系·散文二集》，上海文艺出版社 2003 年版，第 1 页。

② 郁达夫：《导言》，《中国新文学大系·散文二集》，上海文艺出版社 2003 年版，第 1 页。

③ 郁达夫：《导言》，《中国新文学大系·散文二集》，上海文艺出版社 2003 年版，第 1 页。

了“体”的束缚，“心”也开始苏醒过来，进一步又推动了“体”的苏醒和变化，现代散文灵活多变，可议论可抒情，可口语也可白话，为现代散文的发展奠定了基础。

谈到现代散文，郁达夫对其特征进行了详细论述。他提到“现代的散文之最大特征，是每一个作家的每一篇散文里所表现的个性，比以往的任何散文都来得强”①，真正的文章应该透露着人性的光辉，体现着作家的个性，这和五四所提倡的“人的文学”是一致的，把人放在了极高的位置，主张个性的彰显，这不仅是文学上的解放，也是思想上的解放。“现代散文的第二特征，是在它的范围的扩大。”②这种扩大不仅表现在内容范围的丰富，可任意而谈，主题也更有灵活性，大到谈论国家大事，小到对日常生活的记叙，此外艺术形式也进一步扩大，更富有艺术性。现代散文的第三个特征是人性、社会性和大自然的调和，“以前的散文，写自然就专写自然，写个人便专写个人，一议论到天下国家，就只说古今治乱，国计民生，散文里很少人性，及社会性与自然融合在一处的。”③而现代散文应该将三者连接起来，看到它们的联系，在创作中认识社会，在社会中发现自我。郁达夫还提及了散文上的幽默味，外国文学给中国文学带来了深刻影响，特别是英国散文里的幽默味。此外中国的政治环境也对这种幽默味的产生具有推动作用。这种“幽默”的运用有利于散文免去板滞的毛病，更加具有趣味。郁达夫从中西联系入手，对现代散文的特征进行解读，完善了现代散文理论体系，使散文理论也呈现出鲜明的“郁达夫式”的特色。

《散文二集·序言》对后来散文的创作也起到了导向作用。在思想方面，散文理论中所提及的个性的强调为五四以后的文学走向扫清了障碍，“自我的解放”成为散文发展中的显著特点，坦诚的情感抒发使得作品更具有文学上“真”的特点，真实而自然地把内心投射在散文中，让文章散发出人性的

---

① 郁达夫：《导言》，《中国新文学大系·散文二集》，上海文艺出版社 2003 年版，第 3 页。

② 郁达夫：《导言》，《中国新文学大系·散文二集》，上海文艺出版社 2003 年版，第 5 页。

③ 郁达夫：《导言》，《中国新文学大系·散文二集》，上海文艺出版社 2003 年版，第 5 页。

光辉，这是自五四以来的一次突破，这种突破再进一步延伸，深刻影响后世散文的创作观。在艺术方面，郁达夫所提倡的艺术形式的多样性和丰富性，使散文不仅仅注重情感的抒发，也同时要追求“美的完善”，在文章的格局、字词的运用、艺术手法的使用等多方面不断探索，使散文焕发出新的生机与活力。散文创作与理论革新在郁达夫身上得到了体现，他在散文创作中不断搭建新的文学理论，又在文学理论的搭建中进行文学创作的尝试，在两者的融合中发挥自己的作用，为现代文学的发展贡献力量。

第三节　解读郁达夫的散文名篇

以叙事和抒情为主的小品文是郁达夫早期常采用的一种散文形式，悲凉之景、孤独之人、行途漫漫构成了这类记行体散文的必要成分。在“郁达夫式”的景中，“我”孤零零地永远处在一个异乡人的角色构架里，漂泊在无尽的感伤长河中，“我”真实地诉说着我，同时在一次次地自我暴露中走向了新的绝望与彷徨。“自富阳至桐庐一百里许，奇山异水，天下独绝”，《还乡记》和《还乡后记》记叙了郁达夫回国后在返乡途中的所想所感。在自然之间，他无所忌惮地剥去虚伪的外衣，赤裸裸地抒写着自己，一股深沉的热情从他内心喷涌而出，他笔下的自然是“人性、社会性、自然性的结合”①。

写一段景，抒一段情，形成了散文独特的节奏，他在壮美和谐的景中看到了自己的悲哀，又回到了原本阴冷凄惨的“郁达夫式”的风景中，来寻求自我的抒发，与自我的心境更加相符。形成了一个由自然向自我的过渡，他笔下的景是人性化了的景，是作者渗透进情感的再创造物。在《还乡记》中，当现代的物质文明产生出来的贫苦之景慢慢被大自然掩盖下去的时候，一幅

---

① 郁达夫：《导言》，《中国新文学大系・散文二集》，上海文艺出版社 2003 年版，第 5 页。

调和的盛夏野景出现在作者面前，广阔的田野，人力车夫的美，作者赞美自然之纯与力量之美，但笔锋一转，他看到了野草中间横躺着的棺冢，在壮美的自然之后，命运与归宿如这些棺冢一样静静地躺在那里，人类的快乐和激情是短暂的，平生幸福的日子不能长存，终究要陷入无限的悲怀中。所以在“我”看到家庭团叙之图后，眼泪连连续续地落了下来，四周的景色已经变了，远山与“我”的泪眼相对，由景到人，由人到景，景所涵盖的内容在一瞬间得到改变，它承载着郁达夫作为一个知识分子的无奈与痛苦，流落途中的苦楚，与妻子别离的悲痛。这种异乡人的孤独感时时萦绕在作者的心头，无论是在他的小说中或是散文中，他都与外界处于一种割裂式的状态，旅途是永久的，精神世界也是无处安放的。

绝望到了极致，人就成为一个幻想者，周围的风景都成了“我”内心的展现。散文中的“我”无数次陷入了幻想之中，《还乡记》中的“我”仿佛是看见了一位美妙的女郎来送我回家的样子。在《还乡后记》中，幻想在秋风冷凉的九十月之交，“我”在凋残的芦苇中，当日暮的时候，送灵柩归去，棺里卧着的至少是“我”的至亲骨肉。这些幻想式景象的构建是作者“零余者”身份的自我认同。在浩大的天地之间，“我”是孤独的，而这种孤独不仅是离乡所致，也是“我”与现代文明冲击下社会的隔离与疏远。在这种长久的自我对话的过程中，郁达夫不断地构建他者，用美丽的姑娘或安静的不会讲话的人来缓解这种深入骨髓的孤独感。一切美的事物，在郁达夫的笔下都成了凄风苦雨，唯痛苦和死亡的威胁长存，情感的流泻如潮水一般奔腾而来。一个久别故乡的人，一个深爱祖国的人再次回到这片故土上的时候，他看到的只是满目疮痍、民不聊生，同时也看到了自己内心无法宣泄的绝望。他坦露着内心最真实的感受，如抒情诗一般的坦率和深沉。

郁达夫散文可以说是诗歌与小说的多重结合，有郭沫若式诗歌的极端抒情，又有小说情节的虚构与曲折。火车路过贫民窟时，“我”愤怒地喊着“啊啊，载人离别的你这怪兽！你不终不息的前进，不休不止的前进罢！你且把我的身体，搬到世界尽处去，搬入虚无之境去，一生一世，不要停止，尽是行行，行到世界万物都化作青烟，你我的存在都变成乌有的时候，那我就感激你不尽了”[①]。在妇人不肯收“我”小账后，“我”歌颂着人间的真情，“啊啊，我自回中国以来，遇见的都是些卑污贪暴的野心浪子，我万万想不到浇薄的杭州城外，有这样的一个真诚的妇人的”[②]，郁达夫在散文中唾弃一切的丑恶，赞美一切美的东西，他诉说他内心的一切，排解内心无尽的苦闷和压抑。这种破坏式的抒写，也构成了郁达夫文学创作的鲜明特点，他打破了阻碍抒情的所有因素，以一颗炽热的心拥抱整个文学世界，在这里，他真诚、纯净，他写的只有他自己。《还乡记》中的他看到桑间陌上、夫唱妇随的农家乐图景，他悲痛欲绝，打算跳车自尽。《还乡后记》中的他来到女人的房里，与女人对泣，又想到了很多自尽的方法。回乡背后的苦楚，喜悦背后的绝望，郁达夫真实地向读者坦露自己，死是结束绝望的唯一方式，但死又使人走上了另一种绝望。在自然之间，在生存的土地上，郁达夫找寻感情的发泄口，那就是文字，它将所有的美与丑进行解构，找到与自我的对接口，让自我在深度抒发后超越了世俗的浅层感受，而走向一种平静、一种永恒的感伤，这种平静是回归自我的一种表现。

以《还乡记》为代表的郁达夫早期散文突破了散文的传统束缚，赤裸的性爱描写，性错觉和性幻想的构建，都是作者深层潜意识的表露。郁达夫的“性苦闷”来源于日本生活，“性的要求和灵肉的冲突”导致了作者的泛爱观和欲望的放纵。这种对性的追求在散文中逐渐演变成性变态的快感抒发，《还乡记》中的“我”闯进民宅，偷闻女人的鞋并偷走；在杭州街上，看到三个很淳朴的女学生坐在三部人力车上时，也想“典一乘车来，专拉这样的如花少女，我更愿意拼死的驰驱，消尽我的精力。我更愿意不受她们的金钱酬报”[③]。在《还乡后记》中，“我”在旅店里独自把我所爱的女人，一个又一个地想了出来。这种极端的、赤裸裸的性的追求贯穿在郁达夫散文始终，

① 郁达夫：《还乡记》，张梦阳编：《郁达夫散文选集》，百花文艺出版社 1984 年版，第 29 页。

② 郁达夫：《还乡后记》，张梦阳编：《郁达夫散文选集》，百花文艺出版社 1984 年版，第 51 页。

③ 郁达夫：《还乡记》，张梦阳编：《郁达夫散文选集》，百花文艺出版社 1984 年版，第 45 页。

他把欲望放大到一个粗暴又荒唐的程度，用一种非理性的方式发泄最原始的苦闷。这种性幻想、性描写也与作者的孤独密切相关，在回乡途中，“我”作为一个异乡人，内心有着说不尽的隔离感，这种隔离感使个体成为独立于他者而存在的孤独的灵魂。回乡途中的百无聊赖、苦闷彷徨唤醒了“我”内心最深处的原始欲望，性成为“我”内心得以慰藉和宣泄的途径，由一种极端走向另一种极端，郁达夫散文就在这种欲望的拉扯中进行自叙传式的书写。

郁达夫的放纵是自我矛盾的体现，这种放纵带着自我排解的性质，所以他泛爱。他接触不同的女人，和不同的女人发生故事，但这些往往是过眼云烟，欢愉背后依旧是苦闷，放纵之后仍然是内心更大的空虚，命运之剑悬在上空，“我”作为一个渺小的个体，只能陶醉在声色犬马之中来安抚自己的灵魂。但是“我”还可以保持愤怒，保持一种傲然的姿态，来俯视这个残破不堪的中国。从这个角度来看，郁达夫散文又带着自我对话、自我矛盾的性质。在《还乡记》中，“我”在朦胧半觉的中间，听见祖母说道，达！你太难了，你何必要这样的孤洁呢！这更像是“我”的自问，郁达夫坚守着自我，同时又时时被这种痛苦感所侵蚀，在两者的排拒中无可奈何地走向了灵与肉的欲望之地，自我麻木。

郁达夫散文所塑造的“异乡人”与“孤独客”的形象渗透了自我的形象。这类“零余者”记行体类的散文一定程度上冲击了传统的书写模式，将人的原始欲望与个性无限放大，赤裸裸地把个体置于中心位置，让压抑的人性重新得到释放。打开《故都的秋》《江南的冬景》等文章，我们将发现一个不同的郁达夫。他对生活充满情趣，布满新绿的春天，饱受清凉的夏天，别有风味的秋天，明朗悠闲的冬天，每一个季节都有它独特的景致，孕育不同的情感。这类偏抒情、议论的随笔体散文明显区别于郁达夫的小说，摆脱了一贯的悲伤的格调，以明快闲适的笔调、轻松散漫的言语勾勒出一个跳跃在美和真之间的风光图。

情趣兴起则动笔，兴尽则停笔，郁达夫似乎把文字当作记录生活和心情的载体，以闲谈的形式记叙对外在世界的体验和感悟。《寂寞的春朝》结尾处，作者笔锋一转，写道："走到了寓所，连题目都想好了，是《乙亥元日，读陈龙川集，有感时事》。"[①]在这温暖的春季，作者慵懒地坐在书桌前，翻出文集，不免生出感慨，大好春日，百无聊赖的壮年只能借书自慰，消磨无望，"我"又突发奇想，到城隍庙去看热闹，而文章也就戛然而止。这种随心而作的写作形式在其他散文中也随处可见。在《江南的冬景》中，"我"被窗外的美景和天气所吸引，拿起手杖，搁下纸笔，打算去湖上散步。郁达夫将内在世界和外在世界通过情感的桥梁自然而然地搭建在一起，他用心体会自然，同时又把自然作为一种生活之余的趣味玩物。这类文章里的郁达夫是轻松愉快的，是善于发现真和美的诗人。看到雨，他想到古人对四季雨的描述；春季的来临，引发他对"生也有涯"的思考与感悟。作者深入其中，又在自然中超脱出来，宣泄自己涌上心头的情绪，真实地坦露自己的胸怀。

郁达夫的内心是细致的，他的眼睛仔细地观察自然中的所有生命，花草、鸟兽、山水，这些有生命的一切都在他的笔下焕发生机，带着灵气。"北国的槐树，早晨起来，会铺地满地。脚踏上去，声音也没有，气味也没有，只能感出一点点极微细极柔软的触觉。"那"秋蝉的衰弱的残声，无论在什么地方，都听得见它们的啼唱"[②]，作者感受最小的生命动态，发现别人难以发现的景致，从它们身上看到了自然所给予的乐趣。这种细致来源于郁达夫的"诗人气质"。他能把静态的、微弱的事物经过内心世界的处理转换为另一种形式的美。在这个过程中，事物被赋予美的外衣，一定程度来说是被诗化了。槐叶被踩时柔软的触觉，秋蝉衰弱的叫声在作者的笔下无限放大、延展，搭建起属于郁达夫的美的世界。"诗人气质"在散文中明显地渗透在各个地方。不仅是对如诗如画的景色的描写，还包括对大量诗词的引用。写到《故都的秋》，他提到欧阳子的《秋声》和苏东坡的《赤壁赋》；写到《江南

① 郁达夫：《寂寞的春朝》，《故都的秋》，京华出版社 2006 年版，第 33 页。

② 郁达夫：《故都的秋》，张梦阳编：《郁达夫散文选集》，百花文艺出版社 1984 年版，第 100 页。

的冬景》，他想到“寒沙梅影路，微雪酒香村”，“柴门村犬吠，风雪夜归人”；写到《雨》，他想到“雨到深秋易作霖，萧萧难会此时心”。诗词的引用把郁达夫的诗人情怀推向了极致，有景有诗，有声有色，这种在文艺观上对艺术美的追求于散文中得到了体现。

这类随笔体与其他散文相比，最大的特点是呈现出多彩的视觉感和空间的紧凑感。“雪白的柏子着在枝头，一点一丛，用照相机照将出来，可以乱梅花之真。草色顶多成了赭色，根边总带点绿意，非但野火烧不尽，就是寒风也吹不倒的。若遇到风和日暖的午后，你一个人肯上冬郊去走走，则青天碧落之下，你不但感不到岁月的肃杀，并且还可以饱觉着一种莫名其妙的含蓄在那里的生气。”[①] 这一幅冬日美景图丝毫没有展现出冬季的清冷和寂寥，而是将万物的生机跃然纸上，雪白的柏子、赭色的草顶、带着绿意的草根、风和日暖的冬郊，给人以多重视觉冲击，郁达夫将江南山野里冬季特有的色彩娓娓道来，使读者犹如亲身走进江南的冬景里，体味它的韵味。这种工笔画般的仔细描摹使静态的文字呈现出动态的空间延伸感，平面的景物开始变得立体，似乎连空气和阳光也切切实实地出现在画中。在《北平的四季》中，作者写了北京城厢内外的一层新绿，“在日光里颤抖着的嫩绿的波浪，油光光，亮晶晶，若是神经系统不十分健全的人，骤然间身入到这一个淡绿色的海洋涛浪里去一看，包管你要张不开眼，立不住脚，而昏厥过去。”[②]北方春天的新绿铺天盖地般席卷整个城市，作者将一抹绿意无限扩大，营造出一种压迫性的空间感，使单一的色彩在特定的空间里占据主体地位，突出春之新绿。

郁达夫对色彩感和空间感的敏感使其在书写中不自觉地带有古典水墨画的神韵。他的散文常常给人以美的享受，其意境或清幽，或简淡，或明丽，类似于水墨山水画、青绿山水画的勾勒。这种不自觉的运用来源于郁达夫的

---

① 郁达夫：《江南的冬景》，《故都的秋》，京华出版社 2006 年版，第 41 页。

② 郁达夫：《北平的四季》，《故都的秋》，京华出版社 2006 年版，第 49 页。

审美素养。他在《杭州》一文中提道："还有北面秦亭山法华山下的西溪一带呢，如花坞秋雪庵，茭芦庵等处，散疏雅逸之致，原是有的，可是不懂得南画，不懂得王维、韦应物的诗意的人，即使去看了，也是毫无所得的。"①所谓"南画"即文人画。郁达夫主张要将所见之景与审美素养结合起来，这也体现了他的文艺观和对艺术美的追求。在《江南的冬景》中，郁达夫营造了一幅淡雅清幽的冬景图，"在这一幅冬日农村的图上，再洒上一层细得同粉也似的白雨，加上一层淡得几不成墨的背景。"以墨为背景，再以细雨虚化，乌篷小船，几户人家，虚中有实，实中有虚，一点墨氤氲开来，渲染了整幅画空灵的意境，宛如水墨画的留白，引人沉醉于此，产生无限遐想。正是由于作者深谙古典画的精髓，又具有善于发现美的眼睛，将自然与自我充分结合，达到了看山是山、看水是水的境界。用一种平和、无欲无求的心态书写真实的景、纯净的景。这种景，不再是作者情感的依附品，而是与作者内心精神世界相契合的主观情感的再现。世界与散文中的"我"达到了平衡的状态，同时构成了水墨山水图。无论是《钓台的春昼》还是《杭江小历纪程》等文章，这种古典画的描摹技巧都得到了充分的展现。

郁达夫试图用从容的精神气质来构建不同于小说的另一个世界，在这个世界里，景单单是景，是超脱于俗世的一抹淡然，是满园的绿意，是冬季的白雪，是飘落在地上的枫叶。我们更多地看到一个带着诗意的、富有生活情趣的郁达夫，与小说中"零余者"的形象截然不同。但从散文中由景所引发的思考来看，依旧带着多愁善感的文人情怀。郁达夫偏爱秋季，而不好春季，在《寂寞的春朝》和《春愁》中，对于这样一个充满生机的季节，他感到的始终是数不尽的空虚和寂寞，对自我的怀疑和对生命的叩问。而在《故都的秋》和《北平的四季》中，他认为秋季是一种清净、带有韵味的季节，这种带有独特的文人气质的季节更适合郁达夫情感的抒发，可以说，秋季，是属于郁达夫的季节。个性、社会性、自然性在这类随笔体上实现了另一种

① 郁达夫：《杭州》，《故都的秋》，京华出版社 2006 年版，第 142 页。

融合，这种融合也宣告郁达夫内心世界和外在世界碰撞后的平衡点达到了新的高度，使其景物不再仅仅依附于情感，而是相互作用，融为一体。

第四节　郁达夫的散文风格

郁达夫作为社会转型期的作家，无论是在文体上还是情感上都有了新的方向和突破。他的成名作——小说《沉沦》得到了广泛的关注，塑造了一个身处异国的饱含苦闷的游子形象，这类“零余者”形象成为他小说中的主要人物类型。如果说小说是自叙传式的情感抒发，那么同时期所产生的散文更是他情感的直接宣泄，从早期自我式书写（类似于小说）到后期的闲适简淡的小品游记，中国文学的抒情传统和抒情话语始终是他文学创作的主线，重主观、重个性贯穿散文创作的整个始末。

五四新文化运动蓬勃展开，举起了“反对旧道德、提倡新道德；反对旧文学、提倡新文学”的大旗，作为留日归来的郁达夫积极投身到五四热潮中。这一时期新文学团体创造社的文学活动十分活跃，他们主张个性解放，将“人”放在首要地位，写我所想，说我所思，主观主义越来越成为作家们极力表达的内容。在日本留学的郁达夫，曾经以一个弱国子民的形象成长在西方文化、日本文化盛行的国家，深感压抑和苦闷。他带着知识分子的坦率和对祖国的热爱，重新回到故土，加入五四新文化运动队伍中，将自我的情感发挥到了极致。在新与旧的碰撞中，在西方文化和古典文化的碰撞中，郁达夫找到了属于他的方向。一方面是个性的张扬，他曾在《中国新文学大系·散文二集·导言》中写道：“现代散文之最大特征，是每一个作家的每一篇散文里所表现的个性，比以前的任何散文都来得强。”“但现代的散文，却更带有自叙传的色彩了。我们只消把现代作家的散文集一翻，则这些作家的世系、性格、嗜好、思想、信仰，以及生活习惯等等，无不活活泼泼地显现在我们的眼前。”① 个性解放的思潮潜移默化地融入了郁达夫的散文创作，“自叙传”式的写作方式不仅应用于小说，同时也融入他散文创作的体系中。另一方面，在“写实主义”“现实主义”思潮盛行的五四时期，中国抒情传统仍然在郁达夫身上得到了传承，作为一个新时代的知识分子，他又保留着古典主义的书生气质，“情”的抒发更能符合自我内心世界的构建。因此在郁达夫笔下，既有水墨画般的意境营造，又有古典诗词的点缀，在白话诗盛行的语境里，旧体诗的融入使得散文呈现出新的面貌。郁达夫也表达过他对旧体诗的偏爱，“象我这样懒惰无聊，又常想发牢骚的无能力者，性情最适宜的，还是旧诗。”② 作为一个长期浸染在古典文学中的传统文人，“情”成为他的寄托，来排解内心的苦闷和发泄被压制的欲望，以情写意、以情感人。

纵观郁达夫散文创作的整个过程，大致可以分为三个阶段：第一个阶段是从 1921 年开始散文创作到 1927 年 8 月声明退出创造社止；第二个阶段是 1927 年到 1933 年，郁达夫在上海居住约六年光景；第三个阶段是 1933 年 4 月郁达夫全家搬到杭州至 1936 年 2 月郁达夫只身前往福建就职于陈公治门下。第一个阶段为郁达夫早期散文，大致能与他的小说保持同一种风格，带有“时代病”的感伤基调；第二阶段散文大都表达对革命前途的悲观和苦闷情绪；第三阶段的小品游记更能代表郁达夫散文的成就，以名士风气、淡雅的笔触描写山川河流、一草一木，营造出一个幽静空灵、富有情趣的别样世界。自然风物与理性精神高度结合，诗人情怀与万物生命熔于一炉，他从尘世中超脱出来，走向了一个纯、静、美的国度，这与其说是一种逃避，不如说是一种对现实的反抗。温儒敏的《略论郁达夫的散文》考察了郁达夫散文前后期的风格特点，认为其前期散文“坦率、感伤、酣畅”，20 年代中期以

---

① 郁达夫：《导言》，《中国新文学大系・散文二集》，上海文艺出版社 2003 年版，第 3 页。

② 郁达夫：《骸骨迷恋者的独语》，《现代散文八大家：炉边独语・郁达夫散文》，花城出版社 2013 年版，第 122 页。

后趋于“深邃、凝重”，30 年代又转为“清丽、疏朗和隽永”[①]。这也是郁达夫心境的逐步转变，从一开始的苦闷彷徨，对生活的抗拒到逐渐平和，从山水美景之中找到内心的平静，达到了一种人与自然为核心的独立于外界的艺术世界，也就是“文人企图摆脱恶浊现实而加以美化的理想世界”[②]。总的来说，散文风格的转变也反映作者内心世界又重新找到了新的依托，也宣告郁达夫散文正一步一步走向成熟。

郁达夫前期的散文与小说并无明显的界线，同样塑造了一个独处异国受尽屈辱的“零余者”形象，以炽热的感情抒发“我”无法排解的痛苦和漂泊无依的孤独感，将自我的情绪无限扩大，强烈的感情成为作品的主旋律。作者无所顾忌地对自己的生活、思想进行详细的描写，诉说自己的爱与恨。《归航》记叙了作者离开日本返回祖国路上复杂的思绪，“我”带着屈辱和悲感离开这片土地，“我虽受了她的凌辱不少，我虽不愿第二次再使她来吻我的脚底，但是因为这厌恶的情太深了，到了将离的时候，倒反而生出了一种不忍与她诀别的心来。”[③]全篇以爆发式的呐喊宣泄弱国子民在异国的苦楚和青春逝去的感伤。这种压迫感使“我”呈现出变态性的思想和行为，看着那中西杂交的少女微笑的短短的面貌和一排洁白的牙齿，“我恨不得拿出一把手枪来，把那同禽兽似的西洋人击杀了。”“我在一家姓安东的妓家门前站了一忽，同饥狼似的饱看了一回熟烂的肉体。”[④]郁达夫将自我的感觉毫不掩饰地表达出来，自我欲望的满足代替了理性的思考。在漫长的航行中，在不断接近故土的船只上，这种恣肆坦诚的情感迸发出来，向着东方苍茫的夜色里呼喊道：“日本呀日本，我去了。我死了也不再回到你这里来了。”同样的感情基调在《还乡记》《还乡后记》《一个人在途中》等文章里也深有体现，都抒发了作者在旅行途中内心对前途黑暗的迷茫和回首过去生活的艰辛，他纵情

① 温儒敏：《略论郁达夫的散文》，《读书》1982 年第 3 期。

② 梅新林：《中国游记文学史》，学林出版社 2004 年版，第 34 页。

③ 郁达夫：《归航》，《故都的秋》，京华出版社 2006 年版，第 1 页。

④ 郁达夫：《归航》，《故都的秋》，京华出版社 2006 年版，第 1 页。

宣泄着自己的情绪，对这个时代发出大多数青年的呐喊。《一个人在途中》把对亡儿的深情、游子的漂泊感都寄托在具体的物象上，“院子里的一架葡萄，两棵枣树”，“苍茫的暮色”，“被他玩破的今年正月里的花灯”，点点滴滴都带着作者丧子的悲痛感，它们都随着这些永恒的物象存在于此，难以消散，“我”只能借文字来暂时消解“生的苦闷”，从而激起读者对苦难岁月中的生存者的同情和怜悯。

忧郁感伤的情调烙印在他的早期散文中，情感和景物都带有颓废的病态倾向。郁达夫的散文夸大了存在于内心的无限感伤，这种感伤来源于作者独特的精神气质，也来源于知识分子觉醒后的空虚和无奈，是属于“时代病”的症候。在《苏州烟雨记》中，作者写道：“各处的坍败的形迹和水上开残的荷花荷叶，同暗澹的天气合作一起，使我感到了一种秋意，使我看出了中国的将来和自我的凋零的结果。啊！遂园呀遂园，我爱你这一种颓唐的情调。”① 生命是凋残的，天空是阴暗的，《还乡记》中“灰黄无力的阳光”“暗夜的黑影”，这些暗色调、无生机的景物与人物心中的感伤一起构建了郁达夫的散文世界，他追求颓废美，并进行极端书写。不仅景物带着感伤的情调，散文中的主人公也往往是以同一种姿态出现在读者的视野里：身体瘦弱，面容苍白，精神恍惚，情绪波动起伏，感情脆弱，悲观失望，仿佛受了伤的灵魂在哀嚎。

心理剖析式的呼号也是郁达夫早期散文的特色，由于早期爱情、事业的挫折以及郁达夫极易波动的情绪使得他无法压抑内心的苦闷，于是就通过笔端源源不断地发泄出来。这类书简体畅达坦诚，将内心深处的触动一点点地呈现在友人面前，有时与景相结合，情景交融，有时是长篇独白，坦露内心最隐秘的世界。《海上通信》是郁达夫 1923 年 10 月在从上海乘船去往天津的途中给郭沫若、成仿吾写的一组书信。信中有绚丽、优美的海上风景，如清淡的天空、淡紫色的群山、点点灯火、数声风笛，这些景物与作者哀怨悲

① 郁达夫：《苏州烟雨记》，《故都的秋》，京华出版社 2006 年版，第 73 页。

凉的感情交融在一起，充分表达对外国侵略者的恨、对受压迫人民的同情和对自己怀才不遇、空虚寂寞的怜悯。这组书信犹如诗歌一样优美、深邃，《一封信》更是全篇独白式的情感抒发，无景物描写，尽情地剖析自己的内心。这封信是 1924 年郁达夫到北京两个月后，给郭沫若、成仿吾所写的信，信中抒发了作者对无望生活的绝望和对前途的迷茫，深陷在这种境地无法自拔，他将莫名的情愫娓娓道来，将自己的内心坦露在友人面前，情深意切，使人动容。写到对妻子和孩子的想念，他说道："总之我想念我女人和小孩的情绪，只有同月明之夜在白雪晶莹的地上，当一只孤雁飞过时落下来的影子那么浓厚"[①]；写到内心的苦闷，他说道："我想这胸中的苦闷，和日夜纠缠着我的无聊。大约定是一种遗传的疾病。但这一种遗传，不晓得是始于何时，也不知将伊于何底，更不知它是否限于我们中国的民族的？"[②]郁达夫莫名的情愫犹如长丝，带着凄苦的、悲伤的、寂寞的情调无限蔓延，难以斩断，所以他只能呐喊："M！我的生的执念和死的追求现在也完全消失了呀！F！啊啊，以我现在的心理状态来讲，就是这一封信也是多写的，我……我还要希望什么？啊啊，我还要希望什么呢？"[③]前方只有黑暗，而回首过去的路也全是坎坷，郁达夫的苦闷寄托于信中，也可能只有书写才能稍微宣泄内心压抑已久的情感，才能得到安慰。通过书简体，我们充分接触到作者的内心，通过这种心理剖析式的呼号，我们一步步走进郁达夫隐秘的内心世界。

从对现实生活的抗拒到内心的逐渐平和，郁达夫的转变在散文中表现得尤为明显。20 年代中期以后，随着社会环境的变化，郁达夫个人境遇的改变、散文体系的成熟，他感伤的情调得到了节制，不再是单一的宣泄式的感情抒发，而是增加了更多的叙事成分，这种叙事不再被感情所主导，更为平静自然。可以说这是郁达夫散文自觉的一次调整，前期感情的直露与粗糙随着郁达夫人生阅历的不断丰富而得到改正，开始变得内敛含蓄。山水游记的

---

① 郁达夫：《一封信》，《故都的秋》，京华出版社 2006 年版，第 207 页。

② 郁达夫：《一封信》，《故都的秋》，京华出版社 2006 年版，第 207 页。

③ 郁达夫：《一封信》，《故都的秋》，京华出版社 2006 年版，第 207 页。

灵动自然、耐人咀嚼。郁达夫在自然风光、日常生活中寻找到了灵魂的安放处，在对有生命的万物的观照中，重新找到了生命的意义。

情趣美在郁达夫的散文中随处可见。在《浙东景物纪略》一文中，山峦绝壁的描写十分生动，“北面数峰，远近环拱，至西面而南偏，绝壁千丈，成了一条上突下缩的倒覆危墙。危墙腰下，离地约二三丈的地方，墙脚忽而不见，形成大洞，似巨怪之张口，口腔上下，都是石壁，五峰书院，丽泽祠，学易斋，就建筑在这巨口的上下腭之间，不施椽瓦，而风雨莫及，冬暖夏凉，而红尘不到。”①郁达夫寥寥几笔就把峰之险勾勒出来，危墙腰下的大洞如巨怪的大口，形象生动地将自然雕琢的美景展现在读者面前，给人以身临其境的感觉，景与思、情与境达到了完美融合，刻画了一幅肃穆险峻的山峰图，一改郁达夫早年的感伤为旷达，用善于发现的眼睛丈量每一寸土地，记录随处可见的情趣。句子的错落有致、长短交叉不同于作者早期的散文，这种层次分明、简洁明了的语言布置带有古典诗词的韵味。情趣美也表现在作者对日常生活的描写中，“一踏进屋里，就觉得一团春气，包围在你的左右四周，使你马上就忘记了屋外的一切寒冬的苦楚。若是喜欢吃吃酒，烧烧羊肉锅的人，那冬天的北方生活，就更加不能够割舍；酒已经是御寒的妙药了，再加上以大蒜与羊肉酱油合煮的香味，简直可以使一室之内，涨满了白蒙蒙的水蒸温气。”②作者对北平冬季室内生活的描写细致又生动，犹如立体的画面呈现在读者的眼前，他捕捉到了日常生活的情趣，把习以为常的生活琐事娓娓道来，在作者的叙述中我们可以感受到这样一个爱生活、善于发现生活的郁达夫，文章给人畅快之感，营造了平和自然的艺术氛围，明显超越了早期病态颓废的情调。

如果说郁达夫早期散文以内在情感统领全文的话，那后期散文由于抒情性的弱化、叙事成分的增加，更多的是以超脱于情感的外在形式统领全文。

---

① 郁达夫：《浙东景物纪略·方岩纪静》，《故都的秋》，京华出版社 2006 年版，第 128 页。

② 郁达夫：《北平的四季》，《故都的秋》，京华出版社 2006 年版，第 47 页。

早期散文中感伤的“我”以情感的起伏跌宕影响景物、人物、事件的走向，对文章的整体布局加以把控，情感这条主线起伏不定、松散绵延，使得散文结构散漫、节奏跳跃，往往波澜起伏、灵活多变，处处透露感伤的情调，扣人心弦，委婉悠长，撩拨读者的内心，使其随着作者情绪的波动而波动。虽然这种以抒情为主导的散文突破了传统散文托物言志、起承转合的拘束，但由于情感的过分表达也造成了一定的局限。后期散文将内在情感和外在结构充分调和，使景与境从情感的枷锁里挣脱出来，和情处于相对平衡的状态，很少有大篇幅的独白式的抒情，而往往更加含蓄内敛，特别是在山水游记类的散文中，“我”成为大自然的倾听者，把情感寄托在景物上，隐藏在景物背后，达到了一种人与自然的融合，可以说是对传统散文的一次回归。在这次回归中，郁达夫也没有完全抛弃自己诗人般的抒情传统，而是将这种重抒情的情愫同中国古典抒情传统进行跨时空的交流，形成了属于自己的独特散文风格。这种融合使散文有着浓厚的文化意蕴，朱德发在《中国现代纪游文学史》中提到郁达夫的纪游散文是一种学者型或“书儒”型的写作，“打在郁达夫纪游作品上的个性‘徽章’，不仅是他绘景传情的美妙笔致，他更为擅长的是凭借自己对历史文化的浓厚兴趣与广博知识，对所游山山水水无不作细致周全的描述，对相关的历史故事和民间传说，无不批阅古书典籍而进行深入的考据，这是一种学者型或曰‘书儒’型的写作情趣。”[①] 文化与情感共同融合进自然山水之中，丰富了郁达夫的散文内容，标志其散文的逐步成熟。在《北平的四季》中，作者从房屋设置、雪景、冬宵三个方面描述北平冬季的特色，《记风雨茅庐》对风雨茅庐的由来娓娓道来，有层次有节奏，体现了向传统散文结构的回归。

---

① 朱德发：《潇洒的江湖之忧——郁达夫及其纪游文学》，《中国现代纪游文学史》，山东文艺出版社 1990 年版，第 165 页。

第九章　梁实秋散文小品的生活化

梁实秋的散文经过时间的检验，在现代文学史上仍然占据重要地位。梁实秋开创了一条崭新的道路，他独特的散文风格对后世文学创作产生了重要影响。梁实秋的散文风格上承唐宋、下接晚明，又有英国小品文的洒脱明快、王尔德的特立独行。梁实秋的散文透露出儒家君子的温柔敦厚，又带着英美自由主义的绅士风度，庄谐并作、语言简明、耐人寻味。梁实秋的散文虽然选材于日常生活，但能使读者在阅读中获得大智慧。梁实秋作为一个全才，不仅在散文创作上颇有成就，在翻译外文、文学理论方面也取得了巨大成就。

第一节　梁实秋其人其文

1903 年 1 月 6 日，东城勾栏胡同的梁家大院在冬天的冷寂之中热闹了起来，梁实秋出生在一个小康之家。他的父亲梁咸熙出身秀才，受到比较全面教育，不仅对中国传统学问有研究，而且也精通西洋学问。梁实秋是梁咸熙的第四个孩子，上面还有一个哥哥，两个姐姐，按照辈分，他取名治华，古语谓“春华秋实”，因此字“实秋”。梁实秋六七岁的时候就开始描字帖，学写字。1910 年初，他和大哥一起进入了陶氏学堂。这家学堂专门为家族子弟而开，表面上是实行新式教育，结果还是以四书五经为主，梁实秋在这

期间阅读了不少《诗经》名篇。武昌起义之后，国内局势一片混乱，梁家家道中落，兵变之后一段时间，他进入公立京师第三小学继续学习。公立京师第三小学办学条件比较好，他在这里遇到了启蒙老师周老师。周老师教国文、历史、地理、习字，他也十分注重学生们的生活，深受学生们的喜爱，在这期间，梁实秋学到了大量知识。1915 年春天，主管教育的京师学务局举行会考，把北京各小学应届毕业生聚集在一起，考国文、习字等，梁实秋以一幅松鹤图给老师们留下了深刻印象，而他的小学生涯也告一段落。他独特的生活经历以及传统大家庭的生长环境给他带来了一定影响。传统文化的熏染、阶级门第观念的影响，使他的人生观呈现出温和、保守的一面，文学上也更有古典文学的特点。

1915 年 8 月，梁实秋在父亲的陪同下前往清华报到，当时直隶省分配到清华的招生名额是五名，报名人数有三十几名，初试取了十名，复试再选五名。梁实秋顺利通过了初试，复试也取得了优异成绩，开始了他在清华的学习生涯。在清华期间，他接受了西方的教学方法，英语水平也提高了不少，除了英文，他还学到了其他不少的知识，开阔了眼界。五四运动的兴起可以说给梁实秋带来了重要影响。当时的他只有 16 岁，在这场轰轰烈烈的“清华革命”中，梁实秋一直是比较保守的。清华学生会是运动的主流，分为评议会和干事会两部分，评议会是决议机关，干事会是执行机关，评议员由选举才得以产生。梁实秋一直担任评议员，但由于他的性格和观念，不怎么赞同激烈的学生运动。由于五四运动反对旧传统、学习新知识的潮流深入人心，他的求知欲望也越来越强。他开始阅读大量新文学作品，如周作人的《欧洲文学史》、胡适的《尝试集》《中国哲学史》、王星拱的《科学方法论》，此外还有一些外国作品，如潘家询译的《易卜生戏剧》，托尔斯泰、罗素、王尔德、泰戈尔等作家作品，这一时期给他带来最大影响的还是《水浒传》和《胡适文集》两部书。五四洪流带着现代先进思想席卷而来，梁实秋兴奋地渴求进入新的队伍，但他的文化氛围和过往经历又让他陷入倾向保守的实验主义和改良主义。梁实秋是矛盾的，他的内心被分割成两个部分，一部分鼓励着他走向新时代，另一部分却又退到了旧时代的阵营。在这场文化变革中，最值得一提的是“诗界革命”，白话诗逐渐被大家接受并流行起来，梁实秋也走进了提倡白话诗的队伍中，同时期的还有郭沫若、汪静之、俞平伯等。梁实秋第一首诗是《荷花池畔》，被发表在《创造》季刊 1 卷 4 期上，获得了闻一多的赞赏，他也因此获得了“荷花池畔的诗人”的称号，全诗优美、动人，透露着青春少年浪漫的忧郁。此后他又写了不少作品，《答赠丝帕的女郎》《怀》《赠》《春天的图画》等，这些诗歌在 1923 年合集为《荷花池畔》准备出版，但最终没有印出来。在新诗领域，梁实秋展露出了过人的才华。1920 年，在清华园成立了一个新的学生社团“小说研究社”，社团成员共同翻译了一本《短篇小说作法》。1921 年 11 月 20 日，闻一多、梁实秋等人成立了“清华文学社”，并把成员进行分组，分为诗、小说、戏剧三组，闻一多为书记，梁实秋为干事，张忠绂为会计。缘分使闻一多与梁实秋结下了深厚友谊，成为形影不离的挚友，两人互相学习、共同进步。在闻一多的影响下，梁实秋也开始钻研新诗与艺术的关系，强调诗的音韵和诗的意境。他所作的《草儿评论》也是他具有代表性的论文之一，表达了他对新诗的个人观点。1922 年，闻一多结束了他在清华的求学生涯，闻一多离开后，梁实秋和吴景超成为清华文学社的主要人物。从 1920 年 9 月开始，他担任《清华周刊》的言论栏、文艺栏和文艺增刊的编辑，一方面利用机会发表文学社成员的作品，鼓励成员积极创作，另一方面梁实秋也发表了不少作品，如《南游杂感》和《清华的环境》，他的文笔细腻委婉、感情真切，算是梁实秋学生时期的试笔。1923 年上半年是梁实秋文学创作的高峰期，由于此时临近毕业，课程比较少，因此他有时间创作大量的诗歌和散文，还写了《读郑振铎译的〈飞鸟集〉》(刊《创造周报》第 9 号，1923 年 7 月 7 日发行）和《〈繁星〉与〈春水〉》两篇评论。

1923 年 8 月，梁实秋与清华学生 60 多人在上海浦东登上了轮船，驶向了太平洋，船上除了清华大学的学生外，还有三位燕京大学毕业的学生：冰心、许地山、“陶大姐”。海上风景优美，这些学生时常坐在一起交流，还出

了一份壁报，张贴在客厅入口处的旁边，三天一换，出了若干期后，他们还挑选出了14篇，作为专栏推给了《小说月报》，其中包括梁实秋的三首诗《海啸》《梦》《海鸟》，还有一篇译作《约翰我对不起你》。9月1日，梁实秋和他的伙伴们登上了美国的土地。9月3日，他到达了柯泉，进入了科罗拉多大学，选修近代诗、丁尼孙与勃朗宁等课程，对英美文学逐渐熟悉。1924年夏天，梁实秋从科罗拉多大学毕业，去哈佛大学进行硕士阶段的学习。他同在柯泉相遇的闻一多一同去了密歇根湖畔著名的城市芝加哥，并与清华的同学发起了一个国家主义的团队——大江会。在哈佛大学期间，梁实秋比较系统地学习了西方文艺思潮，这对他之后的文学批评带来了重要影响，白璧德可以说是他的启蒙者。他学习了白璧德的五部主要著作:《文学与美国文学》《卢梭与浪漫主义》《新拉奥孔》《法国近代批评大师》《民主与领袖》，白璧德的新人文主义给梁实秋带来了新的方向。此学说的核心就是善恶二元的人性论，这在梁实秋此后的文学作品中也能较为明显地体现出来，同时他和白璧德一样，也强调理性的作用，主张合乎理性的束缚，讲求节制。在哈佛的一年是他逐渐成熟的时期，他从浪漫主义向古典主义转变，进入了一个崭新的阶段。1926年夏天，梁实秋获得了文学硕士学位，结束了他三年的留美生涯，踏上了回国的旅程。

1927年7月，梁实秋回到了祖国的怀抱。虽然中国国内局势动荡，但沪宁京津还算平稳，他拿着梅光迪的介绍信来到了南京，获得了东南大学的聘书，成为东南大学的教授。1927年2月11日对于他来说是一个重要的日子，他与妻子在北京南河沿欧美同学会举行婚礼。蜜月才刚过十几天，南京的时局就发生了变化，北伐军步步逼近南京，在父母的劝说下，梁实秋带着妻子离开南京到了上海。在上海的生活是艰难的，但梁实秋夫妇却安然地过着他们幸福的新婚生活。经朋友帮助，梁实秋主编《时事新报》的副刊《青光》。《青光》在他手下面貌一新，他不用文言的稿子，只用白话文，不用应酬性的文章，只用幽默或态度严肃的作品。此外，他也在坚持每天给《青光》写短文，以讽刺现实生活为主，其中最具有代表性的作品就是《骂人的艺术》。据统计，他一共发表了百余篇文章，后又挑选出 47 篇构成一本集子，书名为《骂人的艺术》，由新月书店出版，署名为“秋郎”，在社会上引起了很大反响。1927 年 8 月 9 日，梁实秋辞去了工作，前往暨南大学任教。1928 年 3 月《新月》创刊，发表了一些涉及社会政治经济、思想言论等方面的文章，因为观点相似，逐渐形成了一个新的文学社团“新月派”。梁实秋以文艺理论家的姿态出现，在此刊物上发表了 40 多篇理论性文章，在新月书店出版了好几本文艺理论批评著作，在新月派中发挥了重要作用。1928 年以前，他在《晨报副镌》、《东南论衡》、上海《时事新报·文艺周刊》等报刊上发表了《现代中国文学之浪漫的趋势》《戏剧艺术辩正》《与自然同化》《文艺的无政府》等论文，同时又与左翼作家进行关于文学与革命问题的论争。可以说梁实秋作为新月派理论家，的确是发挥了重要作用。1930 年国民党政府决定设立青岛大学，梁实秋和闻一多一同前往青岛，梁实秋担任外国文学系主任，同时也是图书馆馆长，闻一多担任文学院院长和中国文学系主任，梁实秋主讲“英国文学史”“文艺批评”等课程。在青岛大学期间，他的翻译事业得到突飞猛进的发展，1930 年底，中国教育文化基金董事会召开第六次年会，成立了编译委员会，并成立了一个以闻一多为主任，徐志摩、梁实秋、叶公超、陈源为成员的翻译莎士比亚全集的专门委员会，梁实秋在抗战前夕完成了 8 部作品，1936 年由商务印书馆出版。1939 年，《哈姆雷特》《马克白》《奥赛罗》《威尼斯商人》《如愿》《暴风雨》《第十二夜》都相继出版。在青岛的生活是幸福的，但好景不长，教育部解散了青岛大学。1934 年，梁实秋来到北平，在北京大学任教，主讲“英国文学史”“英诗”“文学批评”等课程，他在这期间为《晨报》撰写文章，为抗日救亡而呐喊，梁实秋把笔当作武器，发挥着他自身的价值。

1937 年 7 月 7 日，卢沟桥事变爆发，中国进入民族危亡的关键时刻，梁实秋在 1938 年夏天从汉口乘着国民参政会的轮船到达了重庆，安顿下来后就开始负责组织教科书的工作，并被邀为《平明》副刊的主编。不得不提到的是，梁实秋告辞《平明》在北碚生活期间，是他印象最为深刻的几年。

1940年，他的朋友刘英士在重庆主办《星期评论》，邀请他为专栏写稿，梁实秋的第一篇文章名为《雅舍》，之后梁实秋就为专栏起了名字，为《雅舍小品》。1940年11月《雅舍小品》在《星期评论》上陆续发表，后来《星期评论》停刊，梁实秋的作品又相继发表在重庆《时与潮副刊》、南京《世纪评论》、天津《益世报·星期小品》等报刊上。《雅舍小品》共34篇，7万多字，奠定了梁实秋的文坛地位。此后，梁实秋又出版了《雅舍小品》的"续集""三集""四集""全集"，此外还有《槐园梦忆》《看云集》等散文集子，形成了他独特的散文风格，开辟了散文创作的独特道路。

1947年，梁实秋回到北平，任北平师范大学文学院英语系教授，讲授"英国文学史""文艺批评理论"等课程。1948年冬天，平津战役拉开了帷幕，绝境中的梁实秋前往广州，开始了颠沛流离的生活，在这种艰苦生活中，他渐渐对佛禅产生了浓厚兴趣，这也为他的文学创作注入了新的灵魂。1949年6月，梁实秋到达台北，担任编译馆人文科学委员会主任委员，同时又受聘为台湾师范大学教师，主要负责系、院行政事务，指导研究生工作，还创立了"英语教学中心""国语教学中心"，在台湾师大的科研工作中的贡献突出。他参与了编写《远东英汉字典》《最新实用英汉辞典》等众多辞典的浩大工程。在台北期间，作为《雅舍小品》系列的延续，他开始了"台北雅舍"系列，一开始发表在《文星杂志》《传记文学》等报刊中，后来结集出版。此外，他还出版了《实秋自选集》《梁实秋选集》《梁实秋自选集》等选集。1986年，正中书局出版了《雅舍小品》四集的合订本。他以"平实散淡""幽默戏谑"的风格吸引了大量读者，成为一代散文大师。

1966年，梁实秋退休，结束了他40多年的教学生涯，开始享受他幸福的晚年生活。然而好景不长，1974年4月30日，妻子突然离世，给梁实秋带来了沉重打击，回顾往事，他写下悼亡名篇《槐园梦忆》。为了审阅图书，他回到台北，却因缘分结识了韩菁清，并与她度过了后半生的幸福生活。他创作了《英国文学史》，还写了大量的散文、随笔。1980年，出版散文集《白猫王子与其他》，6月出版与叶公超主编的《新月散文选》。《白猫王子》《群芳小记》等作品以他与韩菁清的婚姻生活为题材，为他的散文作品增添了青春的气息。

第二节　论争中的散文小品观

梁实秋作为一个文艺理论家，积极地参与各项文学活动，将他的文学观应用在创作实践中，他对五四新文学的批判以及关于文学“人性”和“革命性”的论争，为五四之后现代散文理论批评的发展作出了贡献。

梁实秋的文学批评是从批评五四新文化运动开始的。1928年以前，他在《晨报副镌》、《东南论衡》、上海《时事新报·文艺周刊》等报刊上发表了《现代中国文学之浪漫的趋势》《戏剧艺术辩正》《与自然同化》《文艺的无政府》等文，对五四新文学进行了反思。梁实秋的文学理论体系深受白璧德的影响，白璧德批判浪漫主义，企图重建古典主义。首先，白璧德反对浪漫主义一味地放纵情感和想象，不注意节制。其次，他批判浪漫主义过于推崇个性，忽略艺术的普遍性。在艺术风格上，他崇尚一种和谐、均衡的古典主义的“合适”原则。梁实秋就是以白璧德的思想为基础进行批判继承，他的论文《现代中国文学之浪漫的趋势》可以说就是白璧德《卢梭与浪漫主义》的缩写，他提出了浪漫主义的四项不合理之处，一是极端地接受外国影响，二是推崇情感贬低理性，三是标榜自然与独创，四是印象主义批评。梁实秋认为五四新文学最大的特征就是摒弃理性的束缚、回归自然，但这种不加节制的表达方法确实破坏了平衡。他在文中也提到了两类作品，一类是体现男女爱情苦闷的情感类诗歌，一类是以同情的笔触描写劳动人民艰苦生活的作品。前者情感泛滥，对道德进行了超越；后者人道主义泛滥，使得情感不能控制。除了批判浪漫主义文学，他把目光也转向了现实主义，他认为现实主义揭露了社会阴暗的一面，破坏了表达的

平衡性。他从新人文主义的角度与近代人文主义思潮形成对立的两个阵营，强调理性的极端重要性。

随着中国革命形势的变化，以及国际无产阶级文学的影响，许多作家开始朝无产阶级文学前进，文艺理论思潮的论争就转向了文学与革命、文学的阶级性等问题上。五四浪漫主义阵营中的作家高举“个人主义”“为艺术而艺术”的旗帜，梁实秋又把斗争的矛头指向了无产阶级革命文学。他在《新月》等杂志上发表了《文学与革命》《文学是有阶级性的吗?》《文学的严重性》《文学与大众》《人性与阶级性》等众多文章，和左翼作家进行了一场激烈的论争，他的核心观点是“人性”，认为文学的出发点是人性，所有文学作品都应该用人性来衡量，同时他还提出了“天才论”，认为文学创作是讲求天分的，认为文学家是站在时代前沿的人。

他不断地丰富自己的文学理论，提出了文学的严重性原则，认为文学创作是一件十分严肃的事情，作为作家要有一种严肃的态度，有一种认真的态度，来从事这项工作。强调文学与道德的关系，主张健康与中庸的文学，反对暴力与肉俗，认为文学的目的也就是道德的目的，将两者密切结合起来。这种文学理论深深印刻在他的散文创作上，他发表了大量的论文，如《论散文》《小品文》《现代文学论》，来表达他对散文文体的看法。首先，他认为散文应该注重个性的表达，每个作家都有自己独特的写作风格，他的思想、精神通过自己固定的文调表现出来，能让读者印象深刻。其次，他提倡“合适”原则，认为散文应该适当而且简洁，大量的装饰性语言会使文章本身的价值减小，线索不清楚，内容繁杂、生硬，失去它本身的美，因此，散文只要是作者由心而发，简单明了地呈现在读者面前，便是一篇好散文。梁实秋在《论散文》中以弗老贝尔为例说明了散文艺术上不可忽略的纪律或者普遍的原则，诸如对字句的推敲等，并且提出散文艺术中最根本的原则是“割爱”。在美的艺术的散文理论基础上，梁实秋提出了“散文之美，美在适当”的观点。梁实秋在《文学的纪律》中详细分析了蒲伯等新古典派的批评观念，认为新古典派的标准是在文学里定下规律，他说，“创作家要遵着规律创作，批评家也遵着规律批评”[①]。在梁实秋看来，何瑞斯（Horace）首先把文学标准规律化，并且提出了“适当律”（Raw of decorum），所谓“适当”指的是文学规律的总和。梁实秋吸收了新古典派文学观念，提出“文学的纪律是内在的节制”[②]，“节制的力量，就是以理性（Reason）驾驭情感，以理性节制想象”[③]。他认为，一切文学都应该有形式完美的规律，这正如他在《文学的美》中所论述的“文学的美是有限度的”。梁实秋正是在上述观念的基础上提出“散文之美，美在适当”[④]。范培松认为散文“美在适当”是梁实秋散文理论的核心，他说：“‘适当’就是近乎不偏不倚，不左不右，不多不少，不张不弛，似哲学中的‘中庸’，似人生态度中的‘中立’，似节奏中的‘从容’，但又都不是。”[⑤]梁实秋从古典主义文学理论出发，强调散文的美是有限度的，散文在艺术上应该遵守形式完美的规律，在思想情感上应该遵守理性的节制。再次，讲求散文有多种形式的美，应该独具一格，不能千篇一律，内容固然重要，可是散文的形式也有它自身的价值。梁实秋在《文学的美》中运用克罗齐等西方美学家的观点论述了文学中的美，他认为文学有美，他说，“因为有美所以文学才能算是一种艺术，才能与别的艺术息息相通”[⑥]。梁实秋借鉴了西方文学类型学，在《现代文学论》《文学讲话》等文章中把文学分为诗歌、小说、戏剧、散文四种类型；在梁实秋看来，因为文学是一种美的艺术，所以散文作为文学之一种也是一种美的艺术。正是在这样的基础上，梁实秋在《现代文学论》中提出，“散文也有散文的艺术”[⑦]。他认为，“凡是艺术都是人为的”，散文的艺术是不可缺少的，所谓“散文的艺术”，

① 《梁实秋论文学》，台湾时报文化出版事业有限公司 1978 年版，第 110 页。
② 《梁实秋论文学》，台湾时报文化出版事业有限公司 1978 年版，第 125 页。
③ 《梁实秋论文学》，台湾时报文化出版事业有限公司 1978 年版，第 117 页。
④ 《梁实秋论文学》，台湾时报文化出版事业有限公司 1978 年版，第 353 页。
⑤ 范培松：《中国散文批评史》，江苏教育出版社 2000 年版，第 115 页。
⑥ 《梁实秋论文学》，台湾时报文化出版事业有限公司 1978 年版，第 446 页。
⑦ 《梁实秋论文学》，台湾时报文化出版事业有限公司 1978 年版，第 350 页。

"便是作者的自觉的选择"①，也可以说是艺术的纪律。这些观点不仅适用于梁实秋的散文创作，也同样应用于对作家的评论，他在《现代文学论》中对部分作家进行了集中性评论：

> 新文学运动以来，比较能写优美的散文的，我认为首应推胡适、徐志摩、周作人、鲁迅、郭沫若五人，这五个各有各的好处，胡适不是文学家，但他的散文有一个最基本的优点——清楚。清楚二字不是容易做到的，思想先要清楚，然后笔下没有一丝纤尘，这才能写出纯净无疵的散文。胡适的散文长于说理，即是因为清楚的缘故。有许多的人，书读得不少，写起文章来，拖泥带水，令人摸不着头脑。所以清楚是一种难得的优点，并且是基本的优点，做不到清楚二字，休想能写出优美的散文。徐志摩的散文的优点是亲切。他的文字不拘泥不矜持，写得细腻委婉，趣味盎然！周作人的散文冲淡闲逸，初看好像平凡，细看便觉得隽永，这真是启明老人特备的风格，意境既高，而文笔又雅练。鲁迅的散文是恶辣，著名的刀笔，用于讽刺是很深刻有味的，他的六七本杂文是他最大的收获。郭沫若的文笔气魄最大，如长江大河，可说是才气纵横。我觉得这五个人可以说是现代散文的代表。②

这种散文的批评属于感悟式的批评范畴，对后世文学批评具有深远影响。1935 年郁达夫的《中国新闻学大系・散文二集・导言》中的"妄评一二"就借鉴了这种文学批评模式。

提到文学论争，不得不说的是梁实秋与鲁迅之间的激烈对立，梁实秋的新人文主义，其实质是古典主义，是一种保守的思想。梁实秋的文学理论体

---

① 梁实秋：《论散文》，《新月》1928 年第 1 卷第 8 期。

② 梁实秋：《现代文学论》，《梁实秋论文学》，台湾时报文化出版事业有限公司 1978 年版，第 335 页。

系以古典主义为核心，受到了左翼作家的反对和批判，鲁迅写了《“硬译”与文学的阶级性》《“丧家的”、“资本家的‘乏’走狗”》《新月社批评家的任务》等文章，批评梁实秋否定了文学的阶级性和无产阶级革命文学理论。而梁实秋也对鲁迅的文章进行了评价，他认为鲁迅的文章没有积极正面的内容，他在《关于鲁迅》中写道：“论内容，鲁迅杂文没有积极的思想，正面的主张，而只有一腹牢骚，一腔怨气，不满于现状，热衷于个人之间的攻讦”①。此外，鲁迅语言的刻薄尖锐是因为他先天具有绍兴师爷“刀笔吏”的素质，从艺术角度来言，讽刺文学是一个统一的整体。这场论争既透露出梁实秋某些积极进步的地方，同时经过时间的检验，又有错误的一面。但不能否认的是，梁实秋作为一个散文大家，实现了自身的最大价值，而他作为一个文艺理论家，也为中国散文理论的不断丰富贡献了自己的力量。

梁实秋作为一个文艺理论家，写下了数量可观的评论文章，在当时的文学界激起了巨大的影响，也多次卷入了论争的旋涡中，其分量是难以忽略的，他思想的丰富性、理论的复杂性为中国现代文学理论提供了个人独特的见解，对中国现代文学的发展也起到了重要作用。

第三节　雅舍小品的艺术特色

梁实秋是中国现代散文大家，他以闲适悠然、幽默诙谐的风格而著称，其代表作《雅舍小品》历经时间的考验，依然得到读者的喜爱和一致好评，成为中国现代散文园地里一朵永开不败的花朵。《雅舍小品》共有四集，分别为《雅舍小品·初集》《雅舍小品·续集》《雅舍小品·三集》《雅舍小品·四集》，共计小品文 143 篇，前后期作品保持了一贯风格，代表了梁实秋散文

① 梁实秋：《关于鲁迅》，台湾爱眉文艺出版社 1990 年版，第 19 页。

的最高成就。

《雅舍小品》起源于刘英士在重庆办星期评论时的约稿。当时国家动乱，正处于抗日战争最艰苦的时期，梁实秋用笔名一连写了十篇，名为“雅舍小品”。他的文章不涉及战事，只是关乎身边琐事，平淡有趣，梁实秋自己就曾说过：“《雅舍小品》之所以蒙受读者爱读，也许是因为每篇都很简短，平均不出两千字。所写均是身边琐事，既未涉及国事，又不高谈中西文化问题。”[①]这种写作特色，显示了梁实秋在困境中的平和豁达、超然独立的人生观。《雅舍小品》内容题材丰富多彩，展现了生活百态，既有对生活趣事的记叙，又有对人性弱点的针砭，让人读起来于轻松之中又见哲理。《雅舍小品·初集》以闲适之风谈及生命之意义、自我修养的提高，同时又指出人性弱点，针砭时弊。《雅舍小品·续集》《雅舍小品·三集》《雅舍小品·四集》延续之前的一贯风格，除了生活中见事理，还抒发了游子的羁旅之情。此外，梁实秋受西方文化的影响，开始不自觉地向现代意识转变。前期多偏向于幽默诙谐的小品，后期的幽默讽刺较为收敛，更多的是带有随感录的特色，但总体来说保持了梁实秋散文的大体风格。

梁实秋的散文个性鲜明，带有雅趣，韵味无穷。梁实秋强调文章要突出作者的个性，要真率自然，不矫揉造作，使感情在文字的书写中缓缓流露。他曾经说过：“我们写散文，首先要摈除这种习气，要有什么话说什么话，要忠实自己，不自欺方能不欺人，文章背后要有一个人，不可是傀儡。”[②]正是因为散文处处都是作者性格的流露，所以他的散文自始至终都荡漾着一股韵味，形成了闲适、凝练的文风，让读者读后感到回味无穷，不仅能体会到梁实秋性格中的清雅脱俗，还能感悟到人生哲理。《雅舍小品》的开篇——《雅舍》就表达了作者随遇而安、自得其乐的人生情调，雅舍十分简陋，“有窗而无玻璃，风来则洞若凉亭；有瓦而空隙不少，雨来则渗如滴漏”[③]。但梁实

① 梁实秋：《现代文学论》，《偏见集》，南京出版社 1934 年版，第 96 页。

② 梁实秋：《现代文学论》，《偏见集》，南京出版社 1934 年版，第 175 页。

③ 梁实秋：《雅舍》，《梁实秋散文选集》，百花文艺出版社 2004 年版，第 27 页。

秋却在这简陋的小屋内感到内心的平静和生活的乐趣，因为“雅舍还是自有它的个性。有个性就可爱”①。这种个性就是“趣味”，“雅舍”的景观别有风味，作者用饱含激情的笔描述了“雅舍”中所见的月夜，“看山头吐月，红盘乍涌，一霎间，青光四射，天空皎洁，四野无声，微闻犬吠，坐客无不悄然！舍前有两株梨树，等到月升中天，清光从树间晒洒而下，地上阴影斑斓，此时尤为幽绝。直到兴阑人散，归房就寝，月光仍然逼进窗来，助我凄凉。”②月光从树间洒下来，地上阴影斑斓，周围静寂无声，一幅美轮美奂的月夜图出现在我们面前，这种描写是细致的、精妙的。梁实秋是一个善于发现生活情趣的人，又是一个善于记录生活情趣的人，简陋的房子在他的描写下显现出独特的趣味。它不仅仅是用于居住的地方，更是作者精神的寄托，寄托他人生的“苦辣酸甜”。生活的体验已经升华为灵魂的安放，我们感受到梁实秋旷达淡然的人生境界，体会到刘禹锡《陋室铭》中陋室不陋的人生哲理。在《喝茶》一文中，同样能表现出梁实秋性格中清雅的一面，文章富有韵味，犹如茶般淡雅清香。“清茶最为风雅。抗战前造访知堂老人于苦茶庵，主客相对总是有清茶一盂，淡淡的、涩涩的、绿绿的。我曾屡侍先君游西子湖，从不忘记品尝当地的龙井，不需要攀登南高峰风篁岭，近处平湖秋月就有上好的龙井茶，开水现冲，风味绝佳。茶后进藕粉一碗，四美具矣。正是‘穿牖而来，夏日清风冬日日；卷帘相见，前山明月后山山。’有朋自六安来，贻我瓜片少许，叶大而绿，饮之有荒野的气息扑鼻。”③整篇文章都围绕茶而来，在作者谈天式的书写中，茶文化中又夹杂着浓郁的文人气息，梁实秋从喝茶的日常行为入手，由小见大，引起思考，不动声色地将饮茶的乐趣和意义娓娓道来，内涵丰富，韵味深厚。

梁实秋的散文内容虽然都是日常生活琐事，但它的内涵却不局限于此，而是通过这些描写，表现个人的思考。这是一种“学者型”的写作，雅俗结

---

① 梁实秋：《雅舍》，《梁实秋散文选集》，百花文艺出版社 2004 年版，第 27 页。

② 梁实秋：《雅舍》，《梁实秋文集》，吉林摄影出版社 2006 年版，第 3 页。

③ 梁实秋：《喝茶》，《梁实秋散文选集》，百花文艺出版社 2004 年版，第 38 页。

合，由俗写雅。《谦让》从一般宴会写起，引起谦让的主题，“一群客人挤在客厅里，谁也不肯先坐，谁也不肯坐首座，好像‘常常登上座，渐渐入祠堂’的道理是人人所不能忘的。于是你推我让，人声鼎沸。辈分小的，官职低的，垂着手远远地立在屋角，听候调遣。自以为有占首座或次座资格的人，无不攘肩而前，拉拉扯扯，不肯放过他们表现谦让的美德的机会。”[①]他在日常生活中发现了支配人行为的内在人性，“我从不曾看见，在长途公共汽车车站售票的地方，如果没有木制的长栅栏，而还能够保留一些谦让之风！因此我发现了一般人处世的一条道理，那便是：可以无需让的时候，则无妨谦让一番，于人无利，于己无损；在该让的时候，则不谦让，以免损己；在应该不让的时候，则必定谦让，于己有利，于人无损”[②]。这番描写，引人深思，使人反省。在《中年》中，梁实秋以老道的文笔写下对人生的思考：“中年的妙趣，在于相当的认识人生，认识自己，从而作自己所能作的事，享受自己所能享受的生活”[③]。在另一篇散文中，作者从散步下手，引发无限的思索，体味散步的乐趣，“散步的去处不一定要是山明水秀之区，如果风景宜人，固然觉得心旷神奇，就是荒村陋巷，也自有它的情趣”[④]，“散步不需要伴侣，东望西望没人管，快步慢步由你说，这不但是自由，而且只有在这种时候才特别容易领略到‘前不见古人，后不见来者’那种‘分段苦’的味道。天覆地载，孑然一身”[⑤]。作者在日常散步中体味到其所蕴含的意义和价值。梁实秋的散文是寄托个人性情的作品，他在散文中思考，在散文中怡情，从而抒发他独特的见解。

此外，适度幽默也是梁实秋散文的重要特点。这种幽默带有嘲弄的意味，不浓烈，如鲁迅的讽刺性文章。这种嘲弄带着人性关怀，作者从生活中

---

① 梁实秋：《谦让》，《梁实秋散文选集》，百花文艺出版社 2004 年版，第 46 页。
② 梁实秋：《雅舍》，《梁实秋文集》，吉林摄影出版社 2006 年版，第 19 页。
③ 梁实秋：《中年》，《梁实秋散文选集》，百花文艺出版社 2004 年版，第 69 页。
④ 梁实秋：《散步》，《梁实秋散文选集》，百花文艺出版社 2004 年版，第 105 页。
⑤ 梁实秋：《散步》，《梁实秋散文选集》，百花文艺出版社 2004 年版，第 107 页。

发现问题并加以指正，嘲弄便是一种手段。梁实秋的幽默是清淡的，更贴近人的生活，带有林语堂、周作人幽默中的闲适、平和的味道，因此更展现出文人的儒雅之风。梁实秋用幽默之笔体味人间冷暖，发掘出深层的人性底蕴，对世俗生活中的丑陋进行讽刺嘲弄。

在《孩子》中，梁实秋表达了自己对儿女教育问题的担忧，反对过于溺爱孩子的行为，全篇用幽默的笔触及社会存在的普遍问题，引起家长们的反思。"自有小家庭制以来，孩子的地位顿形提高。以前的'孝子'是孝顺其父母之子，今之所谓'孝子'乃是孝顺其孩子之父母。孩子是一家之主，父母都要孝他！"①"孩子中之比较最蠢，最懒，最刁，最泼，最丑，最弱，最不讨人欢喜的，往往最得父母的钟爱。此事似颇费解，其实我们应该记得《西游记》中唐僧为什么偏偏欢喜猪八戒。"② 梁实秋用带有嘲弄意味的文字向我们说明一个道理：孩子是需要管教的，只有施以正确的教育方法，才能使孩子长大成材，不至于走向错误的道路。在另一篇文章中，梁实秋讽刺了对上司阿谀奉承，对下属傲慢不屑，带有多副面孔的人。这带有幽默感的描写令人捧腹大笑，"对下属道貌岸然，或是面部无表情，像一张白纸似的，使你无从观色，莫测高深；或是面皮绷得像一张皮鼓，脸拉得驴般长，使你在他面前觉得矮好几尺！但是他一旦见到上司，驴脸得立刻缩短，再往瘪里一缩，马上变成柿饼脸，堆下笑容，直线条全变成曲线条；如果见到更高的上司，连笑容都凝结得堆不下来，未开言嘴唇要抖上好大一阵，脸上作出十足的诚惶诚恐之状。帘子脸是傲上媚下的主要工具，对于某一种人是少不得的。"③ 虚伪的嘴脸通过文章展现在我们面前，社会中不乏这样的人存在，他们有着多副面孔，待人虚情假意，变脸如翻书，让人防不胜防。在《送行》中，梁实秋嘲讽了现在不断形式化的送别。曾经送别的独特韵味早已消散，送别已经成为一种机械化的行为，着实让人痛心。他在文中还写到当前社会

① 梁实秋：《孩子》，《梁实秋散文选集》，百花文艺出版社 2004 年版，第 31 页。

② 梁实秋：《孩子》，《梁实秋散文选集》，百花文艺出版社 2004 年版，第 34 页。

③ 梁实秋：《脸谱》，《梁实秋散文选集》，百花文艺出版社 2004 年版，第 63 页。

存在“送行会”职员，凡是旅客孤身在外而愿有人到站相送的，都可以到“送行会”去雇人来送。梁实秋还提到他在严寒的冬夜，在车站上的奇遇，看似难以想象，但却都是当今的送行形式化所闹出的笑话，同时也引人深思。

梁实秋的文人气度也在散文中得到了展现，他的散文内容丰富，勾连古今中外，引用大量的诗文典故，使散文带有浓郁的文化色彩，这种广征博引一方面展现了梁实秋渊博的知识，另一方面也表现了他对各类题材都能熟悉驾驭。这与他的人生经历有重要的关系，梁实秋早年就读于清华大学，22 岁时便留学美国，读了大量英美文学，30 岁之后，又阅读了大量的古书，对中国历史尤为熟悉。此外，他也对佛经禅学有兴趣，研读了很多佛经著作，如此广的涉猎，让他在写作中能谈笑古今，随手引征。如《中年》中作者既引用了《聊斋志异》的那一篇《画皮》来写人到中年的女子上妆和卸妆，还引用了施耐庵《水浒传》序云“人生三十未娶，不应再娶；四十未仕，不应再仕”①，引入中年也需努力的话题，这使得散文更加带有理趣之美。同样在《鸟》中，作者想起了济慈的《夜莺》、雪莱的《云雀》，借以来书写自己的想法，《散步》更是旁征博引，开篇就是《嫏嬛记》所说的“古之老人，饭后必散步”，后文又提及了六朝人喜服五石散的风气，文末以白居易诗歌“晚来天气好，散步中门前”来结尾。梁实秋以“谈话风”的形式，把各种话题串联在一起，集中地组织起来，文章扣紧主题，不松散，谈笑之间，作者将生活中领悟的道理呈现在读者的面前。这种写作方式将日常生活和文化韵味很好地融合在一起，形成“文人型散文”和“知识型散文”。

《雅舍小品》是梁实秋的心血结晶，也奠定了他在文学史上的地位。他以幽默风趣的文笔、独特的观察视角吸引了一批又一批的读者，在他的散文中，我们可见作者广博的见识，更能见其真情。《雅舍小品》作为休闲型读物在当代也是越来越受到人们的喜爱，它的文学价值也经久不衰。

---

① 施耐庵：《水浒传》，人民文学出版社 2009 年版，第 5 页。

第四节　梁实秋散文的社会价值

梁实秋作为中国现代文学史上著名的散文家，其散文影响了一代又一代读者，他用深邃的思想、丰富的学识，创作出很多经典之作。他选取日常生活中的事情，又对其进行审美加工，创造出一种超越世俗功利、乐观豁达的人生境界。他的作品风靡海内外，受到了读者的一致好评，特别是他的散文代表作《雅舍小品》中文版再版已经超过五十次，可见其作品的独特魅力。朱光潜对《雅舍小品》的影响之大曾经说道："大作《雅舍小品》对于文学的贡献在翻译莎士比亚的工作之上"①。在散文创作中，梁实秋作为生活的观察者和记录者，承载着知识与文化，创造了别具一格的散文范式，为中国现代散文发展作出了重要贡献，也产生了重要的社会价值。

在梁实秋的散文中，处处能看到人性，这种带着人性观的文学无疑将散文创作推向了更高的层面，读者在咀嚼之中，看到人性的弱点，修正自己的灵魂。这种人性观的创作来源于梁实秋的文学思想，他在《文学的纪律》中写道："文学的目的是在借宇宙、自然、人生之种种现象来表示出普遍固定之人性，文学发于人性，基于人性，亦止于人性"②。他认为文章应该注重对人性的展现，洞察人情世故，因此他写的散文涉及散步、喝茶、饮酒、送别、请客等平淡无奇的小事，又在小事中透露出大智慧。梁实秋的笔就像一把放大镜，把我们不曾注意到的问题放大到夸张荒诞的程度，令人回味无穷，引发进一步的思索。《"旁若无人"》写的是身边常常出现的情形，是个人自私的表现，针对这个问题，梁实秋写道："逃避不是办法。我们只是希望人形的豪猪时常地提醒自己：这世界上除了自己还有别人，人形的豪猪既

① 陈子善：《梁实秋文学回忆录》（第一版），岳麓书社 1989 年版，第 64 页。

② 黎照：《鲁迅梁实秋论战实录》，华龄出版社 1997 年版，第 144 页。

不止我一个，最好是把自己的大大小小的刺毛收敛一下，不必像孔雀开屏似的把自己的刺毛都尽量的伸张。”[①]作者还用幽默的笔写下了公共场合的不雅行为，“例如欠伸，原是常事，但是在稠人广众之中，张开血盆巨口，作吃人状，把口里的獠牙显露出来，再加上伸胳膊伸腿如演太极，那样子就不免吓人。有人打哈欠还带音乐的，其声呜呜然，如吹号角，如鸣警报，如猿啼，如鹤唳，音容并茂”[②]，这种颇具趣味的写作使得读者捧腹大笑之后又陷入了思考之中，重新审视自己的行为，一定程度上来说有相当大的教育意义。这种委婉的嘲弄在《谦让》中也体现出来，谦让这种美德在现实生活中成为了充满虚假的社交行为，作者最后发出这样的感叹：“谦让的仪式行久了之后，也许对于人心有潜移默化之功，使人在争权夺利奋不顾身之际，不知不觉地也举行起谦让的仪式。可惜我们人类的文明史尚短，潜移默化尚未能奏大效，露出原始人的狰狞面目的时候要比雍雍穆穆的举行谦让仪式的时候多些。”[③]这是对陋习的一种讽刺和批判，对所谓的“谦让之礼”进行了鞭辟入里的剖析。梁实秋正是从“人性”入手，呼唤人的觉醒，把人们所不易发现的人性弱点揭示出来，对于社会的进步具有重要的作用。“人性之恶”在他笔下成为嘲弄的对象，但这是温和的、不露锋芒的、带着浓郁的幽默之味。在一定程度上来说，幽默风趣是梁实秋散文的重要特点，也是对传统散文的继承和超越。

梁实秋散文所透露出来的积极乐观的人生态度也对读者产生了重要影响。他散文中所透露出的闲适平和的文风，来源于梁实秋散淡平和的人生态度、乐观旷达的人生情怀。他无论在什么样的情形下都能自得其乐，把外在施加的无奈痛苦转化为一种人生的体验，表达对生活的热爱。《雅舍小品》开篇之作——《雅舍》就最能表现梁实秋随遇而安、自得其乐的心态，雅舍“篦墙不固，门窗不严”，“邻人轰饮作乐，咿唔诗章，喁喁细语，以及鼾

① 梁实秋：《“旁若无人”》，《梁实秋散文选集》，百花文艺出版社 2004 年版，第 84 页。

② 梁实秋：《“旁若无人”》，《梁实秋散文选集》，百花文艺出版社 2004 年版，第 81 页。

③ 梁实秋：《谦让》，《梁实秋散文选集》，百花文艺出版社 2004 年版，第 49 页。

声，喷嚏声，吮汤声，撕纸声，脱皮鞋声，均随时由门窗户壁的隙处荡漾而来，破我岑寂。入夜则鼠子瞰灯，才一合眼，鼠子便自由行动，或搬核桃在地板上顺坡而下，或吸灯油而推翻烛台，或攀援而上帐顶，或在门框桌脚上磨牙，使人不得安枕。"[①]但作者却在这其中发现了乐趣，雅舍在他的眼中是有个性的，他把生活体验审美化，重新展现在读者面前，在淡然一笑中，这份旷达与平和深深影响着我们的人生观。这贴近道家的"清淡雅洁"的写作方式，无疑是作者内心的真实写照，有评论说："他以轻松自得的笔调玩味生活中的各种情趣，并把纯粹的生活体验化为人生的审美，即便是痛苦的经验也常常进入审美的视野。"[②]正是由于梁实秋乐观旷达的心境，所以他笔下经常是我们熟悉的小事，表现对生活点点滴滴的好奇和喜爱。他所处的时代风起云涌，变幻莫测，但他受中西方文化的影响，却一直保持积极入世的人生态度，能随外界环境的变化而变化，拒绝消极的人生观，只追求内心的平静，这是一种处世哲学，也是一种生活态度。我们在阅读中，汲取着哲理，品味着生活，文字慢慢流淌，潜移默化地净化着我们的心灵，使我们也用一种超脱的心态衡量人性的美与丑。他的代表作《雅舍小品》的核心观点就是享受生活、热爱生活，这与当代社会的追求是一致的，我们只有真正发现生活的美，才能使自身参与的一些活动变得更有乐趣和意义。积极乐观的心态也让他直面生死，对生命的有限性毫不畏惧。在散文《聋》中，作者介绍自己听不清各种声音所带来的麻烦，有时还拿自己耳聋来开玩笑，面对年老耳聋，作者没有焦虑忧愁，而是把这种状态当作人生体验分享给读者，不得不说，梁实秋旷达乐观的精神已经到达了巅峰。这些精神通过文字传递给读者，让读者在阅读之际也能获得新的人生感悟，有一定的教育意义，这也是梁实秋散文的独特价值所在。随着当今物质、文化水平的提高，社会兴起了一股浮躁之风，人们欲望不断膨胀，越来越缺少平和处世的心态，对万事万

---

① 梁实秋：《雅舍》，《梁实秋散文选集》，百花文艺出版社 2004 年版，第 27 页。

② 李云雷：《速读中国现当代文学大师与名家丛书·梁实秋卷》，蓝天出版社 2003 年版，第 264 页。

物所透露出来的价值也视而不见，极少能自己安静下来思考一些问题。阅读梁实秋的作品，我们似乎能找到那一方净土，在绵长的回味中，发现日常生活中的美，体味生命流淌中的乐趣。

幽默是梁实秋散文最突出的特点，这种幽默不仅是一种写作技巧，也是经历了坎坷的人生后，品尝了世间苦辣酸甜后对现实的冷静的关照与反思，他的幽默不是对生活的玩味，而是透露出一种人生哲理，透露自我情绪的调节。在梁实秋的散文中，不仅可以看到委婉的嘲讽，也能看到他的自嘲。在《讲价》一文中，他嘲笑自己买东西很少的时候能不比别人的贵，在《时间即生命》一文中，他也嘲笑自己，好多的时间都糊里糊涂地混过去了，原本翻译莎士比亚计划二十年，但自己却用了三十年，从而说出是因为自己懒的原因，最后又归结于活得太长久。还有《聋》也是作者对自己的嘲弄。在一定程度上来说，幽默是生活的调节剂，能突破被束缚的自我，获得内心的平静。自我内心世界与自我追求在不经意的幽默中连接起来，达到了共鸣的效果，幽默成为一种生活态度和生活方式。正因为他的作品中有着旷达乐观、随缘而喜、自我排解的丰富人生观，才使得他的作品内涵更显丰腴，散文的艺术成就更加突出。幽默在梁实秋的散文中成为一剂调味料，也成为人生道路上不可或缺的调节剂。

梁实秋作为一名散文大家，其作品广为流传，并且深受人们喜爱。他创作了大量的散文精品，并发表了大量杂文。他的文章既带有古典文学的韵味，又吸取了英国兰姆随笔的自由洒脱，与同时代的散文作家相比，有自己独特的风格特色，在中国现代文学史上占有一席之地。到目前为止，他的代表作《雅舍小品》先后印出了300多版，销售不衰，创造了中国现代散文著作出版的最高纪录。他不仅在国内闻名，而且他的作品也走向了国外，1960年，时绍瀛将其作品翻译为英文，销往北美、东南亚等各地，受到外国读者的欢迎和喜爱。梁实秋散文的成就来源于他对人性百态的洞察，也来源于他对中西文化的掌握和融会贯通。他的作品经得起时间的检验，在当代也焕发出新的生机，读者群越来越多，影响越来越深刻。

第十章　沈从文散文的风俗画

美丽而闭塞的湘西小城孕育出中国现代文学史上一位杰出作家沈从文。故乡的水赋予他灵性，坎坷的人生赋予他智慧，作为一个只读过小学，曾经连标点符号都不会用的人，能创作出如此众多享誉中外的文学作品，是一个传奇。沈从文是中国现代文学史上一位重要作家，他以湘西乡土生活为题材，创作了带有田园牧歌情调的文学作品，并影响到乡土文学创作。沈从文的小说《边城》《长河》享誉中外，他的散文也流传至今。他的主要散文有《从文自传》《湘行散记》《湘西》，对湘西的山光水色、风俗人情进行诗意般的描写，创造了一个如梦如幻的文学国度。沈从文的作品，经得起历史的考验，在半个多世纪后仍然焕发出独特的光彩，他笔下的"湘西世界"也成为如今一个重要的文学意象，"乡土性抒情"对现代文学创作产生了深刻影响。

第一节　沈从文其人其文

湘西是一片神秘的土地，与世隔绝的环境、未受污染的山水景色、少数民族世代聚居，让这里的文化与外界大不相同。1902 年 12 月 28 日凌晨，沈从文就出生在这里，他在兄妹九人中排行第四，在男孩中排行第二，因此在许多早期作品中常把自己称为"二哥"。小时候的沈从文聪明顽劣，不爱上学，他在《从文自传》中也多次提及童年时的他在表哥的带领下逃学去城

外的山上玩，去河边洗澡，去抓蟋蟀，沈从文也学会了撒谎。后来逃学的事情败露，被父亲知晓，说要砍去他一只手指，这种恐吓并没有起多大的作用，凤凰城的美丽景色深深吸引着他，让他沉醉其中，无法自拔。这种对自然的喜爱之情也影响到了沈从文以后的创作，用如诗如画的语言描绘他心中的湘西。对于童年时期的逃学经历给他带来的影响，他曾在《从文自传》中写道："离开私塾转入新式小学时，我学的总是学校以外的。到我出外自食其力时，又不曾在职务上学好过甚么。二十年后我'不安于当前事务，却倾心于现世光色，对于一切成例与观念皆十分怀疑，却常常为人生远景而凝眸'，这分性格的形成，便应当溯源于小时在私塾中的逃学习惯。"①儿时的沈从文还常常一个人走到城外的庙去玩，观察这里的娱乐活动，有时看人下棋，有时看人打拳，他热爱观察，对生活充满乐趣。他还具有丰富的想象力，每次逃学出去玩耍一天的沈从文回到家里，便被父亲责罚，跪在院子里，不许吃饭，这时的沈从文心绪飘到了田野上、山水间，他想到了大树间歌唱的黄鹂，小溪边活蹦乱跳的鱼儿，树上沉甸甸的果实，这些鲜活的景物使他忘记父亲的跪罚，获得了内心的愉悦。可以说，童年的沈从文对大自然的求知欲太旺盛了，他从大自然中获得了比课堂更有价值的知识和智慧，读一本小书的同时又读一本大书，而他的艺术天才一部分就来源于此。

就在沈从文进入高小的那一年，凤凰镇由于受蔡锷将军讨伐袁世凯而决定设立四个军事学校，沈从文的预备兵生涯开始了。1917 年 7 月 16 日，沈从文以补充兵的名义，跟着部队去了辰州，到部队之后生活十分艰难。因为曾经有军事知识，在一段时间后沈从文做了班长。这期间他遇到了一个对他有重要影响的人——文秘书，他与文秘书经常一起聊天，沈从文讲述山里的趣事，而文秘书则讲述了城市里的新奇物。同时沈从文也接触到了《辞源》、报纸等一系列读物，打开了新的世界。可惜好景不长，队伍遭到民兵的偷

① 沈从文：《我读一本小书同时又读一本大书》，《沈从文全集》第 13 卷，北岳文艺出版社 2009 年版，第 254 页。

袭，沈从文死里逃生领到遣散费，又回到了家乡。这次回乡后他经历了第一次恋爱，但却上当受骗了，失望之际，他把剩下的钱留给了母亲，一个人悄悄地搭上了去往常德的船。在常德这段日子，他遇到了来作译电的表弟聂清，他对聂清所属的清乡部队深有好感。于是开始了第二次从军生涯，来到了保靖。后因机缘巧合，他被调到四川成为一名机要文件收发员。在这片土地上，有很多秀美的自然景物，沈从文一边跟着大部队行军，一边享受着大自然的美，这对十年后沈从文写《边城》有深刻的影响。由于沈从文出色的写作能力，他后来调到陈渠珍手下做书记员。住在军部的会议室旁边，闲暇的日子，他就时常翻阅一些古籍，如《钟鼎款识》《西清古鉴》等，古典文学的熏陶给他以后的文学创作增添了民族文化的韵味。由于工作优秀，他又被调进报馆，成为一名校对，他与一名长沙聘来的印刷工长住在一起，在工长的开导下，沈从文接触到了五四精神浸染下的文学作品，了解到郭沫若和郁达夫，这些新思想一直激荡在他心中，引领他走向新的方向，以至于他终于跨出了人生中最重要的一步：前往北京。

1922 年夏天，这个“乡下人”来到了北京，开始了他的求学之路，这条路走得异常艰辛。由于沈从文文凭太低，到处碰壁，他去考北大、燕京大学都失败了，后来考上了中法大学，却因为交不起学费而失去了机会，这些挫折使他越来越失望，最终开始了自学。通过自学他阅读了大量文学作品，后来又搬到了北京大学红楼旁的银闸胡同，方便去课堂旁听。就这样，在“窄而霉小斋”里，他一边学习一边开始了创作。由于在保靖曾受到过五四文学思潮的影响，他深知文学作品能够唤起公民的独立意识，于是努力写稿、投稿，最终却都石沉大海。1924 年 11 月 13 日对于沈从文的文学生涯是一个转折点。郁达夫的到来让这个刚开始创作的青年万分惊喜。郁达夫一篇《给一位文学青年的公开状》赞扬了沈从文“坚忍不拔”的决心，并为他指明了道路。1924 年 12 月，沈从文的《一封未曾付邮的信》在《晨报副刊》上发表，1925 年 3 月又发表了散文《遥夜——五》，沈从文终于在困境中看到了希望，他这篇文章被北大教授林宰平看到了，带给了沈从文一份新的工

作，在香山慈幼院图书馆任管理员。在这期间他发表了小说《第二个狒狒》《用 A 记下来的故事》《棉鞋》，这些作品都是以香山慈幼院为原型进行的创作，揭露了香山慈幼院的惺惺作态，引起了他们的愤怒，同年秋天，沈从文带着文人的傲骨离开了这里。

离开香山后，沈从文又重新陷入了困境。但此时他与胡也频、丁玲的相识又给他带来了新的转机，三个人志同道合，经常聚在一起交谈，每次都忘记了时间，他们还想象如何办刊物，但最终因为生活的困窘，胡也频、丁玲离开北京，返回了湖南，而沈从文也去了上海。这一阶段他的创作以故乡的回忆和城市生活的写实为主，他的"湘西世界"逐渐地出现在读者面前，给读者带来独特的感受，故乡的山水风俗的描写给人一种身临其境的感觉。城市主题的抒写大多来源于沈从文的真实生活，人物描写都带有病态的特征，表现出他初到北京的焦虑和痛苦。来到上海不久，沈从文的《山鬼》和《长夏》得以出版，胡也频和丁玲也相继来到上海，三人共同合办了刊物《红黑》、月刊《人间》，但好景不长，办刊物以失败而告终，胡也频与丁玲去了济南，而沈从文前往中国公学讲课。1931 年是个让沈从文悲伤的年头，他失去了好友胡也频和徐志摩，同时与丁玲也失去了联系。

1933 年对于沈从文来说是幸福的一年，他在青岛大学任教，并与张兆和订了婚，爱情和事业处于丰收期，在应杨振声之邀编纂教科书的同时，也创作了大量的文学作品。从 1931 年到 1933 年，他出版了 20 多本小说、散文、文论集，其作品赢得了海内外的认同和赞美。1934 年 1 月，沈从文第一次返乡，小说《边城》、散文《湘行散记》便产生于这一期间。小说《边城》成为沈从文的代表作，它是一部充满温情的作品，同时也是湘西秀美山水的一张名片，多少年过去了，《边城》的读者越来越多，更能彰显其永恒的价值和魅力。

1937 年 7 月 7 日，卢沟桥事变使沈从文开始了流亡岁月，他与同事们乘火车前往天津。在这一阶段，沈从文创作了小说《长河》。《长河》以湘西事变为背景，揭示了湘西人民的爱国热情与自身受压迫的矛盾。1938 年

4 月，沈从文离开沅陵，来到了昆明，居住在昆玥村落里。他常常在美丽的大自然里获得片刻的安静和人生的哲理，他把这些思考写了下来，集结为《云南看云集》，后来又写了《看虹录》《摘星录》《七色魇》，这种记事与内心独白、思考相结合的写作方式开启了新的文学模式。沈从文的流亡岁月在 1945 年 8 月 15 日结束，他带着一家离开云南，张兆和与儿子去了苏州，沈从文又回到了北京。新中国成立后，他转向历史与文物的研究，而这条道路上，他走得更为从容。《明锦》《中国丝绸图案》《战国漆器》相继出版，他实现了另一种价值。1964 年，沈从文完成了 25 万字的《中国古代服饰研究》。1969 年，他被下放到湖北咸宁干校，他先在咸宁居住了半个月，又转到了双溪看守菜园，过着极为单调而艰苦的生活。沈从文病情加重，生活变得不能自理,1971 年，回到了北京，继续《中国古代服饰研究》的重新编纂。“文化大革命”结束后，沈从文被调到社科院历史研究所工作，这有助于他完成这部搁置了 15 年之久的《中国古代服饰研究》。

1983 年，沈从文积劳成疾，中风导致他再也拿不起笔了。1988 年 5 月 10 日，沈从文因心脏病突发，在北京逝世。沈从文留下了一个美丽的湘西，给人们带来新的阅读感受，他为中国文学史所作的贡献是不可估量的。沈从文是湘西的代言者，美好故事的讲述者，将永远留存在历史的长河中。

第二节　对故乡的情有独钟

在湖南省的西北部，有这样一片神奇的土地，沅江与澧水从这里流过，水滋养了这片土地，也养育了这里的人民。湘西，一个闭塞又美丽的地方，独特的风土人情和秀美的山川景物赋予了沈从文对故乡难以磨灭的深情，无论身处城市或是乡村，沈从文的笔总无意识地触到他心中的故乡，他以“乡下人”的身份营造了一个充满梦幻、真善美的自然之境，抒写他与故乡的种

种故事，美化属于他的乡土世界，不断探索生命的意义。故乡与沈从文有一种天然的联系，这种联系贯穿沈从文创作的每个阶段，使得“恋乡”情怀总能自然而然地流露出来，带给读者强烈的审美感受。

水是湘西的灵魂，也滋养了湘西人的心灵世界，沈从文散文也透露出水的灵性。沈从文曾经在他的作品《从文自传》中写道：“我情感流动不凝固，一派清波给予我的影响实在不小，我幼小时较美丽的生活，大都不能和水分离。我受业的学校，可以说永远设在水边。我学会思索，认识美，理解人生，水对于我有极大的关系。”①水成了沈从文故乡的标志，水带来了浪漫的色彩，带来了柔中带刚的韧性，可以说沈从文的一切文学背景都离不开水。

1922 年夏天，这个“乡下人”提着一卷行李，离开了偏僻而又闭塞的湘西，置身于北京这样的大城市，开始了新的生活，而乡愁也渐渐地产生并发芽了。《从文自传》是身处异乡的沈从文的第一次怀乡，是对离开湘西前 20 年的回顾和自述，在城市这样一个嘈杂的氛围中，他认识到了曾经的乡村是多么的美丽，村民们是多么的淳朴自然，他们具有美好的品格，闪耀着人性的光辉。这种对比式的思考一方面来源于沈从文对生活窘境的自卑，另一方面来源于对湘西强烈的归属感，前者在作者年少时就已经表现出来，沈从文的家族本来是有名望的旧家，不料家道中落，他对身份的自卑开始变得敏锐起来，这种自卑情绪在第一次离家前往北京时更为明显地凸显出来，“出了北京前门的车站，呆头呆脑在车站前面广坪中站了一会。走来一个拉排车的，高个子，一看情形知道我是乡巴佬，就告给我可以坐他的排车到我所要到的地方去”②。作为一个没有受过高等教育的“乡下人”，在城市的文化圈，他始终难以迈入，虽然陆续有作品得以发表，但是在城市这样一个复杂的地方，他发不出自己的声音。于是他回忆过去，从故乡的快乐时光里找到了安慰，童年的趣事，湘西美丽的自然风

① 沈从文：《我读一本小书同时又读一本大书》，《沈从文全集》第 13 卷，北岳文艺出版社 2009 年版，第 252 页。

② 沈从文：《一个转机》，《沈从文全集》第 13 卷，北岳文艺出版社 2009 年版，第 365 页。

光，湘西人的坦率真诚，让他意识到，他是属于故乡的，他的心是属于故乡的。还乡的冲动一次又一次地涌上心头，在城市里的孤独、寂寞、压抑终于得到了宣泄，在理想世界的构建中，在梦幻世界的抒写中，沈从文的精神家园得以重现。

这种“还乡”模式是从对童年的追忆中展开的。《从文自传》的前半部分通过对儿时无忧无虑生活的追忆，表现了对天真无邪、自然纯真的人性的呼唤。“我有了外面的自由，对于家中的爱护反觉处处受了牵制，因此家中人疏忽了我的生活时，反而似乎使我方便了好些。领导我逃出学塾，尽我到日光下去认识这大千世界微妙的光，稀奇的色，以及万汇百物的动静。”童年的沈从文是渴望自由、不受约束的，他沉浸在大自然中，观察着万物的变化，体会着其中的乐趣。童年的“我”十分顽劣，逃学、说谎、厌恶循规蹈矩的生活，“我便觉得学校真没有意思，简直坐不住，总得想方设法逃学上山去捉蟋蟀”，“有时逃学又只是到山上去偷人家园地里的李子枇杷”，“到这学校我仍然甚么也不学得，生字也没认识多少，可是我倒学会了爬树”，“为了打猎，秋末冬初我们还常常去佃户家。看他们下围，跟着他们乱跑”。这种对乡土生活的追忆，带着趣味和温暖，捉蟋蟀、偷果实、爬树、打猎，在沈从文笔下充满活力，仿佛过往又再一次重现，沈从文对童年展开式的描写，表达了对乡村单纯美好生活的向往。我们从沈从文的笔下读到了类似鲁迅《社戏》《从百草园到三味书屋》的韵味，可以说鲁迅所开拓的“乡土文学”潜移默化影响了沈从文的创作，但与鲁迅不同的是，他是带着对比意识，通过对乡村和城市的分别描写塑造了一个独特的艺术世界。在他之后的散文中，我们可以看到秀美的自然山水，单纯勇毅、地位无差别的“乡下人”，他们保存着淳朴的民俗。但鲁迅和沈从文这种和而不同的风格背后都有一个主导因素，那就是浓浓的乡愁。

早期的作品也透露出梦幻温情的情调，这种梦幻温情的书写方式营造了一幅幅田园牧歌图。沈从文在早期散文中经常以灵动轻盈的笔法来描写故乡美丽的景色。在《我读一本小书同时又读一本大书》中写道：“城头上有白

色炊烟，街巷里有摇铃卖柴油的声音”①，从视觉和听觉角度，延长了感官感受，白色炊烟弥漫在空间里，摇铃的声音回荡在街巷里，这种梦幻的情调使沈从文的散文有了诗歌化的画面美和音乐美。在《市集》中，开头就写道：“廉纤的毛毛细雨，在天气还没有大变以前欲雪未能的时候，还是霏霏微微一阵阵落将下来。一个小小乡场，位置在又高又大陡斜的山脚下，前面濒着一条身小身小的河，为着如烟如雾雨丝，织成的帘幕，一把把它蒙罩着了。”②集市上阴雨绵绵，旁边临着一条小河，细雨如丝，如雾一般，一切都陷入一片朦胧之中。之后作者又写到“洪壮的潮声”，“小猪崽嘶喊声”，“小羊儿咩咩的喊着”，嘈杂的声音与朦胧的视觉感交织在一起，造成一种延伸感，这种延伸感使得作品带着梦幻迷离的情调，这也是沈从文早期散文所表现出来的特点。

《从文自传》是沈从文“乡下人”身份的初步觉醒，他拿起“怀乡”的笔，回首快乐的童年，想起那景那人，一个置身于城市的沈从文更能体会到“湘西世界”的美好与可贵。1934 年，沈从文带着荣誉首次还乡，曾经那个没受过高等教育、自卑的小兵已经成为作家界的一颗明星，不仅是《大公报·文艺副刊》的主编，同时也是当时兴起的“京派”的代表人物。这些成就是城市赋予他的，他这次回到故乡本该带着衣锦还乡的意味，但是面对故乡，他感慨万千，更多的是对这个未被污染的自由世界的赞美和渴望，对过去在城市所受的苦难的忧郁。他顺着河流而上，一切熟悉的景物，熟悉的人的身影缓缓展开，渡口、码头、吊脚楼、商铺、水上人家。与前期的怀乡之作不同的是，沈从文开始有意识地构建一个真实的“湘西世界”，梦幻的色彩逐渐减弱，是从“造梦”到“写实”的一次转变，但从散文整体来说，依旧具有很强的个人主观情感。《湘行散记》可以说是沈从文第一次回乡的产物，它以城市对立面的“乡下”出现在人们的视野里，人们看到了一个未经

---

① 沈从文：《我读一本小书同时又读一本大书》，《沈从文全集》第 13 卷，北岳文艺出版社 2009 年版，第 258—275 页。

② 沈从文：《市集》，《沈从文全集》第 11 卷，北岳文艺出版社 2009 年版，第 45 页。

过污染的、原始的、自然的湘西世界，这里的人们带着原始的野性、自由的向往，过着无拘无束的生活，而这种环境和生活也是沈从文所极力歌颂的。

乡土世界的构造离不开两个方面，第一是自然景物的描写，第二是独特人物的塑造，这些在《湘行散记》中都具有特色。湘西的地理位置独特，少数民族聚居使得这里保留最自然的山水美景，很少受到破坏，因此它的美带着浓郁的历史色彩和文化意蕴。作者在书写的时候也有意将这种纯天然的特点凸显出来，这是一种感情与自然的深度对话，也是文学创作最为重要的一点。美学家宗白华曾经写道："艺术家要模仿自然，并不是真去刻画那自然的表面形式，乃是直接去体会自然的精神，感觉那自然凭借物质以表现万相的过程，然后以自己的精神、理想情绪、感觉意志，灌注到物质里面制作万型，使物质而精神化。"① 正是由于有了这种人与自然融为一体的创作境界，才能把湘西如诗如画的美景展现出来。"遇晴朗天气，白日西落，天上薄云由银红转为灰紫。停泊涯下的小渔船，烧湿柴煮饭，炊烟受湿，平贴水面，如平摊一块白幕，绿头水凫三只五只，排阵掠水飞去，消失在微茫烟波里。一切光景静美而略带忧郁。随意割切一段勾勒纸上，就可成一绝好宋人画本。满眼是诗，一种纯粹的诗。"② 这种景物的描写方式贯穿沈从文散文创作的始终，也同样显现出沈从文写景的高超。从银红色变为灰紫色的薄云、停泊的小船、煮饭的袅袅炊烟、掠过水面的水凫，这些美好的物象构成了一幅水墨画般的农村小景。作者仔细地刻画所见的画面，用白描式的笔法将自然之美勾勒出来，营造出幽妙舒放的氛围，人与自然在这里达到了完美的契合，彼此不分，这来源于作者不能掩盖的对故乡之美的爱，也来源于他童年就沉醉于自然之间的特性。未雕琢的美带给沈从文愉悦，让他忘记了城市的喧嚣，静静地沉迷于此，观赏这如诗如画的景色，"躺在尚有些微余热的泥巴上，身贴大地，仰面向天，看尾部闪放宝蓝色光辉的萤火虫匆匆促促飞过

① 宗白华：《美学散步》，上海人民出版社 1981 年版，第 231 页。

② 沈从文：《泸溪·浦市·箱子岩》，《沈从文全集》第 11 卷，北岳文艺出版社 2009 年版，第 375 页。

头顶。沿河是细碎人语声，蒲扇拍打声，与烟杆剥剥的敲着船舷声。半夜后天空有流星曳了长长的光明下坠。滩声长流，如对历史有所陈诉埋怨。”①作者回忆起17年前，随同800乡亲，乘了从高村抓封得到的30来只大小船舶，来到泸溪县，由于船上很挤，到了晚上大多数人都爬上泥堤去睡觉，虽然辛苦，但是对于沈从文来说确是难忘的夜晚，有闪放宝蓝色光辉的萤火虫，下坠的流星，安静的环境使一切声音都格外清晰。细碎的人语声，蒲扇拍打声，与烟杆剥剥的敲着船舷声夹杂在一起，作者从视觉和听觉角度将乡下河岸夜晚的美丽刻画出来，给人身临其境的感觉。纯美湘西世界的构建，不仅是沈从文初回故乡时难掩对故乡美景的喜爱，也表现了他对一切未受污染的、纯净的自然世界的向往和追求。

湘西世界是纯美的，湘西的人也是未开化的、原始的。沈从文笔下的水手、土匪、军人等形象都表现了一种强悍的生命形式，这种生命的蛮性、野性是湘西世界重要的审美资源。《五个军官与一个煤矿工人》中塑造了一个带着军人的刚强和土匪的匪气的煤矿工人形象，当5个年轻的学兵抓捕矿工后，矿工用谎言诱开那5个学兵，为了保住自己的气节，最终跳进矿井自尽身亡。沈从文特别注重描写这类在死亡面前也能保持镇定的人，赞美着生命的价值。他笔下的水手也象征性地表达沈从文对顽强庄严的生命的赞美，“只见一水手赤裸着全身向水中跳去，想在水中用肩背之力使船只活动，可是人一下水后，就即刻为激流带走了。在浪声咆吼里尚听到岸上人沿岸追喊着，水中那一个大约也回答着一些遗嘱之类，过一会儿，人便不见了。这个滩共有九段，这件事从船上人来看，可太平常了。”②水手面对生死所表现出来的勇气和坦然让我们再一次见证了生命之美、生命之价值。在湘西世界里的人都带着这种顽强生命力和健康自然的人性，与城市里的人完全不同，这种有意识的对比也是作者在构建一个与城市相对的乡下世界。他在《湘行书

① 沈从文：《老伴》，《沈从文全集》第11卷，北岳文艺出版社2009年版，第292页。

② 沈从文：《一九三四年一月十八》，《沈从文全集》第11卷，北岳文艺出版社2009年版，第250页。

简》中就提到了湘西人与城市人的区别，“与我们都市上的所谓‘人’却相离多远”[①]，“城里人实实在在缺少了点人的味儿了”[②]，而湘西作为一个未受污染，保持着古朴、纯净民风的地方，这种生命的原始力量自然爆发出来，显示出人性的意义和价值。

1938 年第二次返乡，沈从文写下《湘西》，这是一次从个体书写向群体书写的转变，他不再是为自己而写作，而是以一个湘西人的身份，提供给外省人一些关于湘西的信息，更正一些常识性的错误。“现在仅就一个旅行者沿湘黔公路所见，下车时容易触目，往下时容易发生关系，谈天时容易引起辩论，这一类琐细小事，分别写点出来，作为关心湘西各种问题或对湘西还有兴味的过路人一分土仪。如能对于旅行者减少一点不必要的忧虑，补充一点不可免的好奇心，此外更能给他一点常识——对于旅行者到湘西来安全和快乐应当需要的常识，或一点同情，对这个边鄙之地值得给予的同情，就可说是已经达到拿笔的目的了。”[③] 可以说“从《湘行散记》到《湘西》意味着从‘一个人的旅行’到‘一个民族的旅行’”[④]，沈从文对家乡的爱不仅仅是个人的情感表达，而是上升到责任感的程度。他看到了在战争年代命运堪忧的湘西，曾经的美好和纯真渐渐地消亡殆尽，他开始思考湘西的未来，也思考民族大未来，小爱已经成为了大爱，这种爱带着忧虑，也带着热情。汪曾祺曾在《沈从文的寂寞——浅谈他的散文》中写道：“他并没有想把时间拉回去，回到封建宗法社会，返璞归真，他明白，那是不可能的。他只是希望在一种新的条件下，使民族的热情、品德，那点正直朴素的人性美能够得到新的发展。”[⑤] 在沈从文的散文创作中，他已经自觉地成为一个故乡的代言

---

① 沈从文：《水手们》，《沈从文全集》第 11 卷，北岳文艺出版社 2009 年版，第 129 页。

② 沈从文：《滩上挣扎》，《沈从文全集》第 11 卷，北岳文艺出版社 2009 年版，第 171 页。

③ 沈从文：《湘西・引子》，《沈从文全集》第 11 卷，北岳文艺出版社 2009 年版，第 333 页。

④ 吴投文：《写实与“造梦”的诗意融合——沈从文〈湘行散记〉和〈湘西〉散论》，《南京农业大学学报》（社会科学版）2008 年第 1 期。

⑤ 汪曾祺：《沈从文的寂寞——浅谈他的散文》，《我的老师沈从文》，大象出版社 2009 年版，第 29 页。

者，他诉说最真实的湘西，也发现湘西正在发生的变化，他探索未来要走的路，爱中充满担忧。

由于闭塞和落后，湘西的经济一片凋零景象。在《湘西》中，关于湘西经济衰败、人民生活困苦的描写随处可见。“多数人一眼望去都很老实，这老实另一面即表现‘愚’和‘惰’。妇人已很少看到胸前有精美扣花围裙，男子雄赳赳担着山兽皮上街找主顾的瑶族人民也不多见”①，“妇人小孩大都患瘰疬，营养不良是一般人普遍现象”②。第二次返乡，沈从文记忆中的美丽的故乡已经今非昔比，这使他失望，同时又深感痛惜，那种原始的力量美、生命的顽强已经不复存在，18 年前与当下场景的巨大落差，浇灭了回乡的激动之情。在贫困的生活环境下，更让他痛心的是“那点正直素朴人情美，几几乎快要消失无余”③，唯利是图的庸俗人生观慢慢侵入了这个地方，湘西人渐渐失去了野性、热情，失去了在作者眼中最为重要的东西，人性失去了光辉。在《凤凰》中，曾经的游侠英雄田三怒最终被两个懦夫暗算偷袭而死，这带有讽刺意味的结局恰恰说明了湘西民族血脉中游侠精神的终结。田三怒那一声怒斥：“狗杂种，你做的事丢了镇筸人的丑。在暗中射冷箭，不像个男子，你怎不下来？”④正是沈从文对湘西人性泯灭的愤怒和痛惜。《箱子岩》中那个在战争中受伤归来的人，由于受同乡的恭维靠着投机倒把的生意发财致富。乡村里的那份真诚、淳朴慢慢被城市文明侵染，最后一片净土即将消亡。爱之切，则忧之深，《湘西》是沈从文还乡书写的成熟，他不再是单一的感情抒发，而是增加了更多的理性，对故乡的变化进行反思，他自觉承担起了知识分子的责任，回顾过去又考量未来。

从《从文自传》到《湘行散记》再到《湘西》，沈从文都带着浓浓的乡愁，书写他所看到的湘西，构建属于他的“湘西世界”。

---

① 沈从文：《沅水上游几个县份》，《沈从文全集》第 11 卷，北岳文艺出版社 2009 年版，第 390 页。

② 沈从文：《沅水上游几个县份》，《沈从文全集》第 11 卷，北岳文艺出版社 2009 年版，第 390 页。

③ 沈从文：《长河 · 题记》，《沈从文全集》第 10 卷，北岳文艺出版社 2009 年版，第 3 页。

④ 沈从文：《凤凰》，《沈从文精选集》，北京燕山出版社 2005 年版，第 243 页。

第三节　叙述中的真情流淌

抒情是散文创作中一个非常重要的成分，它把散文引向一个如诗如画、美丽纯净的诗歌化境界。沈从文作为一个“湘西世界”的构建者，把抒情发挥到了极致，形成了一种“田园风味”或“乡土性”的抒情方式。他在为英译本《湘行散记》作序时写道：“这四个性质不同、时间背景不同、写作情绪也大不相同的散文，却像有个共同特征贯穿其间，即作品一例浸透了一种‘乡土性抒情诗’气氛。”[①] 可以看出沈从文是十分重视情感的作用，因此在《从文自传》《湘行散记》《湘西》《劫后残稿》这四部集子中，我们都能体会到浓浓的抒情性特征，这种情来源于作者对故乡的爱，也来源于作者独特的诗人气质，他能在情感的抒发中获得内心的平静与愉悦，所以他说：“我们生活中到处是偶然，生命中还有比理性更具有势力的‘情感’”。[②] 读沈从文的散文，犹如驾着小船穿梭在河流交叉的小镇，看着各式各样的吊脚楼、穿着民族服装的美丽姑娘、河岸上紧挨着的商铺，听见摇铃声、人的买卖声交织在一起，身临其境地体会“湘西小镇”独特的美。

如果问沈从文散文创作的灵魂是什么，那毫无疑问就是“情”。湘西的山水、一草一木都在沈从文笔下焕发着新的生机，作者在回忆中将美景主观化，并由美景引起对人生的思索。在这一过程中，沈从文感物而兴，情与景融合在一起，人与自然融合在一起。“望着汤汤的流水，我心中好像忽然彻悟了一点人生，同时又好像从这条河上，新得到了一点智慧。的的确确，这河水过去给我的是‘知识’，如今给我的却是‘智慧’。山头一抹淡淡的午后阳光感动我，水底各色圆如棋子的石头也感动我。我心中似乎毫无渣滓，透

① 沈从文：《湘行散记·序》，《沈从文全集》第16卷，北岳文艺出版社2009年版，第394页。

② 沈从文：《沈从文哲思录》，新世界出版社2017年版，第19页。

明烛照，对万汇百物，对拉船人与小小船只，皆那么爱着，十分温暖的爱着！我的感情早已融入这第二故乡一切光景声色里了。”①午后的夕阳、水底的石头，小船只不仅仅是静止的景物，而是带有独特的意义，这些意义潜移默化地影响着“我”，让“我”的感情融入其中，故乡对于“我”来说，已经不再是肉体的安放处，它是“我”精神的寄托。沈从文陶醉于湘西美景的同时，也从自然中获取了感悟，互通式的交流使作品不只是停留在怀乡的层面，更是迈向了更高的平台，作者获取了更为深奥的人生哲理。“看到日夜不断千古长流的河水里的石头和砂子，以及水面腐烂的草木，破碎的船板，使我触着了一个使人感觉惆怅的名词。我想起‘历史’一套用文字写成的历史，除了告知我们一些另一时代另一群人在这地面上相斫相杀的故事以外，我们决不会再多知道一些要知道的事情。但这条河流，却告给了我若干年来若干人类的哀乐！”②他笔下的乡村视野已经远远超过了实际的所见，而是有了更广阔的空间。在《一九三四年一月十八》中，作者通过描述水手在滩头激流中遇难，77 岁的老水手，对底层人民的生存发出感慨，最后作者面对日夜长流的河水发出感悟，将感情投入湘西的恒长的生老病死。

沈从文的“抒情”是温暖的，这种温暖来源于他悲悯的情怀，他构建的“湘西世界”不是美丽梦幻的，而是真实的。他把笔伸向了民间世情，倾心于写那些最日常、最平凡的农村生活。在沈从文的散文中，能看到剃头铺、针线铺、铁铺，还能了解到造船工人如何补治船只，煤炭工人辛苦的劳作，体弱的妓女苟延残喘的生活，年迈的水手为生存而奔波。在这样的描写中，我们能体会到作者内心的同情和怜悯。这些生活在底层的人为了活下去备受摧残，各自担负起自己的责任。沈从文对于他们充满爱，与他们血肉相连、感同身受。在《鸭窠围的夜》中，吊脚楼上妇人唱歌的声音、水手们玩耍猜拳的声音传到耳边，他写道：“看他们在那里把每个日子打发下去，也

① 沈从文：《一九三四年一月十八》，《沈从文全集》第 11 卷，北岳文艺出版社 2009 年版，第 252 页。

② 沈从文：《一九三四年一月十八》，《沈从文全集》第 11 卷，北岳文艺出版社 2009 年版，第 252 页。

是眼泪也是笑，离我虽那么远，同时又与我那么相近。这正同读一篇描写西伯利亚的农人生活动人作品一样，使人掩卷引起无言的哀戚。我如今只用想象去领味这些人生活的表面姿态，却用过去一分经验，接触着了这种人的灵魂。"①在对湘西真实生活的描写中，沈从文的笔下散发出感人的力量，这份悲悯的情怀使得文章多了几分人性关怀，他是站在群众中的作家，他为底层人民呐喊，为平凡的人生讴歌。他的散文饱含寓意，这也和他对"人间""世情""大千世界"的密切关注有关。他在《湘行散记》中写道："乍一看来，给人的印象只是一份写点山水花草琐琐人事的普通游记，事实上却比我许多短篇小说接触到更多复杂问题。""表面上虽只像是涉笔成趣不加剪裁的一般性游记，其实每个篇章都于诙趣中有深一层的感慨和寓意"。②散文背后所蕴含的内容正是沈从文创作最为宝贵的东西，他是一个抒情的人道主义者，为饥饿、为生活而奔波劳苦的底层人民而哀痛，为历史长河下卑微的生命而忧郁。

在沈从文的散文中，美丽的湘西背后也蕴含着作者淡淡的忧虑，这种忧虑在抒写中越来越明显，显现沈从文内心的矛盾。一方面从城市回到故乡的沈从文又重新看到这自然、原始、淳朴的乡下生活，他感到欣喜和愉悦，但在一次次的回乡中，他发现了现实中的湘西已经与他记忆里的故乡背道而驰，湘西地方经济衰败，淳朴的人性在重压下失去了它原来的典范。这时的沈从文已经不再是一个还乡的过客，而是自动承担起知识分子的责任，对湘西的现状进行理性的分析。那个曾经桃花源式的湘西在沈从文的笔下变得越来越真实，他注入的情感由难以克制的深情转换为冷静的审视，他发现湘西与现代社会格格不入的一面，用批评性的眼光看待乡土、启蒙大众。"《湘行散记》、《湘西》留下了一系列湘西社会的横断面。这每一个横断面，都反映着一种现实关系，它们合成湘西社会政治、经济、思想的整体结构。"③与前

① 沈从文：《鸭窠围的夜》，《沈从文全集》第11卷，北岳文艺出版社2009年版，第245页。

② 沈从文：《辰河小船上的水手》，《沈从文全集》第11卷，北岳文艺出版社2009年版，第276页。

③ 凌宇：《从边城走向世界》，岳麓书社2006年版，第372页。

期的怀乡作品相比，第一次和第二次回乡的作品更多地注入了理性因素，更多的是成熟的思考。

这种美好背后的忧郁也渗透在他对景物的描写中。从山川景物、乡土风情到人间琐事，都带着一股淡淡的哀愁。“天时常是那么把山和水和人都笼罩在一种似雨似雾使人微感凄凉的情调里”①，雨是个朦胧的意象，天空的暗沉、如丝的细雨交织在一起，本就带着哀愁的意味，而作者内心也带着淡淡的哀愁，这种人与景的融合，更为诗意地表达了沈从文散文的独特情调。又如在《沅水上游几个县份》中，沈从文提到失马湾，“四围是山，山下有大小村落无数，都隐在树丛中，河面宽而平，平潭中黄昏时静寂无声，惟见水鸟掠水飞去，消失在苍茫烟浦里。一切光景美丽而忧郁”②。沈从文特别喜欢营造这种极为幽静的自然氛围，这种幽静美一方面表现湘西原生态、不受污染的自然美，另一方面也蕴含作者内心的情感。这是人与自然的对话，人与自然的结合，在这充满忧郁的幻境中，湘西平凡的底层人民的生活也就更显得凄凉，现实的悲哀更加明显地凸显出来。

沈从文虽然是一位“乡土性”抒情诗人，但这种抒情也是节制的，沈从文曾经写道：“一个伟大的人，必需使自己灵魂在人事中有种‘调和’，把哀乐爱憎看得清楚一些，能分析它，也能节制它。”③沈从文的抒情不同于郁达夫那样毫无节制抒发自己内心最真实的感受的特点，从《从文自传》到《湘行散记》，从《湘行散记》到《湘西》，沈从文主观抒情色彩渐渐地淡化，理性色彩越发强烈。通过抒情的弱化，散文避免了主观情感的过分介入，从而使景和物都获得了相对独立性，不再受作者情感的牵制。这种感情的节制使沈从文的乡土散文焕发出新的生机和活力，同时这种有意识地改变也代表沈从文散文的逐步成熟。

在湘西散文系列中，沈从文强化了叙事功能，熔小说、散文、游记为一

---

① 沈从文：《泸溪·浦市·箱子岩》，《沈从文全集》第11卷，北岳文艺出版社2009年版，第375页。

② 沈从文：《沅水上游几个县份》，《沈从文精选集》，北京燕山出版社2005年版，第231页。

③ 《沈从文全集》第17卷，北岳文艺出版社2009年版，第221页。

炉，在写景中又不乏形象鲜明的人物形象。他的《湘行散记》《湘西》涉及的内容尤为丰富，包括地理、历史、民间风俗、社会生活等方方面面，它们共同构成了一个丰富多彩的湘西世界。湘西系列散文不仅内容丰富，而且将各种文体的特长集中在一起，游记能充分写景，散文偏于抒情，小说长于塑造鲜明个性的人物。《湘行散记》和《湘西》是作者两次还乡的产物，它是按照从常德沿流水溯流而上所见的景、事为顺序，统领全书的主题，各个篇章既独立成文，又能成为一个整体，构成“湘西世界”系列，这类似于游记的写法使得散文“形散而神不散”，以情感作为一条主线贯穿全书。例如《湘西》从常德的船写起，然后是沅陵、白河流域的码头、箱子岩、辰溪、沅水上游的几个县、凤凰，这条线清晰明了，引领全书的主题。散文的特点是抒情，作者把情感寄托于故乡的一山一水、一草一木中，他同时也直白地表露在城市里漂泊的“我”回乡后内心的慰藉，沈从文的感情与湘西的山水美景融为一体，使文章如诗如画、美丽感人。小说的特点是人物的生动形象，在沈从文的散文中，他塑造了各种性格鲜明的人物。在《一个多情水手与一个多情妇人》中，对生活充满幻想、对爱充满期待的羞涩的小妇人夭夭，《一个大王》中带着江湖义气、强悍精明的山大王，《五个军官与一个煤矿工人》中的刚强、宁死不屈的造反矿工，《虎雏再遇记》中虎性十足、敏捷的虎雏祖送，《一个戴水獭皮帽子的朋友》中幽默风趣的旅店老板，通过对这些人物的刻画，沈从文表现了湘西的生活百态。

为了含蓄抒情，他还营造了一种含蓄的意境。如上文提到的《市集》中，开头就写道：“廉纤的毛毛细雨，在天气还没有大变以前欲雪未能的时候，还是霏霏微微一阵阵落将下来。一个小小乡场，位置在又高又大陡斜的山脚下，前面濒着一条身小身小的河，为着如烟如雾雨丝，织成的帘幕，一把把它蒙罩着了。”①《老伴》中写道：“靠岸停泊时正当傍晚，紫绛山头为落日镀上一层金色，乳色薄雾在河面流动，船只拢岸时摇船人照例橹唱歌，那歌声

① 沈从文：《市集》，《沈从文全集》第 11 卷，北岳文艺出版社 2009 年版，第 45 页。

糅合了庄严与瑰丽，在当前景象中，真是一曲不可形容的音乐。”①如丝的薄雾、回荡的歌声，沈从文营造了虚静的空间，这些虚无缥缈的意境蕴含作者的不同心绪，使得作者内心那复杂矛盾的感情透过这些意境表现出来。

沈从文是一个知道如何利用情感的作家，他在散文中抒发自己的感情，但又进行理性的节制。在抒发和节制之间，他找到了属于他的创作方式，这种创作方式也使他的散文一步步走向成熟，不仅奠定了他在散文界的地位，也对现代散文创作产生了重要影响。

第四节　沈从文散文的独特贡献

沈从文的乡土抒写创新了20世纪“乡土文学”的写作模式，他用一颗赤诚之心塑造了一个未受污染的、质朴美丽的“湘西世界”，极力赞美人性之美，给人们开辟了一方净土。20世纪二三十年代，由鲁迅先生所开辟的乡土文学，以揭露乡村种种恶习、挖掘其劣根性、封建性为主题，呼唤国民从愚昧中清醒。乡村是一个落后与迷信的代名词，这里的环境是恶劣的，人民被社会所遗弃，乡土作家更多地来书写地方的恶习。鲁迅、许杰、彭家煌、台静农等一批作家代表了乡土文学的时代特征，特别是鲁迅所塑造的“闰土”“祥林嫂”等形象深入人心，相比于这些作品，沈从文却以“乡下人”的独特视角，用带着感情的笔触讲述湘西的秀美山水，讲述有着美好品行的湘西人。

湘西的景是如诗如画。“到了午后，天气太冷，无从赶路。时间还只三点左右，我的小船便停泊了。停泊地方名为杨家岨。依然有吊脚楼，飞楼高阁悬在半山中，结构美丽悦目。小船傍在大石边，只需一跳就可以上岸。岸

① 沈从文：《老伴》，《沈从文精选集》，北京燕山出版社2005年版，第175页。

上吊脚楼前枯树边，正有两个妇人，穿了毛蓝布衣裳，不知商量些什么，幽幽的说着话。这里雪已极少，山头皆裸露作深棕色，远山则为深紫色。地方静得很，河边无一只船，无一个人，无一堆柴。只不知河边某一个大石后面有人正在捶捣衣服，一下一下的捣。对河也有人说话，却看不清人在何处。”①静中有动，动中有静，沈从文擅长用安静的意境来体现这种自然之美，“地方静得很，河边无一只船，无一个人，无一堆柴”的抒写营造了一个冷寂的空间，但又有两个妇人，在吊脚楼前枯树边幽幽的说着话，这种人与自然的和谐之景，让人想起了“空山不见人，但闻人语响”的古诗意境，有古典画的含蓄韵味。这种古典画似的描写随处可见，在《湘行散记·鸭窠围的夜》中，沈从文写道：“河面一片红光，古怪声音也就从红光一面掠水而来。日里隐藏在大岩石下的一些小渔船，原来在半夜前早已静悄悄的下了拦江网。到了半夜，把一个从船头伸出水面的铁篮，盛上燃着熊熊烈火的油柴，一面敲着船舷各处走去。身在水中见了火光而来与受了柝声惊走四窜的鱼类，便在这种情形中触了网，成为渔人的俘虏。”②作者从听觉和视觉角度描述渔人夜间捕鱼的过程，河面、火光、黑夜，鼓声、柝声、鱼儿拍打水面的声音，这原始而悠远的渔人捕鱼图带给读者身临其境的感受，人与自然融合为一幅“静中有动，动中有静”的画面。沈从文极力抒写这种远离城市的未受污染的原生态之美，这种自然之美不是脱离于人的生活，而是与“乡下人”的日常生活一起存在于此。在这里，只有最原始的生活形态，最淳朴的民风，不同于“乡土作家群”笔下的那个落后而愚昧的乡村。

沈从文作品中的人性书写和温情记叙也给人的心灵带来了慰藉，他对真善美的赞扬，对积极向上生活状态的崇尚丰富了人们的贫瘠精神，这种影响是深远的，直到如今，我们依旧能从作品中感受到沈从文强烈的对健康生活方式的提倡与渴求。读沈从文的作品，我们处处可以感受到温情，他对人性

① 沈从文：《一个多情水手与一个多情妇人》，《沈从文全集》第 11 卷，北岳文艺出版社 2009 年版，第 264 页。

② 沈从文：《鸭窠围的夜》，《沈从文全集》第 11 卷，北岳文艺出版社 2009 年版，第 247 页。

的赞美代替了以往作品对人性的批判，他对社会百态的观察都是以唯美的目光来看待。他曾经说过：“这世界上或有想在沙基或水面上建造崇楼杰阁的人，那可不是我，我只想造希腊小庙。这神庙供奉的是人性”。“我对于湘西的认识，自然偏重于人事方面。”①在他的散文作品中，他对展现着原始本色、带着尊严的生命大加称赞。在《一个大王》中，刘云婷是旺盛原始生命力的代表，他临死前面色从容不改色，走向了刑场。《五个军官与一个煤矿工人》塑造了一个带着军人的刚强和土匪的匪气的煤矿工人形象，当五个年轻的学兵捉捕住矿工后，矿工用谎言诱开那五个学兵，为了保住自己的气节，最终跳进矿井自尽身亡。他们都是带着气节的湘西人，不惧艰难，不惧死亡，体现生命的本色。他笔下的湘西人本性善良、正直豁达、重情重义，靠劳动吃饭，不管生活多么困难，他们都能始终保持自己良好的品德。沈从文对“湘西魂”的塑造一方面把人类原始的野性重新注入颓废的人的灵魂里，另一方面也讽刺了城市中唯利是图、虚伪狡诈的一类人。人性是美的，我们在阅读中也自然而然地受到了影响，努力地朝着美好的人性迈进一步。

沈从文的文学作品影响深远，他在20年代就蜚声文坛，曾被誉为中国第一流的现代文学作家，把他列在鲁迅后面。沈从文的《边城》《湘西》《从文自传》等被译往美国、日本、苏联等四十多个国家，并被日本、韩国、英国等十多个国家或地区选进大学课本。沈从文的作品深入人心，经过时间的检验仍然焕发出勃勃生机。

① 沈从文：《湘西·题记》，《沈从文全集》第11卷，北岳文艺出版社2009年版，第327页。

第十一章　何其芳散文的独立性

何其芳（1912—1977年），原名何永芳，出生于原四川万县（现重庆万州）。现代著名散文家、诗人、文艺评论家。1935年，北京大学哲学系毕业，先后在天津南开中学和山东莱阳乡村师范学校任教。1936年，他与卞之琳、李广田的诗歌合集《汉园集》出版，同年，散文集《画梦录》出版。1938年，到延安鲁迅艺术学院任教，同年，诗文合集《刻意集》出版。1939年，散文集《还乡杂记》出版。后来又相继出版了《星火集》《星火集续编》等散文集。何其芳的独语式文体不仅开拓了中国现代散文的创作思路，而且对后世的散文创作也产生了重要影响。

第一节　何其芳其人其文

1912年2月5日，何其芳出生于一个美丽的小山村。处于四川的东北部，万县历史悠久、文化氛围浓厚，因长江从这里奔腾而过，孕育了一方水土，而得名“江城”。这里交通比较闭塞，山村保留了最原始的自然景象，茂密的竹林、缓缓流淌的小溪，点缀在山川间，这些美景都给童年时期的何其芳带来了诗人般的情怀，赋予了他善于发现美的眼睛。何其芳所处的时代是一个变革的时代，封建制度被推翻，辛亥革命将其带入一个崭新的世界，西方文明传入中国，五四新文化运动推动社会发展，但由于童年时期的何其

芳身处偏远的小城，他的生活基本上是平静的，这对他内敛温顺性格的形成起到了推动作用。

作为一个在传统教育滋养下的孩子，何其芳很早就接受了知识启蒙。6岁那年，他被父亲送进了私塾，枯燥的生活、呆板的授课模式给何其芳内心带来了压制，养成了他缺乏反抗的思维方式，但何其芳也很快找到了他的兴趣之所在，那就是文学。12岁的时候，偶然的机会，他获得了《三国演义》《红楼梦》等彩色宣传画片，里面的故事吸引了他。后来，他又偶然发现了父亲的一些藏书，如《水浒传》《聊斋志异》《昭明文选》等作品，这些古典文学作品使他从枯燥的传统教育中脱离出来，进入一个新鲜的世界中，与文学结下了不解之缘。每当回顾起那段童年，何其芳总是带着感伤，他生活中唯一的乐趣就是课外读物，“我时常用寂寞这个字眼，我太熟悉它所代表的那种意味、那种境界和那些东西了，从我有记忆的时候到现在。我怀疑我幼时是一个哑子，我似乎就从来没有和谁谈过一次话，连童话里的小孩子们的那种对动物、对草木的谈话都没有。一直到十二岁我才开始和书本、和一些旧小说说起话来。”[①] 童年时期的何其芳就显现了他对读书的热爱，读书占据了他感伤的生活。14岁的何其芳结束了私塾生活，到县城的小学万县第一高小上学，这成为他人生一个新的起点。在这里，他接触到了新的课程、新的教学方式。因为学习优秀，15岁时，他考入了万县初中学习。他在学习中第一次读到了《红楼梦》，这也是他最喜欢的文学作品之一，为以后的文学素养打下了良好的基础。1927年，对何其芳来说是一个特殊的年份，他结识了新朋友，初遇了新文学，这位朋友就是祝世德，从而了解到新文学的发展状况，他开始了新文学的阅读，步入了一个新的文学世界。1928年，由于学潮事件，何其芳离开万县，前往重庆求学。在重庆，他沉浸在书的海洋中，鲁迅、郁达夫、郭沫若的作品深深吸引着他。特别是当时流行的“小诗”更是为他所爱，冰心的《繁星》《春水》，宗白华的《流云小诗》，泰戈

① 何其芳：《一个平常的故事》，《何其芳全集》第2卷，河北人民出版社2000年版，第73页。

尔的《飞鸟集》《新月集》使何其芳情不自禁地开始了诗歌创作，这为他以后的诗歌创作奠定了基础。1929 年夏天，何其芳乘坐从重庆到上海的轮船，开始了新一轮的求学之路，顺利进入著名的中国公学的预科。这一阶段，他对新月派诗歌尤为热爱，徐志摩、闻一多的作品都是何其芳阅读的对象，他继续一边读诗，一边创作，以“秋若”的笔名发表了一些作品在《中公三日刊》上。除了诗歌，小说也进入何其芳的视野中，受诗歌影响，他更喜欢抒情的、优美的小说文体，如废名的《竹林的故事》《桃园》，沈从文的“湘西系列”小说。这年秋天，何其芳开始尝试自己第一部中篇小说，但由于缺乏经验，最终被退稿。1930 年，经过几年的打磨，何其芳正式踏入了文坛，短篇小说《摸秋》在《新月》第 3 卷第 1 期上发表。踏入文坛初期，何其芳的精力主要是放在诗歌创作上，并随着《汉园集》的出现达到顶峰，其中“燕泥集”收录了何其芳从 1931 年到 1934 年创作的作品，初步奠定了他在诗歌界的地位。

随着心态的不断变化，现实生活的冲击，一种新的文学形式进入了他的视野，那就是散文。在 1933 年回故乡之后，他感觉到诗歌这种形式已经不能够表达他内心的情绪了，他必须要寻找一种更真实、更现实的文学形式，他写道：“我的工作是在为抒情的散文找出一个新的方向。我企图以很少的文字制造出一种情调：有时叙述着一个可以引起想象的小故事，有时是一阵伴着深思的情感的波动。”[①]1933 年夏天，何其芳创作了散文《黄昏》《墓》《秋海棠》，从 1934 年下半年开始，他的精力主要放在了散文创作上，大部分作品被发表在《水星》和《大公报·文艺副刊》上。1936 年，这些散文被结集为《画梦录》出版，《画梦录》基本保持何其芳早期诗歌的忧郁感伤，但却更为接近现实生活，同时每一篇作品都有他自己独特的风格，呈现出不同的艺术特色，艺术上更加精致和成熟。受西方文学作品的影响，散文总体上还呈现出异域情调美，如《楼》《炉边夜话》等。此外，他的散文还呈现出

① 何其芳：《我和散文》，《何其芳全集》第 1 卷，河北人民出版社 2000 年版，第 241 页。

传统美的特点，如《墓》《魔术草》等。1936年9月，《大公报》主评“文艺奖金”，何其芳的《画梦录》成为散文文类的代表作，被人们认同和接受，萧乾对他的作品作了高度评价：“在过去，混杂于小品中间，散文一向给我们的印象多是信手拈来的即景文章而已。在市场上虽曾走过红运，在文学部门中，却常为人轻视。《画梦录》的出版雄辩地说明了散文本身是怎样一种独立的艺术制作，有它超达深渊的情趣。”① 文坛对何其芳的高度认可给他的散文生涯开启了一个新的篇章。

四年大学生活结束后，何其芳在朋友的介绍下前往天津南开中学任教，这段时期是他创作的低谷期，1935年上半年只有少数文学作品发表，1936年上半年只创作了一篇散文，对学校的失落以及对现实的逃避，使他又转向了小说。1936年3月起，何其芳开始了长篇小说《浮世绘》的创作，但最终没有完成，只是留下了一些零零碎碎的片段，这些片段以散文的形式发表出来，收录在散文集《刻意集》中，其中包括《棕榈树》《欧阳露》《迟暮的花》等作品。不久，何其芳告别了南开中学，来到山东的莱阳学校，这段扎根于乡村的生活重新唤醒了他的创作热情，他的文学作品充分体现了对回望故乡的一些思索和感想，1936年下半年，他写下《呜咽的扬子江》《乡下》《我们的城堡》《私塾师》四篇散文，并且在1937年的上半年，完成了《老人》《树荫下的默想》等多部作品，后来被集结为《还乡杂记》出版发行。这些作品与《画梦录》的风格有明显的区别，更加透露出作者对人生的思考、对自我的批判和对现实的关注，他的内心世界敞开了，他不再是一个封闭低沉的诗人，而是一个关注社会的崭新的知识分子。

当何其芳的创作不断变化的时候，国家形势也发生了变化，抗日战争爆发了。一路辗转，何其芳从万县到了成都，担任成属联立中学的国文教师，这段时间他与好友集体创办了刊物《工作》，发表的主要是纪实性散文，记录了抗战的日常生活，揭露了现实的阴暗之处。何其芳的文笔也由以往的风

---

① 《本报文艺奖的获得人》，《大公报》（天津）1937年5月15日。

格向尖锐泼辣过渡，如作品《坐人力车有感》《论本位主义》《论救救孩子》都带着批判的眼光直击现实，思想性越来越强。随着国内形势不断变化，何其芳也萌生了新的想法，他想去一个新的环境，那就是延安。1938 年 6 月，他著名的诗篇《成都，让我把你摇醒》充分表达了他此刻的彷徨和渴望改变现状的内心诉求，终于在 1938 年 8 月，他与沙汀夫妇、卞之琳一起离开成都，去往延安。延安时期又是何其芳散文风格的一个重要转折点，与前期含蓄柔婉的风格有明显的区别，更加带有战斗性的姿态，表现对延安未来的憧憬和幻想。其中具有代表性的作品是散文《我歌唱延安》，感情激昂、思想明朗。另一篇具有代表性的散文是《一个平常的故事》，这篇文章讲述了他思想的变化过程。他在文章中写道："我完全告别了我过去的那种不健康不快乐的思想，而且像一个小齿轮在一个巨大的机械里和其他无数的齿轮一样快活地规律地旋转着，旋转着。我已经消失在它们里面。"①他由个人上升为整体，消融在社会旋涡里。但何其芳在这个过程中也是矛盾的，诗人的个性和情怀时时刻刻拉扯他的灵魂，造就了他这一时期的诗歌创作。《夜歌》是何其芳的代表性作品，是他内心世界的展现，诗歌充分展示了一个知识分子内心的挣扎，不断地改造自我，对改造生活充满信心和希望，更多时候他又直视自己的软弱，抒发改造过程中的困惑和无力。可以说《夜歌》是这一时期何其芳内心世界的投影，它既开启了作者诗歌创作的新世界，又揭示了作者微妙的心灵变化。1945 年 9 月，何其芳离开延安，前往重庆。同年，他的三部作品相继出版，包括诗歌集《预言》《夜歌》，以及杂文与散文集《星火集》，反映了他创作不同阶段的特征。

20 世纪 50 年代，何其芳从一个文学创作者走向了批评者，他参与的主要活动是对胡风的批评，代表文章是《现实主义的路，还是反现实主义的路?》，此文被发表在 1953 年初的《文艺报》上，除了写批判类文章，他也经常表达对文学创作的怀念。何其芳在 1952 年编辑文集《西苑集》时，深

① 何其芳:《一个平常的故事》,《何其芳全集》第 2 卷，河北人民出版社 2000 年版，第 83 页。

刻地剖析了自我的创作现状，叹息自己创作水平的下降，这种思想在1945年《星火集》中也有体现。于是他渐渐地苏醒过来，重新开始追求他的文学梦，他的第一步便是写小说，但最终由于各种原因也都无疾而终。失落之下，他又重新找寻方向，回到对诗歌的创作中来，创作成果就是《回答》，作品在1954年4月完成，并发表在《人民文学》上，这首诗歌表达了何其芳对于文学创作的迷茫和困惑，对诗歌的喜爱和追求，也是他后期最具有代表性的作品。

1966年“文革”的爆发给何其芳的身体和心理都带来了重创，他的文学梦又一次中断了，但他又以一种委婉的形式开始了对作品的翻译工作。自1972年何其芳开始从事翻译工作后，他翻译的诗歌作品数不胜数，这些译文在他去世后被收入到《何其芳诗稿》中，后来又被集结为《何其芳译诗稿》出版发行，他对翻译事业所作出的贡献是巨大的。1977年7月，何其芳离开了人世，带走了诗魂。多少年后，再拿起《画梦录》《预言》等作品，我们依旧能体会到何其芳最初的那份诗情画意，那份对文学的执着。

第二节　为抒情散文创造新园地

何其芳最初是以诗歌走上创作道路，并且在诗坛有一定的名气，与卞之琳、李广田合称“汉园三诗人”。虽然就读于北大哲学系，但是何其芳认为“黑格尔老使我打瞌睡。我感到我还是更适宜于生活而不适宜于弄学问。我只和三个弄文学的同学有一点儿往还：卞之琳、李广田和朱企霞。”[①] 何其芳的大学生活是孤独寂寞的，他甚至说：“我过着一种可怕的寂寞的生活。孤

① 何其芳：《我和散文（代序）》，《还乡杂记》，文化生活出版社1949年版，第12页。

独使我更倾向孤独。”① 这种孤独寂寞的情绪促使何其芳开始写作散文，“于是我感到在我的孤独、懒惰和暗暗的荒唐之后，虽说既不能继续写诗又不能作旁的较巨大的工作，也应该象一个有自知之明的手工匠人坐下来安静地、用心地、慢慢地雕琢出一些小器皿了。”②那个时候，卞之琳也正迷恋散文，他们就经常一起讨论散文技巧与美学问题。何其芳不满于散文的创作现状，开始自觉思考中国现代散文的发展道路问题，提出为抒情散文寻找新的方向，他明确提出：“我的工作是在为抒情的散文找出一个新的方向。我企图以很少的文字制造出一种情调：有时叙述着一个可以引起想像的小故事，有时是一阵伴着深思的感情的波动。”③ 他的这种散文观念与周作人对“美文”的提倡有着相似的地方。周作人不满于现代散文偏重于政论与说理，提出要尝试创作叙事与抒情的“美文”。然而何其芳又有不同于周作人的观点，他说：“我们常常谈论着这种渺小的工作，觉得在中国新文学部门中，散文的生长不能说是很荒芜的，很孱弱，但除去那些说理的、讽刺的，或者说偏重智慧的之外，抒情的多半流入身边琐事的叙述和感伤的个人遭遇的告白，我愿意以微薄的努力来证明每篇散文应该是一种独立的创作，不是一段未完篇的小说，也不是一首短诗的放大。”④ 周作人的“美文”观念重视的是散文的艺术性；何其芳提倡“散文应该是一种独立的创作”，强调的也是散文的艺术性，但是“周作人还没有注意到散文应该和诗、小说、戏剧一样，是独立、完整的创造。因此他写的散文不免拉拉杂杂，从身边琐事到学术知识，草木虫鱼，散漫无边的谈。这种谈法，对作者是一大方便，对读者也有观赏商店橱窗的乐趣，但因太散太杂，而失去美文的纯粹和光彩。严格的说，这种散文，已滑落到散文的边缘，与鲁迅式的杂文只一线之差了”⑤。其实，从周作

① 何其芳：《我和散文（代序）》，《还乡杂记》，文化生活出版社 1949 年版，第 12 页。

② 何其芳：《我和散文（代序）》，《还乡杂记》，文化生活出版社 1949 年版，第 12 页。

③ 何其芳：《我和散文（代序）》，《还乡杂记》，文化生活出版社 1949 年版，第 12 页。

④ 何其芳：《我和散文（代序）》，《还乡杂记》，文化生活出版社 1949 年版，第 12 页。

⑤ 司马长风：《何其芳确立美文格调——简评何其芳的散文》，《中国新文学史》中卷，昭明出版社 1982 年版，第 45 页。

人到林语堂，主张散文“苍蝇之微，宇宙之大”皆可取材，在写法上主张下笔随意，司马长风指出，“何其芳把抒情文当作完整独立的艺术，确定和提高了抒情文的地位和格调。因此他的散文的统一的旨趣，决不漫然无归。他使散文进入一个新时代，接近了前述‘纯’的标准。”[①] 何其芳特别重视散文的艺术和形式，这在《画梦录》中有着鲜明体现。

第三节 《画梦录》的文学史价值

散文集《画梦录》收录有《扇上的烟云》《秋海棠》《墓》等 17 篇散文。从思想情感方面来说，《画梦录》表达的是感伤与寂寞情绪，正如何其芳自己所说，“《画梦录》是我从大学二年级到四年级中间所写的东西的一部分。它包含着我的生活和思想上的一个时期的末尾，一个时期的开头。《黄昏》那篇小文章就是一个界石。在那以前，我是一个充满了幼稚的伤感，寂寞的欢欣和辽远的幻想的人。在那以后，我却更感到了一种深沉的寂寞，一种大的苦闷，更感到了现实与幻想的矛盾，人的生活的可怜，然而找不到一个肯定的结论。……前一个时期，就称它为幻想时期吧，我只喜欢读一些美丽的柔和的东西；第二个时期，应该是苦闷时期了，虽说我仍然部分地在那类作品里找荫蔽，却更喜欢 T.S. 爱略忒的那种荒凉和绝望，杜斯退益夫斯基的那种阴暗。”[②] 第一篇散文《扇上的烟云〈代序〉》开头写道：“设若少女妆台间没有镜子，成天凝望悬在壁上的宫扇，扇上的楼阁如水中倒影，染着剩粉残泪如烟云……”这写出了《画梦录》的基本思想，显然“扇

---

① 司马长风：《何其芳确立美文格调——简评何其芳的散文》，《中国新文学史》中卷，昭明出版社 1982 年版，第 45 页。

② 何其芳：《给艾青先生的一封信——谈〈画梦录〉和我的道路》，《文艺阵地》第 4 卷第 7 期，1940 年 2 月 1 日。

上楼阁”“水中倒影”“残泪”和“烟云”等，体现了作者当时的虚无心态和感伤情怀。也许《独语》更具有代表性，“温柔的独语，悲哀的独语，或者狂暴的独语。黑色的门紧闭着：一个永远期待的灵魂死在门内，一个永远找寻的灵魂死在门外。每个灵魂是一个世界，没有窗户。而可爱的灵魂都是倔强的独语者。”何其芳陷在孤独迷惘的自我世界里，走不出个人的小圈子，只能表达一些奇异的独语；艾青认为：“何其芳的这个美丽却又忧郁的集子，几乎全部是他的‘倔强的灵魂’的温柔的，悲哀，或是狂暴的独语的纪录，梦的纪录，幻想的纪录。”[①] 何其芳吟唱了一些温柔的独语，如《墓》《秋海棠》《雨前》《黄昏》；也有一些悲哀的独语，如《哀歌》《弦》《画梦录》等。散文集《画梦录》中既有对前途迷茫的悲叹，如《画梦录》《弦》等；有对恋爱失败的感伤，如《秋海棠》《墓》《黄昏》等；也有对现实生活的悲哀，如《伐木》《哀歌》等。艾青曾批评了《画梦录》的思想感情，“何其芳有旧家庭的闺秀的无病呻吟的习惯，有顾影自怜的癖性，词藻并不怎样新鲜，感觉与趣味都保留着大观园小主人的血统。”[②] 何其芳“承认我当时有一些虚无的悲观的倾向。我承认我当时为着创造一些境界，一些情感来抚慰自己，竟大胆地选取了一些衰颓的，纤细的，远离现实的题材。我承认我当时的文体是一种比较晦涩的文体。然而我的‘血统’和‘大观园小主人’实在毫无关系”[③]。总体来说，《画梦录》中的思想情感更多地具有个人主义色彩。

何其芳是由诗歌转入散文创作的，在艺术方法上，他无意识地运用了诗歌的思维方式，注重散文形式的精致与雕琢。何其芳写《画梦录》的同时，仍然在写诗，因此他的散文受到诗歌的影响。他写道：“从《画梦录》中的首篇到末篇有着两年多的时间上的距离，所以无论在写法上或情调上，那些

---

① 艾青：《梦·幻想与现实——读〈画梦录〉》，《文艺阵地》第3卷第4期，1939年6月1日。

② 艾青：《梦·幻想与现实——读〈画梦录〉》，《文艺阵地》第3卷第4期，1939年6月1日。

③ 何其芳：《给艾青先生的一封信——谈〈画梦录〉和我的道路》，《文艺阵地》第4卷第7期，1940年2月1日。

短文章并不一律，而且严格地说来，有许多篇不能算作散文。比如《墓》，那写得最早的一篇，是在读了一位法国作家的几篇小故事之后写的，我写的时候就不曾想到散文这个名字。又比如《独语》和《梦后》，虽说没有分行排列，显然是我的诗歌写作的继续，因为它们过于紧凑而又缺乏散文中应有的联络。”[①] 何其芳十分重视对散文艺术形式的苦心经营，“我追求着纯粹的柔和，纯粹的美丽。一篇两三千字的文章的完成往往耗费两三天的苦心经营，几乎其中每个字都经过我的精神的手指的抚摩。”[②] 他对散文像入迷一样，投入了相当大的心力，把《画梦录》进行精雕细刻，这样使得“《画梦录》的最大成功之处在于它艺术上的精致与圆熟。新奇的艺术构思，精美的意象画面，婉转的感伤气息，梦幻般的迷蒙情调，细腻精巧的语言，以及多种艺术手法，如象征、比喻、通感的运用，使整个作品体现出一种如梦如幻的色彩，具有‘纯粹的柔和，纯粹的美丽’的艺术效果。”[③] 刘西渭曾经说过，“何其芳先生要的是颜色、凸凹、深致、隽美”[④]，何其芳通过新奇精巧的比喻达到了这样的艺术效果。《画梦录》出版以后，沈从文、萧乾、刘西渭等京派评论家都表示了赞誉。如刘西渭称赞何其芳为“文章能手”，“有一双艺术家的眼睛”，称赞《画梦录》为“奇花异朵”，并且特别称赞了何其芳运用比喻的天赋[⑤]。

总之，“何其芳创作《画梦录》，从文学原则来说，是寻找和表现美，是探求散文艺术的深邃世界，在心境来说，则是借之以表达自己内心中无法排遣的惆怅和迷惘——对现实不满意，又找不到新的道路，甚至不知道什么是新的道路的迷惘。”[⑥]《画梦录》在当时产生了重要影响，李广田说：“其次是诗人的散文，如何其芳等人的作品。有一个时期，这一类散文产量甚丰，简

---

① 何其芳：《我和散文（代序）》，《还乡杂记》，文化生活出版社 1949 年版，第 17 页。

② 何其芳：《我和散文（代序）》，《还乡杂记》，文化生活出版社 1949 年版，第 17 页。

③ 贺仲明：《喑哑的夜莺——何其芳评传》，南京师范大学出版社 2004 年版，第 95 页。

④ 刘西渭：《读〈画梦录〉》，《文学季刊》第 1 卷第 4 期，1936 年 9 月。

⑤ 刘西渭：《读〈画梦录〉》，《文学季刊》第 1 卷第 4 期，1936 年 9 月。

⑥ 贺仲明：《喑哑的夜莺——何其芳评传》，南京师范大学出版社 2004 年版，第 94 页。

直造成了一时的风气。”[1]1937年，《画梦录》与曹禺的《日出》、芦焚的《谷》一起获得天津《大公报》文艺金奖，对于《画梦录》的获奖理由，萧乾代表评委会特别肯定了它在散文文体上的创新意义：“在过去，混杂于幽默小品中间，散文一向给我们的印象多是顺手拈来的即景文章而已。在市场上虽曾走过红运，在文学部门中，却常为人轻视。《画梦录》是一种独立的艺术制作，有它超达深渊的情趣。”从文学史上来说，《画梦录》也具有十分重要的意义。五四时期，周作人就开始提倡“美文”，认为“美文”是“诗与散文中间的桥”，然而在周作人的散文作品中，很少能看到诗与散文的结合，只是“从何其芳的《画梦录》开始，它开创了散文当诗一样写的新时代”[2]。可见，何其芳的《画梦录》真正实践了周作人的“美文”观念，“确定和提高了‘美文’的格调”[3]。

第四节　何其芳散文的艺术转型

何其芳的散文在空间叙事方面经历了由个体空间向国家空间的转变，并在艺术风格方面表现出明显转型。抗日战争爆发以后，现代作家紧跟时代的发展，现代乡土散文出现新的风貌。在叙述时间上，乡土散文有了新的突破，“二十年代、三十年代以回忆为主的乡土文学渐渐结束”[4]，它们更多地反映现实，面向将来。在叙述空间上，乡土散文突破了狭隘的个人小天地，由个人的故乡转向广大的国土。在情感表达上，乡土散文表达了对农村的热爱和对美好未来的期待和追求，突破了单纯的个人内心情感的发泄，转向整

① 李广田：《谈散文》，《中国现代散文理论》，广西人民出版社1984年版，第149页。

② 范培松：《中国散文史》上册，江苏教育出版社2008年版，第355页。

③ 司马长风：《何其芳确立美文格调——简评何其芳的散文》，《中国新文学史》中卷，昭明出版社1982年版，第45页。

④ 冯至：《序》，《李广田文集》第1卷，山东文艺出版社1983年版，第8页。

个时代情绪的表现。在美学表现上，乡土散文不再沉迷于和谐安宁生活的向往，而成为救亡的呐喊和新时代的颂歌，饱含战斗激情和阳刚之美。何其芳的散文创作也体现了这样的艺术演变。《画梦录》之后，何其芳又出版了《刻意集》《还乡杂记》《星火集》《星火集续编》等散文集。综观这些散文集，何其芳的散文风格呈现出不断演变的趋势。《刻意集》的思想内容与《画梦录》基本相近。《还乡杂记》是何其芳还乡途中的见闻感受，记叙了故乡的贫困与落后，以及人民生活的悲惨与痛苦。《星火集》与《星火集续编》描绘了人民革命战争的壮丽场景以及对国民党政府的批判。“五本散文集的内容愈来愈宽广，情绪愈来愈昂扬，思想愈来愈深刻。《画梦录》和《刻意集》反映的是一个寂寞悲愁的青年知识分子个人的情感，而《还乡杂记》较前两本反映的内容来得广泛一点，但作者的思想还没有完全转到人民大众一边来，其中还不乏模糊甚至错误的认识。而《星火集》和《星火集续编》才是作者生命星火的闪光，他逐渐从抒写个人的小圈子里跳出来，用自己的笔，直接参加了当时的革命斗争。他不再纠缠在个人的狭隘的感情中不能自拔，而是放眼全国甚至全球，有革命者的气魄，又有散文家的热情。”①在艺术形式方面，《画梦录》的独语体具有诗与散文结合的特点，后面四部散文集的艺术形式则逐渐多样化。在语言修辞方面，“何其芳的散文语言，从《画梦录》、《刻意集》的纤巧、雕琢，渐渐发展为《还乡杂记》的较多书卷气的铺叙，已有向平易发展的萌芽，直到《星火集》、《星火集续编》，则语言明白晓畅，如山泉泻地，清新自然”②。

何其芳的艺术转型是他生活道路与创作思想不断改变的结果。“中学和大学时代，他是一个游离于群众斗争之外的寂寞悲愁的小资产阶级知识分子。”③“我遗弃了人群而又感到被人群所遗弃的悲哀。”④因此，《画梦录》

① 叶公觉：《试论何其芳散文风格的演变》，《红岩》1983年第2期。

② 叶公觉：《试论何其芳散文风格的演变》，《红岩》1983年第2期。

③ 叶公觉：《试论何其芳散文风格的演变》，《红岩》1983年第2期。

④ 何其芳：《我和散文（代序）》，《还乡杂记》，文化生活出版社1949年版，第17页。

和《刻意集》中的散文大都是个人孤独寂寞情绪的表达，远离了现实；在艺术形式上也更多地选择“独语”的形式，语言上则精雕细琢，表现出唯美主义风格。经过两次还乡以后，何其芳开始关注现实生活和人间不幸，他在《给艾青先生的一封信——谈〈画梦录〉和我的道路》中写道：

> 一九三六年，我到山东半岛上的一个乡村师范里去教书，在那里我才找到了我的“精神上的新大陆”，我才非常清楚地肯定地有了这样一个结论：
>
> 第一步：我感到人间充满了不幸。
>
> 第二步：我断定人的不幸多半是人的手造成的。
>
> 第三步：我相信能够用人的手去把这些不幸毁掉。①

因此，《还乡杂记》中的散文有对旧社会的批判，有对人民悲苦命运的同情，如《街》中把社会比喻成“一个阴暗的、污秽的、悲惨的地狱”，而《乡下》则描写了农民的悲苦生活，表达了深切的同情。在艺术风格上，《还乡杂记》扬弃了《画梦录》的唯美主义文风，表现出批判现实主义风格。《还乡杂记》成为何其芳艺术转型的标志。《星火集》《星火集续编》中的散文的内容与革命生活息息相关，在艺术形式上选择了杂文和报告文学等，在艺术风格上转向了“革命现实主义”②。何其芳的艺术转型在现代作家中很有代表性，“反映了知识分子顺应历史潮流，对美好的‘明天’的执着追求。”③

综上所述，何其芳的散文创作经历了由个体乡土向国家乡土的空间迁转，并由之呈现了散文艺术风格的转型，他由早期的孤独寂寞情感的自我抒

① 何其芳：《给艾青先生的一封信——谈〈画梦录〉和我的道路》，《文艺阵地》第4卷第7期，1940年2月1日。

② 俞元桂：《中国现代散文十六家综论》，华东师范大学出版社1989年版，第211页。

③ 范培松：《中国散文史》上册，江苏教育出版社2008年版，第352页。

发转向了对人间苦难和不幸的深沉批判。何其芳的空间迁转和艺术转型在现代文学中具有典型意义，它体现了中国知识分子追随时代潮流，敢于承担社会责任的勇气和伟大的爱国主义情怀。

第十二章　李广田散文的乡土味

李广田是京派代表作家之一，他的文学成就主要体现在散文创作上，他善于挖掘美和真实，于质朴的文风中透露出大智慧，他的大部分散文作品带着浓浓的乡土气息，因此被称为“乡土作家”。散文感情深沉、文笔细腻，在艺术上也有独特的风格，自成一家。他的散文将传统与现代完美结合，不同于当时的左翼散文、“论语派”散文，以及同属于“京派”的沈从文、何其芳等其他知名作家。李广田的散文创作关注人性、贴近生活，流露出大智慧、深哲理，对不同阶段的社会都有不同的展现。李广田的散文具有重要的文学价值，对社会发展进步提供了丰富的史料，是中国社会发展的活化石。李广田以独特的视角、细腻的文笔在中国现代文学史上屹立不倒，留下了很多优秀的诗文，对后来的散文创作提供了丰富经验。

第一节　李广田其人其文

李广田（1906—1968），山东邹平人，原名王锡爵，从小便过继给舅父，改姓李，名广田，号洗岑，曾用笔名黎地、曦晨等。李广田出生在一个贫苦农民家庭，这种平凡的出身使他具有农民忠厚、勤劳、朴实的品质，这种品质伴随他的一生，特别是体现在他对文学的追求和学习上。他 7 岁的时候进入私塾，1914 年在乡村私塾读书，1915 年到 1921 年读初小，17 岁在县

立师范讲习所学习，未到毕业，又到第三高等小学教学，随后在1923年夏天考入了第一师范学校。在第一师范学校阶段的学习使得李广田接受了新思想、新文学，对他以后的文学创作之路指明了方向。这一时期是新文学运动蓬勃发展的时期，各种新文学代表作家、社团纷纷出现，一些从苏俄翻译过来的作品给青年们带来了精神上的解放。1926年，李广田加入了共产主义青年团的地下组织，他们为了传播新思想，从北京、上海等地买进书，再卖出去，接着继续购买，但由于邮寄书报在当时的社会背景下十分严格，李广田为此被捕入狱。出狱后，在家乡陵县教学，又到曲阜第二师范教学，于1931年考入了北京大学外语系，学习英国文学，同时也学习法文和日文。这一时期，他受到了西方浪漫派、象征派的影响，在诗歌和散文的创作方面形成了自己的风格。李广田、何其芳、卞之琳合著的诗歌集《汉园集》于1936年由商务印书馆出版发行，他们也广为人知，被称为“汉园三诗人”，在中国现代文学史上具有重要影响。1935年，李广田从北京大学毕业后，回到了济南，他一边教书一边搞文学创作，抗日战争爆发后，流亡到南方。一路走来，他目睹了社会的混乱，途中依旧为学生讲授革命文艺，激发学生的斗志，于1941年到昆明西南联大教书，抗战结束后又到天津南开大学工作，后经朱自清先生推荐来到清华大学任教，担任清华大学中文系系主任，1951年又担任清华大学副教务长，主要负责文科教学、科研以及留学生等工作。李广田的一生是波折的，最终留下了一系列宝贵的文学作品。据统计作品有20多种,200万字，主要代表作品有诗集《汉园集》《春城集》，散文集《画廊集》《银狐集》《雀蓑集》等，小说《欢喜团》《金坛子》《引力》等，散文创作是他文学成就的最高峰。

纵观李广田的散文创作史，大概可以分为三个阶段：早期散文、抗战和解放战争时期散文、新中国成立后散文。他的散文跨越了不同的历史阶段，也涵盖了不同时期社会政治、经济、文化现状，通过他的散文，可以窥探社会的发展和变化。“文革”结束后，李广田获得平反，并出版了他的散文作品，这次出版标志着李广田作为一名在中国现代文学史上杰出的散文家又重新回到了人们的视野，这部散文集前三部分是对他解放前散文作品的总结，第四部分是解放后发表的散文，第五部分是悼念类和序言类的文字书写。

李广田早期散文创作主要集中在北京大学求学期间，这个阶段的他单纯、质朴，与社会接触不多，所以他的创作主题主要是对乡土生活的回忆和对校园生活的描写。其间代表性作品主要有《画廊集》《银狐集》和《雀蓑集》，都来源于日常生活，在欣赏过程中，我们能体会到作者真切的情感、质朴的笔法。特别是乡土题材的文学创作，表达了对劳动人民的同情和歌颂，对社会黑暗统治的控诉和对农民落后愚昧思想的担忧，注入了浓烈的情感，如《山之子》《柳叶桃》《投荒者》等，给读者留下深刻的印象。此外，与农民形象相对的就是对知识分子的描写，如《马蹄》《荷叶伞》《记问渠君》《黄昏》等散文作品，表现了知识分子对前途的迷茫、对未来的渴望。这些选材都与李广田的生活环境和生活经历密切相关，他的生活轨迹一直处在乡村和知识分子圈，因此他的创作也存在于这两个范围内，成为他早期散文的主要特点。

抗战时期的散文可以说是李广田文学创作转型的重要时期，1937 年卢沟桥事变，国家处于危亡时刻，各种关系尤为紧张，社会性质也发生了转变。李广田作为一个知识分子，他的思想也相应发生了变化。这一时期，他将目光投向了更为深刻的社会问题，思想更加尖锐，视野也更为开阔，他发现了隐藏在社会背后的矛盾和丑陋面，他希望以文字为武器来鼓舞大众。其间代表性作品主要有《回声》《圈外》《灌木集》《日边随笔》《西行记》等。虽然这一时期的作品依旧保持乡土农村和知识分子两大主题，但作品的思想发生了明显变化，宣告李广田散文创作的转型，成为他解放时期散文风格转变的过渡期。如果说李广田早期散文是以一个观察者的身份记叙生活，那么解放时期的散文更像是一种理性的诉说，他开始剖析人民悲惨命运的根源，思考社会的前进方向，由浅入深、由表入里对国家命运前途进行深入分析，更多的带有战斗色彩，如《空壳》《手的作用》《他说：这是我的》等散文作品都集中代表了这一期间的创作风格。

新中国成立后，国家呈现出崭新的面貌，社会慢慢地稳定，人民的生活水平不断提高，李广田的文学创作也随之发生了变化。这一时期的他一方面从事高校教学事业，另一方面也继续散文创作，《花潮》《山色》《同龄人》《不服老》都是这一时期的代表作品，虽然创作数量不多，但也是李广田创作的一个巅峰时刻。由于经历了如此多的人生变故，他的文笔更加成熟，文章的理性色彩也更加浓重，我们可以在其中感受到李广田对生活的思索、对哲理的探索，这些内容与社会和时代紧密相连。保持不变的是散文主题依旧是围绕农村农民和知识分子，写社会主义到来后人民生活的变化，如《山色》写的就是山西解放后发生的变化，《不服老》描写的是一位不服老的老教授在解放后的生活状况。对比之前的散文创作，这一时期李广田的文章更加活泼、生动、富有趣味。

第二节　地之子的恋土情感

空间守望一直是中国乡土写作中的重要形式。在中国现代作家中，沈从文、李广田、师陀等作家一直声称自己是“乡下人”，他们无论身在何处，都对乡土怀有一种守望情绪，都具有一种“向土而生”的精神。李广田创作最多、成就最高的是散文，冯至认为“广田是现代文学最优秀的散文作家之一”[①]。20世纪30年代，李广田创作了三部散文集：《画廊集》(1936)、《银狐集》(1936)、《雀蓑集》(1939)。这些作品或回忆童年生活，如《悲哀的玩具》中寂寞的童年；或描写受尽生活折磨、走投无路的人物，如《投荒者》，讲述了在社会动乱中，百姓厄运不断，家乡遭乱，兄弟俩不得不常年漂泊在外，哥哥身患重病，客死他乡。这些散文文风朴实、语言恬淡、感情真挚，

① 冯至：《序》，《李广田文集》第1卷，山东文艺出版社1983年版，第2页。

在一种幽静凄婉的气氛中隐含着对黑暗现实的不满。冯至认为，“广田的散文在乡土文学中是独树一帜的”、“在现代文学史上独具一格，具有相当大的贡献”①。李广田在《画廊集》的“题记”中写道：“我是一个乡下人，我爱乡间，并爱住在乡间的人们。就是现在，虽然在这座大城里住过几年了，我几乎还是象一个乡下人一样生活着，思想着，假如我所写的东西里尚未能脱除那点。”②　李广田的这种乡土意识是一贯的，他在早期诗歌《地之子》中就表达了对大地母亲的爱怜。因此，李广田的乡土情怀是“地之子”与“乡下人”的集合，成为乡土守望与向土而生精神的重要代表。

他从“乡下人”身份出发，真切表现了农民的痛苦与不幸命运，并且表达了深切的同情和对旧社会的批判。

作为“地之子”，李广田对故乡有着深沉的眷恋和热爱。李广田自从离开家乡以后，多年不能回家，每次遇到熟人都会打听家乡，家乡的人情世故与人世沧桑都能给他带来情感的刺激，使他黯然伤怀。无论身在何处，李广田心中念念不忘的也是他的家乡，他在《无名树》中写道：“我离开故乡已经很久了，说起‘故乡’两字，总连带地想起许多很可怀念的事物来。我的最美的梦，也就是我的幼年的故乡之梦了。很奇异地觉得自己是走在故乡的里巷里，而里巷的两旁却是两行蓊郁的绿树，很齐楚地掩覆着里巷中的房檐，那些古老的房檐，在这绿荫之下也显得特别雅致。是垂柳呢，还是白杨呢，梦里不曾认清。但那确是一种可爱的景色，空气是新鲜的，那绿色给我的眼睛以欢快，也给我的心情以鼓舞，我走在那覆荫之下，觉得自己是回到了童年似的，感到一种莫名其妙的欢欣，走在那梦境里的我，仿佛就真是一个快乐的孩子。”③　他的散文也多处表现了这种乡土之情，如《记问渠君》中问渠君与作者初次相会，就说这里的青菜和肥料的气息使他记起了他的家乡的气息；《桃园杂记》介绍故乡桃园的景色，表达永久了的怀念；《雀蓑集》

---

① 冯至：《序》，《李广田文集》第1卷，山东文艺出版社1983年版，第13页。

② 李广田：《〈画廊集〉题记》，《李广田文集》第1卷，山东文艺出版社1983年版，第108页。

③ 李广田：《无名树》，《李广田文集》第1卷，山东文艺出版社1983年版，第6页。

《山水》《山之子》等散文描写了家乡的景物，也表达了眷恋之情。冯至认为：“他对故乡有深厚的感情。谈到故乡，他说‘总连带地想起许多很可怀念的事物来。我的最美的梦，也就是我的幼年的故乡之梦了。’这个故乡之梦并不是梦想，而是现实。”① 逝去的乡土生活早已成为梦想，因此李广田对乡土生活有着深沉的眷恋，在现实中，他只有以文字表达对乡土生活的追忆，以寻找归家的感觉。如《野店》中的店铺给人一种温暖、回家的感觉，人与人之间真情相处，留下一种特殊的人间味，“在这样地方，你是很少感到寂寞的。因为既已疲劳了，你需要休息，不然，也总有些伙伴谈天儿。‘四海之内皆兄弟呀’，你会听到有人这样大声笑着，喊：‘啊，你不是从山北的下洼来的吗？那也就算是邻舍人了。’常听到这样的招呼。从山里来卖山果的，渡丁河来卖鱼的，推车的、挑担子的、卖皮鞭的、卖泥人的、拿破绳子换洋火的……也许还有一个老学究先生，现在却做着走方郎中了，这些人，都会偶然地成为一家了。”② 农民兄弟的和谐相处寄托了李广田的乡土情怀，冯至高度评价：“《野店》一文，写中国农村的小店，‘鸡声茅店月，人迹板桥霜’，千百年好象没有多大变化，不知有多少世代的劳动人民在那样的茅店里萍水相逢，一见如故，随后又各自东西，广田用富有诗意的语言把它写得自然生动，亲切感人，在《画廊集》中堪称精品。”③

李广田散文一方面表达了对乡土生活的眷恋，另一方面也体现了对乡下人的挚诚热爱。他在《银狐集》的题记中写道：“我对我文章中的人物却是爱着。我也并不是立意只拣了我所爱的人物作为我的文章材料，然而当那些人物一跑到我的笔下时，或当我已经把那些人物写完时，我才感觉到我对于我所写的人物已经爱了一场，而是还更加爱惜了起来。《乡虎》中的无赖棍徒，《看坟人》和《生活》中两个顽强瞎子，《上马石》中的鬼话老人，和《浪子递解记》中的糊涂少年，这些人都成为我的朋友。《他们三个》中的人物完

① 冯至：《序》，《李广田文集》第1卷，山东文艺出版社1983年版，第8页。

② 李广田：《野店》，《李广田文集》第1卷，山东文艺出版社1983年版，第6页。

③ 冯至：《序》，《李广田文集》第1卷，山东文艺出版社1983年版，第5页。

全是出于我的想象，他们是被我用一种写诗的气氛制造出来的，我当然爱。《老渡船》中的主人是我的老邻居，完全是为了爱那个邻人的缘故，才有了那文章的最后一段，这是当我写完重读的时候才感觉得出的。至于《花鸟舅爷》中的舅爷和《五车楼》中的稚泉先生，都是我生活中的重要人物，就更不必说了。就因为这个，因为我爱我写出的人物，或者还不如反过来说，我文章中的人物被我深爱的缘故：这些文章中依然有我的悲哀，我的快乐，或者说这里边就藏着一个整个的'我'。"[①]　李广田对乡土人物倾注了真情，饱含了热泪。作为"乡下人"，李广田对农民有着深切的同情，他理解农民的内心寂寞，怜悯农民的苦难。李广田从小对寂寞有着深切的体会，正如他在《悲哀的玩具》中所说，"虽然还是小孩子，寂寞的滋味是知道得很多了。到了成年的现在，也还是苦于寂寞，然而这寂寞已不是那寂寞，现在想起那孩子时代的寂寞，也觉得是颇可怀念的了。"[②] 他的散文也多处表现农民的寂寞与孤独，如在《悲哀的玩具》中，表面是在写他寂寞的童年，而实际上是在怜悯父亲的孤独与寂寞，"在当时，确是恨着父亲，现在却不然：反觉得他是可悯的。正当我想起：一个头发已经斑白的农夫，还是在披星戴月地忙碌，为饥寒所逼迫，为风日所摧损，前面也只剩下短短的岁月了，便不由地悲伤起来。而且，他生自土中，长自土中，从年少就用了他的污汗去灌溉那些砂土，想从那些砂土里却取得一家老幼之所需，父亲有着那样的脾气，也是无足怪的了。听说，现在他更衰老了些，而且也时常念想到他久客他乡的儿子。"[③] 李广田小时候，家境贫寒，父亲总是在地里忙，母亲也在地里忙，只有年老的祖母可以给他说故事、唱村歌，因此他觉得只有祖母一个人是爱他的。然而时过境迁，李广田回忆这段往事，他理解父亲，怜悯父亲，正是因为生活的苦难摧残了他们共同的快乐。生活重压之下，父亲内心陷入寂寞孤独之中，然而对儿子的思念又使父亲陷入另一种情感的寂寞之中。又如在

① 李广田：《〈银狐集〉题记》，《李广田文集》第 1 卷，山东文艺出版社 1983 年版，第 116 页。

② 李广田：《悲哀的玩具》，《李广田文集》第 1 卷，山东文艺出版社 1983 年版，第 74 页。

③ 李广田：《悲哀的玩具》，《李广田文集》第 1 卷，山东文艺出版社 1983 年版，第 77 页。

《黄昏》中，由于生活的压力，一个生龙活虎的朋友变得沉默寡言、孤苦凄凉。另如《记问渠君》《秋》《寂寞》《秋天》《白日》等散文中的人物内心也都是孤独寂寞的。

李广田怜悯农民悲苦凄凉的命运。李广田理解农民内心的寂寞与孤独，深知农民孤苦的根源在于生活重压，生活的磨难使李广田的父母兄弟、邻居同学都无一例外地陷入压抑与苦闷中。如《投荒者》，哥哥在生活的逼迫下，远离故土去大西北垦荒，最终客死异乡。如《五车楼》中，社会环境每况愈下，赋税繁重，年景荒歉，稚泉先生的三个儿媳妇相继病亡，家庭濒临破产，儿子也相继遭难，社会与家庭的变故使稚泉先生贫病交加，整天纵酒以消磨余生，以一种冷嘲的态度对待一切。即使在这样的境况下，稚泉先生仍然在忧郁中自寻快乐，在凡俗中自寻趣味，他很喜欢那些无知无识的农人，有时也能同一般无拘无束的人们相周旋，然而这些人究竟不是他的同伴，先生的真实同伴还是他自己亲手培养起来的草木禽鱼，以及左右不离的书籍笔砚。稚泉先生一生的最大愿望就是建造“五车楼”，但终未能遂愿。在《花鸟舅爷》中，舅爷生有一副病弱的身体，以几亩薄田度日，生活自然十分困苦，最后也只能是衰老得可怜了。《银狐》中的孟先生夫妻二人以卖画为生，节俭度日，他们虽然生活贫困，但夫妻恩爱和乐，最终孟太太病死，孟先生在痛苦中度过余生。从《投荒者》《五车楼》《花鸟舅爷》《银狐》等散文中，可以看到农民的苦难是因为生活的重压和社会的逼迫。然而，乡虎的横行使困苦的农民雪上加霜，如《看坡人》中的瞎东西以一种无赖、剽悍的方式讨生活；如《乡虎》中武爷是一方之霸，他开赌场、牧场都给村民带来祸害，乡邻对这样的霸王“敬而远之”，不敢亲近，更不敢得罪。

可以看出，李广田从“地之子”身份出发，对乡土表达了深挚的眷恋情怀，他时时守望着故乡，回顾乡土的人性与人情，表达了对乡土的思念和对乡亲的热爱。乡土是现代作家的心灵港湾，让他们抵抗尘世的烦恼与痛苦，让他们得到心灵的安慰和憩息。

第三节　李广田的艺术转型

李广田与何其芳一起成名，他们的创作道路有相似之处，也经历了艺术转型的创作过程。冯至先生把李广田散文归入乡土文学，范培松先生也认为："李广田的散文有一种特有的农民意识，是现代散文中难得的农家散文。"[①]大学时代，李广田在北京大学外国文学系学习英国文学，十分赞赏英国散文家怀特、何德森和玛尔廷，"有志于写出像他们那样优美的散文"[②]，希望在"平庸的事物里找到美和真实"，《野店》《桃园杂记》等散文就是这种风格的体现。然而，李广田难以做到"忘记了生活的疲倦和人生的争执"，因此，"在《画廊集》里，除去几篇含有伤感情调的抒情小品外，只要触及故乡的现实，便不能保持平静的气氛了。"[③]如《画廊集》中的《记问渠君》《投荒者》《种菜将军》，以及《银狐集》中的《乡虎》《小孩与蚂蜂》《悲哀的玩具》《父与羊》等散文都描写了人间的不幸。总体来看，在美学表现上，李广田散文描写自然美并不多，他更多的是表现农家苦，作为"乡下人"，李广田对农民有着深切的同情，他理解农民的内心寂寞，怜悯农民的苦难。

特别值得重视的是，李广田乡土散文经历了从"乡土"到"国土"的转型。抗战爆发以后，李广田辗转流亡于西南各地，先后在一些中学和大学任教，亲身感受了国破家散、漂泊流离的生活，他积极投身抗日斗争和爱国民主运动。随着生活变迁和思想进步，李广田创作了《圈外》（1942）、《回声》（1943）、《日边随笔》（1948）等散文集，这些作品或"努力从黑暗中寻取那

---

① 范培松：《中国散文史》上册，江苏教育出版社 2008 年版，第 358 页。

② 冯至：《序》，《李广田文集》第 1 卷，山东文艺出版社 1983 年版，第 4 页。

③ 冯至：《序》，《李广田文集》第 1 卷，山东文艺出版社 1983 年版，第 4 页。

一线光明”[①]，或表现“时代是如此伟大而壮烈”[②]。显然，李广田这时期的散文，境界更为开阔，感情更为热烈，思想更为尖锐，也更具有批判的锋芒和战斗的勇气。李广田散文在叙述时间上由回忆性的主观抒情转向了纪实性的客观描写；叙述空间上由个人的故乡转向了广大的国土；在情感表达上由对故乡的怀念转向了对人间不幸的抨击；在美学表现上由农家苦的反映转向了救亡的呐喊，富于战斗激情和阳刚之美。由此可见，李广田的艺术转型在现代乡土散文史上比何其芳更具有典型意义，何其芳抗战以后由《还乡杂记》才转入乡土散文创作，而李广田从《画廊集》到《日边随笔》集都可以纳入乡土文学。总而言之，现代乡土散文在抗战以后出现了艺术转型，李广田是其中最突出的代表。

① 李广田：《圈外·序》，《李广田文集》第 1 卷，山东文艺出版社 1983 年版，第 292 页。

② 李广田：《日边随笔·序》，《李广田文集》第 1 卷，山东文艺出版社 1983 年版，第 491 页。

主要参考文献

一、中文著作类

赵家璧:《中国新文学大系》，良友图书印刷公司 1935 年版。

蔡元培:《1917—1927 中国新文学大系导言集》，天津人民出版社 2009 年版。

鲁迅:《鲁迅全集》，人民文学出版社 2005 年版。

鲁迅:《朝花夕拾》，人民文学出版社 1979 年版。

瞿秋白:《红色光环下的鲁迅》，河北教育出版社 2000 年版。

鲁迅 · 日本东北大学留学百周年史编辑委员会:《北京鲁迅博物馆会议论文集》，中国大百科全书出版社 2005 年版。

吴中杰:《鲁迅画传》，复旦大学出版社 2008 年版。

胡适:《胡适文存》，上海书店 1935 年版。

胡适:《胡适文集》，北京大学出版社 1998 年版。

周作人:《周作人自编文集》，止庵校订，河北教育出版社 2002 年版。

周作人:《周作人散文选集》，张菊香编，百花文艺出版社 2004 年版。

周作人:《知堂书话》，岳麓书社 1986 年版。

周作人:《中国新文学的源流》，华东师范大学出版社 1995 年版。

周作人:《周作人文类编 · 本色》，湖南文艺出版社 1998 年版。

周作人:《药堂杂文》，河北教育出版社 2002 年版。

钱理群:《周作人传》，北京十月文艺出版社 1990 年版。

钱理群:《读周作人》，天津古籍出版社 2001 年版。

黎娜:《最美的散文》，中国华侨出版社 2010 年版。

赵景深:《文坛回忆》，重庆出版社 1985 年版。
朱乔森:《朱自清全集》，江苏教育出版社 1988 年版。
陈孝全:《朱自清传》，北京十月文艺出版社 1991 年版。
朱自清:《朱自清散文精选》，四川人民出版社 2018 年版。
冰心:《冰心全集》，卓如编，海峡文艺出版社 1994 年版。
陈恕:《冰心全传》，中国青年出版社 2011 年版。
范伯群:《冰心研究资料》，知识产权出版社 2009 年版。
许建辉:《中国现代文学珍藏大系 · 冰心卷》，蓝天出版社 2009 年版。
俞平伯:《俞平伯全集》，花山文艺出版社 1997 年版。
俞平伯:《俞平伯散文选集》，百花文艺出版社 1992 年版。
阿英:《阿英文集》，生活 · 读书 · 新知三联书店 1981 年版。
王保生:《俞平伯研究资料》，天津人民出版社 1986 年版。
陈洪:《诗化人生——魏晋风度的魅力》，河北人民出版社 2001 年版。
周明初:《晚明士人心态及文学个案》，东方出版社 1997 年版。
朱自清:《朱自清散文选》，译林出版社 2016 年版。
纪秀荣:《林语堂散文选集》，百花文艺出版社 2004 年版。
林语堂:《林语堂散文经典全编》，九州图书出版社 1998 年版。
林语堂:《幽默人生》，陕西师范大学出版社 2005 年版。
林语堂:《林语堂自传》，陕西师范大学出版社 2005 年版。
林语堂:《林语堂批评文集》，珠海出版社 1998 年版。
林语堂:《生活的艺术》，湖南文艺出版社 2018 年版。
林语堂:《林语堂名著全集》，东北师范大学出版社 1994 年版。
王兆胜:《林语堂的文化情怀》，中国社会科学出版社 1998 年版。
邵华强:《徐志摩研究资料》，知识产权出版社 2011 年版。
徐志摩:《徐志摩全集》，广西民族出版社 1991 年版。
徐志摩:《徐志摩散文》，时代文艺出版社 2004 年版。
梁实秋:《梁实秋文集》，鹭江出版社 2002 年版。
欧阳询:《艺文类聚》，上海古籍出版社 1982 年版。
张梦阳:《郁达夫散文选集》，百花文艺出版社 1984 年版。
郁达夫:《五六年来创作生涯的回顾——〈过去集〉代序》，知识产权出版社 2010 年版。
郁达夫:《故都的秋》，京华出版社 2006 年版。
郁达夫:《现代散文八大家: 炉边独语 · 郁达夫散文》，花城出版社 2013 年版。
郁达夫:《达夫自选集》，上海天马书店 1933 年版。
沈从文:《沈从文全集》，北岳文艺出版社 2009 年版。

沈从文：《沈从文文集》，花城出版社、香港三联书店 1984 年版。
宗白华：《美学散步》，上海人民出版社 1981 年版。
汪曾祺：《我的老师沈从文》，李辉主编，大象出版社 2009 年版。
凌宇：《从边城走向世界》，岳麓书社 2006 年版。
《梁实秋论文学》，台湾时报文化出版事业有限公司 1978 年版。
梁实秋：《关于鲁迅》，台湾爱眉文艺出版社 1990 年版。
梁实秋：《偏见集》，南京出版社 1934 年版。
梁实秋：《梁实秋散文选集》，百花文艺出版社 2004 年版。
陈子善编，梁实秋著：《梁实秋文学回忆录》（第一版），岳麓书社 1989 年版。
黎照：《鲁迅梁实秋论战实录》，华龄出版社 1997 年版。
李云雷：《速读中国现当代文学大师与名家丛书 · 梁实秋卷》，蓝天出版社 2003 年版。
何其芳：《还乡杂记》，文化生活出版社 1949 年版。
李广田：《李广田文集》，山东文艺出版社 1983 年版。
李广田：《文学枝叶》，益智出版社 1948 年版。
李广田：《文艺书简》，开明书店 1949 年版。
芦焚：《芦焚散文选集》，江苏人民出版社 1981 年版。
芦焚：《黄花苔》，良友图书出版公司 1937 年版。
王世颖：《倥偬》，开明出版社 1996 年版。
茅盾：《茅盾全集》，人民出版社 1986 年版。
冯三昧：《小品文研究》，世界书局 1933 年版。
陈望道：《小品文与漫画》，生活书店 1935 年版。
俞元桂等：《中国现代散文理论》，广西人民出版社 1984 年版。
俞元桂：《中国现代散文史》，山东文艺出版社 1988 年版。
范培松：《中国散文史》，江苏教育出版社 2008 年版。
范培松：《中国散文批评史》，江苏教育出版社 2000 年版。
钱理群：《乡风市声》，人民文学出版社 1992 年版。
林非：《现代六十家散文札记》，百花文艺出版社 1980 年版。
俞元桂：《中国现代散文十六家综论》，华东师范大学出版社 1989 年版。
钟桂松：《茅盾与故乡》，四川文艺出版社 1991 年版。
司马长风：《中国新文学史》，昭明出版社 1982 年版。
贺仲明：《喑哑的夜莺——何其芳评传》，南京师范大学出版社 2004 年版。
钱理群、温儒敏、吴福辉：《中国现代文学三十年》，北京大学出版社 2013 年版。
梅新林：《中国游记文学史》，学林出版社 2004 年版。
朱德发：《中国现代纪游文学史》，山东文艺出版社 1990 年版。

关锋：《周作人文学思想研究》，民族出版社 2006 年版。

王景科：《中国现代散文小品理论研究十六讲》，山东文艺出版社 2009 年版。

二、外文著作类

[意] 维柯：《新科学》，朱光潜译，商务印书馆 1989 年版。

[英] 卢克斯：《个人主义》，阎克文译，江苏人民出版社 2001 年版。

[英] 卜立德：《一个中国人的文学观——周作人文艺思想》，陈方宏译，复旦大学出版社 2001 年版。

三、期刊论文类

《青年杂志》

《新青年》

鲁迅：《小品文的危机》，《现代（上海 1932）》1933 年第 3 卷第 6 期。

周作人：《美文》，《晨报副刊》1921 年 6 月 8 日。

朱自清：《论现代中国的小品散文》，《文学周报》第 345 期，1928 年 11 月 25 日。

梁实秋：《论散文》，《新月》1928 年第 1 卷第 8 期。

何其芳：《给艾青先生的一封信——谈〈画梦录〉和我的道路》，《文艺阵地》第 4 卷第 7 期，1940 年 2 月 1 日。

艾青：《梦 · 幻想与现实——读〈画梦录〉》，《文艺阵地》第 3 卷第 4 期，1939 年 6 月 1 日。

刘西渭：《读〈画梦录〉》，《文学季刊》第 1 卷第 4 期，1936 年 9 月。

张挚甫：《我所读之书》，《会报》1928 年第 37 期。

胡适：《追悼志摩》，《新月》1932 年第 4 卷第 1 期。

胡风：《林语堂论——对于他底发展的一个眺望》，《文学（上海 1933）》1935 年第 4 卷第 1 期。

司马斌：《论林语堂》上，《天地》1944 年第 11 期。

司马斌：《论林语堂》下，《天地》1944 年第 12 期。

茅盾：《徐志摩论》，《现代（上海 1932）》1933 年第 2 卷第 4 期。

柏绿：《徐志摩的诗与散文》，《读书青年》第 2 卷 1945 年第 6 期。

卢印泉：《打倒投机派现代评论》，《自决（上海）》1933 年第 1 卷第 1 期。

叶青:《徐志摩论》,《世界文学》1943 年第 1 卷第 1 期。

张自疑:《徐志摩——一个孩子》,《人世间》1934 年第 6 期。

刘万章:《徐志摩先生的散文》,《红棉旬刊》1932 年第 1 卷第 1 期。

杨振声:《与志摩的最后一别》,《新月》1932 年第 4 卷第 1 期。

王瑶:《论鲁迅的〈朝花夕拾〉》,《北京大学学报》(哲学社会科学版)1984 年第 1 期。

宋剑华:《无地彷徨与精神还乡:〈朝花夕拾〉的重新解读》,《鲁迅研究月刊》2014 年第 2 期。

钱理群:《文本阅读:从〈朝花夕拾〉到〈野草〉》,《江苏社会科学》2003 年第 4 期。

俞芳:《谈谈周作人》,《鲁迅研究动态》1983 年第 6 期。

钱理群:《试论鲁迅与周作人的思想发展道路》,《中国现代文学研究丛刊》1981 年第 4 期。

韦俊识、何休:《"叛徒"与"隐士"二重人格的深刻显现》,《浙江师范大学学报》(社会科学版)1992 年第 3 期。

舒芜:《周作人概观》上,《中国社会科学》1986 年第 4 期。

舒芜:《周作人概观》下,《中国社会科学》1986 年第 4 期。

舒芜:《周作人的散文艺术》上,《文艺研究》1988 年第 4 期。

周建人:《鲁迅和周作人》,《新文学史料》1983 年第 4 期。

唐弢:《关于周作人》,《周作人研究动态》1987 年第 5 期。

萧南:《徘徊于"叛徒"与"隐士"之间》,《中山大学研究生学刊》(社会科学版)1994 年第 2 期。

汪文顶:《冰心散文的审美价值》,《文学评论》1997 年第 5 期。

傅光明、许正林:《冰心散文:一个独特的艺术世界》,《文学评论》1994 年第 2 期。

吴为松:《著名文学家、学者、民主战士朱自清》,《新文学史料》1999 年第 1 期。

吴晗:《悼朱佩弦先生》,《建中:北平版》1948 年第 1 卷第 3 期。

苏振元:《论〈欧游杂记〉和〈伦敦杂记〉》,《杭州大学学报》(哲学社会科学版)1985 年第 3 期。

杨益萍:《试论〈欧游杂记〉和〈伦敦杂记〉的艺术特色》,《上海大学学报》(社会科学版)1996 年第 1 期。

金明生:《情真意切感人至深——朱自清散文名篇〈背影〉再认识》,《图书馆建设》2002 年第 5 期。

梁建先、宋剑华:《论朱自清对新文学"父亲"批判的自我反思》,《中国现代文学研究丛刊》2017 年第 9 期。

朱乔森:《我的父亲朱自清》,《百年潮》1999 年第 1 期。

何一性:《"至情"、"至诚"的歌——读朱自清的散文》,《中国文学研究》1993 年第

3 期。

邓媛:《耿济之译托尔斯泰〈艺术论〉与 20 年代中国文学批评》,《文学评论》2017 年第 6 期。

陆扬、张祯:《托尔斯泰〈艺术论〉在中国》,《江苏行政学院学报》(文化学研究版)2012 年第 3 期。

唐弢:《林语堂论》,《鲁迅研究动态》1988 年第 7 期。

陈平原:《林语堂的审美观与东西文化》,《文艺研究》1986 年第 3 期。

陈平原:《林语堂与东西方文化》,《中国现代文学研究丛刊》1985 年第 3 期。

谢友祥:《论林语堂的闲谈散文》,《中国现代文学研究丛刊》2001 年第 4 期。

秦贤次:《徐志摩生平史事考订》,《新文学史料》2008 年第 2 期。

倪邦文:《"现代评论派"的团体构成》,《新文学史料》1995 年第 3 期。

陈漱渝:《关于"现代评论派"的一些情况》,《中国现代文学研究丛刊》1980 年第 3 期。

黄裔:《追本溯源:重探现代评论派》,《中国文学研究》1991 年第 4 期。

王锦泉:《论徐志摩的散文》,《天津社会科学》1984 年第 4 期。

吴投文:《写实与"造梦"的诗意融合——沈从文〈湘行散记〉和〈湘西〉散论》,《南京农业大学学报》(社会科学版)2008 年第 1 期。

郭小聪:《漫说徐志摩散文》,《中国现代文学研究丛刊》1992 年第 1 期。

叶公觉:《试论何其芳散文风格的演变》,《红岩》1983 年第 2 期。

黄乃江:《徐志摩散文"野马风"探析》,《福建教育学院学报》2002 年第 10 期。

林分份:《论周作人的审美个人主义——兼及对其评价史的考察》,《东南学术》2008 年第 3 期。

刘渊、邱紫华:《维柯"诗性思维"的美学启示》,《华中师范大学学报》(人文社会科学版)2002 年第 1 期。

赵永君:《俞平伯文艺思想研究》,博士学位论文,苏州大学,2017 年。

丛坤赤:《林语堂生活美学观念研究》,博士学位论文,山东大学,2011 年。

刘希云:《"自由派"作家的抗争与无奈——以〈现代评论〉、〈新月〉为考察中心》,博士学位论文,南开大学,2013 年。

黄立安:《徐志摩论》,博士学位论文,南京大学,2012 年。

李晓已:《俞平伯小品文研究》,硕士学位论文,延边大学,2007 年。

梁薇:《中国文化海外传输——林语堂的文化翻译》,硕士学位论文,安徽大学,2010 年。

孙晓玲:《论传统道家思想对林语堂的影响》,硕士学位论文,青岛大学,2007 年。

闫婧:《徐志摩散文里的家国情怀》,硕士学位论文,西北大学,2016 年。

于涛:《徐志摩散文的浪漫主义特色》,硕士学位论文,福建师范大学,2010 年。

后　记

本书由山东师范大学王景科老师提出思路产拟定提纲，后请朱德发先生提出参考意见。经历了漫长的写作之后，终于完成了书稿。全书具体分工如下：

颜水生：导论、第一章第二节、第十一章第二、三、四节、第十二章第二、三、四节，并负责全书统稿、修改及校订二作。

杨晓霞：第一章第一、三、四节、第二章、第三章、第四章。

吴佳佳：第五章、第六章、第七章。

孔唯佳：第八章、第九章、第十章、第十一章第一节、第十二章第一节。

由于本书各执笔人能力有限，虽然经历了多次修改校订，但是不足之处仍在所难免，诚挚欢迎各学者和读者批评指正。

2023 年 5 月 10 日